TODES SCHMERZ

Karres dritter Fall

Kriminalroman

TIM SVART

Die Originalausgabe
Todesschmerz – Karres dritter Fall
Karre und Viktoria, Band 3
Tim Svart
2. Auflage 04/2018

Copyright & Impressum

Coverdesign: Stuart Bache

Webseite, Impressum und Newsletter: www.timsvart.de
ISBN: 9781521490174
Imprint: Independently published

Das Buch

Die Jagd nach den kaltblütigen Mördern geht weiter! Todesschmerz – Karres dritter Fall. Das große Finale der Hanna-Trilogie innerhalb der Reihe um Karre und Viktoria. Gelingt es den beiden - gemeinsam mit ihrem Team - die Drahtzieher hinter dem tödlichen Komplott zu überführen?

Wer ist bereit, den gefährlichen Weg bis zum Ende mitzugehen? Denn der Preis, den jeder Einzelne im Team des K3 für den gemeinsamen Erfolg zahlen muss, ist hoch. Und mit jedem Schritt, den die Ermittlungen voranschreiten, erhöht sich der Einsatz.

Und auch der neueste Fall stellt Karre & Co. immer wieder vor Herausforderungen: Während sich die Fronten zwischen dem K3 und dem Dezernat für Organisierte Kriminalität zunehmend verhärten, gilt es für Karre und seine Kollegen, das Rätsel der verwesten Leiche in einer Seniorenresidenz zu lösen.

Der Autor

Tim Svart wurde im September 1976 geboren und begann schon während seiner Schulzeit, Geschichten über Geister und Vampire zu verfassen. Bei einem Vampir-Musical fungierte er als Co-Autor des Drehbuchs und führte selbst Regie (da er weder singen konnte noch ein Musikinstrument in ausreichendem Maße beherrschte, aber unbedingt an der Produktion teilnehmen wollte).

Tims erster Roman, der Horror-Thriller »Das Schloss«, stand über zwei Monate an der Spitze der Amazon-Horror-Bestseller und schaffte den Sprung in die KINDLE-Top10. Das Hörspiel zum Buch erschien als Folge 9 in der Reihe »Dark Mysteries«.

Die von Tim verfasste Lovecraft-Hommage »Musik der Finsternis« wurde als beste deutschsprachige Horror-/Mystery-Kurzgeschichte für den VINCENT PREIS nominiert.

»Damenopfer«, der erste Teil der Krimi-Reihe um Karre und Viktoria erreichte die TOP#3 der KINDLE-Bestseller.

Tim lebt in Essen, wo auch das Ermittlerteam um Hauptkommissar Karrenberg angesiedelt ist. Er ist verheiratet und hat zwei Kinder.

(SPOILER)-WARNUNG

Die »Blick ins Buch«-Funktion bei Amazon ist eine tolle Sache! Ich liebe sie – beinahe genauso wie das Stöbern und Schmökern in einer (richtigen) Buchhandlung. Allerdings birgt diese Leidenschaft eine Gefahr: Bei Büchern, die Teil einer Reihe sind, neigen Autoren – und davon nehme ich mich nicht aus – bisweilen dazu, während der Erzählung mehr oder weniger explizit Bezug auf die vorangegangenen Teile zu nehmen.

Das ist für diejenigen Leser nützlich, die diese Vorgänger-Bände bereits gelesen haben und hier und da eine kurze Auffrischung der letzten Ereignisse wünschen. Haben Sie hingegen noch keinen der ersten Bände gelesen, bringt diese Schmöker-Funktion je-doch einen ungewollten Nebeneffekt mit sich: Sie erfahren möglicherweise mehr, als sie eigentlich wissen wollten! Dinge, die Sie im Nachhinein vielleicht lieber im chronologischen Verlauf der Geschichte selbst herausgefunden hätten.

Da es sich bei »Todesschmerz« um den dritten Teil der »Hanna-Trilogie« innerhalb der Krimi-Reihe um Karre und Viktoria handelt, beginnt dieses Buch gleich mit einer ganzen Reihe derartiger Enthüllungen. Wollen Sie Ihre Lesefreude hinsichtlich der Vorgänger-Bände also nicht zu sehr schmälern, sollten Sie (ausnahmsweise) keinen Gebrauch von besagtem »Blick ins Buch« machen. Sofern Sie die ersten beiden Bände der Reihe kennen, oder Ihnen egal ist, was bisher geschah, dürfen Sie diese Warnung natürlich getrost ignorieren.

»Todesschmerz« können Sie auch ohne Kenntnisse der ersten Bücher lesen, aber ich empfehle Ihnen, in diesem Fall zumindest mit dem zweiten Band »TRAUERSPIEL« zu beginnen, da die Handlungen beider Bücher unmittelbar zusammenhängen.

Und bevor ich Sie nun endgültig in die Geschichte entlasse: Danke! Danke, dass Sie sich seit vielen Jahren immer wieder für meine Bücher und Geschichten begeistern. Und diese Begeisterung teile ich gerne mit Ihnen. Senden Sie mir eine E-Mail mit Ihrem Feedback, besuchen Sie mich auf Facebook oder auf meiner Webseite. Sie erhalten ganz sicher eine Antwort. Und auch falls »Todesschmerz« Ihr erstes Buch von mir ist, freue ich mich, von Ihnen zu hören.

Vielen Dank, dass Sie da sind! In diesem Sinne wünsche ich Ihnen viel Spaß mit Karres drittem Fall!

Ihr

Tim Svart

PROLOG

Einige Wochen zuvor …

Das Knacken erinnerte ihn an das Brechen von Knochen, dabei waren es lediglich trockene Äste, die unter jedem seiner Schritte nachgaben und das unheimliche Geräusch verursachten. Die Dämmerung hatte bereits eingesetzt, doch das Licht reichte noch aus, um sich ohne Taschenlampe oder andere Hilfsmittel zurechtzufinden. Außerdem konnte er sich jederzeit an dem Verkehrslärm der nur wenige hundert Meter entfernt verlaufenden Autobahn orientieren.

Seinen eigenen Wagen hatte er am Ende eines Forstweges abgestellt, den er mit Hilfe einer unerlaubten Abkürzung über ein an die Autobahn angrenzendes Tankstellengelände erreicht hatte. Etwa zwei Kilometer war er der holprigen Piste gefolgt, bis er schließlich an die Stelle gelangte, die er mit Hilfe der Satellitenbilder von Google Maps als Parkplatz auserkoren hatte. Den Rest des Weges hatte er in einem durch den Wald führenden Querfeldeinmarsch zu Fuß zurückgelegt.

Zu dieser Jahreszeit, da für die meisten bejagten Tierarten Schonfrist herrschte, rechnete er nicht damit, bei seiner Unternehmung von einem Jäger gestört zu werden. Spaziergänger verirrten sich in diesen Teil des Waldes ohnehin so gut wie nie.

Nach gut zehn Minuten erreichte er den an eine Wiese angrenzenden Waldrand, von dem aus er freie Sicht auf die Autobahn hatte. Auf halbem Weg zwischen ihm und der Fahrbahn, keine vierzig Meter von der Leitplanke entfernt, befand sich der Hochsitz, der sich perfekt für die Durchführung seiner Mission eignete.

Er schulterte die längliche Nylontasche und kletterte die steile Holzleiter hinauf. Oben angekommen beobachtete er zunächst die Umgebung. Erwartungsgemäß war niemand zu sehen. Aus der schwarzen Stofftasche zog er ein Wintores-Scharfschützengewehr, legte das Gewehr probehalber an und warf einen prüfenden Blick durch die Zieloptik. Durch das Zielfernrohr beobachtete er die vorbeirasenden Autos. Erst als das Handy in seiner Hosentasche zu vibrieren begann, lehnte er das Gewehr an die Brüstung des Hochsitzes und zog das Mobilfunkgerät heraus.

»Wir sind gleich da«, meldete sich der Anrufer, ohne seinen Namen zu nennen. Die Geräusche im Inneren des Fahrzeugs des Anrufers waren so laut, dass sie dessen Stimme beinahe übertönten. »Ich überhole sie jetzt und setze mich direkt vor sie. Wenn du meinen Wagen siehst, weißt du, dass sie direkt dahinter kommt.«

»Wie schnell fährt sie?«

Er nannte ihm die aktuelle Geschwindigkeit, mit der die beiden Fahrzeuge über die Autobahn fuhren.

»Ok, ich bin bereit.« Er legte auf und ließ das Telefon

zurück in seine Hosentasche gleiten. Eine knappe halbe Minute später sah er Beckers BMW. Ein älteres Baujahr, aber mit reichlich PS unter der Haube. Der erheblich neuere Audi folgte im Abstand von etwa einhundert Metern. Beide Fahrzeuge bewegten sich mit konstanter Geschwindigkeit vorwärts. Eine Tatsache, die das Finden des imaginären Punktes, auf den er das Projektil unter Berücksichtigung des entsprechenden Vorhaltes der Waffe abfeuern musste, immerhin ein wenig vereinfachte. Während er das Gewehr in Position brachte, schickte er einen stummen Gruß an den Erfinder des Tempomats.

Doch trotz der perfekten Wetterbedingungen forderte ein derartiger Kunstschuss sein gesamtes Können, all seine jahrelange Erfahrung und Routine. Er hatte die Abmessungen des Audis im Vorfeld recherchiert, so dass er nun mit Hilfe des im Zielfernrohr integrierten Absehens die Entfernung des sich nähernden Wagens sehr genau abschätzen konnte. Die schwarzen Mildot-Punkte in der Zieloptik verrieten ihm, dass seine Distanz zum Zielobjekt in dem Augenblick, in dem er den Abzug betätigte, keine einhundert Meter betrug.

Der Schuss krachte, ging im Lärm der Autobahn aber fast vollständig unter. Dennoch erhoben sich hinter ihm ein paar Vögel laut schimpfend aus den grünen Baumwipfeln.

Er setzte das Gewehr ab und wischte sich den Schweiß von der Stirn. Das Fahrzeug, dessen getroffener Vorderreifen sich sofort nach dem Einschlag des Projektils vollständig von der Zwanzigzollfelge gelöst hatte, geriet ins Schlingern, stellte sich quer und überschlug sich mehrfach. Dann durchbrach es die rechte Leitplanke, walzte mehrere junge Birken nieder und blieb schließlich in dem zum Wald hin leicht ansteigenden Gelände auf dem Dach liegen.

Rauch stieg aus dem vorderen Teil des völlig zerstörten Fahrzeugs auf. Vermutlich würde es jeden Moment in Flammen aufgehen. Sollte eine der Insassen den Unfall tatsächlich überlebt haben, würde das Feuer den Rest erledigen.

Mit routinierten Handgriffen verstaute er das Gewehr in der Transporttasche, bevor er die Hochsitzleiter hinabkletterte und sich auf den Rückweg zu seinem Wagen machte. Er hatte seine Mission erfüllt. Vorerst.

KAPITEL 1

Gegenwart …

»Wer mit Ungeheuern kämpft, mag zusehen, dass er nicht dabei zum Ungeheuer wird. Und wenn du lange in einen Abgrund blickst, blickt der Abgrund auch in dich hinein.«

Die imaginäre Stimme Friedrich Nietzsches hallte als nicht enden wollendes Echo in seinem Kopf wider. Allerdings handelte es sich nicht um einen Abgrund, sondern lediglich um einen Riss in der Wand, den er seit mehreren Minuten anstarrte, als befürchte er, dass jeden Augenblick eines eben jener Ungeheuer daraus hervorschnellen könnte, denen er den Kampf angesagt hatte.

Jenen Ungeheuern, die als Drahtzieher hinter den Morden steckten, mit denen sich das K3-Team während seines letzten Falles konfrontiert gesehen hatte. Zwar hatten sie die Täter am Ende überführt, doch der Preis war hoch gewesen. Zu hoch.

Zwei verliebte, junge Menschen, die vollkommen unbeteiligt und nur aufgrund einer Verwechslung zu Opfern kaltblütiger Mörder geworden waren. Zwei Halbgeschwister, die ihren wagemutigen und nicht minder leichtsinnigen Kampf gegen eine mächtige Organisation mit ihren Leben bezahlt hatten. Eine Zeugin, die hatte sterben müssen, weil sie es gewagt hatte, der Polizei mit einem vagen Hinweis auf den Täter weiterzuhelfen. Und nicht zuletzt ihr Kollege Götz Bonhoff, der im Zuge der Ermittlungen auf tragische Weise ums Leben gekommen war, während Viktoria von Fürstenfeld dem Tod gleich zweimal nur um Haaresbreite von der Schippe gesprungen war.

Sechs Tote lautete die niederschmetternde Bilanz. Hinzu kam, dass einer der Mörder von seinem Komplizen getötet worden war, bevor sie ihn hatten festnehmen können. Der zweite Täter lag schwerverletzt auf der Intensivstation und wartete auf seine Überführung ins Gefängniskrankenhaus. Eine erfolgreich abgeschlossene Mordermittlung sah anders aus.

Noch immer haftete sein Blick auf dem Riss im abblätternden Putz, der sich von der Decke ihres neuen Büros in der alten Polizeischule bis fast zu der Stelle hinabzog, an der sich früher sicher einmal eine Fußleiste befunden hatte.

Eine blaugraue Taube landete auf dem Fensterbrett, weniger als einen Meter von ihm entfernt. Neugierig glotzte das Tier durch die Scheibe. Zu dem müde wirkenden Mann am Schreibtisch, der in diesem Moment nach seiner Kaffeetasse griff, um zu einem kräftigen Schluck anzusetzen, es sich in letzter Sekunde aber anders überlegte und die Tasse zurück an ihren ursprünglichen Platz stellte.

Karre schüttelte sich innerlich beim Betrachten des Vogels. Erst kürzlich hatte er einen Artikel über die in

Großstädten herrschenden Taubenplagen gelesen, in dem der Autor sein sorgsam zusammengetragenes Wissen über Vogelmilben, Taubenzecken und Flöhe schonungslos zur Schau gestellt und die Tiere lieblos als Ratten der Lüfte bezeichnet hatte. Der Hauptkommissar betrachtete das Tier und beim Anblick der verkrüppelten Krallen musste er unwillkürlich an den überführten Mörder denken, dessen Leben die Ärzte nur durch die Amputation seines rechten Beines hatten retten können und der nun im Krankenhaus seiner Gerichtsverhandlung entgegensah.

Was Karre betraf, so sann er auf Rache. Auf Rache an den Hintermännern, die für den Tod Sandras und vieler anderer Menschen sowie für das Schicksal seiner Tochter Hanna verantwortlich zeichneten. Und was diesen Punkt anging, musste er tatsächlich aufpassen, nicht selbst zum sprichwörtlichen Ungeheuer zu mutieren. Denn nach den Ereignissen der letzten Wochen war er entschlossener denn je, den Auftraggebern der überführten Mörder endgültig das Handwerk zu legen.

Er fühlte sich bereit. Zu allem.

Die Tür des Büros wurde aufgestoßen und die Taube erhob sich mit hektischen Flügelschlägen in den wolkenverhangenen Himmel. Karre sah ihr nach, doch bereits nach wenigen Metern entschwand sie aus seinem Blickfeld.

»Guten Morgen, ich habe Brötchen mitgebracht.« Viktoria, die sich erstaunlich schnell von ihren körperlichen und seelischen Blessuren erholt hatte, betrat den Raum und legte eine orangefarbene Papiertüte auf dem runden Besprechungstisch ab, der zwischen ihren Schreibtischen und den nicht ausgepackten Umzugskisten so gerade eben Platz gefunden hatte. »Hast du schon Kaffee gekocht?«, fragte sie ihren Chef und kramte einen Kaffeebecher aus einer der Pappkisten.

»Klar, bedien dich.« Er deutete auf die in einer Zimmerecke auf dem Fußboden stehende Kaffeemaschine. »Wenigstens schmeckt der Kaffee nicht schlechter als drüben im Präsidium.«

Er beobachtete, wie seine Kollegin in die Hocke ging und ihren Becher mit schwarzem, dampfendem Kaffee füllte. »Nein, aber an den ausgezeichneten Kaffee von Corinna kommt mein eigenes Gebräu bei weitem nicht ran.«

Corinna Müller, die Teamassistentin des K3, war zu Karres Ärger von Schumacher bis auf weiteres in das Referat »Organisierte Kriminalität« abberufen worden, das seit kurzem von einem gewissen Alexander Notthoff geleitet wurde.

»Außerdem musste ich heute Morgen erst mal den Putz von der Kaffeemaschine wischen, der über Nacht von der Decke gerieselt ist.«

Viktoria sah sich um, während sie sich mit ihrem Kaffee auf einem der Holzstühle niederließ, bei denen es sich ebenfalls um Reliquien ihrer alten Wirkungsstätte handelte. »Ich bin ja mal gespannt, wie lange es dauert, bis hier renoviert wird.«

»Ich will dich ja nicht komplett desillusionieren, aber an eine Renovierung glaube ich nicht. Wir könnten uns schon glücklich schätzen, falls hier mal jemand einen Pinsel schwingt.«

»Notfalls machen wir es eben selbst. Ein bisschen Farbe sollten wir schon an die Wand bekommen. Frühstück?« Sie öffnete die Papiertüte und augenblicklich erfüllte der Duft frisch gebackener Brötchen den Raum.

»Da lasse ich mich doch nicht zweimal bitten.« Karre erhob sich von seinem Schreibtischstuhl und setzte sich ebenfalls an den Besprechungstisch. Während er in ein mit Käse belegtes Brötchen biss, beobachtete er, wie Viktorias Blick auf dem unbesetzten Schreibtisch ruhte, der sich gegenüber Karres Arbeitsplatz befand. Auf dem ansonsten leeren Tisch stand ein gerahmtes Schwarzweißfoto ihres verstorbenen Kollegen.

»Ich frage mich, wie lange es dauert, bis ich mich an den Gedanken gewöhnt habe, dass Götz nicht mehr da ist. Auch wenn er sich in letzter Zeit ziemlich verändert hatte, habe ich ihm viel zu verdanken. Gerade in meinen ersten Jahren bei euch habe ich viel von ihm gelernt. Ich kann nicht glauben, dass er nie mehr zurückkommt.«

Karre war noch auf der Suche nach den passenden Worten, als das Telefon auf seinem Schreibtisch mit einer der Situation unangemessen unbeschwerten Melodie zum Leben erwachte. Mit wenigen Schritten hatte er den Weg durch das Büro zurückgelegt und griff nach dem Hörer. Geduldig hörte er sich an, was die Stimme am anderen Ende der Leitung zu berichten hatte. Als er schließlich auflegte, hatte sich auf seiner Stirn eine tiefe Falte gebildet. »Das Frühstück muss leider ausfallen, aber nach allem, was der Kollege mir eben geschildert hat, sind wir mit leerem Magen in jedem Fall auf der sicheren Seite.«

KAPITEL 2

Zwanzig Minuten später trafen Karre und Viktoria bei der genannten Adresse ein. Das Gebäude der Altersresidenz *Sonnenplatz* war ein dreistöckiger Flachdachbau, der sich U-förmig um einen von der Straße abgewandten Garten zog.

»Sieht ja nach einer großangelegten Renovierung aus«, bemerkte Viktoria mit einem Blick auf das vollständig in ein Gerüst eingehüllte Gebäude.

Karre nickte und stellte den Wagen in einer freien Parkbucht in der Nähe des Eingangs ab. Im Vorbeifahren hatte er festgestellt, dass die Hofzufahrt bereits vollständig von ihren Kollegen in Beschlag genommen worden war. Zwei Streifenwagen, ein Rettungs- sowie ein Leichenwagen und der übliche Tross aus Kleinbussen der Spurensicherung und der Rechtsmedizin.

Suchend glitt sein Blick über die entlang der Straße abgestellten Fahrzeuge. Offenbar war Paul Grass, der Leiter der Rechtsmedizin, nicht wie bei den meisten Wochenendeinsätzen üblich mit seinem grünen Porsche angerückt, sondern hatte sich ausnahmsweise dem Truppentransport seiner Mitarbeiter angeschlossen.

Als sie sich schließlich zu Fuß dem Haupteingang des Gebäudes näherten, entdeckte Karre seinen Kollegen Karim Gökhan, den er telefonisch informiert hatte und der ihnen winkend entgegenkam.

Karims Frau Sila war schwanger und Karre wusste, dass sein Kollege für jede Minute dankbar war, die er trotz seiner ungeregelten Arbeitszeiten mit ihr verbringen konnte. Umso mehr bedauerte er es, seinen geschätzten Kollegen auch am Wochenende mit Einsätzen behelligen zu müssen. »Sorry, dass ich wieder mal einen deiner Sonntage mit Sila ruiniere, aber nach dem, was ich am Telefon gehört habe, sollten wir uns das alle gemeinsam ansehen. Paul kann zwar noch nicht gänzlich ausschließen, dass es sich um einen natürlichen Tod handelt, aber wenn ihm seine Intuition sagt, dass wir uns das besser ansehen sollten, dann vertraue ich ihm.«

Paul Grass war bekannt dafür, dass sich seine vor der Durchführung der Obduktion geäußerten Spekulationen, zu denen er sich nur selten hinreißen ließ, in den allermeisten Fällen als richtig erwiesen.

»Er wartet schon hinten beim Wagen.« Karim deutete auf einen der beiden in der Hofeinfahrt stehenden Kleinbusse. »Volles Programm. Schutzanzüge, Mentholpaste.«

»Mentholpaste?« Karre sah seinen Kollegen stirnrunzelnd an. Jahrelang hatte Paul Grass ihnen Vorträge darüber gehalten, warum er den Einsatz des in der Kriminalliteratur regelmäßig auftauchenden Geruchsschmierstoffes, wie er das Zeug despektierlich nannte, im wahren Leben für vollkommen überflüssig hielt. Vielmehr war er der Ansicht, dass diese Paste allenfalls bei überempfindlichen Bestattern zum Einsatz kam, die bei ihrer Arbeit nicht auf das unbeeinträchtigte Funktionieren aller ihrer Sinne angewiesen waren. »Seit wann benutzt er denn dieses Zeug? Wird er etwa alt?«

»Er sagt, es ist nicht für ihn, sondern für uns.«

»Oha.« Viktoria rümpfte die Nase. »Dann lasst uns mal sehen, was Paul für uns vorbereitet hat.«

Paul Grass lehnte an der geschlossenen Beifahrertür des Transporters und trank Kaffee aus einem braunen Plastikbecher. Als er das Ermittlertrio erblickte, stellte er den Becher auf dem Boden ab und empfing die drei am Heck des Wagens. »Morgen zusammen. Ich hoffe, ihr habt noch nicht gefrühstückt.«

»So schlimm?«, fragte Viktoria.

»Na ja, schön ist anders.« Grass öffnete die Heckklappe und reichte Karre, Karim und Viktoria je einen der weißen Schutzanzüge, dazu Schuhüberzieher, einen Mundschutz und Handschuhe, wobei Letztere eigentlich unnötig waren, da Karre und seine Kollegen diese ohnehin standardmäßig bei sich trugen.

Der kleine, glatzköpfige Rechtsmediziner trug ebenfalls entsprechende Kleidung und wirkte darin ein wenig wie das kleine Gespenst aus den Erzählungen Otfried Preußlers.

Nachdem die drei Kripobeamten in ihre Anzüge samt Zubehör geschlüpft waren, übergab Grass Viktoria eine weiße Kunststoffdose. »Wie ihr wisst, bin ich nicht gerade ein Freund von diesem Zeug, aber ich glaube, in diesem Fall solltet ihr ausnahmsweise großzügig Gebrauch davon machen.«

»Was ist denn da drin los?«, fragte Karre. »Du machst doch sonst nicht so ein Bohei um einen Toten.«

Grass grinste geheimnisvoll. »Du wirst schon sehen, beziehungsweise riechen.« Er blickte in die kleine Runde der Ermittler. »Also, benutzt das Zeug oder lasst es bleiben.

Aber sagt nachher nicht, ich hätte euch nicht gewarnt. Und jetzt seht zu, dass ihr eure Hintern in die dritte Etage schwingt.«

Da der erheblich geräumigere Bettenaufzug außer Betrieb war und sich ihre Lust, sich in voller Montur durch das Treppenhaus hinauf zu quälen, arg in Grenzen hielt, benutzten sie den engen aber immerhin funktionstüchtigen Personenaufzug. Dicht gedrängt standen sie in der Kabine, während sich diese unter heftigem Ruckeln und Schütteln von einer Etage zur nächsten hocharbeitete.

»Ziemlich dicke Luft hier drin«, stöhnte Karim. Vielleicht hätten wir doch besser das Treppenhaus genommen.«

»In wenigen Sekunden werdet ihr die Luft hier drin erst richtig zu schätzen wissen. Wenn ich euch einen Tipp geben darf, atmet noch einmal kräftig durch, bevor die Tür aufgeht.« Noch während er sprach, zog Grass seinen weißen Mundschutz über Mund und Nase. Während Karre und Karim sich noch über die Worte des Rechtsmediziners zu amüsieren schienen, tat Viktoria es ihm gleich und zog den um ihren Hals baumelnden Mundschutz nach oben. Eine Wolke unfassbaren Verwesungsgestankes hüllte sie in dem Augenblick ein, als der Aufzug mit einem Ruck zum Stehen kam und die Türen sich öffneten.

»Oh, mein Gott«, keuchte Viktoria, die unter ihren Kollegen nicht gerade für ihre empfindliche Art bekannt war.

Auch Karre und Karim stockte der Atem. In einer synchronen Bewegung rissen sie ebenfalls ihre Schutzmasken nach oben, so dass von ihren Gesichtern lediglich der schmale Augenspalt zwischen Kapuze und Mundschutz zu sehen war. Aber auch dieser hätte einem Außenstehenden genügt, um die schlagartig verblassenden Gesichter der Ermittler zu sehen. Das Aufsetzen der

Maske führte zwar dazu, dass Karre sich ein wenig besser fühlte, gegen den süßlichen Gestank des Todes, der ihn wie eine Giftwolke umhüllte, half es nicht.

»Na, habe ich euch zu viel versprochen?«, fragte Grass leicht amüsiert. »Der Verwesungsgeruch hat sich in dem Augenblick auf dem Flur ausgebreitet, als die Kollegen der Schutzpolizei die Wohnungstür geöffnet haben.«

»Möchte noch jemand?«, fragte Viktoria und hielt ihren Kollegen die Dose Mentholpaste hin, was diese jedoch mit stummem Kopfschütteln quittierten.

»Mehr als bisher wird es sowieso nicht helfen, egal wie viel ihr euch davon noch unter die Nase schmiert. Ist eher ne Kopfsache, als dass es wirklich gegen den Gestank hilft.« Er sollte recht behalten. In dem Augenblick, als er die Wohnungstür öffnete, schwappte eine Welle der Verwesung über sie hinweg, wie sie selbst Karre trotz seiner vielen Dienstjahre nicht oft erlebt hatte.

»Oh Gott«, stöhnte Viktoria hinter ihm einmal mehr.

»Er liegt im Schlafzimmer«, sagte Grass, der gegen Gerüche dieser Art vollkommen immun zu sein schien oder sich zumindest nicht anmerken ließ, falls er doch ein Problem damit hatte. »Immer der Nase nach.«

»Sehr witzig«, keuchte Karre, der sich fragte, ob es in der Wohnung tatsächlich ungewöhnlich heiß war, oder ob ihm dies auf Grund der Gesamtsituation lediglich so vorkam.

»Wurde hier Hanf angebaut, oder warum ist das so heiß?«, fragte Karim, dem es zu Karres Beruhigung offenbar ähnlich erging.

»Die Heizungen waren voll aufgedreht.« Er deutete auf die sichtlich in die Jahre gekommenen Heizkörper unterhalb der Fensterbänke. »Es scheint keine Kopplung mit der Außentemperatur zu geben, also haben die Dinger vermutlich wochenlang volle Kanne gebullert.«

»Wochenlang?«, fragte Karre. »Und so lange hat die Leiche hier gelegen?«

»So wie es aussieht, ja.«

Karres Blick wanderte über den Teppichboden. Hier und da krabbelten weiße Maden, die er aufgrund ihrer geringen Größe allerdings erst auf den zweiten Blick wahrnahm. Doch je länger er sich darauf konzentrierte, desto mehr Tiere entdeckte er. Und es wurden immer mehr, je weiter sie sich dem Schlafzimmer näherten. Man konnte sagen, dass ihre Anzahl proportional zur Stärke des Verwesungsgeruches zunahm.

Grass ging durch die Schlafzimmertür, die anderen folgten ihm.

Als sie schließlich vor dem Bett mit der Leiche standen, musste Karre zunächst den aufkommenden Brechreiz unterdrücken. Nein, etwas Vergleichbares hatte er noch nicht gesehen. Das sich ihnen bietende Bild stellte selbst den Anblick eines exhumierten Toten bei weitem in den Schatten. Denn eine seit Jahren unter der Erde verwesende Leiche war tot, doch diese hier schien zu leben. Der Körper wimmelte nur so von Maden und Fliegen. Wie ein lebendiger, weißer Teppich waberten die Tiere über den toten, aufgedunsenen Körper, quollen in einem endlosen Strom aus Körperöffnungen wie Augenhöhlen, Mund, Nasenlöchern, Ohren sowie aus dem Eingriff seiner Pyjamahose hervor.

»Der Kleidung nach zu urteilen, handelt es sich um eine männliche Person, oder?«, fragte Karre den Gerichtsmediziner, da es ihm unmöglich war, anhand körperlicher Merkmale zu erkennen, ob es sich bei dem Toten um einen Mann oder eine Frau handelte.

»Ja«, antwortete Grass. »Als Mieter der Wohnung ist ein Rudolf Goeßling eingetragen. Jahrgang 1934. Zumindest hat die Leiterin dieses Seniorenkomplexes das den Kollegen der Schutzpolizei mitgeteilt. Eine gewisse Anke Hoppe.«

»Hm, also Anfang achtzig.« Karres Blick wanderte über die Matratze. Diese war vollgesogen mit braunschwarzer Flüssigkeit, die an diversen Stellen aus dem im Zuge des Verwesungsprozesses allmählich aufbrechenden Körper herauslief. Im Laufe der Zeit schien der Tote regelrecht mit der Matratze verschmolzen zu sein. »Ist das hier so eine Art betreutes Wohnen?«

»Scheint so. Wobei, das mit der Betreuung wage ich ernsthaft infrage zu stellen.«

»Du meinst, weil ihn bisher niemand entdeckt oder vermisst hat?«

»Ich schätze, er liegt hier seit mindestens drei Wochen. Aufgrund der hohen Temperaturen hier drin muss ich das aber noch mal verifizieren. Der Einfluss der Umgebungstemperatur auf die Geschwindigkeit des Verwesungsprozesses ist erheblich. Insbesondere, wenn die Temperaturen so unnatürlich hoch sind.«

»Glaubst du, da hat jemand absichtlich nachgeholfen?«

»Möglich. Oder dieser Goeßling, sofern wir es denn tatsächlich mit ihm zu tun haben, hatte es gerne muckelig warm.«

»Waren die Fenster alle verschlossen?«

»Ja.«

»Und woher kommen dann die ganzen Fliegenlarven?«

»Diese Viecher finden immer einen Weg. Und so ein Festmahl riechen sie meilenweit gegen den Wind. In der Küche gibt es zum Beispiel ein Abluftgitter über dem Herd und die Kaminschächte der Heizungsrohre, die zum Schornstein auf dem Dach führen, sind auch alles andere als hermetisch abgeriegelt.«

»Verstehe. Weißt du eigentlich, wer ihn gefunden hat?«

»Ein paar Jugendliche sind verbotenerweise draußen auf

dem Gerüst rumgeklettert. Und als sie einen natürlich rein zufälligen Blick durch das Schlafzimmerfenster geworfen haben, wäre einer von ihnen nach eigener Aussage um ein Haar rückwärts in die Tiefe gestürzt. Er muss einen ziemlichen Satz gemacht haben, als er unseren Freund hier im Bett entdeckt hat.«

»Das kann ich mir vorstellen. So was findet man ja auch nicht alle Tage. Haben die Kollegen von der Schutzpolizei schon die Aussagen aufgenommen?«

»Was fragst du mich?« Grass fuhr sich mit der behandschuhten Handfläche über die Kapuze seines Tyvek-Anzugs.

Vermutlich schwitzte er darunter trotz seiner Glatze nicht wesentlich weniger als Karre mit seinen kurzgeschnittenen Haaren. Wie es Viktoria mit ihrer blonden Haarpracht in dieser Hinsicht erging, wollte Karre sich im Augenblick nicht einmal vorstellen. »Hätte ja sein können, dass jemand etwas gesagt hat.«

»Ich bin mir nicht mal sicher, ob man überhaupt etwas aus den Jungs rausbekommen hat. Außer vielleicht ihr Frühstück.« Damit wandte sich der Rechtsmediziner wieder dem Toten zu.

»Kannst du schon sagen, ob etwas dafür spricht, dass hier jemand nachgeholfen hat?«, fragte Karre. »Abgesehen davon, dass hier Temperaturen herrschen wie in einer Sauna, meine ich.«

»Schwer zu sagen. Die Haut ist mittlerweile derart ledrig und eingetrocknet, dass man auf die Schnelle rein äußerlich kaum noch sinnvolle Rückschlüsse auf äußere Verletzungen ziehen kann. Ich fürchte, dieses Mal werdet ihr tatsächlich abwarten müssen, bis ich ihn mir im Labor angeschaut habe. Bei der Obduktion kann ich ihn auf knöcherne Verletzungen oder auf Einblutungen in die tieferen Muskelschichten hin untersuchen. Dann kann ich euch mehr sagen.«

Karre blickte sich um und sah Viersteins Mannen, die Kollegen des Erkennungsdienstes, die ungeachtet des bestialischen Gestanks ihrer Arbeit nachgingen und nach verwertbaren Spuren suchten. Karre wusste, dass er und sein Team sich blind auf Viersteins Sorgfalt verlassen konnten, weshalb er zu Grass gewandt fragte: »Brauchst du uns noch?«

Und als Grass, der sich schon wieder gänzlich dem Toten gewidmet hatte, nur mit stummem Kopfschütteln reagierte, fügte er hinzu: »Ich glaube, wir haben genug gesehen.«

KAPITEL 3

Karre, Viktoria und Karim standen neben dem Kleinbus des Erkennungsdienstes und tranken Kaffee. Nachdem sie sich ihrer kompletten Schutzkleidung entledigt hatten, fühlten sie sich wieder besser. Letztendlich allerdings würde wohl nur eine gründliche Dusche helfen, das bei jedem von ihnen verbliebene Gefühl des Ekels abzuwaschen.

Während sie schweigend dastanden und an ihren Kaffeebechern nippten, gesellte sich Paul Grass zu ihnen und seine Miene verriet unmissverständlich, dass er alles andere als guter Dinge war. Und so wie Karre den Kollegen der Rechtsmedizin während der letzten Jahre kennengelernt hatte, lag das nicht am Zustand des Toten. Was das anging, hatte der Gute ein verflucht dickes Fell.

»Wer oder was ist dir denn über die Leber gelaufen?«

»Beziehungsweise, über die Schuhe«, frotzelte Karim und deutete auf die von braun-schwarzer Flüssigkeit durchtränkten Schuhe des Kollegen.

»Diese Dilettanten«, schimpfte er los, während er sich ebenfalls aus seinem Schutzanzug pellte. »Diese vollkommen vertrottelten Dilettanten!«

»Von wem sprichst du?«, fragte Karre vorsichtig nach. »Und was haben diejenigen verbrochen, womit sie derartigen Zorn deinerseits auf sich ziehen?«

»Hör auf, mich zu verarschen. Ich bin wirklich stinkig.«

»Ja, das sehe ich. Verrätst du uns denn, was passiert ist?«

»Ich habe diesen Deppen vom Bestattungsinstitut gesagt, sie können die Leiche abtransportieren. Dass das nicht einfach wird, habe ich mir schon gedacht, aber nicht, dass sie sich dabei dermaßen dämlich anstellen.« Er blickte in drei fragende Augenpaare. »Also gut«, seufzte er schließlich. »Ich erzähl´s euch. Aber erst brauche ich einen Kaffee.«

Viktoria kletterte in den hinter ihnen stehenden Einsatzwagen der Spurensicherung und kam kurz darauf mit einem Becher dampfendem Kaffee zurück. »Ein Hoch auf Viersteins Leute!«, sagte sie und reichte Grass den Becher.

»Danke dir.« Mit geschlossenen Augen sog er den Duft des heißen Getränks ein, bevor er unvermittelt zu erzählen begann. »Wie ihr vielleicht selbst festgestellt habt, war der Körper des Toten, bedingt durch die austretende Leichenflüssigkeit, ziemlich fest an der Matratze festgebacken. Zudem ist der Leichnam aufgrund der fortgeschrittenen Verwesung recht instabil. Es gab also nur eine einzige Möglichkeit, ihn unbeschadet aus der Wohnung und letztendlich auf meinen Obduktionstisch zu bekommen: Man musste das entsprechende Stück aus der Matratze herausschneiden und es mit ihm gemeinsam in den Leichensack verbringen. So weit, so gut. Wie wir vorhin ebenfalls festgestellt haben, ist der große Aufzug, mit dem bettlägerige Bewohner in ihren Betten befördert werden können, derzeit defekt. Angeblich erst seit Freitagnachmittag, aber das ist ein anderes Thema und geht mich eigentlich auch nichts an.

Weil er aber eben defekt ist und die Kollegen Bestatter keine Lust hatten, unseren Toten mitsamt seiner Matratze und der Bare mit dem Leichensack über drei Stockwerke durchs Treppenhaus zu schleppen, haben sie sich dazu entschieden, den Personenaufzug zu benutzen.«

»Aber wie ...«, unterbrach ihn Viktoria. »Ich meine, da passt er doch gar nicht rein.« Und nach einer kurzen Pause fügte sie hinzu: »Jedenfalls nicht liegend.«

»Exakt. Die werten Herren haben die Transportbare also senkrecht gegen die Aufzugwand gelehnt. Leider habe ich den Fehler begangen, die Fahrt zu begleiten.« Er blickte auf seine Schuhe. »Die Überzieher hatte ich bereits vor der Wohnung ausgezogen. Es kam also, wie es kommen musste. Da der Leichnam, wie gesagt, extrem instabil ist, sackte er beim Aufrichten der Bare in sich zusammen. Doch damit nicht genug. Dieser vermaledeite Leichensack hat der Belastung durch den herunterfallenden Körper nicht standgehalten und ist gerissen. Ihr könnt euch vorstellen, was das bedeutet?« Er blickte in die Runde.

Karim traute sich als Erster, etwas zu sagen. »Du willst uns jetzt aber nicht weißmachen, dass sich dieser Tote mitsamt der ganzen Suppe aus Körperflüssigkeiten, Blut und verwestem Fleisch in den Aufzug ergossen hat, oder?«

»Was glaubt ihr, warum meine Schuhe so aussehen, wie sie aussehen?«

»Gott, ist das grauenvoll.« Viktoria wandte sich ab und Karre hatte schon Sorge, seine Kollegin müsse sich möglicherweise übergeben.

»Und wie kriegt man das wieder sauber?«, fragte Karim

recht pragmatisch. »Das ist doch eine riesige Sauerei.«

»Die Sauerei ist mir scheißegal«, schimpfte Grass. »Viel schlimmer ist, dass ich jetzt anstatt einer Leiche einen in sich zusammengefallenen Haufen gallertartiger Masse auf dem Untersuchungstisch habe.«

»Wirklich so schlimm?«, fragte Karre.

»Nein, aber trotzdem. Einfacher macht es das nicht gerade.«

KAPITEL 4

Da er nicht davon ausging, dass sie im Verlauf des Sonntages noch Neuigkeiten von Grass oder Vierstein hinsichtlich der Obduktion der Leiche oder etwaiger Spuren aus Goeßlings Wohnung erhalten würden, gab Karre seinen Kollegen Viktoria und Karim für den Rest des Tages frei. Er selbst wollte Anke Hoppe, der Leiterin der Seniorenwohnanlage, noch einen Besuch abstatten, bevor er sich selbst ebenfalls ins Restwochenende verabschieden würde.

Das Büro von Anke Hoppe befand sich im Erdgeschoss des U-förmigen Gebäudes und bot neben einem Schreibtisch und zwei davor platzierten Stühlen gerade noch genügend Platz für ein deckenhohes Regal voller Aktenordner und einen kleinen Besprechungstisch. In der Ecke neben dem Schreibtisch wucherte ein Gummibaum von beeindruckender Größe, der in dem kleinen Raum vollkommen deplatziert wirkte.

Karre hatte auf einem der Besucherstühle vor dem

Schreibtisch Platz genommen. »Sie wollen mir also tatsächlich glaubhaft versichern, Sie hätten weder den überquellenden Briefkasten noch die Tatsache bemerkt, dass Herr Goeßling seit Wochen zu keiner einzigen Mahlzeit in ihrem Gemeinschaftsrestaurant erschienen ist? Wenn Sie bitte die Güte hätten, mir noch einmal Ihre Definition von betreutem Wohnen zu erläutern, wäre ich Ihnen sehr verbunden. Offensichtlich habe ich bis heute eine vollkommen falsche Vorstellung davon gehabt.«

Anke Hoppe, die Leiterin der Seniorenwohnanlage, hatte eine abwehrende Sitzhaltung eingenommen und sah Karre mit zusammengekniffenen Augen an. Sie hatte dunkelblondes, kurzfrisiertes Haar und trug eine markante Brille, deren knallrotes Kunststoffgestell der ansonsten unscheinbaren Mittfünfzigerin ein unverwechselbares Aussehen verlieh.

»Wie gesagt, unser Konzept beruht darauf, dass die Bewohner weiterhin selbständig in ihren Wohnungen leben. Wir bieten ihnen lediglich einen gesellschaftlichen Rahmen, den sie nutzen können, aber es keinesfalls müssen.«

»Und Herr Goeßling? Inwieweit hat er in der Vergangenheit von diesem gesellschaftlichen Rahmen Gebrauch gemacht?«

»Nun, er lebte von Anfang an sehr zurückgezogen. Er hat keinen großen Wert auf Gesellschaft gelegt.«

»Hat er an den gemeinschaftlichen Mahlzeiten teilgenommen?«

Anke Hoppe überlegte einen Augenblick, bevor sie antwortete. »Selten«, sagte sie schließlich. »Meistens hat er die Mahlzeiten in seiner Wohnung eingenommen. Ab und an hat er dazu unseren Zimmerservice in Anspruch genommen, aber meistens hat er sich von seiner Haushälterin bekochen lassen. Sie wissen, wen ich meine? Diese Schwarze.«

»Er hatte eine Haushälterin? Kennen Sie ihren Namen?«

Anke Hoppe nickte. »Gillian Ward. Soweit ich weiß, stammt sie aus Südafrika.«

»Und sie hat für Herrn Goeßling gekocht? Regelmäßig?«

»Jedenfalls so regelmäßig, dass er sich nur äußerst selten ins Restaurant verirrt hat. Wie gesagt, er war ein Eigenbrötler. Und weder bei seinen Mitbewohnern noch beim Personal sonderlich beliebt, wenn Sie mir die Bemerkung gestatten. Ich weiß, man soll nicht schlecht über Verstorbene sprechen, aber wenn Sie meine ehrliche Meinung zu Rudolf Goeßling hören wollten, dann kennen Sie sie jetzt.«

»Woran hat es Ihrer Meinung nach gelegen, dass er so unbeliebt war?«

»Mit Verlaub gesagt, er war ein Arschloch. Ständig hatte er schlechte Laune, hat das Personal übel beschimpft, sich wegen jeder Kleinigkeit aufgeregt und sich mit jedem angelegt. Bei den seltenen Gelegenheiten, bei denen er sich doch mal im Restaurant blicken ließ, gab es fast jedes Mal Ärger. Entweder hat er sich mit einer unserer Mitarbeiterinnen oder mit einem anderen Bewohner angelegt.«

Sie nahm ihre Brille ab und wischte die Gläser mit dem Saum ihrer Bluse ab, bevor sie das rote Ungetüm wieder zurück an seinen angestammten Platz bugsierte. »Und dass diese junge Schwarze bei ihm ein- und ausgegangen ist, hat auch nicht gerade zur Verbesserung seines Rufes geführt. Verstehen Sie mich bitte nicht falsch, ich habe nichts gegen Ausländer, aber wir haben es hier mit einer Generation zu tun, die in dieser Hinsicht nicht ganz so weltoffen ist, wenn Sie verstehen, was ich meine.«

»Die Tatsache, dass seine Abwesenheit über Wochen niemandem aufgefallen ist, lässt mich vermuten, dass es unter den Bewohnern vermutlich niemanden gibt, der einen engeren Kontakt zu ihm hatte. Oder fällt Ihnen spontan jemand ein?«

»Nein, wie gesagt, er war ein Eigenbrötler. War nur mit sich und seinen Büchern beschäftigt. Die einzige Person, zu der er regelmäßigen Kontakt hatte, war Frau Ward.« Und nach einer kurzen Pause fügte sie hinzu: »Das heißt, gelegentlich bekam er Besuch von seinem Sohn.«

»Er hatte einen Sohn?«

»Ja, und soweit ich weiß, auch eine Tochter. Aber ich kann mich nicht erinnern, sie hier jemals gesehen zu haben. Um ehrlich zu sein, weiß ich nicht mal, ob sie noch hier in der Region lebt.«

»Haben Sie denn die Kontaktdaten seiner Kinder irgendwo gespeichert?«

Sie nickte. »Ich gehe davon aus, dass die beiden als nächste Angehörige als Ansprechpartner in den Akten vermerkt sind. Ich schaue gleich nach und gebe Ihnen, was ich habe.«

Karre schaute nachdenklich aus dem Fenster. Ohne seinen Blick von dem im Innenhof der Wohnanlage stehenden Kastanienbaum abzuwenden, formulierte er die nächste Frage. »Kommt es öfter vor, dass Bewohner Ihrer Einrichtung versterben und erst Wochen später entdeckt werden?«

Die Röte, die sich in Anke Hoppes Gesicht ausbreitete, war nicht zu übersehen. Zudem plusterte sich die Leiterin in ihrem Stuhl auf, wie eine kampfbereite Henne. »Was wollen Sie mir eigentlich unterstellen? Ich führe diese Einrichtung seit fast zwei Jahrzehnten, und das ohne irgendwelche Beanstandungen. Ich verbitte mir also derartige Vorwürfe. Und um auf Ihre recht anmaßende Frage zurückzukommen: Nein, bisher hatten wir noch keinen vergleichbar gelagerten Fall. Allerdings gibt es glücklicherweise auch nicht viele Bewohner, deren Charakter mit dem von Herrn Goeßling vergleichbar wäre. Ich schätze, wenn wir mehr dieser miesepetrigen Gesellen in unserem Haus hätten, wäre es um die Harmonie, um die meine Mitarbeiter und ich redlich bemüht sind, schon lange geschehen.«

»Sie machen keinen Hehl daraus, dass sie nicht besonders traurig über das Ableben eines Ihrer Kunden sind.«

»Nein, das bin ich in der Tat nicht. Mir liegt das Wohl meiner Einrichtung am Herzen und wie gesagt, war es mit Herrn Goeßling zeitweise mehr als schwierig. Was denken Sie, wann ich seine Wohnung wieder vergeben kann?«

Karre lag es auf der Zunge, ihr zu sagen, dass sie zunächst einmal den äußerst hartnäckigen Verwesungsgeruch würde loswerden müssen, was vermutlich mehrere Wochen in Anspruch nahm. Allerdings verkniff er sich den Kommentar aus Pietätsgründen und sagte stattdessen: »Sobald wir die Räumlichkeiten freigegeben haben, liegt es an Ihnen, wie Sie damit weiter verfahren. Was denken Sie denn, wie schnell Sie einen Nachmieter für Herrn Goeßling finden werden?«

»Unsere Einrichtung genießt einen äußerst guten Ruf. Wir haben eine lange Warteliste. Bei der Neubesetzung der Wohnung handelt es sich also um eine reine Formalität, die nicht mehr als einige Tage in Anspruch nehmen sollte.«

»Halten Sie es für möglich, dass Herr Goeßling nicht auf natürliche Weise von uns gegangen ist?«

Nun wich jegliche Farbe aus dem Gesicht von Anke Hoppe. »Sie meinen, er ist ermordet worden?«

»Das habe ich nicht gesagt. Meine Frage war rein hypothetisch. Jedenfalls so lange, bis wir das Ergebnis der Obduktion kennen und es das Gegenteil beweist. Also, was denken Sie?«

Sie sprach leise, beinahe flüsterte sie. »Wenn sich wirklich herausstellen sollte, dass Herr Goeßling ermordet wurde, dann hängen Sie das um Himmels willen nicht an die große Glocke. Einen solchen Imageschaden kann sich kein Haus leisten.«

»Sollte sich tatsächlich zeigen, dass der Tod von Herrn Goeßling absichtlich herbeigeführt wurde, werden wir die Angelegenheit selbstverständlich so diskret wie möglich behandeln. Allerdings müssten wir in einem solchen Fall das eine oder andere Gespräch führen, dafür haben Sie doch sicher Verständnis. Darüber hinaus gehe ich davon aus, dass es auch in Ihrem Interesse sein dürfte, einen potenziellen Mörder zu entlarven. Insbesondere, falls es sich dabei um jemanden aus Ihrer Einrichtung handeln sollte.«

Anke Hoppe schnaubte verächtlich, bevor sie sich aus ihrem Stuhl erhob und Karre mit einem übertrieben langen Blick auf ihre Armbanduhr signalisierte, dass sie die Unterhaltung für beendet hielt.

Eine Einschätzung, die sich durchaus mit der Meinung des Hauptkommissars deckte. Jedenfalls vorerst.

KAPITEL 5

Christian Goeßling wohnte in einem imposanten Würfel aus Beton und Glas. Vor einer der beiden an das Haus angebauten Doppelgaragen standen ein dunkelblauer Ferrari und ein schneeweißes 911er-Cabrio. Karre, der seinen Wagen auf einer gepflasterten Stellfläche neben der Grundstückseinfahrt abgestellt hatte, ging zu der von drei Meter hohen Bambussträuchern gesäumten Eingangstür. Nach kurzem Zögern betätigte er die Klingel. Oh, wie sehr er es hasste, derartige Nachrichten zu überbringen. Aus diesem Grund kam es äußerst selten vor, dass er Besuche dieser Art ohne die Unterstützung eines seiner Kollegen – meistens war es Viktoria – durchführte.

Es dauerte einen Augenblick, bis sich die Tür öffnete. Eine äußerst attraktive, braungebrannte Blondine begrüßte ihn mit einem strahlendweißen Lächeln, das eine Bereicherung für jeden Zahnpasta-Werbespot gewesen wäre. Sie trug hautenge, weiße Jeans und ein türkisfarbenes, tief ausgeschnittenes Top. Eine aus glitzernden

Steinen bestehende Schlange verzierte die ebenfalls weißen Sneakers. Unter dem Reptil prangte in silbernen Lettern der Schriftzug *»GUCCI«*.

Fragend sah sie den Hauptkommissar an. »Was kann ich für Sie tun?« Ihr Blick wanderte zu dem auf ihrem Grundstück parkenden Audi des unangemeldeten Besuchers. »Kann ich Ihnen helfen?«

Karre stellte sich vor und zeigte der Dame seinen Dienstausweis, woraufhin diese ihn irritiert ansah. »Und Sie wollen ganz sicher zu mir?«

»Eigentlich zu Christian Goeßling. Sie sind seine Frau?«

Sie nickte und reichte ihm die Hand. »Jessica Goeßling. Mein Mann ist nicht zu Hause. Vermutlich wird er auch erst gegen Abend zurückkommen. Darf ich fragen, worum es geht?«

»Ehrlich gesagt, würde ich ihm das gerne selbst erklären. Können Sie mir vielleicht sagen, wo ich ihn finden kann?«

Sie lächelte, aber Karre glaubte, auf ihrem Gesicht eine Spur von Spott zu erkennen. »Auf dem Golfplatz. Aber glauben Sie mir, Sie würden sich keinen Gefallen tun, wenn Sie ihn dort stören. Wenn es dringend ist, sollten Sie heute Abend wiederkommen.«

»Was ist mit Ihnen?«

»Mit mir? Was soll mit mir sein?«

»Spielen Sie kein Golf?«

»Eigentlich schon, aber wir sind erst gestern aus dem Urlaub zurückgekommen und ich bin noch ein wenig geschafft. Jetlag.« Wieder zeigte sie ihm ihre strahlendweißen Zähne. »Wissen Sie, ich kann im Flugzeug einfach nicht schlafen. Und das, obwohl die Betten in der First Class wirklich hervorragend sind.«

Natürlich. Karre hatte zwar nicht die geringste Ahnung, wie bequem oder unbequem die Betten der First Class tatsächlich waren, konnte sich aber lebhaft vorstellen, dass mangelnder Komfort nicht die Ursache für Frau Goeßlings Schlafprobleme war.

»Wo waren Sie denn, wenn ich fragen darf?«

Ein Lächeln huschte über ihr Gesicht. »Auf den Seychellen. Für drei Wochen. Sagen Sie, was halten Sie davon, wenn Sie auf einen Kaffee hereinkommen? Vielleicht können Sie mir ja doch sagen, worum es geht, dann kann ich meinen Mann heute Abend informieren.«

Karre dachte nach. Eigentlich hatte er sich vorgenommen, zu Hanna ins Krankenhaus zu fahren. Je früher, desto besser. Andererseits war es vielleicht nicht verkehrt, sich vorher in Abwesenheit von Christian Goeßling ein erstes Bild machen zu können. Und vielleicht erwies sich seine Frau im Nachhinein ja sogar als auskunftsfreudiger als ihr Gatte. Vor dem Hintergrund dieser Überlegungen stimmte er schließlich zu.

Jessica Goeßling führte Karre durch das weitläufige Erdgeschoss des Hauses. Glas und Sichtbeton dominierten das Innere ebenso wie die Fassade. Selbst die Küchenzeile samt der mehrere Meter langen Kochinsel, die einen fließenden Übergang zu dem sich anschließenden Wohnzimmer bildete, bestand zu Karres Überraschung aus glattgeschliffenem Beton. Zwei der vier Außenwände bestanden aus riesigen Glasscheiben, die einen atemberaubenden Blick in den Garten und über das sich dahinter erstreckende Ruhrtal offenbarten.

»Was möchten Sie? Cappuccino, Espresso oder Cafe Crema?«

»Cafe Crema. Vielen Dank«, antwortete Karre geistesabwesend. Noch immer wanderte sein Blick durch das beeindruckende Haus. In der ersten Etage, direkt über der Küche, befand sich eine Galerie, die durch eine Glaswand von dem sich anschließenden Luftraum abgetrennt wurde. Über Karre betrug die Deckenhöhe des

Wohnzimmers gut und gerne fünf oder sechs Meter.

Jessica Goeßling kam auf ihn zu und reichte ihm seinen Kaffee. »Gehen wir raus auf die Terrasse?«

»Gerne, warum nicht.«

Die Größe der Terrasse, die sich L-förmig um die verglasten Seiten des Hauses zog, schätzte Karre auf mindestens einhundert Quadratmeter. Nicht mitgerechnet die Fläche, die der nicht gerade bescheiden dimensionierte Swimmingpool einnahm.

Jessica Goeßling ließ sich im Sessel einer Lounge-Gruppe neben dem Pool nieder und bedeutete Karre, ebenfalls Platz zu nehmen. »Was genau wollten Sie denn nun von meinem Mann?«, fragte sie, nachdem Karre einen ersten Schluck Kaffee getrunken hatte. »Hat er was ausgefressen?«

»Glauben Sie das?«

Sie lachte laut auf. »Christian? Nein, natürlich nicht. Aber jetzt mal im Ernst: Warum sind Sie hier?«

»Nun, wie ich schon sagte, eigentlich wollte ich mit Ihrem Mann sprechen. Es geht um seinen Vater.«

»Um Rudolf? Was ist mit ihm?«

Auch wenn sie sichtlich bemüht war, sich nichts anmerken zu lassen, sah Karre ihrem Gesicht an, dass sie bereits auf der richtigen Fährte war. »Es tut mir sehr leid, Frau Goeßling, aber ich muss Ihnen mitteilen, dass Ihr Schwiegervater verstorben ist.«

Wortlos stellte sie ihre Kaffeetasse auf der Glasplatte des Lounge-Tisches ab und ließ sich gegen die Lehne ihres Sessels sinken. Nach einem Augenblick des Schweigens, in dem auch Karre es vorgezogen hatte, nichts weiter zu sagen, fragte sie nur: »Wie?«

»Nach allem, was wir bisher sagen können, ist er in seinem Bett verstorben.« Alle weiteren Details wollte er für das bevorstehende Gespräch mit Christian Goeßling zurückhalten.

»Wissen Sie, Herr Karrenberg, es klingt vielleicht ein wenig herzlos, aber ich hatte nie ein besonders enges Verhältnis zu meinem Schwiegervater.«

»Mir scheint, da waren Sie nicht die Einzige«, rutschte es Karre heraus, bevor er darüber nachdenken konnte.

»Kann schon sein. So war er eben. Mich hat er immer spüren lassen, dass er mich seines Sohnes als nicht würdig erachtet hat. Verstehen Sie mich nicht falsch, er hat es nie offen gesagt. Aber es gibt andere Wege, einen Menschen spüren zu lassen, dass man ihn nicht akzeptiert. Wenn Sie sich also wundern, dass ich hier nicht in Tränen ausbreche, dann hat das nichts damit zu tun, dass ich herzlos bin. Ich hatte nur keine besondere Bindung zu ihm. Weiß Viola es schon?«

»Sie meinen seine Tochter?«

Jessica Goeßling nickte. »Sie hatte auch nicht gerade ein unproblematisches Verhältnis zu ihrem Vater.«

»Was genau bedeutet das?«

»Das sollte sie Ihnen lieber selbst erzählen. Aber meines Wissens nach, haben die beiden seit Jahren nicht miteinander gesprochen. Also, weiß sie schon Bescheid?«

»Nein, wir hatten bisher noch keine Gelegenheit, mit ihr zu reden.«

»Darf ich meinem Mann von Ihrem Besuch erzählen? Dass Rudolf verstorben ist, meine ich.«

»Natürlich. Dennoch würde ich mich morgen gerne persönlich mit ihm unterhalten. Können Sie mir sagen, wann das möglich wäre?«

»Ich weiß nicht, wie lange er morgen in der Praxis ist. Ich kann versuchen, dass er sich mit Ihnen zum Lunch trifft. Mittags nimmt er sich meistens ein bisschen Zeit.«

»In der Praxis? Darf ich fragen, was ihr Mann beruflich macht?«

»Er ist Zahnarzt. Geben Sie mir Ihre Karte und ich lasse Sie wissen, wann und wo Sie sich mit ihm treffen können.« Sie stand auf und streifte ihre Schuhe von den Füßen. Als sie den Knopf ihrer Jeans öffnete, stockte Karre der Atem. Mit beiden Händen griff sie nach dem Saum ihres Tops und zog es sich in einer fließenden Bewegung über den Kopf. Darunter trug sie ein weißes Bikini-Top, das ihre wohlproportionierten Brüste perfekt in Szene setzte. Die beiden Körbchen wurden mittels eines Metallrings zusammengehalten. Mit einer fließenden Bewegung ließ sie ihre Hose zu Boden gleiten und wandte sich dem Pool zu. Bevor sie mit einem gekonnten Kopfsprung in das türkisblaue Wasser eintauchte, drehte sie sich noch einmal zu Karre um.

»Sie finden alleine nach draußen, oder?«

Dann verschwand ihr makelloser Körper beinahe geräuschlos unter der Wasseroberfläche.

KAPITEL 6

Karre saß an Hannas Bett und hielt ihre Hand. Eigentlich hatte er Viktoria bitten wollen, ihn zu begleiten, hatte es in der Hektik des Geschehens aber vergessen. Zumindest versuchte er, sich das einzureden. Hanna und Viktoria. Die beiden mochten sich, das wusste er. Wenn sie sich begegnet waren, hatten sie sich stets prächtig verstanden. Beinahe wie Schwestern.

Zudem wusste er, wie gerne Hanna eine Schwester gehabt hätte. Mit etwa fünf Jahren hatte sie sich vom Christkind eine große Schwester gewünscht. Innerlich schmunzelnd hatte er ihr zu erklären versucht, dass, egal was auch geschehen möge, sie für immer die Große sein würde. Nachträglich kleine Schwester zu werden, sei vollkommen ausgeschlossen. Nach anfänglichem Grummeln hatte Hanna schließlich zugestimmt und sich kurzerhand eine *kleine* Schwester gewünscht - oder ein Kaninchen.

Doch Karre kannte seine Exfrau Sandra nur allzu gut. Und so hatte es ihm beinahe das Herz gebrochen, zu wissen, dass sich dieser Wunsch seiner Tochter niemals erfüllen würde. Umso mehr hatte es ihn gefreut, dass sie in Vicky – wenn auch Jahre später – gewissermaßen eine Ersatzschwester gefunden hatte. Eine *große* Schwester.

Je mehr er darüber nachdachte, desto mehr bereute er, Viktoria gegenüber so zurückweisend gewesen zu sein, wenn es um Besuche bei Hanna ging. Mehr als einmal hatte sie ihn während der letzten Wochen gefragt, ob sie ihn begleiten könne. Und jedes Mal hatte er entschuldigend abgelehnt. Hatte ihr zu erklären versucht, dass er Zeit für sich und Hanna bräuchte. Dass er … verflucht, eigentlich konnte er es selbst nicht verstehen.

Er streichelte Hanna über den Kopf, während er verzweifelt auf ein Indiz wartete, dass sie trotz ihrer tiefen Bewusstlosigkeit etwas von ihrer Lieblingsmusik mitbekam, die geduldig aus dem kleinen Bluetooth-Speaker auf ihrem Kopfkissen plätscherte. Wenn er ihr etwas vorlas oder Musik vorspielte, hatte er bisher immer wieder vereinzelte Reaktionen ihrerseits beobachten können. Meistens kaum mehr als ein nur bei genauem Hinsehen überhaupt wahrnehmbares Zucken ihrer Lider oder Lippen. Aber immerhin ein Zeichen, dass sie bei ihm war und dass sie sehr wohl mitbekam, was um sie herum geschah.

Oder hatte er sich das alles nur eingebildet? Hatte es sich lediglich um Trugbilder gehandelt, die ihm seine Einbildungskraft im Kampf gegen die mit jedem weiteren Tag schwindende Hoffnung darauf vorgaukelte, dass Hanna eines Tages doch noch ihre Augen öffnen und ins Leben zurückkehren würde?

Mit geschlossenen Augen lauschte er der Musik, die sich standhaft weigerte, sich dem Rhythmus der piepsenden Überwachungsapparate neben Hannas Bett zu unterwerfen. Zärtlich streichelte er den Rücken ihrer Hand. Und einmal mehr plagte ihn das schlechte Gewissen, zuletzt viel zu wenig Zeit bei seiner Tochter verbracht zu haben. Zeit – niemand wusste, wie viel ihnen davon noch blieb.

*

Er schreckte hoch, als sich die Tür hinter ihm öffnete. War er eingeschlafen oder hatte er nur ein wenig gedöst? Irritiert sah er sich um und rieb sich die brennenden Augen. Sein Handy war ihm aus der Hand geglitten und lag nun auf der hellblauen Bettdecke. Das Display zeigte nichts als bedrückendes Schwarz. Die lebensfrohe Musik, die noch vor wenigen Augenblicken aus dem kleinen Lautsprecher gequollen war, war verklungen. Nur das gleichmäßige Pumpen der Beatmungsmaschine und das Piepen der Monitore waren geblieben.

Sein Kopf fuhr herum. »Ach, du bist es«, begrüßte er die Krankenschwester, die ihren Kopf in diesem Moment durch den Türspalt schob. Jennifer hatte sich von Beginn an rührend um Hanna gekümmert und vor einiger Zeit hatte Karre die junge Frau abends zum Essen in ein ganz in der Nähe liegendes Restaurant ausgeführt. Sie hatten sich gut verstanden und der Abend hatte – wenigstens was ihn betraf – nach zu viel Alkohol in ihrer Wohnung geendet. Ohne, dass etwas zwischen ihnen geschehen wäre. Zumindest hatte sie ihm dies glaubhaft versichert.

Zu einer weiteren Begegnung zwischen ihnen war es gekommen, als Karre auf einem alten Schrottplatz auf Jenny und ihre Tierschützer-Freunde traf. Ein seltsamer Zufall. Zumindest hatte er dies damals zunächst geglaubt, doch letztendlich war es weit mehr als das gewesen. Obwohl all das erst wenige Wochen her war, kam es ihm vor, als wäre seither eine Ewigkeit vergangen.

»Alles okay?«, fragte sie und riss ihn aus seinen Erinnerungen. »Ich meine, im Rahmen des Möglichen.«

Er nickte und nicht zum ersten Mal an diesem Tag spürte er die geballte Müdigkeit, die Besitz von seinem Körper ergriff. Ihm schien, als sei er während der letzten Wochen um Jahre gealtert. Als liefe sein Leben derzeit im Zeitraffer ab. In einer Art Schnellvorlauf, der ihm seine Tochter mit Gewalt aus den Händen zu reißen drohte.

»Der Chef wollte wissen, ob du da bist.«

»Professor Lüders?«

Sie nickte und trat neben ihn. »Er möchte mit dir sprechen.«

»Es steht nicht gut um sie, oder?«

Jennifer schluckte und legte ihre rechte Hand auf seine Schulter. Es tat gut, ihre Berührung zu spüren. Obwohl die Situation scheinbar aussichtslos daherkam, schaffte Jennifer es mit einer einzigen Berührung, Trost zu spenden.

Für sie war es kein Beruf, sondern eine Berufung. Schon oft hatte er den Umgang der jungen Frau mit den verzweifelten Angehörigen der Patienten bewundert. Und derer gab es hier reichlich, denn in beinahe jedem Zimmer spielte sich eine mehr oder weniger große Tragödie ab.

Sein Blick wanderte zu dem Turm aus Monitoren, glitt über die zahlreichen Kurven und Linien hinweg, die keine zwei Meter von ihm entfernt über die Displays flimmerten. Sie waren es, die ihm Angst machten. Nicht Hanna, wie sie reglos in ihrem Bett lag. Trotz der unzähligen Kabel und Schläuche, die in ihrem Körper verschwanden, wirkte sie friedlich. Schlafend. Aber die Anzeigen der Geräte, die in jeder Sekunde ihre Vitalfunktionen überwachten und die den Ärzten und Pflegern so viel über Hannas wahren Zustand verrieten.

So viel mehr als ihm. Obwohl er im Laufe der Zeit viele

der Anzeigen zu deuten gelernt hatte, hatte er stets das Gefühl, dass sie ihm mit ihrem Wissen um Lichtjahre voraus waren. Was wussten sie, was er nicht sehen konnte? Was er vielleicht nicht sehen wollte.

Mühsam erhob er sich von seinem Stuhl, bückte sich über Hannas Gesicht und drückte ihr einen zärtlichen Kuss auf die Stirn. Dann wandte er sich zu Jennifer um und nickte, ohne etwas zu sagen. Und während die Krankenschwester an Hannas Bett trat, verließ Karre wortlos den Raum und machte sich auf den Weg zum Sprechzimmer des Professors.

Während er den von blassem Neonlicht erhellten Gang entlangging, spürte er, wie sein Körper mit jedem Schritt, den er sich der schweren Holztür näherte, stärker zitterte. Wie er sich mit allen Mitteln dagegen sträubte, durch diese Tür zu treten. Wie die Angst vor der unwiderruflichen Wahrheit von ihm Besitz ergriff. Vor einer Wahrheit, die, war sie erst einmal ausgesprochen worden, durch nichts und niemanden mehr aus der Welt zu schaffen war.

Es sind nur Hirngespinste, versuchte er sich selbst zu beruhigen. Er wird dir sagen, dass Hanna auf einem guten Weg ist. Dass es besser läuft, als wir alle gehofft haben. Doch irgendwo, ganz tief in sich drin, wusste er es besser.

KAPITEL 7

Seit einer knappen Viertelstunde saß Mia Millberg im Eiskaffee Plückthun, einer der bekanntesten Eisdielen der Stadt, und nippte an ihrem Kaffee. Unterdessen wanderte ihr Blick immer wieder zwischen der an der Wand hinter der Theke montierten Uhr und ihrem Sohn hin und her.

Felix, dessen Freude an seinem Spaghetti-Eis sowohl an dem breiten Lächeln, als auch an dem roten Erdbeerrand rund um seinen Mund zu erkennen war, musterte sie aufmerksam. »Wartest du auf jemanden?«, fragte er schließlich, während er eine riesige Portion Sahne auf seinen Löffel schaufelte, die er anschließend in seinen Mund beförderte.

»Ich? Wieso?« Selbst für einen Siebenjährigen musste offensichtlich sein, dass sie sich mit der Frage ertappt fühlte.

»Weil du ständig auf die Uhr glotzt. Außerdem hast du nur einen Kaffee bestellt, obwohl wir in einer Eisdiele sitzen. Sonst isst du immer Eis, wenn wir hier sind. Also?

Auf wen warten wir?«

Sie lächelte verlegen. »Auf niemanden.«

»Mama, du sollst mich nicht anlügen«, tadelte Felix sie, wobei er sich sichtlich um einen vorwurfsvollen Blick bemühte, der allerdings in einem breiten Grinsen münde-te. »Also sag schon, ist es dieser Polizist?«

»Und wenn er es wäre?«

»Ha! Hab ich´s doch gewusst!«

»Nein!«, protestierte sie. »Das habe ich nicht gesagt. Ich meinte nur, was würdest du sagen, wenn er zufällig vorbeikommen würde?«

Felix streckte den rechten Daumen in die Höhe und fuhr sich mit der Zunge über die eisverschmierten Lippen. »Er ist cool. Echt.«

»Du hättest also nichts dagegen, wenn ich mich mit ihm treffen würde?«

»Nö, wieso denn. Ich finde, der ist in Ordnung.« Sein Blick wanderte auf den hinter der Eisdiele liegenden Hof, in dessen hinterem Bereich sich eine Wiese mit Bäumen befand. Die Besitzer der Eisdiele hatten dort einige Sitzbänke aufgestellt, so dass man sein Eis bei schönem Wetter im Freien genießen konnte, obwohl das direkt an der Straße liegende Café selbst nicht über eine Terrasse oder anderweitige Außensitzplätze verfügte.

Felix kratze die letzten Eisreste aus seinem Becher und schob sich den Löffel in den Mund. »Darf ich spielen gehen?«

»Aber nur im Hof. Nicht, dass du mir auf die Straße läufst.«

»Ehrenwort!« Und ehe Mia noch etwas erwidern konnte, war er auf und davon.

Ein blondes Mädchen in Jeans und einem T-Shirt mit dem Logo der Eisdiele auf der Brust trat an ihren Tisch. »Darf es noch etwas für Sie sein?«

Mia lächelte die junge Frau an. »Im Augenblick nicht, vielen Dank. Ich warte noch auf jemanden.«

Während die Bedienung sich bereits einem jungen Pärchen am Nebentisch widmete, zog Mia ihr Handy aus ihrer Handtasche und warf einen Blick auf das Display. Kein Anruf, keine Nachricht. Enttäuscht ließ sie es zurück in ihre Tasche gleiten.

*

Karre saß in einem der Ledersessel des Besprechungszimmers und wartete geduldig, dass Prof. Dr. Lüders, der Leiter der Neurologischen Klinik, irgendwann zwischen Operationen und Visiten ein paar Minuten Zeit für das von ihm selbst initiierte Gespräch fand. Im Laufe der letzten Wochen hatte Karre mehr oder weniger regelmäßig mit dem Professor über Hannas Gesundheitszustand gesprochen und dabei ein permanentes Auf und Ab durchlebt.

Allerdings hatte es zuletzt erheblich mehr Abs gegeben, so dass Karre mit einem entsprechend mulmigen Gefühl in der Magengegend zu dem bevorstehenden Gespräch angetreten war.

Er fuhr herum, als sich die Bürotür hinter ihm öffnete und der Professor den Raum betrat. Doch zu Karres Überraschung kam er dieses Mal in Begleitung einer Kollegin.

Die schlanke, hochgewachsene Ärztin, die Lüders ihr als Dr. Claudia Grigoleit vorstellte, schätzte er auf Anfang bis Mitte vierzig. Sie hatte das rotblonde Haar zu einem Pferdeschwanz zusammengebunden und ihr blasses, mit Sommersprossen übersätes Gesicht wies zahlreiche rote Flecken auf, die sich auch über den Hals der Medizinerin zogen. Mit ihren blauen Augen musterte sie Karre.

»Darf ich Ihnen meine Kollegin vorstellen? Sie wird dieses Mal an unserem Gespräch teilnehmen. Bitte, nehmen Sie doch Platz.« Er deutete auf einen runden Besprechungstisch mit vier dazugehörenden Stühlen. »Herr Karrenberg, zunächst einmal vielen Dank, dass Sie es so schnell einrichten konnten. Wir kennen uns nun schon eine Weile und ich weiß, dass Sie sehr viel Zeit bei Ihrer Tochter verbringen. Und das trotz Ihrer beruflichen Belastung. Dafür möchte ich Ihnen meinen größten Respekt zollen.«

Karre saß schweigend auf seinem Stuhl und spürte das Hämmern seines Pulses an seiner Halsschlagader. Er nickte kaum merklich, während der Professor fortfuhr.

»Sie wissen, dass Hanna zuletzt eine schwerwiegende Operation überstehen musste.«

Und ob er das wusste. Sie hatten ihren Schädel geöffnet, um den trotz aller bisherigen Bemühungen weiter ansteigenden Hirndruck in den Griff zu bekommen. Noch immer bekam er allein durch die Vorstellung an das Geschehene eine Gänsehaut.

»Leider hat sich Hannas Zustand seither nicht so entwickelt, wie wir gehofft hatten.«

Ihm gefror das Blut in den Adern.

»Um ganz offen zu sprechen: Ihr Zustand hat sich weiter verschlechtert. Und so leid es mir tut, wir bekommen ihre Kopfverletzungen trotz aller Bemühungen nicht in den Griff. Trotz des Einsatzes aller intensivmedizinischen Möglichkeiten ist es uns nicht gelungen, die Hirnschwellung Ihrer Tochter zu beheben.«

Karre starrte den Arzt durch einen Tränenschleier hindurch an. »Und?«, fragte er, obwohl er die Antwort auf seine Frage bereits kannte. »Was bedeutet das?«

»Herr Karrenberg, ich habe Sie aus zwei Gründen zu mir gebeten. Zum einen hätte ich gerne Ihre Zustimmung, dass wir die Gabe von unmittelbar auf Hannas Gehirn wirkende Medikamente beenden dürfen. Nur so können wir die Ausfallerscheinungen in ihrem Gehirn zweifelsfrei feststellen und bewerten.

Karre schluckte. Er hörte, was der Professor sagte, verstand es aber nicht. Wollte es nicht verstehen. Nein, sein eigener Verstand weigerte sich, die Fakten, vor denen er sich lange gefürchtet hatte und mit denen er jetzt konfrontiert wurde, zu akzeptieren.

Er spürte, wie das Handy in seiner Hosentasche vibrierte. »Was macht Sie so sicher, dass …« Er brachte es nicht fertig, die Worte auszusprechen. Sein Handy verstummte nach dreimaligem Brummen.

»Während der letzten Stunden ist Hannas Körpertemperatur immer wieder stark angestiegen. Ihr Blutdruck sowie ihr Herzschlag zeigen immer häufiger Unregelmäßigkeiten, die wir nicht in den Griff bekommen. Und trotz der kontinuierlichen Gabe von Infusionslösungen können wir Hannas Hormon- und Mineralhaushalt nur noch unzureichend stabil halten. Herr Karrenberg, wir haben wirklich alles Menschenmögliche für Hanna getan, aber trotz aller uns zur Verfügung stehenden Mittel sind wir am Ende unserer Möglichkeiten. Wenn Hannas Körper es nicht von alleine schafft … Es tut mir leid, aber Sie sollten sich auf das Schlimmste vorbereiten.«

Tränen liefen über seine Wangen, er war unfähig, etwas zu erwidern. Wie im Zeitraffer liefen die letzten Wochen und Monate vor seinem geistigen Auge ab. All die Stunden, die er an ihrem Bett verbracht hatte. In der ständigen Hoffnung, dass sich ihr Zustand entgegen allen Prognosen doch noch verbessern würde. Dass sie eines Tages ins Leben zurückkehren und all die Dinge tun könnte, von denen sie immer geträumt hatte. Wie durch dicke Watte hindurch erreichten ihn die weiteren Worte des Professors.

»Ich weiß, es ist ein ungünstiger Moment, aber leider Gottes gibt es für das, was Frau Dr. Grigoleit mit Ihnen besprechen möchte, keinen richtigeren Zeitpunkt. Ich werde Sie beide jetzt alleine lassen. Wenn Sie Fragen haben, können Sie sich jederzeit an mich wenden. Ansonsten würde ich Sie bitten, dass Sie morgen Abend zu mir kommen. Bis dahin kann ich Ihnen mehr zu den Ergebnissen der zum jetzigen Zeitpunkt noch ausstehenden Untersuchungen sagen.«

Er stand auf und legte seine Hand auf Karres Schulter. »Glauben Sie mir, ich weiß, was in Ihnen vorgeht. Ich selbst habe auch drei Töchter. Und jedes Mal, wenn ich ein solches Gespräch führen muss, stelle ich mir die Frage, wie ich selbst mit einer derartigen Situation umgehen würde. Und auch wenn ich als Arzt, was die medizinische Sicht der Dinge betrifft, eine ganz klare Vorstellung davon habe, was richtig ist, so weiß ich nicht, wie ich eine derartige Situation als Vater meiner Töchter beurteilen würde. Aber ich weiß, dass ich mir nichts sehnlicher wünschen würde, als die Kraft aufbringen zu können, die medizinisch einzig richtige Entscheidung zu treffen.«

KAPITEL 8

»Bei diesen Untersuchungen, von denen Professor Lüders gesprochen hat: Was genau möchte er herausfinden?« Karre blickte direkt in die blauen Augen von Frau Dr. Grigoleit.

Einige Minuten lang hatten sie sich schweigend gegenüber gesessen, nachdem Lüders den Raum verlassen hatte. Anstatt auf ihn einzureden, hatte sie geduldig abgewartet, bis er sich bereit fühlte, das Gespräch aus eigenem Antrieb in Gang zu setzen.

»Er hat es nicht direkt gesagt, aber hält er Hanna für … hirntot?« Es kostete ihn unbeschreibliche Überwindung, das Wort, das ihm während der letzten Minuten dutzende Male durch den Kopf gegangen war, laut auszusprechen und es nun wie ein gespenstisches Echo durch das Besprechungszimmer hallen zu hören.

Die Ärztin schien ihre nächsten Worte genau abzuwägen. Schließlich schüttelte sie langsam den Kopf. »Nein, so weit ist es noch nicht. Aber er befürchtet, dass dieser

Zustand eintreten könnte. Ich möchte Ihnen jetzt keinen Fachvortrag halten, aber es gibt unterschiedlichste Stadien, in denen sich eine Patientin wie Hanna befinden kann: Ohnmacht, Bewusstlosigkeit, Koma, Wachkoma. Um nur einige zu nennen.

Patienten in einem Zustand, den wir gemeinhin als »Wachkoma« bezeichnen, haben ihr Bewusstsein sowie ihre aktive Reaktionsfähigkeit aufgrund von Verletzungen des Gehirns verloren. Bei den Patienten können verschiedenste Formen solcher Hirnschädigungen vorliegen und doch entsprechen sie in keiner Weise dem Hirntod.

Ein Patient im Koma atmet in der Regel selbständig. Sie wissen, dass dies bei Hanna nicht der Fall ist. Allerdings ist Hannas elektrische Hirnaktivität derzeit noch mit Hilfe eines EEGs messbar. Wir können in ihrem Fall also definitiv nicht von *hirntot* sprechen. Allerdings gehen wir nach den letzten Entwicklungen davon aus, dass bei ihr durch den Unfall – entgegen unserer bisherigen Hoffnungen – bedeutende Teile des Großhirns in erheblichem Umfang und damit unwiderruflich geschädigt worden sind. Wir fürchten, dass ihr Zustand in naher Zukunft tatsächlich auf das hinauslaufen könnte, was wir als *hirntot* bezeichnen müssen.«

»Warum erzählen Sie mir das und nicht der Professor?«, fragte Karre mit zitternder Stimme. »Hat er keine Zeit für so was?«

Frau Dr. Grigoleit schloss für einen Moment die Augen, bevor sie auf Karres Frage antwortete. »Ich habe in dieser Klinik eine ganz besondere Aufgabe. Ich betreue Ärzte, aber auch Patienten und insbesondere Angehörige bei speziellen Fragen.«

»Was für Fragen?«

Wortlos schob sie Karre eine Broschüre hin, die sie bisher in einer vor ihr auf dem Tisch liegenden Mappe verborgen gehalten hatte. Karre starrte auf das vor ihm liegende Deckblatt: »Kein Weg zurück … Informationen zum Hirntod.« Beim Blick auf den Herausgeber, dessen Logo sich in der unteren rechten Ecke des Dokumentes befand, stockte ihm der Atem: »DSO – Deutsche Stiftung Organtransplantation.«

*

»Möchten Sie vielleicht doch noch etwas bestellen?«, fragte die Blondine inzwischen zum dritten Mal nach, wobei ihr freundliches Lächeln mittlerweile einem verkrampften, leicht genervten Gesichtsausdruck gewichen war, den sie wirkungsvoll dadurch zu verstärken wusste, dass sie den vor dem Café auf einen Sitzplatz wartenden Gästen einen entschuldigenden Blick zuwarf.

Mia schüttelte den Kopf.

»Wenn Sie mich fragen, sollten Sie sich damit abfinden, dass er nicht kommt.«

»Ich frage Sie aber nicht!«, blaffte Mia die verdutzte Bedienung an, die daraufhin das Geschirr von Mias Platz einsammelte und mit einem beleidigten Ausdruck auf ihrem zweifelsohne hübschen Gesicht von dannen zog.

Mia beachtete sie nicht weiter und blickte einmal mehr zu der großen Wanduhr hinüber. Seit einer geschlagenen Dreiviertelstunde wartete sie vergeblich. Warum tat sie sich das an? War er das überhaupt wert? War es überhaupt ein Mann wert, sich seinetwegen dermaßen lächerlich zu machen? Entgegen ihrer inneren Überzeugung zog sie noch einmal ihr Handy aus der Handtasche hervor, rang sich zu einem letzten Versuch durch und wählte seine Nummer. Nach mehrmaligen Klingeln meldete sich seine Mailbox. Mia legte auf.

Während sie nach ihrem Portemonnaie kramte, um die

Rechnung zu bezahlen, vernahm sie plötzlich einen schrillen Schrei, der ohne jeden Zweifel von ihrem Sohn ausgestoßen worden war. Als sie hinaus auf den Hof blickte, sah sie Felix, der auf dem Boden unter einem der Obstbäume kauerte. Mehrere Passanten hatten sich bereits um ihn versammelt. Sie legte einen Zehn-Euro-Schein auf den Tisch und verließ fluchtartig das Café.

*

Er schüttelte den Kopf. Erst langsam, dann immer schneller und schneller.

»Nein«, sagte er schließlich. »Nein. Nein. Nein.« Das letzte »Nein« schrie er mehr, als dass er sprach. »Meine sechzehnjährige Tochter liegt ein paar Zimmer weiter und stirbt und Sie haben nichts Besseres zu tun, als mich zu fragen, ob ich ihren Körper wie ein Ersatzteillager ausschlachten lasse?«

Frau Dr. Grigoleit saß ihm schweigend und reglos gegenüber. Vermutlich erlebte sie nur selten eine andere Reaktion, wenn sie Angehörige eines Sterbenden auf ein derart heikles und sensibles Thema ansprach.

Einem inneren Impuls folgend wollte Karre aufspringen und den Raum verlassen, überlegte es sich dann jedoch anders. Er wusste um die Bedeutung des Themas *Organspende* und so sehr sich alles in ihm dagegen sträubte, wusste er auch, dass es nur allzu vernünftig von Professor Lüders und Frau Dr. Grigoleit war, diesen Punkt genau hier und jetzt zu thematisieren. Dennoch sah er sich in seiner augenblicklichen Verfassung nicht in der Lage, auch nur einen einzigen klaren Gedanken in diese Richtung zu denken.

»Ich erwarte nicht, dass Sie eine spontane Entscheidung treffen. Ich kann nicht einmal von Ihnen verlangen, dass

Sie sich hier und jetzt in Ruhe mit mir über dieses Thema unterhalten. Ich möchte Sie lediglich dafür sensibilisieren, dass wir, sofern der Fall tatsächlich eintreten sollte, nur ein begrenztes Zeitfenster haben, in dem wir Hanna…«

»… ihre Organe entnehmen können?«, vervollständigte Karre den Satz mit zitternder Stimme.

Anstatt direkt auf seine Frage zu antworten, sagte sie: »In der Regel kommt es mit dem Eintreten des Hirntods zu Störungen der übrigen Organe, verschiedener Stoffwechselvorgänge sowie des Kreislaufes. Mit den Mitteln moderner Intensivmedizin können wir die Ausfälle vieler Organfunktionen über eine gewisse Zeit verhindern, aber eben nicht beliebig lange. Ich weiß, es klingt grausam technisch, aber daraus ergibt sich ein enges Zeitfenster, in dem ein hirntoter Patient als potenzieller Organspender infrage kommt, weil wir ausschließlich unbeschädigte Organe transplantieren können. Aus diesem Grund ist von den Angehörigen in einem solchen Fall eine schnelle Entscheidung gefordert.

Ich weiß, was ich Ihnen und allen anderen Angehörigen in einer vergleichbaren Situation zumute, aber ich würde mir wünschen, dass Sie sich frühzeitig damit auseinandersetzen und sich selbst die Frage stellen, wie Sie im Fall der Fälle entscheiden werden.

Die Entscheidung, die möglicherweise vor Ihnen liegt, gehört ohne jeden Zweifel zu den schwersten, die Eltern überhaupt nur abverlangt werden können. Aber cine Sache, die Sie bei Ihrer Entscheidungsfindung berücksichtigen sollten, möchte ich Ihnen abschließend mit auf den Weg geben: Ganz egal, welchen medizinischen und technischen Aufwand wir betreiben, wir können Hannas Hirnfunktionen weder ersetzen noch wiederherstellen. Sollte der Hirntod tatsächlich eintreten, können wir ihn nicht wieder rückgängig machen.«

Karre nickte apathisch und starrte mit leerem Blick ein aus bunten Farbklecksen bestehendes Gemälde an der weißen Zimmerwand an.

»Und natürlich können Sie mich jederzeit anrufen oder zu mir kommen, wenn Sie Fragen haben.«

KAPITEL 9

Hatte er sich während der Gespräche mit dem Professor und Frau Dr. Grigoleit noch einigermaßen beherrschen können, brachen zu Hause in seiner Wohnung alle Dämme. Er saß auf der Couch, starrte durch das Fenster in den blauen Himmel mit den abartig fröhlichen Schäfchenwolken und heulte wie ein Schlosshund.

Die Wodkaflasche, die neben der Broschüre der Organspende-Organisation auf dem Couchtisch stand, war unangetastet. Eine Tatsache, die sich in Kürze ändern würde. Er griff nach der Flasche und wollte gerade den Deckel abschrauben, als das Handy in seiner Hosentasche vibrierte. Einer inneren Stimme folgend, zog er es heraus und beim Anblick des Namens auf dem Display stieß er einen leisen Fluch aus.

Mia. Die hatte er vollkommen vergessen. Eigentlich hatte er sich mit ihr nach dem Besuch bei Hanna in einer Eisdiele treffen wollen. Während er sich noch wunderte, dass sie ihn überhaupt anrief, nachdem er sie sang- und klanglos versetzt hatte, nahm er das Gespräch an.

»Hallo Mia«, murmelte er kleinlaut. »Sorry, mir ist was dazwischengekommen. Ich hoffe, ihr hattet trotzdem einen schönen Nachmittag?« Noch während er es aussprach, musste er sich selbst eingestehen, dass es ziemlich armselig klang.

»Ja, war super. Danke der Nachfrage. Ich bin von einem Typen versetzt worden, mit dem ich mich auf ein Eis verabredet hatte und mein Sohn hat sich den Arm gebrochen, so dass wir den Rest des Nachmittags in der Notaufnahme verbracht haben. Aber davon abgesehen war´s wirklich klasse. Und bei dir so?«

Karre schluckte, bevor er mit heiserer Stimme hervorpresste: »Ich war im Krankenhaus. Hanna stirbt.« Und noch während er es aussprach, brach er in Tränen aus. In den folgenden Minuten fasste er für Mia mit tränenerstickter Stimme die Ereignisse des Nachmittags zusammen.

»Oh mein Gott, das ist ja furchtbar. Was für ein Alptraum«, flüsterte sie, nachdem er geendet hatte. »Und wie geht es jetzt weiter?«

»Jetzt werde ich mir wohl oder übel Gedanken darüber machen, ob ich mir für den schlimmsten aller Fälle vorstellen kann, Hannas Organe für eine Transplantation freizugeben. Und ganz ehrlich: Das überfordert mich maßlos.«

»Das kann ich mir vorstellen. Und plötzlich ist man froh, wenn das eigene Kind sich bloß den Arm bricht.«

»Jetzt erzähl doch mal«, forderte Karre sie auf, der froh war, endlich einen Aufhänger gefunden zu haben, das Thema zu wechseln. »Wie hat er das denn geschafft? Und wie geht es ihm?«

»Ist hinter der Eisdiele auf einen Baum geklettert und von der Schwerkraft wieder runtergeholt worden. Glatter

Bruch von Elle und Speiche. Jetzt hat er einen blauen Gips und kommt sich mega cool vor. In gewisser Weise also Glück im Unglück. Tut mir leid, dass ich dich eben so angefahren habe.«

»Du konntest ja nicht wissen, was passiert ist.«

»Aber ich hätte wenigstens fragen können, anstatt dich gleich zu beschimpfen.«

»Schon gut. Vergiss es. Wie geht´s Felix?«

»Alles gut, er liegt schon im Bett und schläft. Soll ich vorbeikommen?«

»Und Felix?«

»Ich könnte meine Babysitterin anrufen und sie fragen, ob sie ein paar Stunden auf ihn aufpassen würde.«

Karre überlegte, der Gedanke, den Abend nicht alleine mit einer Flasche Wodka, sondern mit Mia zu verbringen, war mehr als verlockend. Dennoch sagte er: »Das ist total lieb von dir, aber ich glaube, du solltest deinen Sohnemann heute Abend nicht alleine lassen.«

»Okay, wie du meinst.«

Karre fand, dass sie beinahe ein wenig enttäuscht klang.

»Vielleicht morgen?«, fragte sie.

»Sehr gerne. Ich hab nur gerade überhaupt keine Idee, was in den nächsten Tagen passieren wird. Wegen Hanna, meine ich.«

»Klar. Du kannst mich ja anrufen, wenn dir danach ist. Wenn du jemanden zum Reden brauchst, meine ich.«

»Mia, darauf komme ich ganz bestimmt zurück. Ich weiß nur nicht …«

»Schon gut. Setz dich wegen mir nicht unter Druck. Wenn du mich brauchst, werde ich da sein«, sagte sie und legte auf.

KAPITEL 10

Nach einer nahezu schlaflosen Nacht betrat Karre am nächsten Morgen das neue Büro des dritten Kommissariats in der alten Polizeischule. Die Versuchung, seinen Schmerz mit der Flasche Wodka hinunterzuspülen, die den ganzen Abend vor ihm auf dem Couchtisch stand und ihn mit verführerischem Locken für sich hatte gewinnen wollen, war groß gewesen. Aber er hatte dem trügerischen Reiz des vermeintlich leichteren Weges widerstanden und so war die Flasche letztendlich ungeöffnet in den finsteren Tiefen hinter seiner Schallplattensammlung verschwunden.

Zu wichtig waren die anstehenden Entscheidungen, die seine gestrigen Gespräche mit Professor Lüders und Frau Dr. Grigoleit zwangsläufig nach sich ziehen würden. Zu wichtig, als dass er sie mit von Alkohol vernebeltem Verstand in Angriff nehmen wollte. Nein, Entscheidungen von derartiger Tragweite musste er mit klarem Verstand treffen und nicht mit Hilfe klarer Spirituosen. Wenn er auch sonst möglicherweise nichts mehr für Hanna tun konnte, das war er ihr schuldig. Wenigstens das.

Dennoch fürchtete er eben diese Entscheidungen – und das für den Abend angesetzte Gespräch, in dem der Professor mit ihm über die neusten Untersuchungsergebnisse würde sprechen wollen. Gegen Mittag würde er zu Hanna fahren, um nach ihr zu sehen, aber bis dahin musste er sich irgendwie ablenken.

Die erste Überraschung erwartete ihn, als er die Bürotür aufstieß und den nach Feuchtigkeit und Moder riechenden Raum betrat. Noch immer fragte er sich, wie die Stadt als Arbeitgeber es ihren Ermittlungsbeamten zumuten konnte, einen nicht unbedeutenden Teil ihrer Arbeitszeit in derartigen Behausungen verbringen zu müssen.

Ob diejenigen, die derartige Entscheidungen absegneten überhaupt wussten, wie es hier drinnen aussah? Doch bevor er sich gedanklich weiter mit diesem leidlichen Thema auseinandersetzen konnte, fiel sein Blick auf die Person, die an dem runden Besprechungstisch saß und sich an einer Tasse dampfenden Kaffees festklammerte.

»Mensch, ich glaub, ich träume«, rief Karre beim Anblick seines ehemaligen Chefs und Mentors, Willi Hellmann. Zuletzt hatte er ihn auf der Beerdigung von Götz Bonhoff getroffen. Bei dieser Gelegenheit hatte er ihn inständig darum gebeten, noch einmal darüber nachzudenken, entgegen seiner ursprünglichen Pläne zu seinem alten Team zurückzukehren. Ob als Leiter oder nur zur Unterstützung der Kollegen, hatte Karre ihm überlassen.

Willi erhob sich aus seinem Stuhl, ging auf Karre zu und begrüßte ihn mit einer herzlichen Umarmung. »Wie geht es dir?«, fragte er und schien Karre nur widerwillig loszulassen. »Und vor allem: Wie geht es Hanna? Gibt es

Neuigkeiten?«

»Die gibt es, aber es sind keine guten.«

»Das tut mir leid. Wenn du reden willst …«

»Danke, das ist nett von dir. Aber im Augenblick brauche ich vor allem ein bisschen Ablenkung. Und nach dem, was wir gestern in dieser Residenz *Sonnenplatz* zu Gesicht bekommen haben, gibt es davon in den nächsten Tagen vermutlich mehr als genug. Willi, ich freue mich riesig, dass du wieder an Bord bist! Hat Leni ihren Frieden mit deiner Entscheidung gemacht?« Karre wusste, dass Willis Frau gegenüber einer Rückkehr ihres Mannes in den Polizeidienst alles andere als positiv eingestellt war.

»Nun, sie weiß, dass ich nicht anders kann. Ein alter Wolf, der sein Leben lang durch die Weiten der Taiga gewandert ist, lässt sich auf seine letzten Tage nicht einsperren.« Das Gesicht des erfahrenen Ermittlers, der in Kürze seinen sechzigsten Geburtstag feiern würde, verzog sich zu einem verräterischen Grinsen. »Außerdem habe ich ihr gesagt, dass ich wieder mit dem Rauchen anfange, wenn ich noch länger zu Hause sitze und den ganzen Tag Flugzeugmodelle zusammenbaue.«

Solange Karre Willi Hellmann kannte, hatte dieser wie ein Schlot geraucht. Trotz des herrschenden Rauchverbotes hatte Hellmanns gläsernes Büro im Präsidium an der Büscherstraße auch Wochen nach seinem vorübergehenden Ausscheiden noch dermaßen penetrant nach kaltem Rauch gestunken, dass Karre einen Umzug in das Teamleiterbüro trotz des ständigen Quengelns von Kriminalrat Schumacher bis zuletzt vermieden hatte. Erst ein Herzanfall, in dessen Folge Hellmann dem Tod nur um Haaresbreite ein Schnippchen geschlagen hatte, hatte ihn davon überzeugen können, das Rauchen von einem Tag auf den anderen einzustellen.

Die Freude über die Rückkehr Willi Hellmanns bei Viktoria und Karim erwies sich als nicht weniger groß. Und während sie Hellmann in knappen Worten von den Ereignissen des vorangegangenen Tages berichteten, trudelten nach und nach Paul Grass, Viktor Vierstein und Jo Talkötter, der Leiter des kriminaltechnischen Dienstes ein, um an der morgendlichen Fallbesprechung teilzunehmen. Seit dem Umzug des K3 in die alte Polizeischule mussten sie dafür eine knapp vier Kilometer lange Geduldsprobe durch den morgendlichen Berufsverkehr auf sich nehmen. Umso mehr freute es Karre und seine Kollegen, dass alle drei pünktlich erschienen waren.

Nachdem auch die drei Neuankömmlinge ihre Freude über das Wiedersehen mit ihrem zurückgekehrten Kollegen zum Ausdruck gebracht hatten, nahm die gesamte Gruppe rund um den viel zu kleinen Besprechungstisch Platz. Mangels ausreichender Sitzgelegenheiten stellten Karre, Karim und Viktoria zusätzlich ihre Schreibtischstühle zur Verfügung, so dass wenigstens niemand stehen musste.

»Eng macht´s gemütlich«, kommentierte Talkötter das Geschehen, bevor Karre einige einleitende Worte sprach, im Rahmen derer er einmal mehr seiner Freude darüber Ausdruck verlieh, dass Willi Hellmann ihnen ab sofort wieder unterstützend zur Seite stand.

Nachdem er seine Einleitung beendet hatte, wollte Karre das Wort an Paul Grass übergeben, damit dieser von den Ergebnissen der noch am Sonntag von ihm durchgeführten Obduktion Rudolf Goeßlings berichten konnte, doch just in diesem Augenblick stieß hinter ihnen jemand die Bürotür auf.

Karre starrte das androgyne Wesen an, das – klein und schmächtig – in der geöffneten Tür stand und von dem er beim besten Willen nicht hätte sagen können, ob es sich um einen Mann oder eine Frau handelte. Von den unter einer grauen Wollmütze verborgenen Haaren konnte Karre lediglich kurze, wasserstoffblonde Spitzen erkennen. Die dunklen Augen, von denen er nicht mit Bestimmtheit sagen konnte, ob Lider und Brauen geschminkt waren, scannten unruhig flackernd den Besprechungsraum. Auch ob die schmalen Lippen naturbelassen oder mit Lippenstift nachgezogen worden waren, vermochte Karre aus der Entfernung nicht zweifelsfrei zu sagen.

»Sorry, ich musste noch mal kurz ums Eck. Bin ich zu spät?« Auch die Stimme des Gastes ließ, obwohl Karre sie tendenziell als weiblich empfand, einen Hauch Restzweifel hinsichtlich der Geschlechterfrage bestehen.

Jo Talkötter erwachte als erster aus seiner Lethargie, erhob sich von seinem Stuhl und gebot dem noch immer in der Tür verharrenden Besucher mit einer knappen Geste einzutreten.

»Darf ich euch unser neues Teammitglied vorstellen?«, fragte er in die Runde und erntete dafür die ungläubigen Blicke aller Anwesenden. »Sasha Lavi.«

Na prima, dachte Karre. Selbst der Name konnte die Frage, die ihn seit dem ersten Sichtkontakt mit dem geheimnisvollen Wesen beschäftigte, nicht abschließend klären.

»Sasha wurde in Tel Aviv geboren und ist dort auch zur Schule gegangen. Danach folgte das Studium in Deutschland. Sasha ist zweisprachig aufgewachsen. Die Mutter ist Deutsche und mit einem Israeli verheiratet.«

»Und worin besteht zukünftig die Aufgabe von … Sasha?«, fragte Paul Grass, der auf Karre ebenfalls den Eindruck machte, als sei ihm das alles nicht so ganz geheuer.

»Sasha hat Computer Engineering studiert und wird uns zukünftig in Hard- und Software-Fragen und vor allem bei Cybercrime-Themen unterstützen. Letztlich bei allem, was sich an der Schnittstelle zwischen Informatik und Elektrotechnik abspielt und wo wir bisher keine ausreichenden Skills in unserem Team hatten.«

»Wer sagt das? Das mit den nicht ausreichenden Skills.« Karre wunderte sich. Einerseits wurde die Personaldecke der Polizei immer dünner, andererseits konnten Kommissariate wie das von Alexander Notthoff geleitete Dezernat »Organisierte Kriminalität« scheinbar nach Belieben schalten und walten. Aus diesem Grund hatte er einen sehr konkreten Verdacht, wieso Talkötter gerade jetzt Verstärkung für sein Team bekam. »Kommt das von Notthoff? Hat er da seine Finger im Spiel?«

Talkötter ging nicht darauf ein, aber sein rot anlaufendes Gesicht genügte Karre als Antwort.

»Wie auch immer. Sasha, herzlich willkommen zu unserer illustren Versammlung. Wir haben ziemlich viel zu besprechen, deshalb schlage ich vor, dass wir die offizielle Vorstellungsrunde auf das Ende der Veranstaltung verlegen.« Er ging zu Götz Bonhoffs verwaistem Schreibtisch und platzierte dessen Stuhl am Besprechungstisch zwischen Talkötter und Vierstein, bevor er sich wieder auf seinem eigenen Sitzplatz niederließ. »Dann lasst uns mal loslegen.« Sein Blick wanderte zu Paul Grass. »Du zuerst?«

Der Rechtsmediziner nickte. »Von mir aus.«

»Okay. Wir sind gespannt.«

KAPITEL 11

»Nachdem die meisten von euch ja vermutlich mitbekommen haben, dass sich die Bestatter mit dem Abtransport der Leiche ein wenig schwergetan haben, um es mal vorsichtig zu formulieren, habe ich gestern Mittag noch mit der Obduktion begonnen. Allerdings war der Zustand der Leiche nach dem Malheur im Aufzug entsprechend katastrophal. Dennoch bin ich mir bei den Dingen, die ich euch jetzt erläutern werde, sehr sicher.«

Grass blickte in die Runde, als erwarte er irgendwelche Einwände. Nachdem diese jedoch ausblieben und sieben Augenpaare ihn erwartungsvoll ansahen, fuhr er fort.

»Wie ihr wisst, waren die Heizungen in der Wohnung voll aufgedreht, die Raumtemperatur lag bei 26,8 Grad Celsius. Eine Tatsache, die den Verwesungsprozess entsprechend beschleunigt hat. Ich habe mit einigen Fachleuten gesprochen, die sich seit Jahren mit den äußeren, auf die Verwesung eines Körpers Einfluss nehmenden Faktoren beschäftigen. Ich habe ihnen Bilder gezeigt und sämtliche uns vorliegenden Messdaten zur Verfügung gestellt. Unterm Strich kommen alle zu demselben Ergebnis: Rudolf Goeßling ist seit etwa drei Wochen tot. Plus minus zwei Tage.

Die zweite wichtige Erkenntnis ist, dass Goeßling trotz seines fortgeschrittenen Alters keines natürlichen Todes gestorben ist. Er wurde ermordet.«

Ein Ruck ging durch die gesamte Mannschaft.

Auch Karre, der während der letzten Minuten teils mit den Ausführungen des Rechtsmediziners, die meiste Zeit aber mit den Gedanken an Hanna beschäftigt gewesen war, richtete sich in seinem Stuhl auf. »Bist du sicher?« Das Erste, woran er dachte, war sein Gespräch mit Jessica Goeßling. Drei Wochen waren sie und ihr Mann auf den Seychellen gewesen und erst einen Tag vor dem Leichenfund zurückgekehrt. Hatten Goeßlings Sohn oder seine Schwiegertochter, möglicherweise auch beide gemeinsam, etwas mit dem Tod Goeßling Seniors zu tun? Hatten sie damit gerechnet, dass seine Leiche gefunden wurde, während sie sich an Traumstränden am Indischen Ozean vergnügten?

»Ist das eine ernstgemeinte Frage? Natürlich bin ich sicher«, erwiderte Grass sichtlich pikiert. »Die Untersuchung der sterblichen Überreste – als etwas anderes kann ich es beim besten Willen nicht mehr bezeichnen – hat einwandfrei ergeben, dass das Zungenbein gebrochen ist. Eine Verletzung, die, wie ihr wisst, typischerweise als Folge einer Erdrosselung auftritt.«

»Und es ist ausgeschlossen, dass die Beschädigung des Zungenbeins auf den Fahrstuhlunfall zurückzuführen ist?«, fragte Karim und erntete dafür einen vielsagenden Blick des Mediziners.

»Ja, ist es. Erstens, weil es physikalisch vollkommen unmöglich ist und zweitens, weil die Verletzung nicht frisch ist. Abgesehen davon, gibt es durchaus noch weitere Hinweise, die auf eine Tötung durch Erdrosseln hindeuten. Entsprechende Einblutungen in die unteren Fettschichten, Verfärbungen einiger Hautpartien, wobei letzte aufgrund des fortgeschrittenen Verwesungszustands nicht so leicht zu erkennen sind. Aber was soll ich euch damit quälen, ihr kennt das ja. Zyanose, Petechien … Das Übliche eben.«

»Wir haben es also zweifelsfrei mit einem Mord zu tun«, fasste Karre das Fazit des Rechtsmediziners noch einmal zusammen und mit einem Blick zu Viktor Vierstein fuhr er fort: »Können die Kollegen der Spurensicherung vielleicht noch etwas dazu beitragen? Habt ihr was gefunden?«

»Und ob«, erwiderte Vierstein und nach Jahren der Zusammenarbeit konnte Karre am Gesicht des Kollegen ablesen, dass dieser in den nächsten Minuten mit dem einen oder anderen Highlight aufwarten würde. Und gleich Viersteins einleitende Worte sollten diesen Verdacht hinlänglich bestätigen.

»Während Paul ja ganz offensichtlich seine liebe Mühe mit Herrn Goeßling hatte, kann ich nur sagen, dass die Wohnung des Guten sich als echtes Paradies für jeden Erkennungsdienstler erwiesen hat.«

»Das heißt, ihr habt die Fingerabdrücke und DNA des Mörders?«, fragte Willi Hellmann. »Das fängt ja gut an. Der erste Mordfall nach meiner Rückkehr und gleich ein Selbstläufer.«

Vierstein seufzte. »Sorry, den Mörder müsst ihr schon selbst finden. Aber ich glaube, dass wir euch für eure Suche durchaus ein paar spannende Hinweise liefern können.«

»Dann lass mal hören«, forderte Karre den Kollegen auf und lehnte sich in seinem Stuhl zurück.

»Zunächst würde ich gerne an die Ausführungen des Kollegen Paul Grass anknüpfen«, eröffnete Vierstein seinen Vortag. »Hast du eine Idee, womit Goeßling erdrosselt worden ist?«, fragte er den Rechtsmediziner.

»Nicht direkt. Aber den wenigen noch nachvollziehbaren Spuren zufolge, muss es ein ziemlich dünner Draht oder etwas Ähnliches gewesen sein.«

»Das klingt stark nach Vorsatz«, warf Viktoria ein. »Ich meine, wer hat schon zufällig ein Stück Draht in der Hosentasche, das dazu noch lang genug ist, jemanden damit zu töten.«

»Könnte es auch so etwas gewesen sein?«, fragte Vierstein und legte ein Foto in die Mitte des Tisches.

»Was soll das sein«, fragte Karim. »Angelschnur?«

»So ähnlich.« Vierstein grinste. »Weitere Vorschläge?«

»Komm, lass das Ratespiel. Dafür haben wir keine Zeit.« Karre griff nach dem Foto und betrachtete es. »Sieht aus wie Drachenschnur. Oder nein, Zahnseide.«

»Bingo. Es handelt sich tatsächlich um Zahnseide.«

»Woher habt ihr das?«

»Aus dem Waschbecken im Bad. Steckte im Abfluss. Hatte sich in einer der Metallstreben des Stöpsels verfangen.«

»Habt ihr in Goeßlings Bad oder irgendwo anders in seiner Wohnung Zahnseide gefunden? Außer diesem Stück hier, meine ich.«

Vierstein schüttelte den Kopf. »Nein, haben wir nicht.«

»Außerdem hat Goeßling ein Gebiss getragen«, ergänzte Grass. »Dafür benutzt man vielleicht irgendwelche Tabs, aber bestimmt keine Zahnseide. Oder? Hat in dieser Hinsicht jemand von euch Erfahrungen?«

Nachdem niemand reagierte, nahm Viktoria den Faden als Erste wieder auf. »Es ist also anzunehmen, dass der Täter die Zahnseide selbst mitgebracht hat. Zumindest wenn sich herausstellen sollte, dass es sich dabei tatsächlich um die Mordwaffe handelt. Paul? Was meinst du?«

»Es ist durchaus möglich, jemanden mit einem Stück Zahnseide zu erdrosseln. Wäre auch nicht der erste Fall. Allerdings würde ein solcher Mord beim Täter deutlich sichtbare Spuren an den Fingern hinterlassen. Zumindest, wenn er keine Handschuhe getragen hat. Um jemanden mit einem Stück Zahnseide zu erdrosseln, muss man es sich um die Finger wickeln. Vermutlich um die Zeigefinger. Sonst rutscht es einem aus den Händen. Jedenfalls dann, wenn man keine anderen Hilfsmittel benutzt, um die Schnurenden entsprechend griffig zu machen. Zum Beispiel, indem man sie um ein Stückchen Holz, einen Stift oder etwas Ähnliches wickelt.«

»Und an den Fingern würde das Material ansonsten zu Verletzungen führen, da es ins Fleisch schneidet?«, fragte Viktoria nach.

»Genau. Im Prinzip vergleichbar mit den Spuren am Hals des Opfers.«

»Was glaubst du, wie lange solche Spuren sichtbar wären?«, wollte Karre wissen.

»Bei einem gesunden Menschen? Ein paar Tage, denke ich. Warum fragst du?«

»Aber nach einem dreiwöchigen Urlaub wären sie vermutlich nicht mehr zu sehen, oder?«

»Eher nicht. Nein.«

Nun berichtete Karre von seinem Besuch bei Jessica Goeßling und deren dreiwöchigem Urlaub auf den Seychellen.«

»Ein Zahnarzt und dann ein Stück Zahnseide als Mordwaffe? Wäre das nicht ein bisschen sehr einfach?« Karim runzelte die Stirn und sah seine Kollegen abwechselnd an. »Das wäre ja übler als der schlechteste Krimi. Hältst du Goeßling Junior für dermaßen blöd?«

»Keine Ahnung, ich habe ihn bisher noch nicht kennengelernt. Möglicherweise war es ja auch ein Mord im Affekt und er hat nicht darüber nachgedacht.«

»Und wieso sollte er die Tatwaffe in den Abfluss entsorgen, anstatt sie einfach mitzunehmen und verschwinden zu lassen?« Und zu Talkötter gewandt fragte Karim: »Wann kannst du uns sagen, ob an der Zahnseide Hautpartikel von Goeßling Senior zu finden sind?«

»Ich fürchte, der Abgleich wird ein paar Tage dauern. Mit etwas Glück finden wir dann aber tatsächlich auch DNA vom Täter.« Grinsend blickt er quer über den Tisch zu Willi Hellmann. »Zumindest, falls er keine Handschuhe benutzt hat.«

Viktoria räusperte sich. »Paul, ich habe da mal eine Frage. Wenn Goeßling und seine Frau drei Wochen im Urlaub waren, könnten die beiden Goeßling Senior theoretisch umgebracht haben und sind anschließend auf die Seychellen geflogen. Was aus meiner Sicht aber überhaupt nicht zusammenpasst, ist die Sache mit der Heizung. Denn wenn der Täter die Heizung aufgedreht hat, um den wahren Todeszeitpunkt zu verschleiern, hohe Temperaturen die Verwesung aber beschleunigen, würde er den scheinbaren Todeszeitpunkt ja vor den Urlaub verlegen. Ein Täuschungsmanöver hätte aber nur dann Sinn gemacht, wenn der scheinbare Zeitpunkt des Todes dadurch mitten in den Urlaub der Goeßlings gefallen wäre. Wenn sie sich dadurch also ein Alibi hätten verschaffen können. Und als Zahnarzt sollte Christian Goeßling über ausreichend medizinischen Sachverstand verfügen, dass ihm dieser Zusammenhang klar ist. Aus meiner Sicht spricht das eher dagegen, dass er der Mörder ist. Hinzu kommt diese für meinen Geschmack viel zu offensichtliche Nummer mit der Zahnseide.«

»Dem ist nichts hinzuzufügen«, konstatierte Grass.

»Bravo.«

»Außer, dass wir nicht wissen, ob der Täter die Heizung aufgedreht hat, oder ob es möglicherweise Goeßling selbst war.«

»Bevor ihr euch jetzt in endlosen Spekulationen verliert, würde ich gerne fortfahren«, meldete sich Vierstein nach längerer Sendepause zurück. »Nachdem diese Totengräber Goeßling mitsamt dem Mittelstück der Matratze entfernt hatten …«

»Bestatter«, unterbrach Viktoria ihn. »Sie heißen Bestatter.«

»Meinetwegen auch das. Jedenfalls haben wir anschließend die Reste des Bettes untersucht und dabei etwas gefunden. Etwas Unglaubliches, wenn ihr mich fragt.«

»Dann spann uns nicht länger auf die Folter«, drängte Karre.

»Am Fußende der Matratze, kaum sichtbar unter der Naht, befand sich ein Reißverschluss.«

»Vermutlich um den Bezug der Matratze zum Waschen von der Füllung abziehen zu können.«

»Karre, wenn du mir jetzt einfach mal zuhören würdest … Leider ward ihr ja schon alle weg, sonst hätten wir euch direkt dazu geholt. Jetzt müsst ihr euch eben mit einem Bericht aus erster Hand zufriedengeben. Also, dieser Reißverschluss ist etwa dreißig Zentimeter lang. Also viel zu kurz, um den Stoff der Matratze mit seiner Hilfe abziehen zu können.« Er warf Karre einen missmutigen Blick zu. »Wir haben ihn aufgezogen. Und was soll ich euch sagen? Dahinter war ein in die Matratze eingearbeitetes Geheimfach.«

»Ein Geheimfach?« Viktoria zog die Augenbrauen hoch. »Und? Was war drin?«

»Dreierlei.« Er legte eine Kunstpause ein und blickte in die gespannten Gesichter. »Erstens: Bargeld.«

»Okay.« Willi nickte. »Es ist nicht ungewöhnlich, dass alte Menschen größere Mengen Bargeld horten. Wie viel war es?«

»Einhundertfünfundvierzigtausend Euro.«

Stille. Niemand sagte ein Wort.

»Da seid ihr baff, oder?«

»Einhundertfünfundvierzigtausend Euro?«, wiederholte Karim die erstaunliche Zahl. »Ich würde sagen, das wiederum ist dann doch eher ungewöhnlich, oder?«

»Ja. Fein säuberlich gestapelt und gebündelt. In Fünfhundert-Euro-Scheinen.«

»Wow, das ist ein Wort. Wissen wir, was dieser Goeßling früher beruflich gemacht hat?«

»Nein, aber das wird uns sein Sohn sicher sagen können, wenn wir mit ihm reden«, beantwortete Karre die Frage seiner Kollegin.

»Das Geld liegt übrigens im Tresor der Asservatenkammer. Nur, falls jemand von euch auf dumme Gedanken kommen sollte. Aber wir haben noch mehr gefunden. Neben dem Bargeld lag in dem Fach auch ein Vorvertrag über den Verkauf eines Grundstücks. Goeßling war der potentielle Verkäufer, hatte das Schriftstück aber noch nicht gegengezeichnet. Der Vertrag ist also noch nicht bindend, sofern der Käufer nicht ein von Goeßling unterzeichnetes Exemplar besitzt.«

»Um was für ein Grundstück geht es?«

»So genau weiß ich das nicht. Scheint ein recht großes Areal in Bredeney zu sein.«

»Also vermutlich ein bisschen was wert.« Wie jeder Essener wusste auch Karre, dass Bredeney zu den teuersten Stadtteilen zählte und ein einigermaßen großes Grundstück einen entsprechenden Wert haben dürfte. »Kennst du den vereinbarten Kaufpreis?«

Vierstein nickte. »Laut Vertrag 1,5 Millionen Euro.«

Viktoria atmete hörbar aus. »Das ist ein Wort. Mir war nicht klar, dass dieser Goeßling dermaßen vermögend war.« Und ihren Blick auf Vierstein richtend, fragte sie: »Hast du noch mehr solcher Überraschungen im Köcher?«

Vierstein grinste. »Es gibt noch ein Testament.«

»Ein Testament?« Karre rieb sich das Kinn. »Und wer erbt? Seine Kinder?«

»Ja, sie bekommen alles. Jeder zu gleichen Anteilen. Alles, mit Ausnahme des Geldvermögens. Das gesamte Bargeld geht laut diesem Testament an eine gewisse Gillian Ward.«

»Gillian Ward?«, krächzte Karre. »Sag das noch mal.«

»Rudolf Goeßling«, zitierte Vierstein aus der vor ihm liegenden Testamentskopie, »vermacht sein gesamtes Barvermögen Frau Gillian Ward.« Abwechselnd sah er Karre, Viktoria und Karim an. »Kennt ihr die Dame?«

»Und ob.« Die Blicke aller richteten sich auf Karre. »Gillian Ward ist Goeßlings Haushaltshilfe.«

»Wenn das so ist«, schlussfolgerte Willi Hellmann, »sollte sich wohl dringend jemand von uns mit der Dame unterhalten.«

KAPITEL 12

Auf dem Weg zum Parkplatz nahm Jo Talkötter Karre beiseite und ließ sich mit ihm einige Meter von den übrigen Kollegen zurückfallen.

»Ich kann mir vorstellen, was du denkst. Sasha ist eine ziemlich seltsame Erscheinung, aber wir sind mehr als glücklich über die Verstärkung. Gerade im Hinblick auf diese ganzen Computersachen. Das kommt immer mehr. Und bei allem Engagement, meine paar Leute und ich können uns nicht in alle Themen gleichermaßen einarbeiten.«

Karre war drauf und dran, Talkötter zu fragen, ob es sich bei Sasha um einen Kollegen oder doch um eine Kollegin handelte, ließ es dann aber bleiben. Irgendwie kam er sich dabei dämlich vor und sicher würde sich die Frage früher oder später von selbst klären.

»Sasha hat sich noch mal das Handy von Martin Redmann vorgenommen«, sagte Talkötter sichtlich darauf bedacht, dass die anderen nichts von dem Gespräch mitbekamen.

Bei dem Namen Martin Redmann wurde Karre sofort hellhörig. Redmann war gemeinsam mit seiner Halbschwester Stella Uhlig getötet worden, während sic offenbar versucht hatten, Informationen über einen groß angelegten Betrugsskandal zu beschaffen. Und abgesehen von einigen mehr oder weniger konkreten Hinweisen hatten Karre und seine Kollegen bis heute noch keine genauere Vorstellung davon, worum es bei diesen Betrügereien gegangen war.

Lediglich eine Verbindung zum Unfalltod von Karres Exfrau Sandra und dem damit verbundenen Zustand von Hanna sowie eine weitere Verbindung zu Oliver Redmann, einem früheren Kollegen Sandras und dem Vater von Martin und Stella, hatten die Ermittlungen zutage gefördert. Und nun hatte sich die Computer-Koryphäe namens *»der oder die Sasha«* also noch einmal mit Martin Redmanns Handy beschäftigt. Auf diesem hatten Talkötters Leute seinerzeit ein Video gefunden, mit dessen Hilfe es ihnen gelungen war, auch den zweiten an den Morden der jüngsten Vergangenheit beteiligten Täter zu ermitteln.

Darüber hinaus hatten die Kollegen auf dem Handy nichts Aufregendes gefunden und somit gab es aus Karres Sicht eigentlich auch keinen Anlass, es sich noch einmal vorzunehmen. »Wieso das?«, fragte er folglich und gab sich keinerlei Mühe, seine Überraschung über die Neuigkeit zu verbergen.

»Notthoff hat es angeordnet.«

»Notthoff? Was hat der denn damit zu tun?«

»Keine Ahnung. Er sagt, er könne nicht ausschließen, dass hinter den ganzen Ereignissen eine kriminelle Organisation steht. Und damit fiele das Ganze in sein Metier. In diesem Zusammenhang solltest du uns beiden einen Gefallen tun und dieses Gespräch zwischen uns nicht an die große Glocke hängen.«

»Da mach dir mal keine Sorgen. Ich bin auch nicht scharf darauf, dass Schumacher bei mir auf der Matte steht, weil Notthoff uns bei ihm anscheißt. Aber jetzt sag doch mal, was ist denn mit dem Handy von Redmann? Hat Sasha mehr rausgefunden, als deine Leute?«

»Allerdings. Und ich muss sagen, das freut und beunruhigt mich gleichermaßen. Es kann doch nicht sein, dass wir dermaßen unfähig sind.«

»Nimm dir das nicht zu sehr zu Herzen und freu dich, dass du jetzt jemanden in deinem Team hast, der da offensichtlich ziemlich versiert ist. Also, was ist das große Geheimnis dieses Handys?«

»Sasha hat eine versteckte App entdeckt, die sich nur über einen bestimmten Trick starten lässt.«

»Eine App? Das ist alles?«

»Wart´s ab. Wir vermuten, dass Martin Redmann dieses Programm selbst programmiert hat. Es nennt sich SY-S.

»Sys?«

»Ja. SY-S« Talkötter buchstabierte die korrekte Schreibweise.

Karre sah ihn stirnrunzelnd an. »Und was kann man mit dieser App machen?«

»Das wissen wir noch nicht. Beim Starten wird ein zwölfstelliger Code abgefragt, den wir noch nicht entschlüsselt haben. Ich kann dir also noch nicht mehr dazu sagen, aber wir bleiben dran.«

»Und du hältst mich auf dem Laufenden?«

»Klar. Ehrensache.«

Karre klopfte seinem langjährigen Kollegen auf die Schulter. »Dann lass uns mal zurück zu den anderen gehen, bevor die noch glauben, wir hätten Geheimnisse.«

»Haben wir doch.«

»Muss ja niemand wissen«, erwiderte Karre, dessen Gedanken noch immer um Talkötters Neuigkeiten kreisten. Er kramte den Autoschlüssel aus seiner Hosentasche und entriegelte den Wagen mittels der Fernbedienung, da Viktoria das Fahrzeug bereits erreicht hatte und neben der Beifahrertür auf ihn wartete. Ein Blick auf die Uhr verriet ihm, dass es Zeit war, sich auf den Weg zu ihrer Mittagsverabredung mit Dr. Christian Goeßling zu machen.

KAPITEL 13

Karim Gökhan und Willi Hellmann saßen nebeneinander auf einer mit orangefarbenem Stoff bezogenen Couch, während Gillian Ward auf der gegenüberliegenden Seite des Couchtisches in einem Sessel Platz genommen hatte. Sie war Anfang dreißig und – wie Karim zugeben musste – ausgesprochen attraktiv.

»Ermordet? Mein Gott, das ist so schrecklich. Wer? Und vor allem: Wieso?« Sie schluchzte und musterte die beiden Ermittler aus tränengeröteten Augen.

»Hatten Sie einen Schlüssel für die Wohnung von Herrn Goeßling?«, fragte Karim, ohne die Frage der jungen Frau zu beantworten.

»Ja«, antwortete sie mit tränenerstickter Stimme.

»Seit wann?«

»Ein paar Wochen, nachdem ich bei ihm angefangen hatte, hat er ihn mir gegeben.«

»Aber Sie waren schon länger nicht bei ihm.«

»Nein, ich habe meine Familie besucht. In Kapstadt. Ich

bin erst seit gestern wieder zurück.«

»Wie lange waren Sie weg?«, fragte Karim.

»Knapp vier Wochen.«

»Und wann waren Sie das letzte Mal bei Herrn Goeßling?«

Jill Ward überlegte einen Augenblick, bevor sie antwortete. »Vier Tage vor meinem Abflug war ich zum letzten Mal bei ihm. Es war ein Montag.«

»Warum sind Sie sich da so sicher?«

»Ich bin jeden zweiten Tag bei ihm gewesen. Montag, Mittwoch und Freitag.«

»Und an den Wochenenden?«

»Unterschiedlich. Manchmal samstags und sonntags, manchmal überhaupt nicht. Dann wollte er einfach nur seine Ruhe haben.«

»Welche Aufgaben haben Sie für ihn erledigt?«

»Das Übliche. Nichts Besonderes. Putzen, einkaufen, kochen. Wenn ich bei ihm war, haben wir viel geredet. Er war sehr interessiert an meiner Familie und an dem Leben in Südafrika. Ich habe ihm Fotos gezeigt. Ich glaube, wenn es sein Gesundheitszustand zugelassen hätte, wäre er gerne einmal nach Kapstadt geflogen.«

»Mit Ihnen?«

»Mit mir? Wieso?« Jill Ward sah Karim mit fragendem Blick an. »Keine Ahnung, darüber habe ich mir ehrlich gesagt noch nie Gedanken gemacht.«

»Wie würden Sie Ihr Verhältnis zu Rudolf Goeßling beschreiben?«, fragte Willi Hellmann.

»Verhältnis? Wir hatten kein Verhältnis.«

»Entschuldigen Sie, so meinte ich das auch nicht. Mich interessiert einfach, ob Sie gut mit ihm ausgekommen sind.«

»Ja, es gab keine Probleme.«

Willi Hellmann nickte schweigend, während er die junge

Frau musterte. Irgendetwas in ihrem Blick verriet dem Ermittler, dass sie ihm und Karim nicht alles sagen wollte oder konnte, was sie wusste. »Sie scheinen eine der wenigen Vertrauten von Herrn Goeßling gewesen zu sein. Können Sie uns etwas über seine Familie sagen? Hat er Ihnen diesbezüglich eventuell etwas erzählt?«

»Er hat nicht gerne über seine Familie geredet. Seine Frau ist schon lange tot. Sie ist in den Achtzigern an Leukämie gestorben. Nachdem sie gestorben ist, muss er sich ziemlich verändert haben. Er lebte seitdem sehr zurückgezogen. Jedenfalls hat er mir das einmal erzählt.«

»Und seine Kinder?«

»Sein Sohn und seine Tochter. Die beiden waren Teenager, als ihre Mutter starb. Rudolfs Verhältnis zu den beiden muss danach ziemlich schwierig gewesen sein.«

»Hat sich daran bis heute etwas geändert?«

»Na ja, zu seinem Sohn hatte er immer wieder Kontakt. Er hat ihn gelegentlich auch hier in seiner Wohnung besucht.«

»Und seine Tochter?«

Sie zuckte die Achseln. »Keine Ahnung. Er hat immer sehr ausweichend geantwortet, wenn ich ihn auf sie angesprochen habe. Offenbar hatten die beiden ziemliche Probleme miteinander. Solange ich Rudolf kenne, habe ich von seiner Tochter jedenfalls nichts gesehen oder gehört.«

»Das heißt, sie hatten keinen Kontakt zueinander?«

»Jedenfalls keinen, von dem ich etwas mitbekommen hätte.«

»Und sein Sohn? Wie ist der so?«

»Wie er ist? Keine Ahnung. Ich habe ihn nur ein oder zweimal gesehen. Soweit ich weiß, ist er Zahnarzt und hat eine eigene Praxis.«

KAPITEL 14

»Er wird dich mögen, glaub mir.« Karre warf Viktoria einen kurzen Blick zu, bevor er sich wieder auf den Verkehr konzentrierte.

»Was macht dich da so sicher?«, fragte seine Kollegin, während sie mit für Karres Empfinden unglaublicher Geschwindigkeit auf dem Tastaturfeld ihres Smartphones herumtippte.

»Du hättest seine Frau sehen sollen. Glaub mir, du bist genau sein Typ. Was machst du da eigentlich? Schreibst du einen Roman?«

»Ich habe ihn gegoogelt.«

»Wen? Goeßling?

»Ja.«

»Also besteht durchaus Interesse deinerseits?«, neckte er sie.

»Quatsch. Aber ich dachte, es kann nicht schaden zu wissen, was das Internet so über ihn zu bieten hat.«

»Und? Was sagt das allwissende Netz?«

»Du hast gesagt, er ist Zahnarzt.«
»Stimmt. Und?«
»Das ist eine ziemliche Untertreibung.«
»Eine Untertreibung? Wie meinst du das?«
»Er ist nicht einfach nur Zahnarzt. Er ist Facharzt für Oralchirurgie und hat sich auf Implantologie und Parodontologie spezialisiert. Goeßling betreibt eine große Praxis und gemäß seiner Webseite plant er gerade den Neubau einer eigenen privaten Zahnklinik. Er nennt es *Designklinik*. Die Entwürfe sehen toll aus. Alles nur vom Feinsten.«

Karre verließ die Hauptstraße und lenkte den Wagen in eine von hohen Linden gesäumte Allee. Nach etwa einhundert Metern stellte er den Wagen auf einem der Besucherparkplätze vor einer gelb gestrichenen Gründerzeitvilla ab. »Hier ist es. Dann lass uns doch mal hören, was er uns so zu sagen hat.«

»Treffen wir ihn in der Praxis? Ich dachte, er wollte uns zum Lunch treffen.«

Karre deutete auf die gegenüberliegende Straßenseite.
»Luigis Gusteria? Klingt gut. Holen wir ihn ab?«
»Er wollte direkt dorthin kommen.«
»Dann lass uns mal gehen«, sagte sie und hatte die Wagentür bereits aufgestoßen.

*

Christian Goeßling wirkte eher wie ein Model als wie ein Zahnarzt während seiner Mittagspause. Er trug dunkle Jeans, ein weißes Hemd mit Sakko und ein graues Baumwolltuch um den Hals. Sein von grauen Strähnen durchzogenes Haar trug er etwas länger, was ihm ein leicht verwegenes Aussehen verlieh. Hätte er sich ihnen als Partner einer Werbeagentur vorgestellt, wären weder

Karre noch Viktoria überrascht gewesen. Selbst als frauenumschwärmter Bachelor hätte er trotz der bereits weit hinter ihm liegenden Vollendung seines vierzigsten Lebensjahres eine gute Figur gemacht.

Karre warf Viktoria einen leicht amüsierten »Habe-ich-dir-zu-viel-versprochen«-Blick zu. Die Provokation des Kollegen erwiderte diese wortlos mit gefährlich aufblitzenden Augen.

Goeßling kam zielstrebig auf sie zu und trat an ihren Tisch. »Sie müssen Hauptkommissar Karrenberg sein, stimmt´s?«, fragte er, wandte sich aber gleich Viktoria zu. »Und Sie sind sicher die angekündigte Kollegin. Frau von Fürstenfeld? Es ist mir eine Ehre.« Mit einem breiten Lächeln reichte er ihr die Hand, bevor er schließlich auch Karre die zuvor ausgelassene formelle Begrüßung zukommen ließ.

Er zog einen Stuhl vom unbesetzten Nachbartisch zu sich heran und setzte sich an die Kopfseite des Tisches, so dass er Karre und Viktoria gleichermaßen im Auge behielt.

»Möchten Sie etwas essen?«, fragte Karre. »Wir haben mit der Bestellung noch gewartet.«

»Nein danke, ich esse mittags grundsätzlich nicht. Ich nehme einen doppelten Espresso und eine Flasche San Pellegrino.«

Karre und Viktoria tauschten einen enttäuschten Blick aus, einigten sich aber dennoch kurzerhand darauf, ebenfalls auf eine Mahlzeit zu verzichten. Seit seinem gestrigen Gespräch mit Frau Dr. Grigoleit hatte Karre keinen einzigen Bissen mehr zu sich genommen. Eine Tatsache, die ihm erstmals bewusst wurde, als ihm der köstliche Duft von frischer Pasta, Pizza, Piadine und Panini in die Nase stieg. Doch wenn er einen Augenblick darüber nachdachte, hatte er zwar Hunger, aber nicht den Hauch von

Appetit. Also beließ er es dabei und bestellte für sich und Viktoria ebenfalls Kaffee und Wasser.

»Sie wollten sich mit mir treffen, um mit mir über den Tod meines Vaters zu sprechen?«

Karre nickte. »Herzliches Beileid. Ihre Frau hat Ihnen alles erzählt, nehme ich an?«

»Sie haben ihr ja gestern nicht besonders viel dazu gesagt, demzufolge ist mein Informationsstand ziemlich begrenzt. Wissen Sie, woran er gestorben ist?«

»Wie meinen Sie das?«, fragte Karre, den die Frage ziemlich überraschte.

»Er war zwar Anfang achtzig, aber nicht krank. Zumindest hat er mir gegenüber nie etwas davon erwähnt.«

»Wir haben Ihren Vater im Bett liegend gefunden. Er trug einen Pyjama.«

»Also ist er einfach eingeschlafen?«, fragte Goeßling und Karre glaubte, auf seinem Gesicht eine Spur von Erleichterung auszumachen. »Wer hat ihn denn entdeckt?«

»Das ist das eine, worüber wir mit Ihnen sprechen möchten.« Während sie sprach, beobachtete Viktoria, wie die junge Frau, bei der sie ihre Bestellung aufgegeben hatten, die Getränke auf ihrem Tisch verteilte. »Herr Goeßling, Ihr Vater ist bereits vor knapp drei Wochen verstorben.«

Christian Goeßling lehnte sich in seinem Stuhl zurück und musterte die beiden Ermittler abwechselnd. »Und warum sind Sie dann erst gestern zu uns gekommen? Wir waren zwar im Urlaub, aber es wäre kein Problem gewesen, uns zu erreichen.« Wieder blickte er abwechselnd in die Gesichter von Karre und Viktoria. Dann schien er plötzlich zu begreifen.

»Nein«, war alles, was er zunächst zu sagen im Stande war.

Karre sah, wie jegliche Farbe aus seinem Gesicht wich

und nachdem Goeßling sich wieder einigermaßen gefangen hatte, fragte er mit einem deutlich hörbaren Frosch im Hals: »Sie möchten mir aber nicht sagen, dass er drei Wochen lang in seiner Wohnung gelegen hat, bevor er entdeckt wurde, oder?«

Karre schluckte und offensichtlich reichte Goeßling der Gesichtsausdruck des Hauptkommissars als Bestätigung seiner Vermutung.

»Das darf doch nicht wahr sein«, murmelte er und griff nach seinem Wasserglas. Nachdem er einen großen Schluck getrunken hatte, sah er Karre mit durchdringendem Blick an. »Wo war diese Ward? Seine Haushälterin. Wieso war sie nicht da? Normalerweise konnte sie doch nicht genug Zeit mit meinem Vater verbringen.«

»Sie kennen Gillian Ward?« Karre hatte sich vorgenommen, erst zu einem späteren Zeitpunkt auf die Haushälterin von Rudolf Goeßling zu sprechen zu kommen, aber nun, da sein Sohn das Gespräch selbst in diese Richtung lenkte, disponierte er kurzfristig um.

»Natürlich kenne ich sie. Und glauben Sie mir, ich bin alles andere als begeistert davon, wie sie um meinen Vater herumscharwenzelt ist.«

»Wie bitte?«, fragte Viktoria. »Können Sie uns das vielleicht ein bisschen genauer erläutern?«

»Es ist doch offensichtlich, dass dieses Mädel ihm vollkommen den Kopf verdreht hat. Und, ohne Frau Ward zu nahe treten zu wollen, glaube ich nicht, dass besonders viel dazugehört, als junge Frau – noch dazu mit einer sehr ansehnlichen Figur und einem hübschen Gesicht - einen Achtzigjährigen um den Verstand zu bringen. Ich weiß nicht, was da zwischen den beiden gelaufen ist, aber es war definitiv mehr, als mein Vater jemals zugegeben hat.«

»Das vermuten Sie. Wirklich wissen können Sie es nicht, oder?«

»Natürlich nicht. Aber es war … eben offensichtlich.«

»Glauben Sie denn, dass Frau Ward diese Gefühle Ihres Vaters, sofern Sie denn mit Ihrer Vermutung tatsächlich richtig liegen, auch erwidert hat?

»Was weiß ich. Aber lassen Sie es mich mal so formulieren«, er sah Viktoria an. »Sie sind eine junge, attraktive Frau. Glauben Sie, sie können sich in einen alten Greis verlieben, der jeden Abend seine Zähne in einer Glasschale aufbewahrt und dessen Körper so aussieht, wie ein Köper in diesem Alter eben aussieht? Ich hoffe, es klingt meinem Vater gegenüber nicht zu pietätlos, aber ich kann mir beim besten Willen nicht vorstellen, dass eine Frau Ende zwanzig sich für so einen Mann begeistern kann.«

»Und was ist mit den viel zitierten inneren Werten?«, fragte Viktoria, obwohl sie den Argumenten von Christian Goeßling nicht wirklich etwas entgegenzusetzen hatte.

»Entschuldigung, aber machen Sie sich doch nicht lächerlich. Wenn Sie mich fragen, bestanden die inneren Werte meines Vaters, der im Übrigen keine besonders umgängliche Person war, für eine Frau wie Gillian Ward, deren Familie von ihrer Unterstützung weit weg in Südafrika lebt, allenfalls in seinem gut gefüllten Bankkonto. Es tut mir leid, falls ich der Dame Unrecht tue, aber das ist meine ehrliche Meinung.«

»Und Sie trauen Ihrem Vater nicht zu, das durchschaut zu haben? Gemäß dem Fall, Sie sollten mit Ihrer Einschätzung richtig liegen.«

»Mein Vater war ein alter Mann. Glauben Sie nicht, es hat ihm geschmeichelt, wenn eine attraktive, junge Frau Interesse an ihm zeigt? Aber davon abgesehen haben Sie meine Frage noch nicht beantwortet: Warum hat sie meinen Vater nicht viel früher gefunden?«

»Soweit wir das bisher sagen können, war sie im Urlaub. Ähnlich wie Sie und Ihre Frau.«

Goeßling schluckte. »Und von dieser hochgelobten Residenz ist niemandem aufgefallen, dass mein Vater nicht mehr zu sehen war? Drei Wochen lang? Alleine sein Briefkasten muss doch vollkommen überfüllt gewesen sein. Zumal er ständig diese seltsamen Bücher zugeschickt bekommen hat, die er abonniert hat.«

»Bücher?«, hakte Karre nach.

»Reader´s Digest. Wenn Sie mich fragen, auch so eine Verbrecherbande, die es auf gutgläubige Rentner abgesehen hat. Die verkaufen den letzten Schund und kassieren dafür ein Vermögen.«

»Und Ihr Vater hat diese Sachen gelesen?«

»Keine Ahnung. Jedenfalls hat er sie regelmäßig bezogen. Und wenn Sie mich fragen, ging es dabei nur um diese verkappten Glücksspiele, die natürlich an den Erwerb von Büchern gekoppelt waren. Dieses Demenz-Marketing, das da betrieben wird, müsste eigentlich verboten werden. Wie auch immer. Ich kann jedenfalls nicht verstehen, wieso es niemandem aufgefallen ist, dass mein Vater seit Wochen von der Bildfläche verschwunden ist. Haben Sie eine Erklärung dafür?«

Karre stieß einen Seufzer aus. »Um ehrlich zu sein: nein. Jedenfalls keine, die wirklich plausibel klingt. Aber das ist ein Thema, über das Sie selbst einmal mit der Leitung dieser Residenz sprechen sollten, wenn Ihnen etwas daran liegt. Ich fürchte nur, dass sie auf derartige Fragen keine zufriedenstellenden Antworten erhalten werden.«

»Ja, das fürchte ich auch. Das Geld meines Vaters haben sie jedenfalls jederzeit gerne genommen – und glauben Sie mir, es war kein Pappenstiel.«

»Das kann ich mir vorstellen.« Karre leerte seinen Espresso. »Herr Goeßling, es gibt da noch etwas, das Sie wissen sollten.«

Fragend blickte Goeßling ihn an.

»Nach dem derzeitigen Erkenntnisstand ist Ihr Vater keines natürlichen Todes gestorben.«

Zum zweiten Mal wich jegliche Farbe aus dem gebräunten Gesicht von Christian Goeßling. »Sie meinen, er wurde ermordet? Aber … wie? Und von wem?«

»Genau diese Fragen versuchen wir zu klären, wobei es auf Ihre erste Frage durchaus eine Antwort gibt. Leider kann ich Ihnen dazu zum aktuellen Zeitpunkt der Ermittlungen nichts Näheres sagen. Und von wem? Unsere Aufgabe besteht genau darin, das herauszufinden.«

»Haben Sie schon mit dieser Gillian Ward gesprochen?« Während er den Namen der jungen Haushälterin bisher trotz seiner Vorbehalte stets in halbwegs neutralem Tonfall verwendet hatte, klang es nun deutlich abfälliger. »Ich meine, hat sie ein Alibi?«

Viktoria warf ihm einen Blick zu, der deutlich sagte, dass sie ihm auch dazu keine Auskünfte erteilen würde. Stattdessen sagte sie: »Da der Tod Ihres Vaters schon eine Weile her ist, können wir den Todeszeitpunkt nicht so exakt eingrenzen, wie dies normalerweise möglich ist. Insofern lassen sich Alibis derzeit nur recht ungenau überprüfen. Gleiches gilt übrigens auch in Ihrem Fall.«

Goeßling starrte sie entgeistert an. »In meinem Fall? Wollen Sie mir etwa unterstellen, ich hätte meinen eigenen Vater getötet?« Zum ersten Mal seit sie zusammensaßen, wirkte Rudolf Goeßlings Sohn sichtlich ungehalten.

»Zunächst einmal unterstellen wir niemandem irgendetwas«, versuchte Viktoria, ihn zu beschwichtigen. »Weder Ihnen, noch sonst irgendjemandem. Aber da Ihr Vater vor etwa drei Wochen verstorben ist und Sie die letzten drei Wochen im Urlaub waren, lässt sich im Augenblick nur darüber spekulieren, ob Ihr Vater getötet wurde, während Sie noch in Deutschland waren oder nicht.

Verstehen Sie, was wir damit sagen wollen?«

Goeßling nickte. »Natürlich. Aber wenn Sie ernsthaft glauben, ich hätte etwas mit dem Tod meines Vaters zu tun, dann lassen Sie sich sagen, dass sie ziemlich auf dem Holzweg sind. Außerdem: Welchen Grund hätte ich haben sollen, ihn zu töten?«

»Wissen Sie, dass Ihr Vater ein Testament verfasst hat?«

»Ich bin davon ausgegangen. Schließlich besaß er nach dem Verkauf seiner Firma ein nicht unerhebliches Vermögen. Da ist es doch nur allzu verständlich, dass er ein Testament hatte.«

»Kennen Sie den Inhalt des Testaments?«

Goeßling schüttelte den Kopf. »Nein, ich nehme an, es liegt bei einem Notar zur Aufbewahrung.«

»Sie haben es also nie gelesen? Und Sie wissen auch nicht, was drinsteht? Ihr Vater hat nie mit Ihnen darüber gesprochen?«

»Nein. Aber wieso fragen Sie mich das? Haben Sie es gelesen?«

»Ja, das haben wir. Ihr Vater hat es in seinem Zimmer aufbewahrt.«

»In seinem Zimmer? Aber ich …« Er verstummte mitten im Satz.

»Ja, bitte?«, hakte Karre nach.

»Ach nichts. Schon gut. Können Sie mir sagen, was in diesem Testament steht?«

»Leider nicht. Aber ich würde mit Ihnen gerne noch über ein anderes Thema sprechen.«

Goeßling sah auf seine Armbanduhr. »Aber bitte nicht mehr allzu lange. Ich habe in zwanzig Minuten den nächsten Termin.«

»Kein Problem«, erwiderte Viktoria. »Wir fassen uns möglichst kurz.«

»Okay. Worum geht es?«

»Um Ihren geplanten Neubau.«

Goeßling sah sie verwundert an. »Was ist damit?«

»Ein sehr beeindruckendes Projekt. Ich habe mir die Architektenzeichnungen und Computeranimationen im Internet angesehen. Wirklich extrem stylish.«

»Wir bezeichnen es nicht umsonst als Designklinik.«

»Wo genau soll diese Klinik denn entstehen? Auf Ihrer Webseite schweigen Sie sich darüber ja aus, während Sie ansonsten recht großzügig mit Informationen über das Projekt sind.«

»Das liegt daran, dass wir noch keine finale Baugenehmigung der Stadt erhalten haben. Alle Pläne, die sie dort sehen, unterstellen, dass diese auch erteilt wird. Da ich aber keine falschen Fakten schaffen möchte und mir das Bauamt hinterher einen Strick daraus dreht, haben wir uns mit Informationen zum Standort bisher bewusst zurückgehalten.«

»Das bedeutet aber, Sie wissen sehr wohl, wo diese Klinik entstehen soll?«

»Selbstverständlich.«

»Und wo ist dieser geheime Standort, wenn ich fragen darf?«

»Selbstverständlich dürfen Sie.« Goeßling warf Viktoria ein wie jahrelang einstudiert wirkendes Lächeln zu und Karre registrierte, dass das Weiß seiner Zähne dem seiner Frau in nichts nachstand. War vermutlich kein Wunder, wenn man aus der Branche kam, dachte er und konzentrierte sich wieder auf die Ausführungen seines Gegenübers.

»Mein Vater besitzt ein Grundstück in Bredeney. Er hat es vor vielen Jahren erworben, allerdings nie entwickelt. Das Geld für den Kauf stammt aus einem Teil des Verkaufserlöses seiner Firma. Auf dem Gelände steht ein altes Haus, das im Zuge des Klinikbaus abgerissen wird.

Das Grundstück ist perfekt für unsere Pläne geeignet. Hervorragende Lage in einem der renommiertesten Stadtteile, exzellente Verkehrsanbindungen. Besser geht es nicht. Und wenn ich überlege, was wir heute für ein derartiges Filet-Grundstück zahlen müssten, dann ist es wie ein Sechser im Lotto, dass sich so etwas im Besitz unserer Familie befindet.«

Karre und Viktoria tauschten einen kurzen Blick aus. Nur flüchtig, aber er reichte, um Goeßlings Interesse zu wecken. »Was ist denn los? Stimmt etwas nicht?«

»Nein«, log Karre. »Alles in Ordnung. Es ist nur eine ziemlich interessante Geschichte.« Er hatte kurz in Erwägung gezogen, Goeßling auf den vorbereiteten Verkauf des Grundstücks anzusprechen, zu dem sie entsprechende Unterlagen in Goeßling Seniors Wohnung gefunden hatten, entschied sich aber dagegen. Vielleicht war es besser, ihr Wissen erst einmal für sich zu behalten und abzuwarten, wie sich die Dinge entwickelten.

»Ich nehme an, wir sind dann fertig?« Ohne eine Antwort abzuwarten, erhob sich Goeßling von seinem Stuhl. »Wie gesagt, ich habe gleich einen Patiententermin.«

»Fürs Erste sind wir fertig«, bestätigte Viktoria und erhob sich ebenfalls. »Eine letzte Frage hätte ich aber noch.«

»Dann aber schnell.« Im Gehen wandte er sich der jungen Frau hinter der Theke zu und signalisierte ihr, sie solle sämtliche Getränke auf seine Rechnung setzen. »Ich bin öfter hier, meistens abends. Ich zahle einmal die Woche, das ist einfacher und effizienter«, erklärte er Viktoria, obwohl diese gar nicht danach gefragt hatte.

»Vielen Dank, aber wir zahlen selbst«, sagte Karre und zückte bereits sein Portemonnaie, als Goeßling mit einer knappen Geste abwinkte.

»Lassen Sie mal stecken. Die Flasche Wasser und Ihre

zwei Kaffee fallen auf meiner Rechnung nicht weiter auf. Und ich glaube nicht, dass man Ihnen das als Bestechung auslegen kann, oder?«

»Haben Sie schon mit Ihrer Schwester über den Tod Ihres Vaters gesprochen?«, wechselte Viktoria das Thema, während sie hinaus auf die Straße traten.

»Mit Viola? Ja. Ich habe sie gestern Abend angerufen, nachdem meine Frau mich informiert hatte.«

»Und? Wie hat sie die Nachricht aufgefasst?

»Da Sie diese Frage unter normalen Umständen vermutlich nie stellen würden, wissen Sie offensichtlich, wie es um das Verhältnis zwischen Viola und unserem Vater bestellt war. Sie haben seit Jahren quasi nicht miteinander geredet.«

»Wissen Sie, worauf dieses problematische Verhältnis zurückzuführen ist?«

»Ja.«, sagte Goeßling knapp und überquerte mit schnellen Schritten die Straße.

»Und?«

»Das sollten Sie meine Schwester lieber selbst fragen. Da halte ich mich raus. Und wenn Sie mich jetzt bitte entschuldigen würden?«

»Selbstverständlich. Vielen Dank, dass Sie sich die Zeit für uns genommen haben.« Viktoria reichte ihm eine ihrer Visitenkarten. »Falls Ihnen noch etwas einfällt, wären wir Ihnen dankbar, wenn Sie sich bei uns melden.«

Goeßling nickte, steckte die Karte ein und verschwand wortlos im Eingang der gelb gestrichenen Jugendstilvilla.

*

»Gibt es eigentlich Neuigkeiten von Hanna?«, fragte Viktoria, als sie wieder im Wagen saßen und Karre den Motor startete.

Karres Blick war Antwort genug.
»Magst du darüber reden?«
Er schüttelte den Kopf. »Nein. Aber es sieht wohl nicht besonders gut aus. Gestern hatte ich ein ausführliches Gespräch mit Professor Lüders und heute Abend gibt es einen weiteren Termin.«
»Fahren wir vorher noch zu Goeßlings Tochter? Ich denke, wir sollten möglichst schnell mit ihr reden.«
»Viola Goeßling?«
»Inzwischen heißt sie Schäfer. Sie ist verheiratet und hat zwei Kinder.«
»Wie auch immer, aber du hast recht. Ich bitte Karim und Willi, das zu übernehmen.«
»Und was mache ich in der Zwischenzeit? Ich meine, ich kann das auch alleine übernehmen.«
»Das weiß ich. Eigentlich wollte ich dich schnell zum Büro zurückfahren und dann zu Hanna ins Krankenhaus.« Er rang einen Augenblick mit sich selbst, bevor er sich fragen hörte: »Möchtest du vielleicht mitkommen?«
»Zu Hanna?«
Karre nickte. »Ich habe dich viel zu lange hingehalten und das tut mir wirklich leid. Ich weiß selbst nicht, warum ich das Gefühl hatte, mich mit ihr von allem abschotten zu müssen. Ich weiß, dass sie dich sehr gern hatte.«
Er erschrak, als er feststellte, in der Vergangenheit gesprochen zu haben. »Sie mag dich«, fügte er deshalb hinzu, als könne es an der ausweglosen Situation etwas ändern.
»Du bist wie eine Schwester für sie. Hanna hat sich immer eine große Schwester gewünscht.« Er lächelte, doch gleichzeitig spürte er, wie sich seine Augen mit Tränen füllten. Er blinzelte sie weg, so gut es ging. »Also, magst du mitkommen?«
»Sehr gerne.« Mehr sagte sie nicht, aber Karre spürte,

dass es von Herzen kam. Schweigend steuerte er den Wagen aus der Parklücke und fuhr los.

KAPITEL 15

Viola Schäfer wohnte in einem rot verklinkerten, in einer Spielstraße gelegenen Reihenmittelhaus. Karim parkte den Wagen unweit der Haustür auf einer der als Parkplatz markierten Stellflächen. Karre hatte sich telefonisch bei ihm und Willi Hellmann gemeldet und sie gebeten, gleich im Anschluss an ihr Gespräch mit Gillian Ward zu Rudolf Goeßlings Tochter zu fahren, um mit ihr sowohl über den Tod ihres Vaters als auch über ihr scheinbar angespanntes Verhältnis zu sprechen. Das Kommen der beiden Ermittler hatte Karre telefonisch angekündigt, so dass Viola Schäfer nicht überrascht war, als die beiden vor ihrer Tür standen.

Über dem türkisfarbenen Sommerkleid trug sie eine weiße Strickjacke und das hellbraune Haar hatte sie zu einem flotten Kurzhaarschnitt frisiert, der ihr eine sportliche Ausstrahlung verlieh. Sie bat die beiden Polizisten herein und führte sie geradewegs auf die an den Garten angrenzende Terrasse.

Karims Blick fiel auf eines jener Trampoline, die seit einigen Jahren auf nahezu jedem Grundstück eines Kinderhaushaltes anzutreffen waren. Unmittelbar daneben befand sich ein auf hölzernen Pfählen stehendes Spielhaus samt Rutsche und darunter liegendem Sandkasten.

»Sie haben Kinder«, stellte er fest, während Viola Schäfer ihnen einen Platz auf den um einen Esstisch herum platzierten Stühlen anbot.

»Zwei Mädchen. Sieben und neun. In einer Stunde hole ich sie von der Nachmittagsbetreuung ab. Dann ist es hier vorbei mit der Ruhe.« Sie lächelte und Karim stellte für sich fest, dass sie tatsächlich wenig unter dem Tod ihres Vaters zu leiden schien.

»Ihr Bruder hat Sie gestern angerufen, nicht wahr?«, eröffnete Willi Hellmann das Gespräch. »Wegen Ihres Vaters.«

Viola Schäfer setzte sich auf einen der freien Stühle. Das Lächeln, das ihrem Gesicht noch wenige Sekunden zuvor einen unbeschwerten Ausdruck verliehen hatte, war verflogen. Stattdessen füllten sich ihre Augen mit Tränen. »Wissen Sie, das Verhältnis zu meinem Vater war während der letzten Jahre sehr schwierig.« Sie hielt einen Augenblick inne, ohne dass einer der Ermittler etwas erwiderte. »Genaugenommen hatten wir während der letzten Jahre so gut wie keinen Kontakt.«

»Wann haben Sie denn zum letzten Mal mit Ihrem Vater gesprochen?«, fragte Karim.

Viola Schäfer überlegte kurz. »Vor ungefähr einem Monat.«

»Wie kam es dazu?«

»Ich bin zu ihm gefahren, weil ich mit ihm reden wollte. Nicht meinetwegen, sondern wegen der Kinder. Sie sind längst in einem Alter, in dem sie Fragen stellen. Nach ihrem Opa.«

»Wie war denn das Verhältnis Ihres Vaters zu seinen Enkeln?«

»Lina, unsere Große, und Maja hat er seit Jahren nicht gesehen. Die Kleine kann sich eigentlich kaum an ihn erinnern.« Sie begann zu schluchzen und griff nach einer auf dem Tisch liegenden Packung Papiertaschentücher.

»Was war das für ein Streit?«, fragte Willi Hellmann. »Ich meine, wenn Sie seitdem quasi keinen Kontakt mehr hatten, muss es wohl um ein ziemlich bedeutendes Thema gegangen sein, oder?«

»Wissen Sie, so einfach ist das nicht. Es gab mehrere Themen, die unsere Familie belastet haben und irgendwann ist es eskaliert. Vor sechs Jahren haben mein Bruder und ich bemerkt, dass unser Vater immer sonderbarer wurde. Es war nie leicht mit ihm, aber plötzlich schien er sich zu verändern.«

»Inwiefern?«

»Er fing an, sich an so seltsamen Gewinnspielen zu beteiligen und irgendwelches nutzlose Zeug zu abonnieren. Er hat immer öfter Dinge vergessen. Manchmal haben wir ihm etwas erzählt, von dem er kurz darauf nichts mehr wusste. Dann hat er sich fürchterlich aufgeregt und behauptet, wir würden ihm bewusst Dinge verschweigen. Als ich ihm dann vorgeschlagen habe, sich gedanklich einmal mit dem Thema betreutes Wohnen auseinanderzusetzen, hat er mich aus seinem Haus geschmissen. Aus meinem Elternhaus.«

»Aber letztlich ist er doch in diese Residenz gezogen. Wieso hat er das gemacht, wenn er den Vorschlag zu abwegig fand?«

»Ganz ehrlich? So richtig habe ich das nie verstanden. Bis heute nicht. Ich glaube, es war eine reine Trotzreaktion. Einige Monate nach unserem Streit hat er das Haus verkauft, in dem mein Bruder Christian und ich aufgewachsen sind. Christian war es relativ egal, er war bei so etwas schon immer der Pragmatischere von uns beiden. Ich war sehr traurig darüber. Ich hätte es gerne später einmal übernommen. Das Haus war alt, aber das Grundstück traumhaft schön. Mit ein bisschen Phantasie hätte man wirklich wieder etwas daraus machen können. Jedenfalls hat er es verkauft und ist in diese Sonnenplatz-Wohnung gezogen.«

»Und das war der Grund für ihr endgültiges Zerwürfnis?«

Sie schüttelte den Kopf. »Nein. Die Krönung des Ganzen war, als er sich dieses junge Mädel ins Haus geholt hat. Diese Gillian Ward. Angeblich seine Haushälterin.«

»Angeblich?«

»Ich glaube, dass sie es gezielt darauf abgesehen hatte, einem alten und zunehmend an Demenz erkrankenden Mann sein Vermögen aus der Tasche zu ziehen. Eigentlich fehlte nur noch, dass er sie heiratet und sie sich anschließend mit seinem Vermögen auf und davon macht.«

Unwillkürlich kam Karim das Testament in den Sinn, ließ es aber unerwähnt. »Wissen Sie, dass Ihr Vater Eigentümer eines großen Grundstücks in Bredeney gewesen ist?«

»Natürlich. Christian plant, dort seine Klinik zu bauen.«

»Und Sie?«

»Was soll mit mir sein?«

»Fühlen Sie sich nicht übervorteilt, wenn Ihr Bruder ein derart wertvolles Grundstück von Ihrem Vater erhält? Oder hat er Ihnen zum Ausgleich etwas anderes versprochen?«

»Etwas anderes? Was soll das gewesen sein?«

»Sagen Sie es mir. Vielleicht Bargeld? Zum Beispiel den

Erlös aus dem Verkauf Ihres Elternhauses?«

»Hören Sie, wie gesagt, ich hatte seit Jahren kaum Kontakt zu meinem Vater. Im Gegensatz zu Christian. Ich hatte also Zeit genug, mich damit abzufinden, dass er mich im Falle seines Ablebens vermutlich nicht besonders großzügig bedenken wird. Und ganz ehrlich: Es ist mir auch egal. Schauen Sie sich um. Wir haben alles, was wir brauchen. Ich bin nicht auf das Geld meines Vaters angewiesen.«

»Es ging also nicht um Geld, als Sie vor etwa einem Monat bei ihm waren?«

»Nein. Das habe ich doch schon gesagt. Es ging um Lina und Maja.«

»Darf ich fragen, was Ihr Mann beruflich macht?«

»Er leitet ein Büro für Vermessungstechnik. Glauben Sie mir, ich bin nicht zu meinem Vater gegangen, weil ich das Gefühl hatte, ihn um sein Geld bitten zu müssen. Christian hat mich vorhin noch einmal angerufen. Nachdem er sich mit Ihren Kollegen getroffen hat. Er sagt, unser Vater wurde ermordet. Stimmt das wirklich?«

Karim überraschte der abrupte Themenwechsel. »Nach allem, was wir bisher wissen: ja. Ihr Bruder hat Ihnen alles erzählt?«

»Sie meinen, dass er so lange …« Wieder schluchzte sie und schnäuzte sich, bevor sie fortfuhr: »Ja, er hat es mir erzählt. Es ist einfach schrecklich. Haben Sie eine Idee, wer ihn getötet hat? Und warum?«

Karim schüttelte den Kopf. »Es tut mir leid, aber zum aktuellen Stand der Ermittlungen dürfen wir Ihnen zum jetzigen Zeitpunkt leider keine Auskunft geben.«

»Sie müssen ihn finden. Den Mörder. Oder die Mörderin. Haben Sie schon mit dieser Gillian Ward gesprochen?« Ohne eine Antwort auf die Frage abzuwarten, sprach sie weiter: »Wissen Sie, wir hatten zwar unsere

Probleme, aber am Ende war er mein Vater. Ich möchte wissen, wer ihm das angetan hat.«

»Wir versprechen Ihnen, wir werden unser Möglichstes tun.«

Viola Schäfer nickte und blickte auf Ihre Armbanduhr. »Ich muss Sie jetzt leider rausschmeißen, ich muss meine Kinder abholen.«

»Kein Problem, wir sind ohnehin fertig. Vielen Dank für Ihre Zeit.«

Goeßlings Tochter führte die beiden Ermittler zur Tür und während die beiden zu ihrem Auto gingen, fragte Karim seinen Kollegen:

»Was glaubst du? Hat Sie uns die Wahrheit gesagt?«

»Worauf bezogen? Dass ihr das Geld Ihres Vaters egal war? Das ließe sich ziemlich leicht überprüfen.«

»Wie das denn?«

»Indem wir ihr von dem Testament berichten. Um ehrlich zu sein, glaube ich nicht, dass sie es einfach so hinnehmen wird. Ihre Meinung zu der Beziehung ihres Vaters zu Gillian Ward war doch recht eindeutig. Aber hatte sie einen Grund, Ihren Vater zu ermorden?«

Willi Hellmann überlegte einen Augenblick. Er antwortete, während er die Beifahrertür des Wagens aufzog. »Nur, wenn sie es doch auf das Erbe abgesehen hatte. Immerhin bleibt ihr ja ein nicht unbeträchtlicher Pflichtteil.«

KAPITEL 16

Sie gingen den Krankenhausflur entlang und Karre spürte das Gefühl der Beklemmung, das immer wieder von ihm Besitz ergriff, sobald er sich dem Eingang der Intensivstation näherte, und das er trotz all der zahllosen Besuche der vergangenen Monate nicht unterdrücken konnte.

Er betrat Hannas Zimmer, Viktoria folgte ihm, ohne dass einer von ihnen etwas sagte. Karre wusste um die einschüchternde Wirkung der unendlich vielen Geräte, Schläuche sowie der fremden Geräusche. Eine Übermacht, die ein sechzehnjähriges Mädchen in seinem Bett leicht zu einer Statistin degradierte. Technik, die derart viel Raum einnahm und die trotz aller medizinischen Fortschritte der letzten Jahrzehnte nicht in der Lage sein sollte, das Leben seiner Tochter zu retten.

Schweigend ließ sich Viktoria auf den Stuhl sinken, auf dem Karre so viele Stunden verbracht hatte, und griff nach Hannas Hand. Karre stand am Fußende des Bettes, während er durch einen Tränenschleier hindurch beobachtete, wie Viktoria leise auf Hanna einredete. Ja, er hätte früher mit ihr herkommen sollen. Er hätte …

In diesem Augenblick öffnete sich die Tür und Professor Lüders betrat das Zimmer. Karres Kopf fuhr herum, während Viktoria keinerlei Notiz von der Anwesenheit des Arztes nahm.

Der Professor signalisierte Karre mit einer knappen Handbewegung, ihm nach draußen zu folgen. Ohne Viktoria in ihrer Zwiesprache mit Hanna zu stören, kam er der Bitte nach und verließ das Zimmer.

»Es ist gut, dass Sie früher gekommen sind und nicht erst heute Abend«, begann Lüders und Karre spürte, wie ihm bei den Worten des Mediziners schwindelig wurde.

»Haben Sie die Ergebnisse?«, fragte er mit zitternder Stimme.

Lüders nickte.

»Und?«

»Lassen Sie es mich so sagen: Die Ergebnisse liegen im Rahmen meiner Erwartungen. Oder Befürchtungen, ganz wie Sie wollen. Aber es gibt noch etwas anderes, weswegen ich dringend mit Ihnen sprechen muss.« Er wartete einen Augenblick und als Karre nichts erwiderte, setzte er seine Ausführungen fort. »Sie erinnern sich, dass wir über die Elektroenzephalographie gesprochen haben? Dass wir bei Hanna elektrische Aktivitäten der Hirnrinde nachweisen konnten?«

»Konnten?« Ihm wurde schwarz vor Augen. »Heißt das …«

»Ein Indiz für den Eintritt des Hirntods, wenn auch für sich alleine genommen kein hinreichender Beweis, ist das Fehlen besagter elektrischer Aktivitäten. Die so genannte Null-Linie. Ein solcher elektrophysiologischer Befund muss mindestens 30 Minuten lang nachgewiesen werden. Wie gesagt, das Null-Linien-EEG für sich alleine ist nicht beweiskräftig. Vielmehr bedarf es im Zusammenhang mit der Hirntoddiagnostik weiterer klinischer Prüfungen. Da wir bei Ihrer Tochter Hanna seit mehr als zwei Stunden keine elektrischen Aktivitäten der Hirnrinde mehr feststellen können, würden wir diese Untersuchungen in den nächsten Stunden einleiten.

Herr Karrenberg, im Augenblick deutet alles darauf hin, dass wir nach Ablauf des vorgeschriebenen Beobachtungszeitraumes von zwölf Stunden die offizielle Diagnose Hirntod stellen werden. Es tut mir leid, aber mehr können wir nicht tun. Wir sind mit unseren Möglichkeiten am Ende.«

Karre schloss die Augen. Ihm wurde abwechselnd heiß und kalt. Wortlos ließ er sich auf einen der hinter ihm an der Wand stehenden Stühle sinken.

Lüders setzte sich neben ihn. »Herr Karrenberg, es liegt mir vollkommen fern, Sie in dieser dramatischen Situation zu irgendetwas zu drängen, aber Sie wissen, dass Sie mit einer positiven Entscheidung anderen Menschen das Leben retten könnten. Hanna würde Leben retten. Ihr Tod, so absurd das in diesem Augenblick für Sie klingen mag, wäre nicht vollkommen sinnlos.«

Karre sah Lüders verständnislos an. Wie konnte dieser verdammte Arzt in diesem Augenblick … Er vergrub sein Gesicht in den Händen und spürte, wie Lüders eine Hand auf seine Schulter legte. Er schüttelte sie ab und kehrte wortlos zurück in Hannas Zimmer.

Viktoria saß noch immer auf dem Stuhl, ihre Augen waren klein und rot. Rinnsale schwarzer Wimperntusche zogen sich in langen Schlieren über ihre Wangen. »Was ist los?«, fragte sie. Ihre Stimme war nicht mehr als ein Schluchzen.

»So wie es aussieht, werden sie morgen früh die Geräte abstellen. Und bis dahin muss ich mir überlegen, ob ich

Hanna als Organspenderin freigebe.« Er spürte, dass er am ganzen Körper zitterte. Er fror, trotz der sommerhaften Temperaturen und der durch die Jalousien fallenden Sonnenstrahlen.

Viktoria stand auf und kam auf ihn zu. Wenige Schritte vor ihm blieb sie stehen. »Und es gibt keine Hoffnung mehr, dass sie vielleicht doch noch …« Sie brach mitten im Satz ab, dicke Tränen liefen über ihre Wangen.

Karre, der dastand wie in Trance, schüttelte langsam und kaum merklich den Kopf. »Nein«, hauchte er. »Keine Hoffnung.«

Als Viktoria einen weiteren Schritt in seine Richtung machte, streckte er die Arme aus und als sie unmittelbar vor ihm stand, nahm er sie in den Arm. Er spürte, wie sie ihr Gesicht an seiner Schulter vergrub, ihre Tränen durchnässten sein Hemd. Er wusste nicht, wie lange sie so dagestanden hatten, aber irgendwann löste sich Viktoria aus seiner Umarmung und wischte sich die Tränen aus dem Gesicht.

»Was genau passiert jetzt?«, fragte sie.

»Ich werde heute Nacht bei ihr bleiben. Morgen früh wird Professor Lüders die letzten Tests ausgewertet haben und mir das Ergebnis mitteilen. Bis dahin braucht er meine endgültige Entscheidung.«

»Möchtest du, dass ich bleibe?«, fragte Viktoria.

Karre überlegte. »Ganz ehrlich: Ich weiß es nicht. Einerseits habe ich riesige Angst davor, das alleine durchstehen zu müssen. Andererseits glaube ich, dass ich die letzten Stunden alleine mit Hanna verbringen sollte. Vicky, ich weiß nicht mehr, was richtig und was falsch ist. Es ist mir einfach zu viel. Du … du bist mir nicht böse, oder?«

Sie versuchte zu lächeln, aber es gelang ihr nicht. »Karre, ich bin dir wirklich dankbar, dass du mir die Chance gegeben hast, mich von Hanna zu verabschieden. Wie auch immer du diese schweren, letzten Stunden mit ihr verbringen möchtest, du bist niemandem Rechenschaft schuldig. Aber wenn du es dir anders überlegst – du kannst mich jederzeit anrufen.«

Er drückte ihr einen Kuss auf die Stirn. »Danke.«

Sie schüttelte den Kopf und wischte sich die Tränen aus dem Gesicht. »Ich mache mich dann mal auf den Weg. Wie gesagt, ruf an, wenn du glaubst, dass du es alleine nicht schaffst.«

Er kramte in seiner Hosentasche. »Hier, nimm den Wagen. Ich melde mich. Spätestens morgen früh.«

»Ich wünsche dir alle Kraft dieser Welt. Euch beiden.« Und während die Tränen sich erneut ihren Weg suchten, ging sie mit schnellen Schritten davon.

Karre sah ihr nach, bevor er ein letztes Mal durch die Tür trat, hinter der der wichtigste Mensch seines Lebens gerade im Begriff war, ihn für immer zu verlassen.

KAPITEL 17

Leise schloss Karre die Zimmertür. Sie waren allein. Er und Hanna. Ein allerletztes Mal würde er eine Nacht am Bett seiner Tochter verbringen können. Ihm war übel. Am liebsten wäre er davongelaufen, hätte sich übergeben und sich in der Hoffnung in seinem Bett verkrochen, dass der kommende Tag das Ende aller Alpträume bringen würde, die er in den letzten Wochen durchlebt hatte. Aber er wusste, dass er dieses Mal nicht so einfach davonkam.

Sein Blick blieb an dem Stapel Formulare hängen, der auf dem kleinen Besuchertisch in der Ecke des Raumes lag und nur darauf wartete, von ihm unterschrieben zu werden.

Er kramte das iPhone aus seiner Hosentasche und aktivierte den kabellosen Lautsprecher, über den er Hanna während seiner Besuche wieder und wieder ihre Lieblingsmusik vorgespielt hatte. Vollkommen absurd kam ihm die Frage vor, für welches Lied er sich in dieser Situation entscheiden sollte. Für welches Lied sich Hanna entschieden hätte, wenn er die Chance gehabt hätte, sie selbst entscheiden zu lassen.

Benommen flippte er durch die Musikalben, von denen er wusste, dass sie zu Hannas Favoriten gehörten. Irgendwann entschied er sich für ein Lied von Hannas absolutem Lieblingsalbum. Sie hatte es hunderte, wenn nicht gar tausende Male rauf und runter gehört. Wenn sie miteinander telefoniert hatten, lief es im Hintergrund. Wenn er sie traf, dröhnte es aus ihren Kopfhörern und nicht zuletzt wegen dieses einen Liedes, hatte sie unbedingt zu Katy Perrys *»Prismatic Worldtour«* gehen wollen. Er hatte ihr die Karten zum Geburtstag geschenkt. Zu ihrem Letzten.

Es war ein fantastischer Abend gewesen, auch wenn es ihn irgendwie überrascht hatte, dass sie ausgerechnet ihn mitgenommen hatte. Trotz seiner Verzweiflung huschte ein Sekundenbruchteile währendes Lächeln über seine Lippen. Es war einer der letzten unbeschwerten Abende gewesen, die sie zusammen verbracht hatten. Keinen Monat später war der Unfall passiert. Der Mord.

Er wählte Lied Nummer 10, *»Pearl«*, schaltete das Gerät auf Endlosschleife und justierte die Lautstärke. Vergeblich wartete er auf irgendeine Reaktion, als die Bässe zum Gesang der jungen Amerikanerin einsetzten.

Er schloss die Augen und lauschte dem Song, den er so unendlich viele Male zuvor gehört und doch noch nie so erlebt hatte, wie in diesem Augenblick.

»But now she's just a gust of wind.« Eine Windböe. *»She used to set the sails of a thousand ships.«*

Irgendwann im Laufe einer endlosen und dennoch viel zu kurzen Nacht, er wusste nicht, wie oft das Lied inzwischen vollständig durchgelaufen war, stand er auf und ging zu dem kleinen Tisch. Noch immer wartete dort der

Formularstapel auf seine Entscheidung. Natürlich konnte er einfach gar nichts tun. Sich der Entscheidung verweigern. Und damit möglicherweise auch der Verantwortung, die er in diesem Moment anderen Menschen gegenüber hatte.

Er fluchte innerlich. Gab es diese Verantwortung wirklich, oder hatte er sich von den Ärzten und seinem Gewissen bloß etwas vorgaukeln lassen? War das fair? Er sollte entscheiden, dass andere Menschen von Hannas Tod profitierten. Wer zum Teufel half *ihnen* in dieser Situation? Wo war der rettende Engel, der durch die Tür trat und Hannas jungem Leben eine letzte Chance, einen allerletzten Aufschub gewährte?

Mit zitternden Fingern griff er nach dem Stift. In seinem kreischenden Kanariengelb schien er sich über ihn lustig zu machen. Am liebsten hätte er das Ding aus dem Fenster hinunter auf die Straße geworfen. Stattdessen blätterte er wie ferngesteuert durch die Formulare. Wollte er wirklich im Detail wissen, was er dort unterschrieb? Hatte ihm Frau Dr. Grigoleit nicht alles Notwendige haarklein erläutert? Das Einzige, dass seiner Meinung nach geschehen konnte, wenn er alles noch einmal durchlas, war, dass er es sich doch noch anders überlegte.

Er konnte kaum Schreiben, so sehr zitterte seine Hand. Geschweige denn, dass er seine krakelige Unterschrift, die ebenso gut von jedem anderen Menschen auf diesem Planeten hätte stammen können, auch nur annähernd auf der dafür vorgesehenen Linie hatte platzieren können. Er legte den Formularstapel mit der bedruckten Seite nach unten auf die Tischplatte und kehrte zu Hanna zurück.

»Oh, she used to be a pearl. Yeah, she used to rule the world. Can't believe she's become a shell of herself.« Von dem jungen, hübschen Mädchen, einer Perle, die einst Karres ganze Welt beherrscht hatte, war nicht mehr geblieben, als eine

Hülle ihrer selbst.

Er brach zusammen.

Er legte seinen Kopf auf ihre Brust und weinte, bis es keine Tränen mehr gab, die er hätte vergießen können. Er stemmte sich gegen den übermächtigen Schlaf, denn er fürchtete sich vor dem, was der Morgen bringen würde. Doch irgendwann übermannte ihn trotz aller Ängste eine grenzenlose Müdigkeit. Sein Kopf lag noch immer auf Hannas Brustkorb. Das Letzte, was er hörte, bevor er in einen unruhigen, fiebrigen Halbschlaf verfiel, waren die letzten Takte und Worte von Hannas Lieblingslied:

»She is unstoppable.«

*

Um kurz nach sechs am nächsten Morgen war Professor Lüders neben ihn getreten und hatte ihn geweckt. Was dann kam, war der blanke Alptraum gewesen. Die letzte Zwiesprache mit Hanna. Eine letzte Umarmung, der letzte Kuss. Dann das Abschalten der Geräte, Hannas letzter Atemzug, die Luft, die ein letztes Mal aus ihrem Mund entwich. Ihr Brustkorb, der in sich zusammensank und sich nie wieder füllen würde. Die gnadenlose Unumkehrbarkeit der Ereignisse. Durch einen Tränenschleier hindurch hatte er beobachtet, wie Hanna aus dem Zimmer in den Operationssaal gefahren wurde, um ...

Er konnte den Gedanken nicht zu Ende denken. Er konnte einfach nicht. Und schon wieder setzten die Zweifel an der Richtigkeit seiner Entscheidung ein.

Ihm fehlte jegliches Gefühl dafür, wie lange er wie versteinert in dem leeren Zimmer gesessen hatte, als ihn jemand sanft an der Schulter berührte. Mit verschwommenem Blick wandte er sich um und konnte kaum glauben, wer da hinter ihm stand.

»Mia?« Seine Stimme war nicht mehr als ein heiseres Flüstern. »Was ... wieso ...«

»Deine Kollegin, Viktoria. Sie hat mich angerufen. Gestern Abend.«

»Vicky? Aber wieso ... Ich meine, wie kommt sie darauf?«

»Sie war der Meinung, du könntest heute Morgen vielleicht eine Schulter zum Anlehnen gebrauchen. Und aus irgendeinem Grund war sie der Meinung, du würdest dich freuen, wenn es meine Schulter wäre.«

»Wie lange bist du schon hier?«

»Seit gestern Abend.« Sie blickte in Richtung der Tür. »Ich habe draußen auf dem Gang gewartet.«

»Und was ist mit Felix?«

»Meine Eltern sind bei ihm. Sie sind für ein paar Tage zu Besuch.«

»Und du hast seit gestern Abend da draußen auf dem Gang gesessen? Wieso bist du nicht reingekommen?«

»Ich ...« Sie zögerte. »Ich wollte mich nicht aufdrängen, euch nicht stören, bei ... eurem Abschied.« Plötzlich brach sie in Tränen aus.

Karre ging auf sie zu und nahm sie in den Arm. Er konnte es kaum glauben. Eine Frau, die Hanna nie kennengelernt hatte, sie nur aus seinen Erzählungen kannte, hatte die ganze Nacht vor ihrem Zimmer gesessen um ihm jetzt, im schwersten Augenblick seines Lebens, zur Seite zu stehen.

Das war ...

Ihm fehlten die Worte. Stattdessen brach auch er einmal mehr in Tränen aus. So standen sie eng umschlungen in Hannas Zimmer und weinten. Weinten so lange, bis alle Tränen vergossen und ihre Augen rot und geschwollen waren.

»Musst du nicht zu Felix?«, fragte Karre irgendwann. Er

hatte keine Ahnung, wie viel Zeit vergangen war, seit Mia das Zimmer betreten hatte.

Sie schüttelte den Kopf. »Nein, meine Eltern sind ja da. Warum fragst du?«

»Ich muss hier raus. Ich kann nicht mehr.« Er spürte, wie er am ganzen Körper zitterte.

»Möchtest du, dass ich mit dir ...« Sie sprach nicht zu Ende, weil ihre Stimme brach.

Karre nickte. »Nichts lieber als das. Ich glaube, alleine stehe ich das nicht durch. Mia?«

Sie sah ihn mit ihren kleingeweinten Augen, mit dem von verlaufener Schminke verschmierten Gesicht an. Trotz der unendlich vielen vergossenen Tränen glitzerten die goldenen Sprenkel hoffnungsvoll in ihrer grünen Iris. Noch nie war ihm die Frau, die er erst vor so kurzer Zeit kennengelernt hatte, schöner und gleichzeitig vertrauter vorgekommen, als in diesem Augenblick.

»Ich bin dir so unendlich dankbar, dass du da bist.« Noch einmal nahm er sie in den Arm und drückte sie an sich. Was um Himmels Willen hatte Viktoria sich dabei gedacht, Mia anzurufen? Hatte seine Kollegin so viel besser als er selbst gewusst, wer oder was in diesem Augenblick gut für ihn war? Woher wusste sie, wie sehr er sich seit ihrem Kennenlernen und ihren ersten unverbindlichen Verabredungen nach Mias Nähe sehnte?

Auf dem Weg nach draußen schrieb er eine Nachricht an Viktoria. »Hanna hat es geschafft. Mia ist hier. Ich danke dir. Für alles.«

*

Seit gut einer Stunde saßen sie nebeneinander auf einer Bank in einem sich auf dem Krankenhausgelände befindenden Garten. Mia hatte Karre angeboten, ihn nach

Hause zu fahren, doch alleine die Vorstellung, den Rest des Tages in seiner Wohnung zu sitzen und die Wände anzustarren, machte ihm dermaßen Angst, dass er ablehnte.

Dankend nahm er hingegen ihren Vorschlag an, sich nach draußen zu setzen und einen Kaffee zu trinken. Der Morgen war kühl und ein leichter Nebel hing über dem nassen Rasen. Tautropfen glitzerten im Licht der Morgensonne, deren Strahlen zu dieser Tageszeit bei weitem noch nicht die Kraft hatten, mit der sie in zwei oder drei Stunden auf die Erde treffen würden.

Schweigend saß Karre neben Mia. Ihn fröstelte. Eine innere Kälte hatte von ihm Besitz ergriffen, gegen die auch der dritte Becher heißen Kaffees aus der nahegelegenen Cafeteria nichts auszurichten vermochte. Plötzlich vibrierte sein Handy und Viktorias Name erschien auf dem Display. Karre nahm das Gespräch an.

»Hallo«, sagte sie.

»Hallo.«

»Bist du zu Hause?«

»Nein, noch im Krankenhaus.«

Nach einer langen Pause fragte sie vorsichtig: »Alleine?«

»Nein, Mia ist noch hier. Vicky, ich …«

»Du musst nichts sagen«, unterbrach sie ihn. »Ich soll dir von Karim und Willi ausrichten, dass es ihnen furchtbar leidtut. Sie sagen, wenn sie irgendetwas für dich tun können …«

»Im Augenblick nicht. Aber richte ihnen meinen Dank aus. Vicky, ich bin euch wirklich sehr dankbar. Für alles. Aber ich glaube, ich muss das jetzt erst mal mit mir selbst ausmachen.«

»Das verstehe ich.« Erst nach einer weiteren kurzen Phase des Schweigens sprach sie weiter. »Karre? Ich muss dir etwas sagen. Keine Ahnung, ob es dir eventuell hilft, aber ich denke, du solltest es wissen.«

»Okay. Dann schieß mal los.«

»Heike Bonhoff hat eben bei uns im Büro angerufen.«

»Heike?« Heike Bonhoff war die Frau ihres verstorbenen Kollegen Götz Bonhoff. Seit dem tragischen Tod ihres Mannes war sie im Kampf ihrer Tochter Isabell, die an einer schweren Herzmuskelentzündung litt und seit längerem vergeblich auf ein Spenderherz wartete, auf sich alleine gestellt. Bei den Worten seiner Kollegin bekam Karre eine Gänsehaut und er war sich nicht sicher, ob er die Neuigkeiten wirklich hören wollte.

»Was wollte sie denn?«, fragte er dennoch.

»Sie wollte uns darüber informieren, dass Isabell heute Morgen ein Spenderherz erhalten hat. Die Ärzte operieren noch, aber sie sind wohl sehr zuversichtlich, dass alles gut verlaufen wird.«

Karre stockte der Atem. »Du … du willst aber nicht andeuten, dass …«

»Ich will überhaupt nichts andeuten. Ich meine, es wäre schon ein ziemlich unheimlicher Zufall. Aber ich dachte, vielleicht hilft dir ja die Vorstellung, dass es so sein könnte. Dass Hanna Isabell sozusagen das Leben gerettet hat. Du wirst nie erfahren, ob es tatsächlich so gewesen ist, aber ich finde, es ist ein tröstender Gedanke.«

»Vicky, ich weiß im Augenblick nicht, was ich dazu sagen soll. Ich freue mich für Isabell. Und für Heike. Natürlich. Was diesen anderen Punkt angeht, kann ich im Augenblick beim besten Willen nicht sagen, wie ich die Vorstellung finde. Aber trotzdem danke, dass du es mir erzählt hast. Grüß die anderen von mir. Ich komme wieder, sobald ich mich in der Lage dazu sehe.«

»Lass dir alle Zeit der Welt. Wir kommen schon klar.«

»Danke.« Er legte auf.

»Was war das denn?«, fragte Mia, während sie den Reißverschluss ihrer Jacke zuzog.

Karre erzählte es ihr.

Mia hielt sich die Hand vor den Mund und sah ihn mit geweiteten Augen an. »Glaubst du wirklich, es könnte so gewesen sein?«, fragte sie schließlich und stellte ihren leeren Kaffeebecher zwischen ihren Füßen auf dem Boden ab.

»Ich habe keine Ahnung. Und eigentlich macht es auch keinen Unterschied. Ich meine, ob es am Ende Isabell gewesen ist, oder jemand anders. Ändert das etwas an der Tatsache als solche?« Er wusste, dass er recht hatte. Und dennoch wünschte er sich insgeheim, er könne seinem verstorbenen Kollegen Götz sagen, dass für Isabell alles gut würde. Dass sie weiterleben würde. Mit Hannas Herz. Der Gedanke versetzte ihm einen schmerzhaften Stich.

»Nein, sicher nicht«, antwortete Mia und legte ihre linke Hand auf Karres rechte.

Schweigend saßen sie nebeneinander, lauschten dem Konzert der Vögel in den sie umgebenden Bäumen und dem hintergründigen Rauschen des auf der Hauptstraße vor dem Klinikgelände vorbeiziehenden Berufsverkehrs. Irgendwann - seit dem Abend hatte er jegliches Zeitgefühl verloren - sagte er: »Komm, lass uns gehen. Ich kann hier nichts mehr tun.«

Sie drückte seine Hand. Es tat gut. *Sie* tat ihm gut. Wortlos stand Mia auf und Hand in Hand verließen sie das Krankenhausgelände.

KAPITEL 18

Wenige Minuten nachdem sie das Krankenhaus verlassen hatten, setzte Mia Karre vor dessen Haustür ab. Ihre Frage, ob sie ihm weiter Gesellschaft leisten solle, verneinte er. Allerdings nicht, ohne dass sich dabei sein schlechtes Gewissen zu Wort meldete. Doch trotz allem, was Mia während der letzten Stunden für ihn getan hatte, brauchte er nun ein wenig Abstand. Zumindest glaubte er das in dem Moment, als er aus dem Wagen stieg und seine Haustür aufschloss.

Den Rest des Vormittags hatte er in seiner Wohnung gesessen und die Wände angestarrt. Gegen Mittag hatte er begonnen, Fotos und Videos von Hanna anzusehen, konnte es irgendwann aber nicht mehr ertragen. Am späten Nachmittag hatte er es schließlich nicht mehr ausgehalten und war in seinen Wagen gestiegen.

Ohne ein konkretes Ziel im Kopf zu haben, fuhr er los – und fand sich eine gute Stunde später auf eben jenem Autobahnabschnitt wieder, auf dem Sandra und Hanna ihren verhängnisvollen Unfall gehabt hatten.

»Ach was«, sagte er zu sich selbst. »Von wegen Unfall. Auf dem sie kaltblütig ermordet worden waren.«

Nachdem er die Unfallstelle in der Nähe eines Jagdhochsitzes passiert hatte, verließ er die Autobahn und lenkte den Wagen auf das Gelände einer Tankstelle mit angeschlossenem Rastplatz. Von hier aus betrug die Entfernung zu der mysteriösen Unfallstelle keine zwei Kilometer, wie ihm ein kurzer Blick auf den Kilometerzähler seines Wagens verriet.

Hinter dem PKW-Parkplatz, der sich direkt neben dem Schnellrestaurant des Rastplatzbetreibers befand, entdeckte er einen schmalen Pfad, ignorierte das Schild, welches die Durchfahrt für Kraftfahrzeuge jeder Art verbot und folgte dem Verlauf des unbefestigten Weges in die Richtung, aus der er gekommen war.

Nachdem er besagte zwei Kilometer nur mit etwas mehr als Schrittgeschwindigkeit durch einen Wald zurückgefahren war, stellte er den Wagen in einer Nische zwischen zwei Meter hohen Herkulesstauden und einer Ansammlung junger Birken ab.

Er stieg aus dem Wagen. Das Rauschen des auf der Autobahn herrschenden Verkehrs übertönte sämtliche Umgebungsgeräusche. Einem schmalen Trampelpfad folgend, lief er durch den Wald, in dem zu dieser Tageszeit nur noch schummriges Zwielicht herrschte. Schritt für Schritt setzte er seinen scheinbar ziellosen Marsch fort. Sofern ihn sein Gefühl nicht trog, befand er sich unweit der Stelle, an der Sandras Wagen die Leitplanke durchbrochen hatte und nach mehreren Überschlägen im Böschungsbereich neben der Autobahn liegengeblieben war. Was genau er dort wollte, vermochte er nicht zu sagen, aber eine innere Stimme trieb ihn weiter.

Nach mehreren Minuten erreichte er den Waldrand und

fand sich in unmittelbarer Nähe des Hochsitzes wieder, den er schon im Vorbeifahren von der Autobahn aus gesehen hatte. Ohne zu zögern, legte er die Hände an die verwitterte Holzleiter und machte sich an den Aufstieg. Oben angekommen setzte er sich auf die spartanische Holzbank und beobachtete durch das kleine, der Autobahn zugewandte Fenster, den fließenden Verkehr.

Gemäß der Polizeiberichte war Sandras Wagen bei hoher Geschwindigkeit ohne ersichtliche Ursache ins Schleudern geraten, bevor er sich überschlagen hatte. Möglicherweise, mutmaßten die Kollegen, war Sandra abgelenkt gewesen. Viele derartige Unfälle waren auf eine Ablenkung des Fahrers, zum Beispiel durch ein auf dem Beifahrersitz liegendes Handy, zurückzuführen. Eine weitere Theorie besagte, ein geplatzter Reifen könne schuld an dem Unfall gewesen sein.

Erklärungsversuche, die sich allesamt nicht verifizieren ließen, weil das Wrack von Sandras Wagen auf geheimnisvolle Weise verschwunden war, bevor man es in Ruhe hatte untersuchen können. Durch den Tipp eines namenlosen Informanten, einem Journalisten, hatte Karre den Wagen schließlich auf dem Schrottplatz von Gregor Tholen gefunden. Doch bevor er ihn hatte abholen lassen können, war das Fahrzeug erneut verschwunden. Und Gregor Tholen war tot. Ermordet auf seinem eigenen Schrottplatz. Auf demselben Gelände, auf dem auch Götz Bonhoff ums Leben gekommen war.

Obwohl es allmählich dunkel und damit merklich kühler wurde, verspürte Karre nicht den geringsten Drang, den Hochsitz zu verlassen und zu seinem Wagen zurückzukehren. Irgendetwas hielt ihn an diesem Ort. Eine innere Stimme, die ihm sagte, dass er hier noch etwas zu erledigen habe. Für die meisten Tiere herrschte Schonzeit, weshalb er nicht damit rechnete, von einem Jäger überrascht zu werden, der die geschlossene Kanzel für einen nächtlichen Ansitz nutzen wollte.

Gedankenverloren betrachtete er die vorbeifahrenden Autos. Ja, einer der Vorderreifen war möglicherweise geplatzt, was zu dem verheerenden Unfall geführt hatte. Die Frage war lediglich, ob dem Platzen des Reifens möglicherweise jemand gezielt nachgeholfen hatte.

Er runzelte die Stirn, während er überlegte. *Gezielt.* Das Wort hallte in seinem Kopf wider. War es denkbar, dass jemand von genau dieser Stelle, an der er sich gerade befand, einen gezielten Schuss auf den Reifen des Audis abgefeuert hatte? War so etwas möglich?

Er kletterte die Leiter des Hochsitzes herunter. Auf dem Boden unterhalb der Holzkonstruktion wucherten einen halben Meter hohe Brennnesseln. Gleiches galt für den Bereich, der unmittelbar unterhalb des schmalen Fensters lag, durch das Karre die Autobahn perfekt hatte beobachten können. Er machte einen großen Schritt, mitten hinein in die grüne Hölle, und trat das nesselnde Grünzeug auf einer Fläche von gut einem Quadratmeter platt. Nachdem er die zertretenen Pflanzenstängel mit den Schuhen beiseitegeschoben hatte und sah, was dort vor ihm zwischen den Überresten der zertretenen Pflanzen lag, stieß er einen leisen Pfiff aus.

*

Als er zwei Stunden später seine Wohnung betrat, verspürte er das befriedigende Gefühl, möglicherweise ein weiteres Puzzleteil gefunden zu haben. Nun musste ihm nur noch jemand helfen, die vorhandenen Fragmente zu einem sinnvollen Ganzen zusammenzufügen. Und auf die Frage, wer dafür infrage kam, gab es nur eine einzige Antwort: Jo Talkötter.

Und als hätte der Leiter der Kriminaltechnik die Gedanken seines Kollegen mittels telepathischer Begabung empfangen, klingelte just in diesem Augenblick Karres Handy, wobei das Display keinen geringeren Namen anzeigte, als eben den Josef Talkötters.

Nach kurzem Zögern nahm Karre das Gespräch an. »Hi«, sagte er, wobei er sich bemühte, seine Stimme nicht so müde und abgekämpft klingen zu lassen, wie er sich tatsächlich fühlte. »Ich habe gerade an dich gedacht. Ich hab mal wieder was für dich. In den nächsten Tagen schau ich bei dir vorbei. Mach dich schon mal auf Arbeit gefasst.«

»Karre«, sagte Talkötter mit belegter Stimme. »Vicky hat mir erzählt, was passiert ist … Ich wollte nur sagen, also … mein Beileid.«

»Danke«, sagte Karre und spürte schon wieder den Kloß im Hals, der sich zunehmend zu einem Dauergast zu entwickeln schien.

»Eigentlich wollte ich dich auch überhaupt nicht stören, aber …«

»Du störst nicht«, versicherte Karre ihm, obwohl ihm der Sinn im Augenblick tatsächlich überhaupt nicht nach einem Telefonat mit dem für seine ausschweifenden Erklärungen bekannten Kriminaltechniker stand. »Also, was gibt es?«

»Ich habe dir doch erzählt, dass Sasha sich das Handy von Martin Redmann vorgenommen hat. Du erinnerst dich?«

»Ja. Wegen Notthoff.«

»Ganz genau. Wir haben diese App entdeckt.«

»Wisst ihr schon, worum es sich dabei handelt?«

»Nein, bis jetzt noch nicht. Aber wir haben etwas anderes.«

Karre wurde hellhörig, vermied es aber ausnahmsweise,

Talkötter in seinem Redefluss zu bremsen.

»Sasha hat das Bewegungsprofil des Handys überprüft. Wir wissen jetzt, wo Martin Redmann sich vor seinem Tod vermehrt aufgehalten hat.« Er machte eine Pause und wartete auf eine Reaktion des Hauptkommissars, die allerdings ausblieb. »Karre? Bist du noch dran?«

»Ja. Und?«

»Und was?«

»Und wo war er?«

»Er hat sich in der Nähe eines Yachthafens am Baldeneysee aufgehalten. *Haus Scheppen*, falls dir das etwas sagt.«

»Tut es.«

»Weißt du, ob dieser Redmann ein Boot hatte, auf dem er sich eventuell versteckt haben könnte?«

»Nein, keine Ahnung. Aber ich weiß, wer mir diese Frage ganz sicher beantworten kann. Jo?«

»Was?«

»Weiß Notthoff schon etwas davon? Habt ihr ihm gesagt, dass ihr auch das Bewegungsprofil des Handys überprüft?«

»Nein, bisher nicht. Vermutlich wird er es sich denken können und irgendwann danach fragen.«

»Dann behaltet es bitte so lange für euch, wie es geht. Ich brauche etwas Vorsprung. Kriegt ihr das hin?«

»Klar. Ich mach das schon.«

»Danke! Auch dafür, dass du angerufen hast.«

»Keine Ursache. Was ist denn das andere Thema? Das, weswegen du zu mir kommen willst?«

»Das verrate ich dir, wenn ich da bin. Also, noch mal danke, ich melde mich.«

Unmittelbar nachdem er aufgelegt hatte, suchte er in der Kontaktliste seines Handys nach einer Telefonnummer.

*

Nach mehrmaligem Klingeln meldete sich eine brüchige Frauenstimme. »Ja?«

»Frau Redmann? Ich bin es.« Er nannte ihr seinen Namen. »Von der Kriminalpolizei. Sie erinnern sich?«

»Meinen Sie das im Ernst? Natürlich erinnere ich mich. Der Super-Polizist, der die Ermordung meines Sohnes zugelassen hat, anstatt ihn zu retten.«

Karre schluckte. Das hatte gesessen. Auf der anderen Seite: Was hatte er erwartet? Und klang die Stimme von Monika Redmann nicht so, als habe sie getrunken? »Frau Redmann, ich muss Sie etwas fragen. Wissen Sie, ich bin noch immer auf der Suche nach denjenigen, die für den Tod Ihres Sohnes verantwortlich sind. Ich verstehe, was Sie durchmachen.«

»Einen Scheiß verstehen Sie!«, schrie Monika Redmann ihn unvermittelt an. »Wie wollen Sie denn verstehen, was es für eine Mutter bedeutet, wenn der eigene Sohn von irgendwelchen Kriminellen ermordet wird und nicht einmal die Polizei etwas dagegen unternehmen kann? Sagen Sie mir, wie um alles in der Welt wollen ausgerechnet Sie das verstehen?«

Stille.

Karre nahm all seinen Mut zusammen und bemühte sich, seine Stimme so selbstsicher wie möglich klingen zu lassen. »Frau Redmann, ich kann Sie vermutlich besser verstehen als jeder andere. Meine Tochter Hanna ist tot. Sie wurde von den gleichen Leuten umgebracht, die für den Tod Ihres Sohnes verantwortlich sind.« Und nach einer kurzen Pause fügte er hinzu: »Glauben Sie mir jetzt?«

»Das … das habe ich nicht gewusst. Das konnte ich nicht wissen. Es … tut mir leid«, stammelte Monika

Redmann, bevor sie am anderen Ende der Leitung endgültig verstummte.

»Sie müssen sich nicht entschuldigen. Ich verstehe sehr gut, was in Ihnen vorgeht. Aber genau aus diesem Grund benötige ich Ihre Hilfe.«

»Sie benötigen meine Hilfe? Wie um alles in der Welt sollte ich Ihnen helfen können?«

»Besitzen Sie, Ihr Mann oder Martin ein Boot?«

»Ein Boot? Wie kommen Sie denn jetzt darauf? Und was hat das mit …«

»Beantworten Sie bitte einfach meine Frage«, unterbrach Karre sie. »Gibt es in Ihrer Familie ein Boot? Und wenn ja, kann es sein, dass es im Yachthafen am *Haus Scheppen* liegt?«

»Oliver hatte ein Boot. Seit seinem Verschwinden bin ich nie wieder dort gewesen, aber es liegt immer noch im Hafen. Ja, genau wie Sie sagen. Erst vor ein paar Wochen habe ich die Liegeplatzgebühren für dieses Jahr überwiesen. Ich konnte mich nie dazu durchringen, es zu verkaufen.«

»Und um was für ein Boot handelt es sich?«

»Eine Segelyacht.«

»Und wie heißt das gute Stück?«

»Stella. Wie der Stern.«

Karre hörte, wie sie schluckte.

»Ich dachte immer, es wäre einfach nur ein schöner Name. Nach seinem Tod habe ich dann erfahren, dass es der Name seiner unehelichen Tochter ist. Aber das wissen Sie ja.«

Obwohl Monika Redmann ihn nicht sehen konnte, nickte Karre. »Wissen Sie, ob Martin in letzter Zeit auf dem Boot war? Vielleicht sogar gemeinsam mit Stella?«

»Nein, keine Ahnung. Wenn, dann hat er jedenfalls nicht mit mir darüber gesprochen. War es das, was Sie mich fragen wollten?«

»Ja, vielen Dank. Sie haben mir möglicherweise sehr geholfen. Ich melde mich bei Ihnen, wenn ich etwas herausgefunden habe. Vielen Dank, Frau Redmann.« Er legte auf, nachdem sich Monika Redmann ihrerseits verabschiedet hatte.

KAPITEL 19

Karre ließ sich gegen die Rückenlehne der Couch sinken. Er spürte, wie das Blut durch seine Adern pulsierte, während er überlegte, was es mit den Erkenntnissen der letzten Minuten auf sich haben mochte.

War die auf den Namen »Stella« getaufte Segelyacht womöglich das gesuchte Versteck von Martin Redmann, wohin er sich nach ihrem gemeinsamen Gespräch im Präsidium und während der Entführung von Stella Uhlig zurückgezogen hatte? Und wenn dem so war, würde er dort möglicherweise belastendes Material finden, mit dem er den Drahtziehern dieses schon viel zu lange währenden Komplotts endlich zu Leibe rücken konnte?

Würde er dort Beweise finden, mit denen es Dr. Stephan Engelhardt, dem Gründer der Steuerkanzlei Engelhardt & Partner, dem zukünftigen Schwiegervater seiner Kollegin Viktoria von Fürstenfeld und dem potentiellen Auftraggeber der Morde an Sandra, Hanna, Martin Redmann, Stella Uhlig und diversen anderen unschuldigen Menschen, endlich an den Kragen ging?

Sein Herz schlug ihm bis zum Hals, als er sich seine Jacke überzog und zur Wohnungstür eilte. Er musste sich auf diesem Boot umsehen, bevor Notthoff mit seinen Leuten Wind von der Sache bekam und den Fall endgültig an sich riss. Vermutlich zu Recht, wie Karre sich selbst eingestehen musste, denn wenn das Ausmaß dieser Angelegenheit nur annähernd so groß war, wie die Ereignisse der letzten Zeit vermuten ließen, war dies definitiv eine Angelegenheit, die in den Zuständigkeitsbereich der Kollegen vom Dezernat für »Organisierte Kriminalität« fiel. Und Leiter dieser Einheit war nun einmal Alexander Notthoff. Ganz egal, ob es Karre passte, oder nicht.

Andererseits hatte er sich geschworen, alles dranzusetzen, die Verantwortlichen für Hannas Tod zur Strecke zu bringen. Folglich gab es keine andere Möglichkeit, als sofort aufzubrechen und sich vor Ort selbst ein Bild zu machen. Er hatte gerade die Hand auf die Türklinke gelegt, als das schrille Dauerklingeln der Türglocke ihn beinahe zu Tode erschreckte.

*

Der Typ, der wenige Augenblicke später an Karres Wohnungstür auftauchte, sah mit seinem beigefarbenen Trenchcoat aus wie Peter Falk als Inspector Columbo. In dem Augenblick, in dem Karre dieser Gedanke kam, wusste er auch, woher er den seltsamen Vogel kannte. Vor einiger Zeit war er der Aufforderung dieses Typen gefolgt, sich mit ihm an Sandras Grab auf dem Friedhof zu treffen. Nachdem er ihn zunächst für einen Spinner gehalten hatte, stellte sich im Nachhinein heraus, dass Columbo mit durchaus gehaltvollen Informationen hatte aufwarten können.

Er war es gewesen, der Karre auf die Spur von Sandras Unfallwagen gebracht hatte. Er hatte ihn in dem Glauben bestätigt, dass es sich bei ihrem Tod mitnichten um einen tragischen Unfall gehandelt hatte, sondern dass weitaus mehr dahintersteckte.

»Ich werd verrückt«, entfuhr es Karre, während er den Typ auf seiner Türschwelle musterte. Soweit er sich erinnerte, hatte sich an seinem seltsamen Aufzug nichts geändert. Lediglich die lächerlich verspiegelte Pilotenbrille und die Baseballkappe, die er damals getragen hatte, fehlten. »Columbo.«

Sein Gegenüber runzelte die Stirn und schnaubte verächtlich. »Wie nennen Sie mich? Columbo?«

»Haben Sie mal in den Spiegel geschaut?«

»Darf ich reinkommen?«, fragte er, ohne auf Karres Frage einzugehen.

»Was glauben Sie? Erstens: Sofern Sie nicht wirklich Columbo heißen, kennen wir uns nicht. Von unserer flüchtigen Begegnung auf dem Friedhof mal abgesehen. Und zweitens habe ich keine Zeit, ich bin gerade auf dem Sprung.«

»Es ist wichtig«, insistierte der ungebetene Gast. Suchend sah er sich im Treppenhaus um.

Klar, dachte Karre, nur weil der Typ nicht paranoid war, hieß das nicht, dass sie ihn nicht verfolgten.

»Lassen Sie mich rein, ich werde Ihnen alles erklären.«

Karre stöhnte. Eigentlich war er drauf und dran, den seltsamen Vogel an die frische Luft zu setzen. Allerdings musste er zugeben, dass dieser ihm schon einmal nicht unwesentlich weitergeholfen hatte. »Also gut«, gab er deshalb nach und trat einen Schritt zurück. »Kommen Sie rein. Aber fassen Sie sich kurz.«

»Danke.«

Karre führte ihn ins Wohnzimmer und bot ihm einen

Platz an seinem Esstisch an. »Also, fangen wir mit einer ganz einfachen Frage an: Wer sind Sie?«

Der Typ kramte einen Presseausweis aus seiner Jackentasche und reichte ihn Karre.

»Torge Barkmann? Sie sind Journalist?«

Barkmann nickte.

»Also gut, was wollen Sie? Ich gebe Ihnen fünf Minuten. Dann schmeiße ich Sie raus. Wie gesagt, ich war gerade auf dem Sprung.«

Während der nächsten Minuten lauschte Karre den Ausführungen des Journalisten und konnte kaum glauben, was er da hörte. Als Barkmann sich schließlich auf seinem Stuhl zurücklehnte und Karre herausfordernd ansah, fasste dieser noch einmal zusammen: »Sie hatten also Kontakt zu Martin Redmann und Stella Uhlig. Und die beiden wollten Ihnen Beweise für einen groß angelegten Finanzbetrug zukommen lassen. Aus diesem Grund wollten Sie sich mit Stella Uhlig vor ihrem Abflug am Flughafen treffen, aber sie ist nicht erschienen.«

»Weil sie entführt wurde, wie Sie mir ja eben erläutert haben.«

»Und Sie hatten keine Ahnung, dass Stella und Martin tot sind?«

»Nein, ich war der Meinung, sie hätten kalte Füße bekommen und wären untergetaucht.»

»Das heißt, diese geheimnisvollen Unterlagen haben Sie nie bekommen?«

»Nein, deswegen bin ich hier. Zusammen haben wir vielleicht eine Chance, sie zu finden.«

»Warum sollte ich Ihnen dabei helfen?«

»Weil ich mehr über dieses Komplott weiß, als irgendjemand sonst. Ich könnte Ihnen helfen, die Drahtzieher ans Messer zu liefern. Das ist es doch, was Sie wollen, oder? Die Mörder Ihrer Exfrau und Ihrer Tochter finden.«

Karre fragte sich, woher Barkmann so schnell von Hannas Tod erfahren hatte. Augenscheinlich hatte er tatsächlich gute Verbindungen – wohin auch immer. Allerdings ging Karre aus diesem Grund davon aus, dass Barkmann ihn hinsichtlich seines Wissens über den Tod von Stella und Martin belog. Ganz sicher hatte er sehr wohl davon erfahren. Auf die Frage, warum er dies nicht zugab, konnte sich Karre keinen rechten Reim machen.

»Ich weiß«, fuhr Barkmann unbeirrt fort, »dass Sie nichts mehr antreibt, als endlich diejenigen zu finden, die für all das verantwortlich sind. Und glauben Sie mir, ich kann Ihnen dabei helfen.«

»Okay. Überzeugen Sie mich.«

»Wie bitte?«

»Erzählen Sie mir etwas, damit ich Ihnen glauben kann, dass Sie nicht nur auf der Suche nach einer reißerischen Story sind, die Ihre Karriere pusht.«

»Himmel, was wollen Sie denn noch? Reicht Ihnen nicht, was ich Ihnen gerade erzählt habe?«

»Nein, tut es nicht.«

»Also gut, was wollen Sie?«

»Wie sicher sind Sie, dass Engelhardt & Partner wirklich in der Sache drinsteckt? Ich meine, Sie haben die Unterlagen bisher nicht zu Gesicht bekommen, die Martin und Stella Ihnen zukommen lassen wollten. Vielleicht steckt etwas ganz anderes dahinter.«

»Möglich, wenngleich sehr unwahrscheinlich. Alles passt zusammen. Die Morde der letzten Jahre. Die Unterlagen, die Stella und Martin aus der Kanzlei besorgt haben ...«

»... und die weder Sie noch ich bisher gesehen haben.«

»Sie haben recht. Und es gibt nur einen Weg, die Wahrheit herauszufinden. Ich bin davon überzeugt, dass Martin Redmann ein Versteck hatte, in das er sich in den

Tagen vor seinem Tod zurückgezogen hat. Und wenn wir dieses Versteck finden, dann finden wir ganz sicher auch Kopien der Unterlagen. Oder wenigstens einen Hinweis darauf, wo sie sich befinden. Und glauben Sie mir: Die Informationen, die in diesen Dokumenten stehen, werden ein Erdbeben auslösen. Es geht um Betrug im ganz großen Stil. Um was genau, darüber können wir derzeit aber nur spekulieren. Und darum können wir nichts unternehmen. Also, haben Sie eine Idee, wo Martin Redmann sich versteckt gehalten hat?«

Karre überlegte. Konnte er diesem Barkmann wirklich trauen? Was sprach dagegen, wenn er zunächst alleine nach der Yacht suchte. Später, nachdem er einen möglichen Fund selbst gesichtet hatte, konnte er ihn immer noch ins Boot holen. Auf der anderen Seite, vielleicht konnte Barkmann ihm mit seinem Hintergrundwissen tatsächlich helfen. Es wäre schließlich nicht das erste Mal …

»Also, was ist?«, drängte Barkmann ihn. »Wenn Sie nicht wollen, dann geht eben jeder wieder seinen eigenen Weg. Aber glauben Sie mir, als Einzelkämpfer wird es verflucht schwer werden, diesen Laden auffliegen zu lassen.«

»Okay. Ich glaube, ich habe da eine Idee. Kommen Sie mit.«

Barkmann sah Karre überrascht an, folgte ihm aber nach draußen, ohne weitere Fragen zu stellen.

KAPITEL 20

»Ein Boot?«, fragte Barkmann stirnrunzelnd, während er in der Innentasche seines Trenchcoats nach einer Packung Zigaretten suchte. »Sie glauben, er hat sich auf einem Boot versteckt?«

»Ja, auf der Segelyacht seines Vaters. Das Boot heißt *Stella.*« Karre parkte den Wagen neben dem zu dieser Uhrzeit geschlossenen Motorradtreff *Haus Scheppen.* Von hier aus waren es nur wenige Meter bis zum Eingang des Yachthafens, in dem Redmanns Segelyacht liegen sollte.

Die Hafenanlage befand sich am südlichen Ufer des Baldeneysees, unmittelbar an der Stelle, wo der Hesperbach in die Ruhr mündet. Dienten die alten Bruchsteingebäude im Mittelalter einst als adeliger Lehnshof der Abtei Werden, beherbergten sie heute ein Restaurant und standen seit mehreren Jahrzehnten unter Denkmalschutz.

»Stella? Wie einfallsreich.« Barkmann schüttelte eine Zigarette aus der zerknautschten Packung und schob sie sich in den Mund. »Auch eine?«

Karre schüttelte den Kopf.

»Ob seine Frau weiß, was es mit dem Namen des Schiffes auf sich hat?«

»Inzwischen weiß sie es. Aber jahrelang hatte sie keine Ahnung, dass ihr Mann neben ihrem gemeinsamen Sohn auch eine uneheliche Tochter hatte.« Karre schaltete den Motor ab. »Dann wollen wir doch mal nachsehen, ob wir das Boot finden.« Er öffnete die Fahrertür, als die Melodie seines Mobiltelefons ertönte. Er zog das Gerät aus der Mittelkonsole und warf einen Blick auf das Display.

Talkötter.

»Gehen Sie schon mal vor«, sagte er zu Barkmann gewandt. »Ich komme gleich nach.« Und während er das Gespräch annahm, sah er dem Journalisten hinterher, der mit entschlossenen Schritten Richtung Yachthafen marschierte. »Jo. Was ist los? Ich dachte, du sollst nicht mehr so viele Überstunden machen. Keine Lust, nach Hause zu gehen?«

»Lass die blöden Sprüche und hör mir zu. Sasha hat endlich diese App geknackt. War gar nicht so leicht.«

»Diese versteckte App auf dem Handy von Martin Redmann?«

»Genau die.«

»Und?«

»Offenbar hat er sich selbst ein Programm geschrieben, mit dem er die Signale verschiedener Webcams empfangen kann. Jedenfalls vermute ich, dass er die Bilder aus dem Hotelzimmer, mit denen wir Becker überführt haben, ebenfalls über dieses Programm abgespeichert hatte. Allerdings sendet die Kamera aus dem Hotel nicht mehr.«

»Natürlich nicht, das Zimmer ist ja inzwischen auch längst wieder anderweitig vermietet.« Karre versuchte, aus dem Wagenfenster einen Blick auf Barkmann zu werfen, konnte ihn aber nicht sehen. Vermutlich befand er sich auf einem der Stege und wurde von den dort vertäuten Booten verdeckt.

»Es gibt aber noch eine weitere Kamera. Und die sendet nach wie vor. Diese Aufnahmen sind nicht auf dem Handy gespeichert, sie sind live.«

»Und? Was ist auf dem Video zu sehen?«

»Das ist ja das Merkwürdige. Allerdings muss ich einschränkend erwähnen, dass das Bild recht undeutlich ist. Die Kamera befindet sich im Nachtsichtmodus.«

»Jo, was siehst du?«, bohrte Karre ungeduldig nach. Er wollte Barkmann so schnell wie möglich folgen, bevor dieser Redmanns Yacht fand und alleine irgendwelchen Blödsinn anstellte.

»Es sieht aus wie die Kajüte von einem Boot. Vielleicht ist es das Versteck von Martin Redmann? Würde doch zu der Sache mit dem Hafen passen. Du weißt schon, unsere Handyortung.«

Karre überlegte einen Augenblick. »Was sagtest du noch mal, wie diese App heißt?«

Talkötter buchstabierte. »SY-S«

»Ich glaube, ich weiß, wofür diese Abkürzung steht.«

»Aha? Und?«

»SY ist das international gebräuchliche Kürzel für Sail Yacht, Segelyacht. Im Gegensatz zu MY, was für Motor Yacht steht. Und das S könnte für Stella stehen.«

»Stella?«

»Ja, so heißt das Segelboot von Redmann. Ich habe seine Frau danach gefragt und sie hat es mir erzählt.«

»Bingo! Dann solltest du dich vielleicht tatsächlich mal in diesem Hafen umsehen.«

»Bin schon da!«

»Wo?«

»Na, was glaubst du?«

»Im Hafen?«

»Klar. Wir sind doch von der schnellen Truppe.«

»Karre, wo genau bist du gerade?«

»Im Moment sitze ich in meinem Wagen und telefoniere. Jo, was soll das Ratespiel?« Nervös blickte er zu der weitgehend in der Dunkelheit liegenden Hafenanlage. Lediglich die alte Bruchsteinmauer, die entlang des Hauptsteges verlief, wurde durch mehrere Scheinwerfer stilvoll illuminiert.

»Du bleibst jetzt schön da sitzen und hörst mir ganz genau zu, was ich dir sage. Auf dem Bild dieser Webcam ist noch etwas zu sehen. Wie gesagt, es ist schwer zu erkennen, aber …«

»Jo! Komm endlich zum Punkt! Ich muss los!« Er hatte seine Finger bereits auf den Öffnungsmechanismus der Wagentür gelegt.

»Ich könnte mich möglicherweise täuschen, aber es sieht aus wie …«

In diesem Augenblick zerriss eine heftige Detonation die Stille der Nacht. Ohrenbetäubend und so gewaltig, dass die Scheiben von Karres Wagen vibrierten. Gelbrotes, flackerndes Licht blendete ihn und riss das Innere seines Wagens aus der Dunkelheit. Sein Kopf fuhr herum in Richtung der Steganlagen, über denen ein riesiger Feuerball in den schwarzen Nachthimmel emporstieg.

»Scheiße!«, fluchte Karre, riss die Wagentür auf und rannte los.

KAPITEL 21

Die Schritte der Krankenschwester hallten auf dem von kaltem Neonlicht beleuchtetem Gang wider. Nur noch das letzte Zimmer, dann hatte Jennifer ihre abendliche Runde beendet und mit ein wenig Glück würde es eine ruhige Nacht werden. Dennoch fluchte sie innerlich, dass sie sich hatte breitschlagen lassen, mit Rosa die Nachtschicht zu tauschen. Den ganzen Tag hatte sie ihr damit in den Ohren gelegen.

Nur weil sie … ja, weil sie was? Vermutlich war die Story, dass ihr Freund sie ganz spontan mit Konzertkarten überrascht hatte, nur vorgeschoben gewesen. Für viel wahrscheinlicher hielt sie dagegen, dass Rosa unter allen Umständen hatte vermeiden wollen, die Nachtschicht mit dem speziellen Patienten verbringen zu müssen. Mit diesem seltsamen Typen, vor dessen Tür ein uniformierter Polizist saß. Als wenn der Kerl einfach abhauen würde. Schließlich war ihm erst vor ein paar Tagen das rechte Bein amputiert worden. Aber dennoch, irgendeinen

Grund musste es wohl geben, dass sein Einzelzimmer derart bewacht wurde. Insofern konnte sie nicht leugnen, dass auch sie eine zunehmende Nervosität verspürte, als sie sich der Zimmertür näherte.

Der Polizist, dessen Namen sie nicht kannte, nickte ihr zu, als sie an ihm vorbei ging. Im Gegensatz zu seinem Kollegen, mit dem er sich bei den Schichten abwechselte und der redete wie ein Wasserfall, hatte er sich als äußerst schweigsam erwiesen. Zudem fragte sie sich, wie er es schaffte, eine komplette Schicht auf diesem unbequemen Stuhl zu hocken, ohne seinen Platz ein einziges Mal zu verlassen. Himmel, soweit sie sagen konnte, war er während seiner Schichten noch nicht mal zum Klo gegangen.

Sie öffnete die Tür und trat in das dunkle Zimmer. Die Luft in dem Raum war warm und stickig, und abgesehen vom monotonen Piepen eines Überwachungsmonitors, war es vollkommen still. Das durch die Tür einfallende Licht reichte aus, um einen kurzen Blick auf den Patienten zu werfen, so dass sie die grelle Deckenbeleuchtung nicht einschalten musste. Er schien zu schlafen. Sie wollte sich gerade umdrehen und das Zimmer wieder verlassen, als er die Augen öffnete.

»Hi, schön Sie zu sehen. Sie sind der erste Lichtblick des Tages. Beziehungsweise: der Nacht. Frei nach dem Motto, je später der Abend ...« Er flüsterte mit einem verkrampften Lächeln auf den trockenen, spröden Lippen. Obwohl die hochdosierten Antibiotika bereits anschlugen, klang seine Stimme noch immer schwach und heiser. »Darf ich Sie um einen Gefallen bitten?«

Sie trat an sein Bett und legte eine Hand auf seinen Unterarm. »Natürlich. Was kann ich für Sie tun? Haben Sie Schmerzen?«

»Nein, es ist auszuhalten. Aber sie könnten mir einen großen Gefallen tun.«

Jennifer sah ihn fragend an.

»Besorgen Sie mir eine Zigarette. Bitte.«

Sie verzog das Gesicht.

»Ich weiß, ich darf nicht rauchen und Sie dürfen mir keine Zigaretten geben. Aber ich bitte Sie trotzdem. Inständig. Nur eine einzige. Ich halte das einfach nicht mehr aus.«

»Es tut mir wirklich leid, aber selbst, wenn ich wollte: Ich rauche nicht.«

»Aber mit Sicherheit liegt doch im Schwesternzimmer die eine oder andere Packung einer Kollegin oder eines Kollegen herum. Bitte!« Er sah sie an und in seinem Blick lag etwas Flehendes. »Nur eine einzige.«

»Wenn Sie mich verpfeifen, komme ich in Teufels Küche.«

»Es bleibt unser Geheimnis. Ich werde es mit ins Grab nehmen. Und außerdem: Warum sollte ich Sie verraten? Im Gegenteil, ich wäre Ihnen für den Rest meines Lebens dankbar.«

Jennifer schüttelte den Kopf. Wenn sie als Krankenschwester eine Schwäche hatte, dann war es die, dass sie Patienten nur äußerst schlecht einen Wunsch abschlagen konnte. »Ich schau mal, was sich machen lässt«, antwortete sie deshalb und verließ das Zimmer.

KAPITEL 22

Karre saß auf dem Holzsteg, seine Füße baumelten wenige Zentimeter über der schwarzen Wasseroberfläche. Bis vor einer guten Stunde hatte an exakt dieser Stelle die SY STELLA gelegen, von der nach der verheerenden Explosion nicht mehr übrig geblieben war, als ein paar brennend auf dem Wasser treibende Trümmerteile. Die meisten waren inzwischen von Feuerwehrleuten mit Hilfe eines Schlauchbootes gelöscht und anschließend geborgen worden, doch hier und da sah Karre noch eine züngelnde Flamme in die Dunkelheit davontreiben.

Er dachte an Barkmann. Zum Zeitpunkt der Explosion hatte er sich offenbar in der Plicht des Bootes befunden und war vermutlich gerade dabei gewesen, die Tür zur Kajüte zu öffnen. Die Wucht der Detonation hatte ihm einen Arm und ein Bein abgerissen. Die stark verkohlten Überreste seines Leichnams hatten Feuerwehrtaucher erst vor wenigen Minuten vom Grund des Sees geborgen und umgehend an Land geschafft.

Auf dem Schiff hatte sich eine Bombe befunden. Das war es gewesen, was Jo Talkötter ihm hatte mitteilen wollen. Er hatte den Sprengsatz auf dem Bild der Webcam gesehen. Aber wie war er dorthin gelangt? Hatte Martin Redmann selbst eine Bombe auf der Yacht seines Vaters platziert, um ungebetene Besucher abzuwehren? Zugegeben, er hatte sich hervorragend mit Computern ausgekannt, hatte das Know How eines Hackers besessen und damit möglicherweise auch Zugang zu dubiosen Internet-Quellen gehabt, wo er sich das für den Bau einer Bombe notwendige Material eventuell hätte beschaffen können. Aber wusste er deswegen auch, wie man eine Bombe baute? Oder hatte er sich einen fertigen Sprengsatz besorgt, den er nur noch auf dem Schiff hatte anbringen müssen? Und selbst wenn er all diese Möglichkeiten tatsächlich gehabt haben sollte, hätte er das Risiko in Kauf genommen, einen Unschuldigen zu töten? Nein, bei aller Phantasie, diese Erklärung erschien Karre doch ziemlich abenteuerlich.

Folglich musste jemand anders dafür verantwortlich sein. Jemand, der – genau wie Karre und Barkmann – nach Informationen gesucht hatte. War der Unbekannte ihnen zuvorgekommen? Hatte er das gesuchte Material sichergestellt und sich damit aus dem Staub gemacht? Ebenfalls unwahrscheinlich. Denn dann wäre es vollkommen überflüssig gewesen, dass Schiff in die Luft zu sprengen. Aus Karres Sicht gab es nur eine logische Erklärung: Wer auch immer auf der Yacht gewesen war, er hatte nicht das gefunden, wonach er gesucht hatte. Aber er hatte Angst, dass jemand anderes nach ihm kommen und möglicherweise etwas finden würde, was er übersehen hatte. Aus diesem Grund hatte der Unbekannte die todbringende Falle installiert, in die Barkmann hineingetappt war.

Schwerfällig erhob er sich von dem hölzernen Steg, um sich auf den Weg zu seinem Wagen zu machen. Er war todmüde und hier konnte er ohnehin nichts mehr ausrichten. Alles Weitere konnte er in den nächsten Tagen den Berichten der Kriminaltechniker, Rechtsmediziner und Erkennungsdienstler entnehmen. Gerade als er sich vom Wasser abwandte, vernahm er hinter sich einen Pfiff. Er drehte sich um und sah einen der Feuerwehrtaucher, der mit luftgefüllter Tarierweste an der Oberfläche trieb. Er begann hektisch zu winken, als er sah, dass Karre sich zu ihm umgedreht hatte.

»Warten Sie! Ich glaube, wir brauchen Sie hier noch. Wir haben etwas gefunden!«

*

Karre stand im knöchelhohen Gras und beobachtete, wie die Besatzungsmitglieder des Feuerwehrschlauchbootes das knapp zwei Meter lange, in schwarze Folie eingewickelte Etwas über den Gummiwulst des Bootes ans Ufer hievten.

»Wo kommt das denn her?«

Karre fuhr herum. Paul Grass stand neben ihm und beobachtete, wie das Wasser an dem mit breitem Klebeband verschnürten Paket herablief, während die Männer es unter angestrengtem Stöhnen auf der Uferböschung ablegten.

»Haben unsere Taucher zwischen den Trümmern des Segelbootes im Schlamm gefunden«, antwortete einer der Feuerwehrleute. »Muss direkt unter dem Boot auf dem Grund gelegen haben.«

Grass bückte sich zu dem Paket und schnitt mit einer kleinen Schere die Klebestreifen auf. Als er die Hälften der Plane auseinanderklappte, wich Karre unwillkürlich einen Schritt zurück.

»Für meinen Geschmack hätte ein Toter heute Abend auch gereicht.« Grass reagierte trotz des unschönen Anblicks, der sich ihnen bot, gewohnt gelassen und betrachtete den Toten.

Karre beobachtete mit zusammengekniffenen Augen, wie ein Wasserkäfer und anderes Kleingetier einer ihm unbekannten Gattung aus den leeren Augenhöhlen krochen, zu Boden fielen und hilflos über die Folie krabbelten, in die man den Toten eingewickelt hatte.

Grass fuhr sich mit der Hand über den kahlen Schädel. »Der liegt offensichtlich schon ne ganze Weile da unten. Wäre er nicht so gut eingepackt worden, hätten wir vermutlich nicht mehr als einen Haufen Knochen gefunden. Wenn überhaupt. Ich schätze mal, dass es da unten ziemlich schlammig ist.«

»Darauf können Sie wetten.« Einer der Taucher war neben sie getreten. Wasser tropfte von seiner Ausrüstung. »Ein falscher Flossenschlag und Sie sehen für die nächste halbe Stunde nichts mehr.«

»Und in diesem Moder haben Sie ihn gefunden?« Grass deutete auf die sterblichen Überreste dessen, was einst ein Mensch gewesen war.

»Ja. Mitten in dieser grünen Pest, die da unten wuchert.«

Karre wusste, dass der Taucher auf die Wasserpest anspielte, die auf dem Grund des Sees wuchs und die an vielen Stellen bis an die Oberfläche reichte. Dort bildete sie einen derart dichten Teppich, dass es für kleinere Segelboote, Ruderer und Paddelboote kaum noch ein Durchkommen gab.

»Hast du eine Idee, wer er sein könnte?«, fragte Grass, während er sich über den Leichnam beugte, um erste Untersuchungen vorzunehmen.

»Ich tippe auf Oliver Redmann.«

Grass zog die Brauen hoch. »Der Vater von Martin Redmann?«

»Ja. Redmann ist vor drei Jahren spurlos verschwunden. Irgendwann wurde er offiziell für tot erklärt. Was denkst du, wie lange es dauert, bis du bestätigen oder auch ausschließen kannst, dass er es tatsächlich ist?«

»Ich vermute mal, dass wir in der Vermisstenakte von Redmann eine DNA-Analyse finden, so dass wir eine entsprechende Vergleichsprobe nehmen können. Das Ergebnis werden wir aber frühestens in ein paar Tagen erhalten. Sollten wir in Redmanns Akte Hinweise auf andere unveränderliche Kennzeichen wie alte Knochenbrüche oder Zahnprofile finden, haben wir vielleicht eine Chance, früher zu einem Ergebnis zu kommen. Das kann ich dir aber erst sagen, wenn ich seine Akte gesehen habe und ihn auf dem Tisch hatte. Das heißt, das, was noch von ihm übrig ist.«

*

Als Karre sich kurz darauf auf den Rückweg zu seinem Wagen machte, spürte er einmal mehr den Vibrationsalarm seines Handys, weshalb er es genervt aus der Hosentasche zog. Eigentlich wollte er nur noch nach Hause und sich die Decke über den Kopf ziehen. Wenn er an die nächsten Tage, und insbesondere an die Organisation von Hannas Beerdigung dachte, wurde ihm speiübel.

Er sah den auf dem Display aufleuchtenden Namen und verlangsamte seine Schritte. Wenn Karim ihn um diese Uhrzeit anrief, wollte er sich ganz sicher nicht nur nach seinem Befinden erkundigen.

»Hallo Karim«, meldete er sich, während sein Blick zurück zu dem Treiben auf dem See wanderte. Die

Feuerwehr war gerade dabei, ihr Schlauchboot im grellen Licht der aufgestellten Scheinwerfer an der Slip-Anlage zurück auf den Trailer zu ziehen. In ein paar Minuten würden sie fertig sein und wenn in Kürze der Morgen graute, würde nichts mehr auf die Ereignisse der letzten Stunden hindeuten.

»Tut mir leid, dass ich dich mitten in der Nacht wecke«, begann sein Kollege. »Eigentlich wollte ich dich überhaupt nicht anrufen, aber Vicky meinte, das könnten wir nicht machen.«

»Wieso? Was ist denn los.«

»Es gab eine Explosion.«

»Ich weiß«, antwortete Karre mit einem erschöpften Lächeln auf den Lippen.

»Du weißt davon? Aber wieso? Woher«

»Ich war dabei.«

»Hä? Ich dachte, du wärst zu Hause? Wieso warst du im Krankenhaus?«

Die Worte seines Kollegen rissen Karre augenblicklich aus seiner Lethargie. »Wovon redest du? Wieso im Krankenhaus?«

»Hörst du mir überhaupt zu? In der Uniklinik gab es eine Explosion. So wie es aussieht, in Beckers Krankenzimmer.«

Karre spürte, wie sein Unterkiefer nach unten klappte. Langsam ließ er sich auf einen hinter ihm am Wegrand stehenden Baumstumpf sinken. »Du machst Witze, oder?«

»Ich wünschte, es wäre so. Becker und der Polizist sind tot. Der Polizist, der vor seiner Tür Wache geschoben hat. Außerdem gab es eine Verletzte. »

Karre bemerkte das Zögern seines Kollegen. »Wer?«, drängte er ihn. »Wer ist die Verletzte?«

»Du kennst sie.« Und nach einer weiteren Pause fügte er

hinzu: »Es ist Jennifer. Die Krankenschwester. Sie hatte die Nachtschicht.«

»Jennifer? Aber wieso? Was hat sie bei Becker gemacht? Das ist doch gar nicht ihre Station.«

»Das kann ich dir nicht sagen, aber mach dir keine Sorgen, sie hat nur ein paar kleinere Blessuren.«

»Was ist denn überhaupt passiert?«

»Wie gesagt, es gab eine heftige Explosion. Vermutlich in Beckers Zimmer. Mehr konnten die Leute von der Feuerwehr noch nicht sagen. Sie schicken morgen früh einen Spezialisten, der die Angelegenheit untersucht. Dann erfahren wir hoffentlich mehr.«

»Hältst du es tatsächlich für möglich, dass Becker sich selbst in die Luft gesprengt hat?«

»Keine Ahnung. Ich weiß es wirklich nicht.«

»Soll ich vorbeikommen?«

»Nein, nicht nötig. Du kannst hier im Moment sowieso nichts ausrichten. Die Feuerwehr lässt niemanden in die Nähe des Explosionszentrums. Du kannst also getrost nach Hause fahren. Apropos, wo bist du eigentlich?«

Karre fasste die aktuellsten Entwicklungen kurz zusammen und Karim hörte ihm schweigend zu.

»Und du glaubst wirklich, es ist Redmann?«

»Ich denke schon. Vielleicht kann Paul uns morgen ja schon mehr sagen.«

»Und dieser Barkmann?«

»Das muss ich auch erst mal verdauen. Er war es, der mir damals den Hinweis gegeben hat, wo ich Sandras Audi finde. Wir sollten uns schnellstens mal in seiner Wohnung umsehen. Vielleicht finden wir da noch ein paar Hinweise. Ich bin mir nicht sicher, ob er mir alles verraten hat, was er wusste.«

»Gute Idee. Wann?«

»So schnell wie möglich. Bevor irgendwer anders auf die

gleiche Idee kommt. Wenn erst mal durchgesickert ist, dass er tot ist, meine ich.«

»Hast du was vor?«

»Wann? Jetzt?«

»Klar, warum nicht. Kennst du seine Adresse?«

»Die krieg ich raus.«

»Okay, dann komme ich vorbei.«

»Und was sagt Sila?«

»Die schläft. Und weg bin ich ja sowieso. Also kommt es auf den Abstecher zu diesem Barkmann auch nicht mehr an.«

»Ist Vicky bei dir?«

»Nicht mehr. Sie ist gefahren, kurz bevor ich dich angerufen habe. Soll ich ihr Bescheid geben?«

»Ne, lass mal. Sie soll ruhig noch ein bisschen Schlaf kriegen. Wir erzählen ihr morgen alles.«

»Wolltest du nicht eigentlich mal ein paar Tage raus aus dem Ganzen?«

»Eigentlich schon, ja.«

»Und?«

»Siehst du doch. Es soll einfach nicht sein. Also, wir treffen uns bei Barkmann. Ich schicke dir die Adresse.«

KAPITEL 23

Karre parkte den Wagen auf dem an drei Seiten von Häusern umgebenen Garagenhof. Er stieg aus und sah an den grauen Fassaden empor, als jemand von hinten neben ihn trat und ihm mit dem Zeigefinger auf die Schulter tippte.

»Wartest du schon lange?«, fragte Karre, ohne sich umzudrehen.

»Nein, nicht mehr als ein paar Minuten. Wie geht es dir?«

»Schlecht.« Karre drehte sich um und sah seinem Kollegen direkt in das vom Mondlicht angeleuchtete Gesicht. »Verflucht schlecht. Karim, zum ersten Mal in meinem Leben weiß ich nicht, wie ich weitermachen soll. Hannas Tod war zu viel. Der berühmte Tropfen, der das Fass zum Überlaufen bringt. Ich bin wirklich drauf und dran, alles hinzuwerfen.«

»Was machst du dann hier?« Karim warf einen demonstrativen Blick auf seine Armbanduhr.

»Was wäre die Alternative? Dass ich zu Hause sitze und

mich zwar sinn-, aber nicht grundlos volllaufen lasse? Spätestens wenn ich morgen in den Spiegel schaue, würde ich mich vor mir selbst ekeln. Nein, glaub mir, ich bin hier schon richtig. Barkmann war das letzte Opfer, das auf die Kappe dieser Gangster geht. Dafür werden wir sorgen. Ich habe Hanna versprochen, dass ich sie jagen werde. Und dieses Versprechen werde ich nicht brechen.«

»Du glaubst also, dass die Bombe auf Redmanns Yacht auch auf das Konto derselben Täter geht, die für diese lange Liste von Toten verantwortlich sind?«

»Hast du eine bessere Idee?«

»Martin Redmann? Vielleicht wollte er verhindern, dass jemand die Yacht durchsucht?«

»Habe ich auch schon drüber nachgedacht, halte ich aber für unwahrscheinlich.« Er blickte zu einem der sie umgebenden Häuser. »Lass uns reingehen. Vielleicht hat Barkmann etwas zusammengetragen, was uns weiterbringt. Er schien ja recht gut informiert zu sein.«

»Laut der Klingelschilder müsste er im zweiten Stock wohnen.«

»Dann mal los.«

Die Haustür war nicht verschlossen. Als sie das Treppenhaus betraten, raubte ihnen der Uringestank beinahe den Atem.

»Scheiße. Wieso hat Barkmann sich denn in so einem abartigen Loch verkrochen? So schlecht kann er als Journalist doch unmöglich verdient haben.«

»Keine Ahnung, vielleicht ist es ne Art Tarnung.«

»Und was ist das für eine Architektur?«, fragte Karre, der sich wunderte, dass keine einzige Wohnungstür vom Treppenhaus abzweigte. Stattdessen gab es auf jeder Etage eine einzige Tür mit einem bullaugenförmigen Fenster.

»Hast du diese balkonartigen Wege entlang der Hausfassade gesehen? Vom Garagenhof aus waren sie gut sichtbar.«

Karre bejahte.

»Die Türen führen hinaus auf diese Gänge. Die Wohnungstüren liegen an der Außenseite des Hauses und sind über diese Balkone zugänglich.«

Sie erreichten die zweite Etage und Karim öffnete eine der Bullaugentüren. Als sie hinaustraten, konnte Karre hinunter in den Garagenhof sehen. Dort fuhr gerade ein lilafarbener Golf mit tief wummerndem Auspuffsound vor und kam vor einer der Garagen zum Stehen. Sie warteten nicht, bis der Fahrer ausstieg, sondern folgten dem überdachten Gang. Zu ihrer Rechten wechselten sich fensterlose Wohnungstüren und längliche, an Schießscharten erinnernde Fenster mit Milchglasfüllung ab, hinter denen sich vermutlich die Badezimmer der jeweiligen Wohnungen befanden.

Sie hatten etwa die Hälfte des Ganges hinter sich, als Karim vor einer grün gestrichenen Holztür stehenblieb, an der die Nummer 48 in bronzefarbenen Ziffern angebracht war. Ein Namensschild gab es nicht.

»Laut Klingeltableau wohnte Barkmann in Wohnung Nummer 48.«

»Dann sehen wir uns doch mal um.« Karre hatte bereits sein Lederetui mit dem Dietrich aus der Jackentasche gezogen und machte sich routiniert daran, das Türschloss zu bearbeiten. Nach weniger als fünfzehn Sekunden klickte es und die Tür schwang auf.

»Respekt. Du wirst immer besser.«

»Übung macht den Meister. Was ist mit dir? Machst du Fortschritte?«

»Es wird. Aber von deinem Tempo bin ich noch Lichtjahre entfernt.«

Karre grinste. »Immer schön dranbleiben! Und jetzt rein, bevor uns noch einer der Nachbarn auf den Keks geht.«

Sie standen in der Diele und als Karre die Tür hinter ihnen ins Schloss zog, war es schlagartig stockfinster. Karre tastete die Wand ab und nachdem er einen Schalter gefunden und betätigt hatte, tauchte eine Lampe den Raum in gelbliches Licht.

»Schick, Colani-Design«, witzelte Karim mit Blick auf die von der Decke baumelnde Glühbirne.

»Viel Wert auf Schick scheint er jedenfalls nicht gelegt zu haben.«

»Wer würde denn freiwillig so wohnen wollen?« Karim deutete auf die schmale Küche, auf deren Arbeitsplatte sich Pizzakartons, leere Konservendosen und Aluminiumverpackungen diverser Fertiggerichte stapelten.

»Ich glaube immer mehr, dass das hier nicht seine echte Wohnung gewesen ist, sondern nur Mittel zum Zweck.« Sie betraten das Wohnzimmer, dessen Zentrum ein riesiger Schreibtisch bildete, der unter Papierbergen beinahe vollständig verschwand und kaum noch als Möbelstück zu erkennen war. Karre stieß einen leisen Pfiff aus, als sein Blick die hinter dem Schreibtisch liegende Zimmerwand streifte.

»Na schau mal an, was haben wir denn da.« Er trat vor die Wand, an die Barkmann Zeitungssausschnitte, Computerausdrucke und offenbar selbst erstellte Schaubilder gepinnt hatte.

»Sieht aus, als hätte er sein halbes Leben damit verbracht«, sagte Karim nachdenklich, nachdem er neben seinen Chef getreten war. »Aber womit genau?«

»Schau mal hier.« Karre deutete auf eine Gruppe Zeitungsartikel, die sich im rechten oberen Bereich der Wand befand. »Artikel zu Sandras Unfall.«

»Und hier sind Artikel zu Oliver Redmanns Verschwinden.«

Von den jeweiligen Artikeln führten rote Bindfäden, die Barkmann mit Heftzwecken an der Wand befestigt hatte, zu einem im Zentrum des Gebildes stehenden Namen.

»Also doch.« Karre atmete hörbar aus, während er die mit Edding auf eine Pappkarte geschriebenen Buchstaben anstarrte: »Engelhardt & Partner.«

Karre zog sich einen Stuhl heran, auf den er sich sinken ließ, ohne dabei die Wand aus den Augen zu lassen, so als fürchte er, die dort stehenden Informationen könnten sich plötzlich in Luft auflösen.

»Also scheint Vickys zukünftiger Schwiegervater tatsächlich Dreck am Stecken zu haben?«

»Sieht so aus. Zumindest war Barkmann derselben Ansicht wie ich. In irgendeiner großen Sache hängt er mit drin.«

»Und warum wollte Barkmann unbedingt auf das Schiff? Ich meine, er scheint doch bestens Bescheid gewusst zu haben.«

»Er brauchte Beweise. All das hier sind nur Theorien und Vermutungen. Ich habe zwar nicht den geringsten Zweifel, dass Barkmann auf der richtigen Spur war, aber er konnte es nicht beweisen. Deswegen brauchte er die verschwundenen Unterlagen von Martin Redmann.«

»Und er ist davon ausgegangen, dass sie auf dem Schiff sind?«

»Es war die heißeste Spur, die wir hatten.«

»Schau mal hier.« Karim deutete auf weitere Namen, die ebenfalls auf bunte Pappkarten geschrieben worden waren und die mit Hilfe von Bindfäden miteinander verbunden worden waren: J. van Dyke. »Klingt nach einem Holländer. Oder hier: Zeitungsartikel über die Ermordung von Stella und Martin. Darunter stehen die Namen von Cherchi und Becker. Und was ist das?« Er deutete auf Pfeile, die weitere Namen miteinander verbanden.

»Ich habe keine Ahnung. Für mich sieht das aus wie ein Netzwerk. Die Beteiligten haben irgendwelche Beziehungen zueinander, aber wieso und warum kann ich hier beim besten Willen nicht erkennen. Barkmann hat mir gegenüber von einem ausgeklügelten Betrugssystem gesprochen. Finanzbetrug. Vielleicht symbolisieren die Pfeile Zahlungsströme, die von einem Beteiligten zum anderen geflossen sind?«

»Wir sollten da jemanden einen Blick drauf werfen lassen, der sich damit auskennt.«

»Und wer soll das sein? Hast du eine Idee?«

»Na ja, möglicherweise ...«

In diesem Augenblick ließ ein Geräusch sie innehalten.

»Was war das?«

»Keine Ahnung, aber ich würde sagen, es kam hier aus der Wohnung.«

Die beiden Männer sahen sich kurz an, bevor sie losrannten. Während Karim sich das Schlafzimmer vornahm, rannte Karre zunächst ins Badezimmer. Und blieb wie angewurzelt stehen, als er das offenstehende Fenster sah. Mit wenigen Schritten durchquerte er den kleinen Raum und beugte sich aus dem dem balkonartigen Gang zugewandten Fenster. Gerade rechtzeitig genug, um die schwarze Gestalt zu sehen, die durch die in diesem Augenblick zufallende Tür ins Treppenhaus verschwand.

Karre rief seinen Kollegen, während er selbst sich bereits aus dem Fenster hinaus auf den Gang schwang, um dem Unbekannten zu folgen. Als er schließlich schwitzend und außer Atem den Garagenhof erreichte, war von dem ungebetenen Besucher nichts mehr zu sehen.

»Mist!«, fluchte Karre und schlug sich, noch immer nach Luft schnappend, wütend mit den Handflächen auf die

Oberschenkel.

»Hast du jemanden erkennen können?«, fragte Karim, als er wenige Sekunden nach seinem Chef den Innenhof erreichte.

»Nein«, schnaufte Karre. »Ich habe ihn nur einmal kurz durch das Badezimmerfenster gesehen. Und dann war er auch schon durch die Treppenhaustür verschwunden.«

»Glaubst du, er war schon in der Wohnung, als wir rein sind?«

»Garantiert. Ich frage mich nur, warum wir kein Licht gesehen haben. Entweder ist er im Dunkeln oder mit einer Taschenlampe durch die Wohnung gegeistert, oder er hat uns rechtzeitig genug gehört, um das Licht auszuschalten, ohne dass wir etwas bemerkt haben. Warum haben wir uns nicht zuerst das Bad vorgenommen. Dann wäre er uns in die Falle gegangen.«

»Das konnte ja niemand ahnen. Ich frage mich nur, ob er eventuell etwas aus der Wohnung mitgenommen hat, was uns weitergeholfen hätte.«

»Das werden wir so schnell nicht erfahren.«

»Leider. Und was jetzt? Gehen wir wieder hoch?«

Karre überlegte kurz, schüttelte dann aber den Kopf. Wir rufen Vierstein und seine Leute, die sollen alles aus der Wohnung sicherstellen und in unser Büro bringen.«

»Er wird begeistert sein, wenn wir ihn mitten in der Nacht aus dem Bett holen.«

»Möglich. Darauf können wir aber keine Rücksicht nehmen. Ich möchte nicht riskieren, dass uns jemand zuvorkommt und Barkmanns Bude ausräumt. Ich bin mir sicher, wenn wir die richtigen Leute auf das Material ansetzen, wird uns das ein ganzes Stück weiterbringen.«

»Und was machen wir?«

»Du fährst nach Hause zu Sila und ich warte noch, bis Vierstein da ist. Dann mache ich auch die Biege.« Er sah auf seine Armbanduhr. Viertel nach zwei. Er brauchte dringend ein paar Stunden Schlaf. Auch wenn er ernsthaft bezweifelte, zu Hause tatsächlich zur Ruhe kommen zu können – in diesem Augenblick wünschte er sich nach nichts sehnlicher, als in seinem Bett zu liegen.

KAPITEL 24

Er stand alleine auf der zu Viktorias Haus gehörenden Terrasse und starrte gebannt auf den See, der sich im Licht des Vollmonds schillernd vor ihm ausbreitete. Seine Augen verfolgten einen winzigen Kahn, auf dessen Heck eine in einen schwarzen Umhang gehüllte Gestalt stand, die das Gefährt mit Hilfe eines einzelnen Riemens hinaus auf das dunkle Wasser lenkte.

Eine Wolke schob sich vor den Mond, so dass das Boot in der entstehenden Dunkelheit der Nacht mit der tiefschwarzen Oberfläche des Sees verschmolz. Als der Mond nach einigen Sekunden wieder zum Vorschein kam, erkannte er, dass sich außer dem unheimlichen Fährmann noch eine weitere Person auf dem Boot befand. Die Frau, deren Haar offen über ihre Schultern fiel, stand im Bug des Kahns und wandte ihm den Rücken zu.

Während Karre reglos dastand und die unwirkliche Szenerie in sich aufsog, spürte er die Kälte, die langsam kriechend über ihn kam. Gänsehaut breitete sich auf seinen Unterarmen aus und die feinen Härchen stellten sich auf, als wären sie statisch aufgeladen. Dann, vollkommen unvermittelt, wendete der Kahn. Der Fährmann drehte seinen Kopf in Karres Richtung und dieser glaubte, im fahlen Mondlicht das blasse, knöcherne Gesicht der Gestalt zu erkennen. Unter der zu dem Umhang gehörenden Kapuze befand sich nichts als weiß leuchtende Knochen.

Zu seinem Entsetzen erkannte Karre nun auch das Gesicht der jungen Frau. Genaugenommen handelte es sich um ein Mädchen.

Hanna!

Blankes Grauen erfüllte ihn, als Hanna ihre rechte Hand hob und ihm zuwinkte. Selbst aus der Entfernung erkannte er das klaffende Loch in ihrem Brustkorb. Dann hörte er ihre leise, tonlose Stimme. Trotz der zwischen ihnen liegenden Entfernung verstand er jedes einzelne Wort, als stünde sie unmittelbar neben ihm.

»Sie haben mein Herz gestohlen. Und du hast es zugelassen. Es ist deine Schuld.«

Er wollte schreien. Ihr zurufen, er habe keine Wahl gehabt. Aber er brachte keinen einzigen Ton heraus. Mit tränenerstickter Stimme stand er am Ufer des Sees, spürte, wie eisiges Wasser um seine Fußknöchel schwappte. Er sah sich um. Viktorias Haus und die Terrasse waren verschwunden. Stattdessen umgab ihn ein dichter Schilfgürtel. Die Halme raschelten unheimlich, während sie sich trotz der Windstille unablässig in Bewegung befanden.

Wieder glitt sein Blick hinaus auf den See. Der Kahn befand sich nun deutlich näher am Ufer und er sah Hannas verzerrtes Gesicht. Ein Gesicht ohne Augen, anstatt derer ihn zwei klaffende, schwarze Löcher anstarrten.

»Sieh nur, was sie aus mir gemacht haben! Sie haben mich ausgeweidet wie ein Tier!«

Erneut stieß er einen Schrei aus, der jedoch tonlos verhallte. Stattdessen ließ ein Geräusch ihn herumfahren. Direkt hinter ihm teilte sich das Schilf und zwei Gestalten traten aus der sich bildenden Gasse hervor.

Götz Bonhoff. Er trug eine Jeans, sein Oberkörper war unbekleidet, so dass Karre die groben Stiche sehen konnte, mit denen der Oberkörper seines Kollegen an der Stelle wieder an seinen Rumpf angenäht worden war, an der die tödliche Stahlseilfalle von Sergei Cherchi seinen Torso in zwei Hälften zerrissen hatte. Schwarzes Blut troff aus den unsauber vernähten Wunden, fiel in dicken Tropfen auf den schlammigen Ufergrund, wo es sich mit lautem Zischen in Nichts auflöste.

»Quit pro quo«, hörte Karre die röchelnde Stimme seines früheren Kollegen. »Eine Hand wäscht die andere.« Er trat einen Schritt zur Seite und Karre sah die zweite Gestalt, die sich aus der Dunkelheit der meterhohen Schilfhalme materialisierte.

Es war Isabell, Bonhoffs Tochter.

»Do ut des«, sagte Bonhoff. »Ich gebe, damit du gibst.«

»Was wollt ihr von mir? Warum seid ihr hier?«, fragte Karre mit zitternder Stimme.

»Du bist Schuld an meinem Tod. Du warst nicht da, als Viktoria und ich dich gebraucht haben. Stattdessen hast du bei deiner neuen Flamme gesessen und gemütlich Kaffee getrunken.« Bonhoff sah ihn mit glanzlosen Augen an. »Aber du hast deine Schuld beglichen. Du hast Hanna geopfert. Ihr Herz hat meine geliebte Tochter Isabell gerettet. Du kannst dir nicht vorstellen, wie oft ich dafür gebetet habe, mein Leben für ihres geben zu können. Dank dir sind meine Gebete erhört worden. Ich habe mein Leben gegeben und du das deiner Tochter. Für Isabell.«

»Es ist alles deine Schuld!«, hörte er Hannas Stimme, die

in nicht enden wollenden Echos von den den See umgebenden Hügeln widerhallte.

Plötzlich zuckte ein Blitz vom Himmel. Ein ohrenbetäubender Donnerschlag folgte fast unmittelbar. Karre riss die Augen auf und fand sich auf dem Rücken liegend in seinem Bett wieder. Die Boxershorts und das ausgewaschene T-Shirt klebten an seiner schwitzigen Haut. Mit geschlossenen Augen blieb er liegen und hörte, wie Regentropfen auf die Metallverkleidung der Dachgaube trommelten.

Er schlug die Bettdecke zurück und ging in die Küche, wo er den Hahn aufdrehte und ein Glas mit eiskaltem Wasser füllte, das er mit einem einzigen Zug leerte. Sein Brustkorb schmerzte, als die eisige Flüssigkeit seine Speiseröhre hinunterlief. Unwillkürlich fuhr er herum, als er hinter sich ein Geräusch zu hören glaubte.

Hanna und Götz. Waren sie hier, um das Totengericht für ihn abzuhalten? Waren sie gekommen, ihn zu holen?

Er schaufelte sich zwei Handvoll eisiges Wasser ins Gesicht. Verschwommen glühten in einiger Entfernung die digitalen Ziffern der auf der Arbeitsplatte stehenden Küchenuhr. Kurz vor vier. Kaum mehr als eine Stunde hatte er geschlafen.

Er kehrte ins Bett zurück, zog sich die Decke über den Kopf und lauschte dem Prasseln des Regens. Als der Morgen graute und der Regen allmählich versiegte, schlief er ein.

KAPITEL 25

Der schrille Alarm seines Weckers riss ihn um Punkt sieben Uhr aus seinem unruhigen Schlaf. Er suchte nach der Snooze-Taste und schlief auf der Stelle wieder ein. Dieses Ritual wiederholte sich alle acht Minuten, bis Karre es irgendwann schaffte, aus einem geöffneten Auge einen Blick auf die verschwommenen Leuchtziffern zu werfen.

Er spürte, wie das Adrenalin in seinen Körper schoss, und war von einer Sekunde zur anderen hellwach. Seit über zwei Stunden dämmerte er zwischen Schlaf und Wachsein dahin. Normalerweise war er einer der Ersten, die im Büro eintrafen. Heute hingegen würde er sich wohl oder übel damit zufriedengeben müssen, wenigstens rechtzeitig zu der für zehn Uhr angesetzten Morgenbesprechung einzutreffen. Ihm blieb noch eine gute halbe Stunde, bis er losmusste.

*

»Redmanns Leiche ist also gestern Nacht buchstäblich wieder aufgetaucht. Nach über drei Jahren. Wie ist das möglich?«

Melani Gelovani, die für sämtliche Computer- und IT-Themen verantwortliche Managerin, stand dicht hinter ihrem Chef und massierte seinen verspannten Nacken, während dieser den Ausführungen des Anrufers lauschte.

Er schloss die Augen und atmete den schweren Duft des Parfüms ein, der die schwarzhaarige Schönheit mit den eisblauen Augen umgab. Wie immer, wenn sie in seinem Büro unter sich waren, lag ein Hauch knisternder Erotik in der Luft. Dennoch war zwischen ihnen nie mehr passiert, als das obligatorische Katz und Maus Spiel. Bisher. Wenn es nach ihrem Chef ging, würde sich das früher oder später sicher ändern.

Der Anrufer räusperte sich. »Wer konnte denn ahnen, dass diese beiden Vollidioten Cherchi und Becker ihn damals direkt unter seiner eigenen Segelyacht versenkt haben? Außerdem haben die Deppen ihn schön ordentlich verpackt, sonst hätten ihn längst die Fische gefressen.«

Melani ging zu einem Sideboard und schenkte zwei Gläser Whisky ein. Anschließend kehrte sie zu ihrem Boss zurück, reichte ihm eins der schweren Kristallgläser und setzte sich mit übereinandergeschlagenen Beinen unmittelbar vor ihm auf die Kante seines Schreibtisches.

Sein Blick glitt über ihre schlanken Beine, während er das unerfreuliche Telefonat fortsetzte. »Himmel, diese Schwachköpfe. Und wieso ist niemand darauf gekommen, dass sein Sohn sich die Yacht als Versteck ausgesucht hat? Das wäre doch ziemlich naheliegend gewesen. Stattdessen haben Cherchi und Becker ihre Zeit mit der Durchsuchung irgendwelcher Hotelzimmer vergeudet.«

»Niemand hat darüber nachgedacht, dass sein Boot immer noch existiert. Und dass es so viele Jahre nach Redmanns Tod noch immer an derselben Stelle liegt. Wenn Melani im Internet nicht zufällig auf dieses Zeitungsfoto zum Jubiläum des Yachtclubs gestoßen wäre und Redmann auf der Archivaufnahme erkannt hätte, wären wir nie und nimmer auf die Idee gekommen, noch einmal nach dieser Yacht zu suchen. Bedank dich also bei ihr.«

»Das werde ich bei Gelegenheit sicherlich tun«, sagte er und warf Melani einen verschwörerischen Blick zu, woraufhin diese ihm zuzwinkerte und einen Schluck des edlen Whiskys trank. »Obwohl, wenn ich es mir recht überlege, hat uns die Entdeckung der Yacht eigentlich nur Ärger eingebracht. Schließlich ist Redmanns Leiche nur deswegen wieder auf der Bildfläche erschienen. Oder hast du bei der Durchsuchung etwas gefunden?«

»Nein, aber ich hatte auch keine Zeit, stundenlang rumzusuchen.«

»Egal. Hauptsache, du hast meine Millionen nicht mit in die Luft gejagt. Auch wenn diese kleine Ratte Martin Redmann tot ist: Mein Geld hätte ich gerne zurück.«

»Auf dem Boot war nichts. Ganz sicher.«

»Dein Wort in Gottes Ohr. Und du bist sicher, dass während der Bergung der Trümmer nichts Brauchbares mehr auftaucht, das uns gefährlich werden könnte? Das mit Redmanns Leiche ist schon blöd genug.«

»Nie und nimmer. Die STELLA war ein Holzschiff. Die hat es komplett zerlegt. Wenn Redmanns Sohn da tatsächlich irgendwelche Unterlagen versteckt haben sollte, dann wurden die genauso in Stücke gerissen, wie der Rest des Bootes. Und wie dieser Barkmann. Den sind wir auch los. Dafür war es dann doch gut, dass wir die Yacht gefunden haben. Übrigens war ich bei ihm.«

»Bei Barkmann? Wann das denn?«

»Gestern Nacht. Direkt nachdem ich von der Explosion gehört hatte. Es hat nicht lange gedauert, bis das Gerücht umging, bei der Sache wäre ein Journalist ums Leben gekommen.«

»Und da hast du eins uns eins zusammengezählt?«

»Genau. Eigentlich konnte es nur Barkmann gewesen sein. Alles andere wäre ein wenig zu viel Zufall gewesen.«

»Und? Hast du in seiner Wohnung etwas gefunden?«

»Wie man´s nimmt. Er hat haufenweise Unterlagen gehortet. Scheinbar ist er seit Jahren an dem Thema dran.«

»Unterlagen? Auch über uns?«

»Ja.«

»Waren auch die Dokumente von Redmanns Sohn dabei?«

»Nein, die nicht. Leider.«

»Okay. Es besteht also nach wie vor die Chance, dass Martin Redmann sie vor seinem Tod niemandem mehr übergeben konnte. Hast du den Rest vernichtet?«

»Nein, ich wurde gestört.«

»Gestört? Mitten in der Nacht? Von wem? Karrenberg?«

»Ja, er hatte die gleiche Idee wie wir. Und sein türkischer Kollege war auch dabei.«

»Dieser Gökhan? Dann sollten wir dringend dafür sorgen, dass die Truppe ihre Schnüffeleien ein für alle Mal einstellt.«

»Klar. Übrigens, da ist noch etwas.«

»Was?«

»Barkmann war kein Journalist.«

»Ach nein?« Er richtete sich in seinem Stuhl auf. »Sondern?«

»Verdeckter Ermittler beim BKA. Scheinbar hat er als Spezialist für Finanzbetrug undercover gearbeitet.«

»Woher weißt du das?«

»Ich habe in seiner Wohnung seinen Dienstausweis gefunden.«

»Und das sagst du mir erst jetzt? Bist du noch ganz bei Trost?« Er knallte sein Glas so heftig auf den Schreibtisch, dass sein kostbarer Inhalt überschwappte und kleine Pfützen auf der Tischplatte hinterließ.

»Hey, entspann dich. Den Typ hat´s bei der Explosion total zerrissen. Der sagt garantiert nichts mehr.«

»Hauptsache, er hatte nicht schon zu viele Infos.«

»Nie und nimmer. Wie gesagt, ich habe nichts gesehen, dass uns wirklich gefährlich werden könnte. Außerdem hätte er dann nicht versucht, in das Schiff einzubrechen. Nein, er war genauso auf der Suche nach den Unterlagen von Martin Redmann, wie wir. Vermutlich war das Material auf dem USB-Stick, den wir bei Stella Uhlig gefunden haben, nachdem wir sie entführt hatten, für ihn bestimmt. Ich frage mich nur, ob Barkmann etwas von den Millionen wusste, die Redmanns Sohnemann gestohlen hat.«

»Mich interessiert vielmehr, warum dieser Karrenberg nicht derjenige war, der in die Luft geflogen ist. Eigentlich hätte er derjenige sein müssen, der die Yacht findet. Auf den müssen wir wirklich aufpassen. Er ist noch immer davon besessen, den Mörder seiner Exfrau zu finden. Und den seiner Tochter. Also, sei auf der Hut.«

»Seiner Tochter? Ist die Kleine tot?«

»Ja. Aber wie auch immer, wir sollten dringend dafür sorgen, dass Karrenberg und seine Leute künftig seine Finger von der Sache lassen.«

»Was schlägst du vor?«

»Nicht am Telefon. Komm heute Abend in mein Büro, dann erkläre ich dir, wie wir weitermachen.«

»So gegen acht?«

»Acht ist perfekt. Bis später.« Ohne eine Antwort abzuwarten, legte er auf.

KAPITEL 26

Der Raum in der alten Polizeischule drohte aus allen Nähten zu platzen, als sich um Punkt zehn Uhr alle Teilnehmer der morgendlichen Besprechung rund um den viel zu kleinen Tisch versammelt hatten. Neben Karre, Viktoria, Karim und Willi hatten sich auch Jo Talkötter, Viktor Vierstein und Paul Grass angekündigt. Doch damit nicht genug. Zur Überraschung aller Anwesenden stand plötzlich Kriminalrat Schumacher in der Tür. In seinem Schlepptau: Alexander Notthoff, seines Zeichens neuer Leiter des Referats für Organisierte Kriminalität.

»Auf so einen Auflauf sind wir überhaupt nicht vorbereitet. Wir haben nicht mal genug Kaffeebecher.« Viktoria hatte Grass, Vierstein und Talkötter gerade einen Kaffee eingeschenkt und blickte nun entschuldigend zu Schumacher und Notthoff. Der Kriminalrat hatte etwas abseits der um den Tisch versammelten Gesellschaft auf einer mit Aktenordnern gefüllten Umzugskiste Platz genommen. Notthoff lehnte – halb stehend, halb sitzend – an einer der Fensterbänke.

»Kein Problem, euer Kaffee kann ohnehin nicht so gut sein, wie der von Corinna«, frotzelte Notthoff. »Von daher verzichte ich gerne.«

Schumacher murmelte irgendetwas Unverständliches, schien sich aber ebenfalls damit abzufinden, an diesem Vormittag leer auszugehen. Zumindest was den Kaffee anging.

»Wo Sie es gerade erwähnen, Herr Notthoff, wie weit sind eigentlich Ihre Bemühungen gediehen, eine eigene Teamassistentin einzustellen? Wir wüssten Corinna nämlich gerne möglichst schnell wieder in unseren eigenen Reihen.«

»Wir sind dran. Aber es ist nicht so leicht, gute Mitarbeiter zu finden.«

Karre nickte. »Ist mir bekannt. Und eben deshalb würden wir es sehr begrüßen, wenn uns Corinna möglichst bald wieder zur Verfügung steht.«

»Meine Herren«, mischte sich Schumacher ein. »Bitte. Ich denke, nach den Ereignissen der letzten Nacht haben wir weitaus Wichtigeres zu besprechen. Lassen Sie uns bitte zur Sache kommen, ich habe heute noch einige wichtige Termine.«

Am liebsten hätte Karre Schumacher darauf hingewiesen, dass er keineswegs gezwungen worden war, zur morgendlichen Sitzung des K3 anzureisen, hielt sich aber bedeckt. Und was die Anwesenheit von Notthoff betraf, beschlich ihn bereits eine üble Vorahnung.

»Also gut«, kam Karre der Bitte seines Vorgesetzten dennoch ohne Umschweife nach. »Wie wir alle wissen, gab es gestern Nacht zwei Explosionen.«

Er warf Viktoria und Willi einen kurzen Blick zu, den beide mit kaum wahrnehmbarem Nicken erwiderten. Als Karre kurz vor Beginn der Besprechung vollkommen übernächtigt im Büro eingetroffen war, hatte Karim sowohl Viktoria als auch Willi Hellmann bereits auf den neuesten Stand gebracht, indem er so ausführlich wie möglich von den Ereignissen der vergangenen Nacht berichtet hatte. Inklusive ihrem Besuch in Torge Barkmanns Wohnung und der Flucht des unbekannten Eindringlings.

»Die eine betrifft Polizeihauptmeister Holger Becker«, fuhr Karre fort. »Gegen Mitternacht kam es auf der Krankenstation, auf der sich sein Zimmer befand, zu einer schweren Explosion.« Er richtete den Blick auf den Leiter der Kriminaltechnik. »Jo, habt ihr schon Näheres von den Experten der Feuerwehr erfahren?«

Talkötter räusperte sich, bevor er zu einer seiner berühmt berüchtigten, weil in der Regel recht ausschweifenden, Erklärungen ansetzte. »Haben wir. Derzeit gehen die Kollegen der Brandermittlung davon aus, dass sich der Explosionsherd in Beckers Zimmer befunden hat. Genauer gesagt vermuten sie, dass es sich um eine Sauerstoffexplosion gehandelt hat.«

»Eine Sauerstoffexplosion?«, fragte Viktoria. »Aber wie ...«

»In jedem Zimmer befinden sich Sauerstoffanschlüsse. An diese können entsprechende Geräte angeschlossen werden, sofern der Gesundheitszustand eines Patienten die Gabe von Sauerstoff erfordert. Grundsätzlich sind diese Anschlüsse nicht geschützt, was bedeutet, dass sie von jedem aufgedreht werden können.«

»Becker war bettlägerig«, warf Karre ein.

Talkötter schüttelte den Kopf. »Diese Anschlüsse befinden sich unmittelbar über den Kopfenden der Betten. Es wäre also kein Problem für ihn gewesen, ihn zu erreichen.«

»Aber wie kann er damit eine Explosion mit derart verheerender Wirkung ausgelöst haben?«, fragte Viktoria.

»Sauerstoff ist hochexplosiv. Wenn man einen dieser Anschlüsse aufdreht, strömen da pro Minute etwa vierzehn Liter reiner Sauerstoff durch.«

»Man braucht also nur noch ein Feuerzeug und ... bumm!«, schlussfolgerte Karre.

»Ganz genau. Überreste davon hat die Feuerwehr in den Trümmern seines Zimmers gefunden. Woher er allerdings ein Feuerzeug gehabt haben soll, ist mir persönlich schleierhaft.«

»Also reden wir zweifelsfrei über einen Fall von Selbsttötung?«, fragte Karim und blickte abwechselnd in die Gesichter seiner Kollegen.

»Zumindest wäre ein potenzieller Täter mit in die Luft geflogen.« Talkötter warf Karre einen fragenden Blick zu.

»Es sei denn, er hätte Becker ein Feuerzeug in die Hand gedrückt und ihn davon überzeugt, sich selbst umzubringen«, stellte dieser daraufhin zur Diskussion.

»Wie das denn?«, fragte Viktoria. »Glaubst du, jemand hat ihn mit irgendetwas unter Druck gesetzt?«

»Wäre doch denkbar.«

»Aber womit? Soweit ich weiß, war Becker weder verheiratet, noch hatte er Kinder oder eine Partnerin.«

»Vielleicht eine Schwester? Oder jemand hat ihm damit gedroht, seinen Eltern etwas anzutun? Möglichkeiten gäbe es einige.« Karre bemühte sich, ein Gähnen zu unterdrücken. Schlafmangel, die Trauer um Hanna und die Nachwirkungen seines Alptraums forderten ihren Tribut. »Aber ich bezweifle ernsthaft, dass jemand wie Becker sich selbst umbringen würde, um jemand anderen zu retten. Für derart altruistisch halte ich ihn weiß Gott nicht.«

»Du glaubst also, wenn er sich selbst getötet hat, dann aus freien Stücken?«

»Schwer zu sagen. Entweder das, weil er sich nicht damit abfinden wollte, künftig mit einem Holzbein durch den Knast zu staksen, oder weil er einfach Schiss hatte.«

»Und wovor?«

»Zum Beispiel davor, dass er für diejenigen, für die er bis dahin gearbeitet hatte, in seinem desolaten Zustand nichts mehr wert war. Im Gegenteil: Dass er ihnen möglicherweise sogar gefährlich werden könnte, indem er dem Druck der Befragungen doch irgendwann nachgibt und Dinge ausplaudert, die seine Auftraggeber in ernsthafte Schwierigkeiten bringen könnten. So gesehen wäre eine Selbsttötung vielleicht die Flucht nach vorn gewesen. Bleibt die Frage, woher er das Feuerzeug hatte.«

»Da wir zu diesem Zeitpunkt lediglich Spekulationen darüber anstellen können, schlage ich vor, dass wir den Fall Becker bis auf weiteres hinten anstellen. Schließlich haben wir es mit drei weiteren Toten zu tun, die unsere Aufmerksamkeit erheblich dringender erfordern«, mischte sich nun auch Schumacher in die lebhafte Diskussion ein.

»Vier, wenn wir den wachhabenden Polizisten mitzählen, der bei der Explosion auf der Krankenstation gestorben ist.«

»Vier Tote?«, fragte Alexander Notthoff. »Barkmann, diese Wasserleiche und der Polizist im Krankenhaus. Wer ist der Vierte im Bunde?«

»Ein toter Rentner in der Seniorenresidenz Sonnenplatz. Karrenberg und seine Leute sind an der Sache dran.« Schumacher sah Karre herausfordernd an. »Vielleicht können Sie uns anschließend kurz über den aktuellen Stand und die Fortschritte Ihrer Ermittlungsbemühungen informieren? Aber zunächst würde ich gerne noch über Barkmann und den Toten vom Seegrund sprechen. Gibt es hierzu Ihrerseits bereits irgendwelche Erkenntnisse?«

Karre richtete sich in seinem Stuhl auf. »Zunächst einmal gehen wir davon aus, dass Torge Barkmann die Explosion durch das Öffnen der Kajütentür ausgelöst hat. Dort befand sich ein Sprengsatz. Die Kollegen der Kriminaltechnik haben auf dem Handy von Martin Redmann eine App entdeckt, die das Bild einer Webcam übertragen hat. Auf diesem Bild war die Sprengladung zu sehen.«

»Sie wussten also, dass sich eine Bombe auf dem Boot befindet?«

»Es war zu spät«, sprang Jo Talkötter Karre zur Seite. »Als wir das Bild der Webcam freigeschaltet hatten, befand sich Barkmann bereits auf dem Boot. Es war nicht mehr zu verhindern, dass er den Zündmechanismus auslöst.«

»Wieso waren Sie überhaupt auf diesem Segelboot? Und was hatte dieser Barkmann mit der Sache zu tun?«, fragte Alexander Notthoff. Der neue Leiter des OK-Dezernats hatte sich bis hierher erstaunlich zurückhaltend präsentiert, doch nun erkannte Karre den selbstbewussten Unterton des Kollegen, der ihm schon bei ihren ersten Begegnungen aufgefallen war.

Um Notthoffs Frage zu beantworten, fasste Karre den Ablauf der Begegnung mit Torge Barkmann zusammen. Allerdings behauptete er zum Schutz seines geschätzten Kollegen Talkötter, Barkmann habe ihm von Redmanns Segelyacht berichtet und ihm angeboten, mit ihm gemeinsam nach ihr zu suchen. Auch darüber, was Barkmann ihm hinsichtlich seiner Recherchen in Sachen Engelhardt & Partner erzählt hatte, schwieg er sich aus.

Nachdem Karre seine Ausführungen beendet hatte, musterte Notthoff Karre eindringlich. Er schien genau abzuwägen, wie weit er den Ausführungen des Hauptkommissars glauben konnte. Und insbesondere, was dieser während seiner Berichterstattung möglicherweise ausgelassen hatte. Keine Frage, Notthoff war mit allen

Wassern gewaschen.

»Und wissen wir inzwischen, ob es sich bei dem Toten in der Folie tatsächlich um Oliver Redmann handelt?«

Jetzt war es Paul Grass, der das Wort ergriff. »Ich habe Redmanns Vermisstenakte angefordert und einen Blick darauf geworfen. Nach seinem rätselhaften Verschwinden wurde sehr ausführlich ermittelt, da man ein Verbrechen schon damals nicht definitiv ausschließen konnte. Unter anderem steht in der Akte, dass Oliver Redmann sich vor einigen Jahren bei einem Skiunfall einen Bruch des Schienbeins zugezogen hat.«

Karre musste unwillkürlich an den Skianzug denken, den er im Keller des Hauses der Familie Redmann entdeckt und fälschlicherweise für einen von der Decke baumelnden, menschlichen Körper gehalten hatte.

»Der Bruch«, fuhr der Leiter der Rechtsmedizin fort, »wurde mit Hilfe eines Marknagels versorgt. Dieser ist laut seiner Krankenhausakte nicht wieder entfernt worden, was bedeutet, dass er sich noch immer in Redmanns rechtem Schienbein befindet.«

»Ein solcher Nagel im Bein der Leiche aus dem See wäre also ein Indiz dafür, dass es sich um Oliver Redmann handeln könnte. Auch wenn uns noch keine Ergebnisse der DNA-Analyse vorliegen«, schlussfolgerte Willi Hellmann.

»Ganz genau.«

»Und?«, fragte Karre ungeduldig. »Hast du so einen Nagel gefunden?«

»Hab ich. In seinem rechten Schienbein. Aber es gibt noch mehr: Ich habe die der Redmann-Akte beiliegenden Zahnprofile von Oliver Redmann mit dem verglichen, was nach all den Jahren vom Gebiss unseres Toten noch übrig ist. Auch diese Analyse spricht dafür, dass es sich bei der Leiche um Redmann handelt.«

»Und woran ist er gestorben?«, fragte Schumacher. »Lässt sich dazu schon etwas sagen?«

»Sofern er sich postmortal nicht selbst in diese schwarze Plane eingewickelt hat, dürfte es sich wohl um Mord handeln«, erwiderte Karre trocken, wofür er einen bitterbösen Blick seines Vorgesetzten erntete. Bevor dieser jedoch etwas sagen konnte, präzisierte Grass die Ausführungen des Hauptkommissars.

»Er wurde erschossen. Ein Schuss aus nächster Nähe. Allerdings ist das Projektil nicht wieder ausgetreten. Wir haben es in seinem Schädel gefunden und in die Kriminaltechnik gegeben.« Er sah zu Talkötter, der gerade damit beschäftigt war, ein loses Stück Haut von seinem Daumen zu knibbeln und nun erschrocken aufblickte.

»Äh, ja. Genau. Das Geschoss weist ein Kaliber .38 auf. Die ballistische Untersuchung läuft noch. Insofern möchte ich auch noch keine weiteren Spekulationen anstellen. Wir informieren alle Beteiligten, sobald die Untersuchungen abgeschlossen sind.«

»Was ist mit dieser Folie?«, fragte Karre. »Die, in die man Redmanns Leiche gewickelt hat.«

»Sieht aus wie handelsübliche Teichfolie«, antwortete Talkötter.

»Teichfolie?»

»Ja. Die Art Folie verwendet man zum Auslegen künstlich angelegter Gartenteiche. Das Zeug gibt´s in jedem gut sortierten Baumarkt, in jeder Gartenhandlung und bei hunderten Online-Versandhäusern.«

»Es dürfte also so gut wie unmöglich sein herauszufinden, wer diese Folie vor drei Jahren gekauft hat.«

Talkötter nickte bestätigend. »Davon ist auszugehen. Zumal wir auch nicht ausschließen können, dass der Täter sie schon jahrelang im Keller oder in der Garage liegen hatte, bevor er sie benutzt hat.«

»Okay. Damit klärt sich immerhin das Verschwinden von Oliver Redmann auf. Nach nunmehr drei Jahren. Wir haben es also mitnichten mit einem Fall von Selbsttötung oder der Flucht eines Ehemannes vor einem unglücklichen Familienleben zu tun, sondern mit einer astreinen Hinrichtung. Seine Leiche wurde nach der Tat entsorgt. Es wäre interessant zu wissen, ob die Yacht auch der Tatort gewesen ist. Das würde immerhin erklären, warum die Leiche in unmittelbarer Nähe des Bootes versenkt wurde.«

Willi Hellmann stieß einen langen Seufzer aus. »In Anbetracht des Zustands der Segelyacht werden wir diese Frage wohl nicht mehr beantworten können«.

»Nein, das können wir vergessen«, bestätigte Talkötter die These des ehemaligen Dezernatsleiters. »Allerdings bringt uns dieses Thema direkt zu der Explosion. Wir haben inzwischen den Bericht der Feuerwehrexperten erhalten. Sie vermuten, dass der Sprengsatz durch einen Bewegungsmelder oder eine Lichtschranke ausgelöst wurde. Demnach hatte Barkmann nicht die geringste Chance, als er das Boot betreten hat. Die Sprengladung selbst bestand vermutlich aus Plastiksprengstoff.«

»Jemand wollte also um jeden Preis verhindern, dass sich ein Dritter auf dem Boot umsieht.« Karre rieb sich das unrasierte Kinn. »Ich frage mich nur, warum hat er das Boot nicht unabhängig von einem möglichen Besucher in die Luft gesprengt? Ich meine, wenn es ihm nur darum gegangen ist, die Yacht zu vernichten, hätte er genauso gut einen Zeitzünder oder einen anderen Mechanismus wählen können. Es sieht also so aus, als hätte es der Täter gezielt darauf angelegt, jemanden mit aus dem Weg zu räumen, der Interesse an der Yacht hat.«

»Oder auf irgendetwas, das sich darauf befunden hat«, dachte Karim laut.

»Möglich. Aber hätte er es nicht einfach selbst von dem Boot entfernen können?«, fragte Viktoria.

»Ich vermute, das hat er versucht, hat es aber nicht gefunden. Mit der Vernichtung der Yacht hat der Täter zwei Fliegen mit einer Klappe geschlagen: Zum einen hat er eventuelle Beweise vernichtet und zum anderen hat er denjenigen aus dem Weg geräumt, der sich ebenfalls dafür interessiert hat«, erläuterte Karre die These, die er bereits am Vorabend am Tatort entwickelt hatte. »Außerdem hat er eiskalt in Kauf genommen, dass ein vollkommen Unbeteiligter in die Falle tappt. Er hatte schließlich keine Ahnung, wer als Nächstes auf das Boot gehen würde. Oder vielleicht doch?«

Karres Frage löste betretenes Schweigen aus, das schließlich von Kriminalrat Schumacher unterbrochen wurde.

»Das bringt mich zu einem weiteren Thema. Torge Barkmann.«

»Dieser Journalist?«, fragte Vierstein.

»Der vermeintliche Journalist. Denn wie sich herausgestellt hat, war Barkmann mitnichten derjenige, für den er sich ausgegeben hat.«

»Das heißt, er hat einen falschen Namen benutzt?«, fragte Viktoria.

»Das nicht. Aber seine journalistische Tätigkeit war lediglich eine Tarnung. Er hat zwar tatsächlich Zeitungsartikel veröffentlicht, aber es war nicht sein Hauptberuf.«

»Sondern?«, fragte Karre.

»Torge Barkmann hat als verdeckter Ermittler beim BKA gearbeitet.«

In der daraufhin herrschenden Stille hätte man eine Stecknadel fallen hören können. Sämtliche Anwesenden sahen sich mit weit aufgerissenen Augen an. Selbst Alexander Notthoff, der bis dato mit ausdrucksloser Mine und weitgehend unbeteiligt der Besprechung gefolgt war, zog überrascht die Brauen hoch.

»BKA?«, fragte Karim, der seine Stimme als Erster wiederfand.

»Ja, BKA. Barkmann hat für das Bundeskriminalamt gearbeitet.«

»In welcher Angelegenheit?«

»Soweit ich bisher herausgefunden habe, war er Experte für Finanz- und Anlagebetrug. Allerdings haben die Kollegen sich bisher verständlicherweise ausgesprochen bedeckt gehalten, was Barkmanns genaue Aufgabe angeht. Ich weiß nur, dass er seit mehreren Jahren an demselben Fall gearbeitet hat. Nicht durchgehend, aber immer wieder. Er muss einer ziemlich großen Sache auf der Spur gewesen sein.«

»Dann sollten wir uns dringend mit den Kollegen vom BKA darüber unterhalten, an was für einer Sache Barkmann dran gewesen ist. Vielleicht hilft uns das bei unseren Ermittlungen weiter. Ich werde mich darum kümmern«, schlug Karre vor.

Schumacher räusperte sich, bevor er sagte: »Das werden Sie nicht.«

»Wie bitte?« Karre sah den Kriminalrat verständnislos an. »Wieso das denn?«

»Weil es sich hier augenscheinlich um eine ziemlich große Sache handelt. Wenn die Dinge tatsächlich so liegen, wie sie sich derzeit andeuten, dann haben wir es in jedem Fall mit einer Angelegenheit aus dem Bereich der Organisierten Kriminalität zu tun. Und wie Sie wissen, ist Kollege Notthoff mit seinen Leuten für genau solche Fälle zuständig. Folglich wird er sich dieser Angelegenheit annehmen. Natürlich vorbehaltlich der Tatsache, dass wir grünes Licht vom BKA erhalten, auf eigene Faust weiter zu ermitteln.

Die Kollegen dürften nicht gerade begeistert sein, einen ihrer Leute bei einer von uns eingeleiteten Aktion verloren zu haben. Noch dazu jemanden, der sich seit Jahren mit dem Fall befasst hat und eine perfekte Scheinidentität aufgebaut hatte. Barkmanns Tod wirft das BKA um Jahre zurück. Notthoff, sobald ich mit den Kollegen gesprochen habe, versuchen Sie bitte, so viel wie möglich über den letzten Stand von Barkmanns Ermittlungen in Erfahrung zu bringen.«

Notthoff nickte. Und auch ohne dass der OK-Leiter Karre ansah, wusste dieser, dass Notthoff den Triumph gegenüber den Ermittlern des K3 in diesem Augenblick in vollen Zügen auskostete.

*

»Jetzt verstehe ich auch, warum die Gegenstände aus Barkmanns Wohnung nicht hier sind, sondern drüben im Präsidium«, schimpfte Karre lautstark, nachdem alle Besprechungsteilnehmer außer dem aus Viktoria, Karim, Willi und ihm selbst bestehenden Kernteam gegangen waren. »Die ganzen Zeitungsartikel, die handschriftlichen Notizen und Ausdrucke. Alles, was Barkmann im Laufe der Jahre gesammelt hat. Ich habe doch gestern eindeutig gesagt, dass das Zeug hierher geschafft werden soll, damit wir es uns in Ruhe ansehen können. Jetzt ist mir auch klar, warum kein einziger Schnipsel hier bei uns gelandet ist. Schumacher und Notthoff. Ich würde zu gerne wissen, was die beiden verbindet.«

»Du solltest das nicht überbewerten«, versuchte Viktoria, ihren Chef zu beruhigen.

»Überbewerten? Schumacher reißt uns einen Fall aus den Händen, an dem wir schon seit Ewigkeiten dran sind.

Und das nur, weil dieser Notthoff ...«

»Karre«, mischte sich nun auch Willi Hellmann ein. Bis dahin hatte er schweigend auf seinem Platz gesessen und den Wutanfall des Kollegen aus der Distanz beobachtet. »Hör auf! Wenn du mal einen Augenblick darüber nachdenkst, wird dir klar werden, dass Schumacher gar nicht anders konnte. Nicht nur, dass es tatsächlich so aussieht, als fiele die Angelegenheit in Notthoffs Beritt.«

»Nicht nur? Was denn noch?«, giftete Karre zurück.

»Denk mal an Viktoria. Sie steckt indirekt ziemlich tief in der Sache drin. Zumindest wenn an den Hinweisen etwas dran ist, dass Engelhardt & Partner eine nicht gerade unbedeutende Rolle in dieser Sache spielt. Hättest du an Schumachers Stelle zugelassen, dass Viktoria weiter mit uns in dieser Sache ermittelt? Und mit Verlaub, was dich angeht, sieht es weiß Gott nicht anders aus. Im Gegenteil. Schumacher kann sich an drei Fingern abzählen, dass du alles versuchen wirst, den Mörder von Sandra und Hanna endlich zu fassen.«

»Und? Ist das nicht gut? Ist das nicht genau das, was man von uns erwartet? Dass wir Mörder fangen?«

»Schon, aber mit einem möglichst objektiven Blick auf die Dinge. Und es ist nun mal unbestreitbar, dass bedeutende Teile unseres Teams auf sehr persönliche Weise betroffen sind. Viktoria auf ihre Weise, du auf deine. Und deshalb kann ich durchaus nachvollziehen, dass Schumacher uns den Fall nicht weiter verfolgen lässt. Ich an seiner Stelle hätte ehrlich gesagt nicht anders gehandelt. So leid es mir tut.«

Karre stieß einen tiefen Seufzer aus und ließ sich auf seinen Schreibtischstuhl sinken. Er wusste, dass sein ehemaliger Chef mit allem recht hatte, was er eben gesagt hatte. Und das machte es noch schwerer. »Okay, wahrscheinlich hast du recht.«

Hellmann nickte und sein Gesicht nahm einen erleichterten Ausdruck an, der jedoch nicht lange währte.

»Wir werden also offiziell ausschließlich in dieser Goeßling-Sache weitermachen.«

»Offiziell?« Hellmann zog die Augenbrauen hoch. »Karre, hast du nicht kapiert? Es ist vorbei. Auch wenn es dir nicht passt, was ich, wie gesagt, sehr gut verstehe. Du kannst dich den Anweisungen von Schumacher nicht komplett widersetzen. Zumal es gute Gründe für seine Entscheidungen gibt.«

»Okay«, sagte Karre und erhob sich von seinem Stuhl. »Ich verstehe, dass ihr das so seht, aber ich kann mich damit beim besten Willen nicht abfinden. Ich habe Hanna geschworen, dass ich ihren Mörder finden und zur Strecke bringen werde. Und ich werde so lange weitermachen, bis ich ihn habe. Mit euch, oder ohne euch. Wobei ich es keinem übel nehme, wenn er sich lieber raushält. Das hier ist meine Sache und ich werde sie durchziehen. Und wenn es das Letzte ist, was ich bei der Polizei machen werde.« Er warf noch einen Blick in die Runde seiner Kollegen. Es herrschte betretenes Schweigen. Dann verließ er das Büro und zog die Tür hinter sich ins Schloss.

*

»Und was machen wir jetzt?«, fragte Karim nach einer Weile.

»Wie gesagt, wir kümmern uns erst mal um den Mord an Goeßling«, erklärte Willi Hellmann mit der Ruhe und Gelassenheit jahrzehntelanger Erfahrung. »Seht mal zu, dass ihr so viel wie möglich über seinen Sohn herausfindet. Mit diesem Dr. Christian Goeßling stimmt etwas nicht.«

»Was soll denn mit dem nicht stimmen?«, fragte Viktoria.

»Keine Ahnung, ist nur so ein Bauchgefühl. Aber im Laufe der Zeit habe ich gelernt, auf meinen Bauch zu hören. Schaut mal, was ihr findet.«

»Ich rede mal mit Talkötter. Vielleicht können seine Leute ein paar hilfreiche Quellen anzapfen. Was meint ihr?«

Willi und Karim nickten zustimmend.

Viktoria stand auf und griff nach ihrer über der Stuhllehne hängenden Jacke. »Okay, dann lösen wir erst mal den einen Fall. Und um Hannas Mörder kümmern wir uns anschließend. Ich sehe nämlich auch nicht ein, dass wir uns von Schumacher und Notthoff so einfach die Butter vom Brot nehmen lassen.«

KAPITEL 27

Gegen Mittag stand Karre vor der Tür zu Ullis Tauchertreff. Er hatte Ulli vor über zwanzig Jahren kennengelernt und seither hegten die beiden eine mal mehr und mal weniger intensive Freundschaft. In der Regel trafen sie sich alle zwei bis drei Monate auf ein Bier, bestellten etwas zu essen und plauderten über dies und das.

Unmittelbar nach der morgendlichen Besprechung hatte Karre sich mit einem Bestatter getroffen, um mit ihm die Details für Hannas Beerdigung zu besprechen. Karre hatte entschieden, Hanna in demselben Grab beizusetzen, wie ihre Mutter Sandra. Ein Gedanke, der gleichermaßen ein wenig Trost spendete, wie er ihm auf der anderen Seite die Tränen in die Augen trieb, sobald er nur daran dachte. Noch immer spürte er den dicken Kloß im Hals, der sich hartnäckig hielt, seit er aus dem für seinen Geschmack viel zu dicken Hochglanzprospekt einen Sarg für seine Tochter hatte auswählen müssen.

War es nicht eigentlich die Aufgabe der Kinder, ihre Eltern zu überleben? Nein, es sollte nicht bei den Eltern liegen, das eigene Kind zu Grabe zu tragen. Und schon gar nicht, wenn dessen Tod nicht auf einen Unfall, eine Krankheit oder einen sonstigen Schicksalsschlag zurückging, sondern auf die rücksichtslosen Machenschaften nach Profit gierender Gangster. Er wischte sich die Tränen aus dem Gesicht, bevor er das Ladenlokal betrat.

Schon durch die Scheibe der Glastür hindurch sah er, dass Ulli sichtlich gut gelaunt hinter dem Verkaufstresen stand und Kaffee trank. Er trug das aschblond gelockte Haar länger, als Karre es von ihrem letzten Treffen in Erinnerung hatte und seine gut gebräunte Haut verriet, dass Ullis letzte Tauchreise noch nicht lange zurückliegen konnte. Vermutlich wäre der knapp über vierzig Jährige mit seinem Äußeren an einem Surferstrand auf Hawaii weniger aufgefallen, als inmitten einer Ruhrpottmetropole.

»Hey, Karre. Dich hab ich ja eine Ewigkeit nicht gesehen. Wie geht´s? Gibt es Neuigkeiten von Hanna?«

Karre hatte Ulli bei ihren gelegentlichen Treffen auch von den aktuellen Entwicklungen bezüglich Hannas Gesundheitszustand berichtet, aber nur selten war Ulli wirklich auf dem neuesten Stand. Demzufolge hatte er keine Ahnung von den dramatischen Entwicklungen der letzten Tage. Anstatt zu antworten, sah Karre ihn schweigend an und schüttelte langsam den Kopf.

»Oh verflucht. Das konnte ich ja nicht ahnen. Seit wann … Ich meine, wann ist sie …?«

»Vor zwei Tagen. Die Ärzte konnten nichts mehr für sie tun.«

Ullis lebensbejahende Bräune wich binnen Sekunden einem blassen Aschfahl. »Oh nein. Mein Beileid. Was für eine schreckliche Geschichte. Wenn ich irgendetwas für dich tun kann …«

»Ich glaube, das kannst du tatsächlich«, kam Karre ohne Umschweife zur Sache. Er reichte Ulli die Hand und die beiden Männer begrüßten sich mit einer kurzen, aber deswegen nicht minder herzlichen Umarmung.

»Kaffee?«, fragte Ulli und war schon auf dem Weg zu einem metallicblauen Kaffeeautomaten. Ohne eine Antwort abzuwarten, schob er eine Kapsel in den dafür vorgesehenen Schacht und wenige Sekunden später erwachte die Maschine unter lautem Fauchen und Zischen zum Leben. Als er den Kaffee vor Karre auf die Theke stellte, musterte er ihn eingehend. »Wenn du das so sagst, willst du mich doch bestimmt um etwas bitten, von dem du genau weißt, dass ich es nicht gerne machen werde, oder?«

»Du kannst jederzeit ablehnen«, antwortete Karre und legte seine Hände um die warme Kaffeetasse. Er fror. Sicher eine Auswirkung des Schlafmangels, denn obwohl es draußen immer wieder regnete, herrschten sommerliche Temperaturen.

»Ist es etwas Illegales?«

»Spinnst du? Natürlich nicht.« Er überlegte kurz. »Jedenfalls nicht so direkt.«

»Klar, das dachte ich mir.« Und nach einer kurzen Pause fügte er hinzu: »Hat es mit Hanna zu tun?«

Karre nickte nachdenklich. »Ganz sicher bin ich nicht, aber ich gehe davon aus.«

»Und vermutlich soll jemand für dich irgendwo ins Wasser steigen?«

»Was glaubst du, weshalb ich mit meiner Bitte ausgerechnet zu dir komme?«

»Ich habe mal gehört, dass ihr bei der Polizei über ziemlich gut ausgebildete Taucher verfügen sollt. Bei der Feuerwehr übrigens auch. Was ist mit denen?«

»So? Hast du das gehört? Dann wird´s wohl auch stimmen.«

»Aber du kannst sie nicht um das bitten, was ich für dich erledigen soll. Sehe ich das richtig?«

Karre sah ihn schweigend an, während er an seinem Kaffee nippte.

»Jetzt komm schon! Was soll das? Entweder du sagst mir, was los ist, oder du wirfst einen Euro in die Kaffeekasse und verschwindest.« Er boxte Karre freundschaftlich auf den Oberarm. »Wenn es doch was Verbotenes ist, kostet es dich mindestens ne Kiste Stauder.«

Karre sah sich um. Außer ihnen befand sich niemand in dem Laden. Er stellte seinen Kaffee ab und beugte sich zu Ulli über den Tresen. »Also gut. Pass auf, es geht um Folgendes.«

*

Mit einem von zwei nahezu identischen Blumensträußen, die er wenige Minuten zuvor an einer Tankstelle erstanden hatte, ging Karre über den Krankenhausflur. Trotz aller Bemühungen war es ihm unmöglich, die finsteren Gedanken abzuschütteln, die ihn auf Schritt und Tritt durch den mit grauem Linoleum ausgelegten Flur begleiteten. Der allgegenwärtige Geruch von Desinfektionsmitteln und die damit verbundene Assoziation von Krankheit und Tod taten ihr Übriges, den schmerzhaften Erinnerungen immer wieder neues Leben einzuhauchen.

Nachdem er sein Ziel erreicht hatte, klopfte er behutsam an die Zimmertür, wartete jedoch nicht, bis ihn jemand hereinbat. Stattdessen öffnete er die Tür so leise wie möglich und schob seinen Kopf durch den Türspalt. Jennifer lag im Bett. Ihre rechte Gesichtshälfte war stark gerötet, wie nach einem Sonnenbrand. Gleiches galt für ihre Handrücken. Auf der rechten Schläfe klebte ein dickes Pflaster. Als Karre den Raum betrat, löste sie ihren Blick vom laufenden Fernseher und sah ihn überrascht an.

»Was machst du denn hier?«

»Ich wollte sehen, wie es dir geht. Und dich fragen, was genau eigentlich passiert ist.« Er überreichte ihr die Blumen. »Soll ich die Schwester um eine Vase bitten?«

Jennifer schüttelte den Kopf. »Lass mal, das mache ich nachher selbst. Aber du hättest nichts mitbringen müssen. Ehrlich gesagt, habe ich überhaupt nicht mit deinem Besuch gerechnet.«

»Ich wollte mich nicht auf die Aussagen der Kollegen verlassen, sondern mich selbst von deinem Zustand überzeugen.«

»Die Explosion war ziemlich heftig, oder?«

»Das kann man wohl sagen. Das Zimmer wurde komplett zerstört und es wird wohl noch ein paar Tage oder Wochen dauern, bis die Station wieder ihren Betrieb aufnehmen wird.« Er setzte sich auf einen neben ihrem Bett stehenden Stuhl. »Was hast du da eigentlich zu suchen gehabt? Das ist doch überhaupt nicht deine Station gewesen.«

»Ich habe eine Kollegin vertreten. Sie hat mich gebeten, die Nachtschicht für sie zu übernehmen. Und blöderweise habe ich mich breitschlagen lassen. Ich bin einfach zu gut für diese Welt.« Ihre Lippen formten einen Schmollmund.

»Du hast unverschämtes Glück gehabt. Auch für dich hätte diese Sache ganz anders ausgehen können.«

»Wie geht es denn diesem Polizisten? Dem, der die ganze Nacht vor der Zimmertür gesessen und Wache geschoben hat. Ist er okay?«

Karre verzog das Gesicht und noch bevor er etwas auf Jennifers Frage erwidern konnte, hatte diese aus seinem Blick die richtigen Schlüsse gezogen.

»Er ist tot, oder?«

Karre griff nach ihrer Hand, ließ sie aber sofort wieder los, als er merkte, dass seine Berührung Jennifer körperliche Schmerzen zu bereiten schien. »Ja. Er hatte keine Chance. Er war sofort tot.«

Jennifers Augen füllten sich mit Tränen. Für Karre vollkommen überraschend, begann die junge Frau zu weinen. »Das ist alles meine Schuld«, schluchzte sie. Nun war sie es, die nach Karres Hand griff.

Dieser starrte sie vollkommen verständnislos an. »Deine Schuld? Wie kommst du denn darauf? Das ist doch Blödsinn. So etwas darfst du nicht einmal denken.«

»Doch, es ist meine Schuld. Ich habe es niemandem gesagt. Auch nicht deinen Kollegen, die heute Morgen hier waren und mich befragt haben. Aber dieser Becker … er hat sich selbst in die Luft gesprengt. Ganz sicher.«

»Und wie soll er das gemacht haben?«, fragte Karre, obwohl er bereits von dem Sauerstoffanschluss wusste, den Becker vermutlich benutzt hatte.

»Er hat den Sauerstoffanschluss aufgedreht und sich anschließend mit einem Feuerzeug in die Luft gejagt.«

»Und woher hat Becker ein Feuerzeug gehabt?« Doch in dem Augenblick, in dem er es aussprach, kannte er die Antwort. »Du hast es ihm gegeben, oder? Aber wieso?«

Jennifer, über deren Gesicht dicke Tränen liefen, schluckte heftig, bevor sie auf Karres Frage antwortete. »Er hat mich gebeten, dass ich ihm eine Zigarette besorge. Ich habe ihm gesagt, dass es verboten ist, aber er war so verzweifelt und hat mich so lange gebeten, bis ich schließlich nachgegeben habe. Himmel, ich habe doch nicht geahnt, dass es ihm nicht um die Zigarette ging, sondern bloß darum, sich mitsamt dem Zimmer in die Luft zu jagen. Und jetzt bin ich nicht nur für seinen Tod, sondern auch noch für den dieses armen Polizisten verantwortlich. Wenn das rauskommt, muss ich bestimmt ins Gefängnis, oder?« Sie sah Karre durch einen Tränenschleier an.

»So schnell kommt man nicht ins Gefängnis. Und außerdem, muss es ja niemand erfahren.«

Jennifer sah ihn überrascht an. »Du wirst es nicht weitersagen?«

»Wieso denn? Damit wäre niemandem geholfen. Becker hatte ein Feuerzeug und hat damit seine Selbstmordabsichten in die Tat umgesetzt. Woher er es hatte, werden wir wohl nicht herausfinden.«

Sie sagte nichts, aber Karre sah ihr die Erleichterung an.

»Weißt du, ob Becker in der Zeit, in der er hier gelegen hat, Besuch hatte?«

»Nein, keine Ahnung. Ich war ja heute zum ersten Mal hier. Jedenfalls zum ersten Mal, seitdem er hier auf der Station liegt. Und nachts bekommen Patienten in der Regel keinen Besuch. Aber wenn du magst, kann ich mich mal umhören.«

»Ja, vielleicht könntest du das tun. Aber bitte versuche, es nicht zu auffällig zu machen.«

»Keine Sorge, ich frage mal ganz nebenbei die anderen Schwestern auf der Station. Wenn ich etwas höre, lasse ich es dich wissen.»

»Danke. Aber wie gesagt, lass dir nicht anmerken, warum und wieso dich das interessiert.«

»Keine Sorge, das krieg ich schon hin. Aber jetzt sag mal, wie geht es dir? Und wieso arbeitest du überhaupt? Ich habe eigentlich damit gerechnet, dass du dir mal ein paar Tage oder Wochen eine Auszeit gönnst. Ich meine, jetzt, wo Hanna …« Sie brach den Satz ab. »Es tut mir unendlich leid. Ich hatte so sehr gehofft, dass sie es schafft.«

»Weißt du, ich habe mich auch gefragt, was das Richtige in dieser Situation ist. Aber wenn ich zu Hause sitze, dann fällt mir die Decke auf den Kopf und ich komme im Zweifel nur auf blöde Ideen. So habe ich wenigstens eine sinnvolle Aufgabe, die mich tagsüber etwas ablenkt. Die Nächte sind schon schlimm genug. Das kannst du mir glauben.«

»Träumst du von ihr?«

Karre nickte. »Manchmal.«

»Du weißt, dass du dir nichts vorzuwerfen hast, oder?«

Er nickte erneut, sagte aber nichts. Schließlich wollte er sie weder anlügen noch mit seinen Selbstzweifeln belasten. Allerdings staunte er einmal mehr über das scheinbar untrügliche Gespür der jungen Krankenschwester für das Seelenleben anderer Menschen. Schließlich konnte sie unmöglich wissen, was genau Karre geträumt hatte.

»Ich kann dich gut verstehen. Dass du dich in die Arbeit flüchtest, meine ich. Ablenkung ist in so einer Situation vermutlich nicht verkehrt. Ich glaube, ich käme damit auch besser zurecht, als meinen Kummer zu Hause in mich hineinzufressen.« Sie lächelte müde. »Sei mir nicht böse, aber ich muss dich jetzt rausschmeißen. Ich bin total kaputt. Das liegt an den Medikamenten. Ich verschlafe den halben Tag.«

»Vielleicht sollte ich mir dieses Wundermittel auch verschreiben lassen. Wenigstens für nachts.« Er erhob sich von seinem Stuhl. »Also, ich bin dann mal weg. Sieh zu, dass du schnell wieder auf die Beine kommst. Und mach dir keine Sorgen wegen der Sache mit dem Feuerzeug. Ich behalt´s für mich. Versprochen.«

Jennifer sah ihn dankbar an, und noch bevor er das Zimmer verlassen hatte, sah Karre, wie ihr die Augen zufielen.

Wenige Minuten später sank er selbst todmüde auf den Fahrersitz seines im Parkhaus abgestellten Wagens. Allmählich forderte der wenige Schlaf der letzten Tage seinen Tribut. Er schaltete das Radio ein und während er dem beruhigenden Klang einer Violine lauschte, schloss er die Augen und schlief wenige Sekunden später ein.

KAPITEL 28

»Komm rein. Wir machen gerade Pizza.« Mia stand im Türrahmen und sah den unangemeldeten Besucher überrascht an. Sie trug hellblaue Jeans und eine schwarze, ärmellose Bluse. Ihr hellbraunes Haar hatte sie zu einem dicken Bauernzopf geflochten, der sich in einer engen Strähne den Kopf entlang zog und auf der anderen Seite lässig über ihre linke Schulter nach vorne fiel.

Karre fand, dass sie wieder einmal hinreißend aussah. »Du, ich ... ich wollte nicht ...«

»Stören?« Sie lächelte ihn an.

Er nickte verlegen.

»So ein Quatsch! Du störst nicht. Im Gegenteil. Komm rein, ich freu mich, dass du da bist.«

Zögernd trat er über die Schwelle und überreichte ihr den zweiten der an der Tankstelle erworbenen Blumensträuße.

»Für mich?«

Karre sah sich übertrieben um. »Na ja, wenn sonst niemand da ist. Ich wollte eigentlich nur kurz klingeln und *danke* sagen.«

»Danke? Wofür?«

»Dass du da warst. Du glaubst nicht, wie sehr mir das geholfen hat.«

Sie steckte ihre mit Sommersprossen übersäte Nase in den Strauß. »Die duften wundervoll. Vielen Dank. Aber es wäre nicht nötig gewesen.« Sie führte ihn in die Küche. Zu Karres Überraschung saß bereits jemand am Küchentisch. Eine Frau. Karre schätzte, dass sie und Mia in etwa gleich alt sein mussten.

Die zierliche Blondine mit dem fransigen Kurzhaarschnitt erhob sich in dem Augenblick von ihrem Stuhl, als Karre und Mia die Küche betraten.

»Oh, ich wollte wirklich nicht stören«, sagte er und blieb wie angewurzelt stehen.

Mia ignorierte Karres Einwurf, griff stattdessen nach der Hand ihrer Besucherin und zerrte sie quer durch den Raum zu Karre. »Das ist Svenja. Meine beste Freundin. Und Kollegin. Wir spielen zusammen im Orchester.«

Svenja streckte ihm die Hand entgegen. »Hi. Freut mich, ich bin die Oboe. Also, äh, im Orchester meine ich.« Dabei kicherte sie wie ein kleines Kind.

Karres Blick fiel auf eine halbleere, auf dem Küchentisch stehende Sektflasche. Zudem entging ihm nicht der mahnende Blick, den Mia ihrer Freundin zuwarf. Mias Eltern schienen nicht da zu sein. Karre vermutete, dass sie entweder unterwegs oder bereits abgereist waren.

»Svenja, das ist Karre.«

Svenjas Augen weiteten sich. »*Der* Karre?«, fragte sie, wobei sie den Artikel wie einen Kaugummi in die Länge zog.

»Was glaubst du, wie viele ich kenne?«, konterte Mia die Frage mit einer Gegenfrage. »Und wie viele von denen, die ich kenne, mir einfach so Blumen vorbeibringen?«

»Na ja, einfach so stimmt ja nicht ganz.« Er warf Svenja einen entschuldigenden Blick zu. »Eigentlich ...«

»Ich weiß. Mia hat mir alles erzählt. Mein herzliches Beileid.« Karre registrierte, dass die Unbekümmertheit der jungen Frau ebenso plötzlich aus ihrem Gesicht verschwunden war, wie die kleinen Grübchen um ihre Mundwinkel, die ihm vom ersten Augenblick an aufgefallen waren.

»Ich wollte nicht unhöflich sein, aber ich wusste ja nicht ... also, dass Sie *Sie* sind.«

Mia griff nach Karres Handgelenk. »Du, ich möchte nicht, dass du das hier falsch verstehst. Aber nach gestern Nacht ... ich brauchte einfach jemanden zum Reden. Es ist nicht so, dass wir hier eine ausgelassene Party feiern.«

Karre sah sie an und strich mit der Hand über ihre Wange. Er sah, dass sie mit den Tränen kämpfte. »Hey, alles ist gut. Mach dir darüber keine Gedanken. Außerdem bin ich auch schon wieder weg.«

Svenja warf Mia einen vielsagenden Blick zu und sagte dann: »Du, ich glaube, die Pizza fängt gerade Feuer.«

»Scheiße! Die Pizza!« Mia befreite sich aus Karres Griff, fuhr herum und riss die Backofentür auf. Augenblicklich quollen dunkle Schwaden aus dem Ofen und hüllten die Küche in Rauch. Nur wenige Sekunden später ertönte der schrille und ohrenbetäubende Warnton des Rauchmelders.

»Oh nein! Auch das noch!«, fluchte Mia lautstark, während Karre zum Küchenfenster eilte, um zu lüften.

»Das Fenster geht nicht auf!« Erst jetzt sah er das kleine Schloss im Fenstergriff. Die abschließbare Olive war vorbildlich nach innen gedrückt worden und verhinderte das Umlegen des Griffes. »Wo ist der Schlüssel?«

»Hier! Irgendwo. Ach, Mist! Warte ... doch, ich hab ihn.«

Mia trat neben Karre und stocherte mit zitternden Fingern den winzigen Schlüssel in das Schloss. Als der Zylinder heraussprang, legte Karre den Griff um und zog das Fenster auf. Augenblicklich strömte frische Luft in den Raum. Er nahm zwei Topflappen, die an einem Haken über dem Herd hingen, zog das Blech aus dem Ofen und kippte dessen schwarzen und noch immer qualmenden Inhalt durch die Fensteröffnung direkt in den Vorgarten. Anschließend widmete er sich dem Rauchmelder.

»Da sieht man mal wieder, wie praktisch es ist, einen hochgewachsenen Mann im Haus zu haben«, trällerte Svenja, während Karre auf Zehenspitzen stehend den Knopf des Rauchmelders drückte, woraufhin das nervtötende Geräusch zur Erleichterung aller verstummte.

Wenige Augenblicke später hatte sich der Rauch weitgehend verzogen und Mia ließ sich auf einen der Küchenstühle sinken. »Puh, das ist ja gerade noch mal gutgegangen. Aber das mit der Pizza können wir wohl vergessen.« Sie warf einen betont traurigen Blick zum Küchenfenster. »Es sei denn, ihr mögt sie gerne besonders kross.«

»Was hätte es denn gegeben?«, fragte Karre und sah die beiden Frauen abwechselnd an.

»Tja, geplant war Pizza Thunfisch-Zwiebel«, sagte Svenja offensichtlich bemüht, nicht in schallendes Gelächter auszubrechen. »Aber so wie´s aussieht, läuft es wohl eher auf Brikett hinaus.«

Karre warf einen Blick durch das Küchenfenster. Auf dem Rasen lagen die verkohlten Überreste dessen, was Gerüchten zufolge einmal eine Pizza hatte werden sollen. »Ich fürchte, da ist nichts mehr zu retten. Aber wenn ich euch einen Tipp geben darf, gleich um die Ecke bin ich an einer Pizzeria vorbeigefahren. Ich glaube, die liefern auch.«

»Aber nur wenn du bleibst.« Mia sah ihn an.

»Aber nur, wenn Sie bleiben«, bekam sie die prompte Unterstützung ihrer Freundin.

»Also, eigentlich habe ich noch einen dienstlichen Termin.« Er sah auf die Uhr. Er hatte noch knapp drei Stunden Zeit. Und bevor er weiter darüber nachdenken konnte, hörte er sich sagen: »Also gut, meinetwegen.«

Nachdem sie Pizza bestellt hatten und Svenja sich für einen Augenblick entschuldigt hatte, trat Karre neben Mia, die mit einem Glas Sekt an der Küchenarbeitsplatte lehnte. »Ich wollte mich nicht aufdrängen. Außerdem bin ich im Augenblick alles andere als gesellig.«

Mia stellte ihr Glas auf der dunklen Natursteinplatte ab und griff nach seinen Handgelenken. »Hör auf. Ich freue mich, dass du da bist. Und du musst dich auch nicht dafür entschuldigen, dass du nicht himmelhochjauchzend durch die Lande ziehst. Ich finde es ohnehin bewundernswert, wie du mit der Situation fertig wirst. Wenn Felix so etwas zustoßen würde – ich wüsste nicht, was ich täte. Und was Svenja angeht, nimm es ihr nicht übel. Sie ist, wie sie ist. Und manchmal eckt sie mit ihrer flippigen Art auch an, das weiß ich. Aber wenn es drauf ankommt und man eine Freundin braucht, dann kann man sich auf sie verlassen.«

»Du musst dich nicht für sie entschuldigen. Ich erwarte nicht, dass die ganze Welt zum Stillstand kommt und jeder in Trauer erstarrt, wenn ich um die Ecke komme.«

»Magst du?«, fragte Mia und deutete auf ihr Sektglas.

»Nein, danke.«

»Vielleicht ein Bier? Ich glaube, ich hab noch ein paar Flaschen im Keller.«

»Zu einem Bier würde ich nicht nein sagen.«

»Dann komm, wir schauen mal, was die Speisekammer

so hergibt.«

Karre folgte Mia in den Keller. »Wo ist eigentlich Felix?«

»Mit meinen Eltern unterwegs. Sie wollten mit ihm in den Zoo fahren und ehrlich gesagt war ich gar nicht böse über einen entspannten Nachmittag mit Svenja.«

»Den ich euch ruiniert habe.«

»Ach, lass den Blödsinn. Du hast überhaupt nichts ruiniert. Im Gegenteil.« Sie öffnete die Kühlschranktür, in deren Innenseite zwei Bierflaschen standen. Sie nahm eine heraus und reichte sie Karre.

»Danke! Du, Mia?«

Sie sah ihn fragend an. Fragend? Oder eher erwartungsvoll? Er konnte es nicht sagen. Es war einfach zu lange her, dass ...

Schritte polterten auf den Stufen der Kellertreppe. »Hey, seid ihr hier unten? Ich wollte nur fragen, ob ihr schon Geld rausgesucht habt. Der Pizza-Mann steht oben vor der ...« Sie verstummte schlagartig, als sie den Raum betrat. »Oh, sorry. Ich wollte nicht ... Also, macht ruhig weiter.«

»Weiter?«, fragten Karre und Mia wie aus einem Munde. »Weiter womit?«

»Mit was auch immer ihr gerade angefangen habt. Bin schon wieder weg. Dann muss ich den Pizza-Mann eben anderweitig entlohnen.« Und genauso schnell, wie sie gekommen war, verschwand sie wieder hinauf ins Erdgeschoss.

Karre und Mia tauschten vielsagende Blicke, bevor sie Svenja kopfschüttelnd nach oben folgten.

KAPITEL 29

Sie hatten das Fenster aufgerissen, um nach den Regenschauern der letzten Tage wenigstens den schlimmsten Modergeruch aus dem alten Gemäuer nach draußen zu verbannen. Der Preis für den erhöhten Frischluftgehalt bestand in einem permanenten Grundrauschen, das von der nahegelegenen Autobahn zu ihnen herüberschallte.

Genervt betrachtete Viktoria das riesige, an der Wand montierte Whiteboard. Abgesehen von den wenigen Namen, die sie im Laufe des Nachmittags auf die weiße Fläche geschrieben hatten, war es erschreckend leer.

»So kommen wir nicht weiter«, stöhnte die Kommissarin und gönnte sich einen Schluck lauwarme Cola aus einer PET-Flasche. »Wir wissen, dass Rudolf Goeßling sich bei seinen Mitmenschen nicht gerade besonders großer Beliebtheit erfreut hat. Wir haben mit Goeßlings Tochter, seinem Sohn und dessen Frau, mit der Haushaltshilfe des Seniors und mit der Leiterin dieser Anstalt gesprochen.«

»Residenz«, korrigierte Karim seine Kollegin.

»Bitte?«

»Es ist eine Residenz. Keine Anstalt.«

»Von mir aus. Ist mir aber auch egal. Du weißt ja, was ich meine. Fakt ist, dass der alte Goeßling in seiner Wohnung jede Menge Bargeld gehortet hat, das er gemäß Testament seiner Haushälterin vererbt hat. Abgesehen davon, dass er den Pflichtteil für seine Kinder außer Acht gelassen hat und dass diese das Testament mit Sicherheit anfechten werden, ist das für sie ein ziemlicher Schlag ins Gesicht. Wenn du mich fragst, würde das für jeden von ihnen als Mordmotiv ausreichen.«

»Nur, dass sie angeblich nichts von dem Testament gewusst haben. Keiner von ihnen.«

»Ja.« Viktoria nickte nachdenklich, während sie den Deckel auf die Cola-Flasche schraubte. »Ich bin mir nur nicht sicher, ob ich das glauben soll. Ich meine, es gehört nicht viel dazu, sich auszurechnen, dass es kaum ein offensichtlicheres Motiv für einen Mord geben könnte, als ein solches Testament.«

»Aber sofern der Täter von dem Testament gewusst hat, hätte er doch alles versucht, es zu finden und aus der Welt zu schaffen.«

»Das stimmt. Vielleicht hat er es nach dem Mord gesucht, aber nicht gefunden. Das Versteck in der Matratze war ja nicht schlecht. Vor allem, weil Goeßlings Leiche obenauf gelegen hat. Oder es gab eine Zweitausfertigung, die der Täter in dem Glauben mitgenommen hat, das Original in den Händen zu halten.«

»Oder es war doch die Haushälterin. Gillian Ward. Wenn sie von dem Testament wusste, hatte sie natürlich keinen Grund, es verschwinden zu lassen.«

»Ich weiß nicht. Du hast mit ihr gesprochen. Traust du ihr wirklich zu, dass sie Goeßling mit einem Stück Zahnseide erdrosselt hat?«

Karim überlegte einen Moment. »Nein, eher nicht.«

»Wenn du mich fragst, rangiert sein Sohn in unserer Rangliste aktuell ganz weit vorne. Immerhin ist da noch die Sache mit dem Grundstück, auf dem er seine Privatklinik bauen will. Vielleicht hat sein Vater ihm verraten, dass er vorhat, das Grundstück zu verkaufen. Und falls er dann noch erwähnt hat, dass Christian im Falle des Ablebens seines Vaters nichts oder nur den ihm zustehenden Pflichtteil erhalten wird, ist bei seinem Sohn möglicherweise eine Sicherung durchgebrannt.«

»Das Problem ist, dass wir den genauen Todeszeitpunkt nicht exakt genug eingrenzen können, um die Alibis unserer Verdächtigen hundertprozentig bestätigen oder widerlegen zu können.«

Anstelle einer Antwort ging Viktoria zum Fenster, schloss nacheinander die beiden geöffneten Flügel und legte den wackeligen Griff um. Die augenblicklich entstehende Ruhe ließ sie mit geschlossenen Augen innehalten. Just in diesem Moment wurde die Bürotür aufgestoßen und Willi Hellmann betrat den Raum. Ein geheimnisvolles Lächeln umspielte seine Lippen. »Hey, ihr seid noch da?«

»Danke, gleichfalls«, konterte Viktoria. »Solltest du nicht längst zu Hause sein? Vergiss nicht, dass du Leni versprochen hast, es nicht zu übertreiben.«

»Keine Sorge, es geht mir blendend. Ich habe mich seit Monaten nicht mehr so lebendig gefühlt. Übrigens komme ich gerade von Paul.«

»Von Grass?«, fragte Karim. »Was wolltest du denn von dem?«

»Ich habe mir eine Kopie der Redmann-Akte besorgt.»

»Von Martin Redmann?«

»Von seinem Vater. Oliver Redmann. Ich wollte mir ein

genaueres Bild von seinem Verschwinden und den damals angestellten Ermittlungen machen.«

»Du erinnerst dich aber schon, was Schumacher dazu gesagt hat, oder? Wir sollen uns um Goeßling kümmern und Notthoff in Sachen Redmann das Feld überlassen.«

»Was ist denn mit dir los?« Hellmann sah seine über zwanzig Jahre jüngere Kollegin ungläubig an. »Du gehst doch sonst nicht mit derart vorauseilendem Gehorsam zu Werke. Grundsätzlich hat Schumacher ja mit allem recht, was er sagt. Was unsere Einbindung in den Fall betrifft, meine ich. Aber deswegen müssen wir uns dem ja noch lange nicht beugen.«

»Das klang vor ein paar Stunden aber noch ganz anders«, erinnerte Viktoria ihn an das Gespräch mit Karre.

»Ich wollte Karre lediglich klarmachen, dass er Schumacher sein Verhalten nicht zum Vorwurf machen kann. Er tut, was er in seiner Position tun muss.«

»Ich möchte einfach vermeiden, dass wir uns eine Schlammschlacht mit Schumacher und Notthoff liefern. Wenn die beiden gemeinsame Sache machen, sitzen sie am längeren Hebel.«

»Na ja, erstens muss Schumacher es nicht erfahren und zweitens kannst du die Schuld gerne auf mich schieben. Von mir aus soll er mich doch zurück in den Ruhestand schicken.« Er legte eine Mappe auf den Tisch. »Hier ist die Akte. Schaut sie euch gerne an, aber lasst sie anschließend nicht offen rumliegen. Viel Spaß damit! Wir sehen uns morgen.«

Nachdem Hellmann die Bürotür hinter sich zugezogen hatte, sahen sich Viktoria und Karim mit offenstehenden Mündern an.

»Was ist denn in Willi gefahren?«, brach Viktoria schließlich das Schweigen. »Hat den jemand auf Krawall gebürstet?«

»Keine Ahnung. Vielleicht hat er keine Lust, sich Schumacher und seinem neuen Busenfreund kampflos zu unterwerfen.« Er warf einen Blick auf die auf dem Tisch liegende Akte. Inzwischen wurden sämtliche Fallakten in elektronischer Form archiviert, was ihre Handhabung erheblich vereinfachte. Aber vor drei Jahren, im Zeitalter der Digitalisierung gleichbedeutend mit einer kleinen Ewigkeit, hatte man noch auf die herkömmliche Papiervariante gesetzt.

Viktoria folgte dem Blick ihres Kollegen. Auch sie musste zugeben, dass das Schriftstück eine nicht zu leugnende Anziehungskraft auf sie ausübte. So oder so ähnlich musste es Eva beim Anblick der verbotenen Frucht im Garten Eden ergangen sein.

»Was denkst du?«, fragte Karim nach einer Weile.

»Na ja, wenn das Teil schon hier liegt, sollten wir wohl mal einen Blick hineinwerfen, oder?«

»Absolut. Wie steht´s mit Kaffee?«

»Auf jeden Fall!«

Nachdem sie sich mit ausreichend Kaffee für die nächsten Stunden versorgt hatten, setzten sie sich nebeneinander an den Besprechungstisch und begannen, durch die Seiten der mehrere Zentimeter dicken Akte zu blättern. Keiner der beiden ahnte, dass sie schon sehr bald eine Entdeckung machen würden, welche ihre aktuellen Fälle in ein völlig neues Licht rücken sollte.

KAPITEL 30

Ulli wartete bereits, als sich Karre kurz nach 22 Uhr über den Steg näherte. Vor dem leeren Liegeplatz, auf dem bis vor einigen Stunden noch die SY STELLA gelegen und seit Jahren mehr oder weniger unbeachtet vor sich hingedümpelt hatte, standen mehrere große Transportboxen aus schwarzem Kunststoff. Um sie herum verteilt lagen Tauchanzüge, Jackets, Atemregler, Pressluftflaschen und weitere Ausrüstungsgegenstände. Ulli kam Karre winkend entgegen und begrüßte den Hauptkommissar mit einem kräftigen Händedruck.

»Ihr seid zu dritt?«, fragte der Hauptkommissar, der zwischen den Kisten die dunklen Silhouetten zweier Männer ausgemacht hatte.

Ulli nickte. »Ja. Aber erst mal gehen Mark und Heiko alleine ins Wasser. So groß ist die Fläche ja nicht, die wir absuchen sollen. Wenn zu viele Taucher im Wasser sind, wird es da unten schnell zu eng und wir vernebeln uns gegenseitig die Sicht. Bei diesem Schlammgrund müssen wir ohnehin höllisch aufpassen. Ein falscher Flossenschlag und wir können ´ne Stunde Pause machen. Wenn du diese Sedimentschicht einmal aufgewirbelt hast, hilft auch keine Tauchlampe mehr. Dann ist erst mal zappenduster.«

Karre erinnerte sich an die Worte des Feuerwehrtauchers, der Ähnliches berichtet hatte. »Apropos Licht. Habt ihr genug Lampen dabei?«

»Willst du mich verarschen? Du wirst sehen, gleich ist es da unten taghell.« Er bückte sich und hob eine der zylinderförmigen Tauchlampen auf. Als er sie einschaltete, tauchte ihr Lichtkegel den Steg in gleißendes Weiß.

»Schon gut, ich glaub dir ja. Und jetzt mach das Ding aus, das sieht man ja bis drüben zum anderen Ufer.«

Ulli schaltete die Lampe aus und legte sie zurück. »Du siehst, wir sind bestens ausgerüstet.«

Die beiden Männer, bei denen es sich um Mark und Heiko handeln musste, traten neben sie. Karre schätzte ihr Alter auf Ende zwanzig, maximal Anfang dreißig. Sie machten auf ihn einen sportlichen, gut trainierten Eindruck. Mit ihren schwarzen Overalls und den Neoprensocken sahen sie aus wie Zwillinge. Ohne viele Worte zu verlieren reichten sie Karre nacheinander die Hand.

»Die Jungs gehen trocken rein. Dann müssen wir uns keine Sorgen wegen der Wassertemperatur machen, falls es etwas länger dauern sollte. Ich schätze, das Wasser hat hier nicht mehr als drei Meter Tiefe. Solange es nicht zu kalt wird, können wir also ohne Probleme die ganze Nacht suchen.«

Karre warf einen Blick auf die auf dem Steg liegenden Tauchanzüge. Er wusste, dass Trockentauchanzüge, die sogenannten Trockis, so konzipiert waren, dass während des Tauchgangs kein Wasser eindrang. Taucher konnten darunter ganz normale Straßenkleidung oder eben einen wärmenden Overall tragen. Ein perfekter Kälteschutz.

»Wonach suchen wir denn eigentlich?«, wollte einer der beiden Männer wissen.

»Das ist eine gute Frage«, sagte Ulli. »Karre, vielleicht klärst du meine Jungs und mich kurz auf? Was das angeht, hast du dich bisher ja ziemlich bedeckt gehalten.«

Karre seufzte. »Wenn das so einfach wäre. Genaugenommen kann ich euch das überhaupt nicht sagen. Wenn ihr da runter geht, findet ihr die Reste einer explodierten und ausgebrannten Segelyacht. Von dem Schiff selbst ist vermutlich nicht viel übrig, das sich zu untersuchen lohnt. Ich möchte euch aber bitten, den Seegrund sorgfältig abzusuchen und die Augen nach allem offenzuhalten, bei dem es sich eventuell um ein Versteck handeln könnte. Oder um Gegenstände wie Computer, Akten, USB-Sticks. Alles auf oder in dem sich irgendwelche Daten befinden könnten. Schaut bitte auch zwischen eventuellen Trümmerteilen nach. Ich möchte, dass ihr da unten alles einmal von rechts auf links krempelt. Und bringt im Zweifel lieber zu viel Zeug nach oben, als dass ihr etwas liegenlasst, das eventuell wichtig gewesen wäre.«

»Wenn wir wirklich Akten oder einen Computer finden, dürfte das Zeug aber unbrauchbar sein. Wie lange liegt es da unten?«

»Nicht lange. Aber mir ist schon klar, dass das gesuchte Material möglicherweise zerstört wurde. Dennoch bitte ich euch, alles mit raufzubringen, das ihr irgendwie für interessant haltet.«

»Warum machen wir das eigentlich?«, fragte der kleinere der beiden Taucher. »Hat die Polizei keine eigenen Leute für so was?«

»Noch so eine Frage und du kannst drüben im Wagen warten, bis wir fertig sind«, blaffte Ulli ihn an. »Und jetzt seht zu, dass ihr in eure Tauchklamotten kommt.«

Eine Viertelstunde später trieben die beiden Taucher an der Wasseroberfläche. Karre beobachtete, wie sie sich das Zeichen zum Abtauchen gaben, bevor sie die Luft aus ihren Jackets ließen und im tiefschwarzen Wasser des Sees verschwanden. Dann schalteten sie ihre Lampen ein. Karre sah, wie zwei grelle Lichtkegel langsam kreisend auf dem Grund umherwanderten, und wandte sich Ulli zu. »Du hattest recht. Mit den Dingern ist es da unten taghell.«

»Das Licht ist nicht das Thema«, erwiderte dieser, während sein Blick auf der Wasseroberfläche ruhte. »Die beiden werden da unten zwei Hauptprobleme haben. Das eine ist, wie gesagt, die Sicht. Obwohl der See rein biologisch gesehen sauber ist, ist das Wasser aufgrund vieler Schwebeteilchen sehr trüb. Und die Regenfälle der letzten Tage machen es nicht gerade besser. Ich schätze, aktuell beträgt die Sichtweite maximal einen Meter.«

»Das heißt, um etwas zu finden, müssen sie quasi mit der Nase dicht über dem Grund schweben, ohne ihn dabei zu berühren?«

»Ja, aber genau darin besteht das zweite Problem.«

»Wieso das?«

»Wegen der Wasserpest. Man kommt kaum bis ganz unten runter, ohne dabei das Sediment aufzuwirbeln.« Er deutete auf einen Punkt auf der Wasseroberfläche, etwa drei Meter von ihnen entfernt, und Karre konnte die Spitzen der Pflanzen erkennen, die sich vom Grund des Sees bis an die Oberfläche hochgearbeitet hatten.

»Selbst hier im Hafen wuchert das Zeug wie verrückt. Wahrscheinlich haben die Wrackteile einen Großteil plattgedrückt, aber grundsätzlich geht es da unten zu wie im Urwald. Und das macht die Suche nicht gerade leichter.« Er wandte sich Karre zu und sah ihn abschätzend an.

»Und jetzt mal ehrlich: Hast du wirklich keinen Schimmer, was die Jungs da unten finden könnten?«

»Nein, wirklich nicht. Ich bin mir ja nicht einmal sicher, ob da unten überhaupt etwas ist, das sich zu finden lohnt. Aber einen Versuch ist es allemal wert. Danke noch mal für eure Hilfe.« Er klopfte Ulli freundschaftlich auf die Schulter.

»Kein Thema. Wenn es dir wirklich hilft, am Ende Hannas Mörder zu fassen, dann ist das hier verdammt gut investierte Zeit. Außerdem haben die Jungs Spaß an der Sache. Eigentlich ist das Tauchen hier ja verboten. Von daher …«

»Die Kiste Bier steht übrigens bei mir im Kofferraum. Könnt ihr nachher mitnehmen. Und sollten sie tatsächlich etwas finden, spendiere ich auch noch ein paar Würstchen für euren nächsten Grillabend.«

»Na, das ist doch mal ein Wort.«

Es dauerte eine Viertelstunde, bis Mark und Heiko mit den ersten Fundstücken an die Oberfläche zurückkehrten. Nach etwas mehr als einer Stunde betrachtete Karre niedergeschlagen die bisherige Beute der nächtlichen Aktion. Darunter befanden sich eine Werkzeugkiste, Blechdosen mit verschiedenen Lacken, Farben und Polituren. Ein Seesack mit Tampen und Tauen, mehrere Getränkedosen und –flaschen. Ein Glas eingelegte Gurken, Konservenbüchsen mit allerhand Fertiggerichten, ein Bluetooth-Lautsprecher, zwei Töpfe und eine Pfanne, ein Elektrorasierer, ein Winkelschleifer sowie diverse Bücher, die das Wasser jedoch allesamt vollständig zerstört hatte.

Kopfschüttelnd ließ Karre sich auf dem Steg nieder und ließ die Beine über der Wasseroberfläche baumeln. Er dachte darüber nach, dass es noch nicht lange her war, dass er genauso an exakt derselben Stelle gesessen hatte, als er die aufsteigenden Luftblasen unmittelbar unter sich bemerkte. Sekunden später erschien der Kopf einer der beiden Taucher an der Wasseroberfläche. Aufgrund der Kopfhaube, der Maske und des Mundstücks des Atemreglers, das sich noch im Mund des Tauchers befand, konnte Karre nicht mit Sicherheit sagen, um wen der beiden es sich handelte. Allerdings vermutete er, dass es Heiko war, der sich in diesem Moment den Automat aus dem Mund zog und ihn im Wasser baumeln ließ.

»Hier nimm mal! Ich habe noch was gefunden«, rief er dem Hauptkommissar zu und reichte ihm einen zylinderförmigen, ca. zwanzig Zentimeter hohen Gegenstand.

»Was ist das? Eine Kaffeedose?«

»Ja, sieht so aus. Lag unter einem der größeren Holzstücke. Vermutlich ein Stück vom Kajütendach. Ich geh´ noch mal runter, aber ich glaube, viel werden wir nicht mehr finden. Diese Yacht hat´s ziemlich zerlegt. Da ist nicht viel übrig geblieben.« Er griff nach dem Atemregler, schob ihn sich in den Mund, entleerte sein Jacket und verschwand einmal mehr in den schwarzen Fluten.

Karre war unterdessen aufgestanden und betrachtete das Fundstück, bei dem es sich tatsächlich um eine Kaffeedose zu handeln schien. Sie bestand aus Metall und war mittels eines luftdichten Kunststoffdeckels verschlossen worden. Die ehemals farbenfrohe Lackierung wurde von einer schwarzen Schicht überlagert, so dass das abgebildete Motiv kaum noch zu erkennen war. An einigen Stellen hatte die Farbe Blasen geworfen oder war vollständig abgeblättert. Vermutlich zeigte das Bild einen rot-weißen Leuchtturm inmitten einer ausgedehnten Dünenlandschaft. Karre schüttelte die Dose, in der sich ganz offensichtlich irgendetwas befand.

Er zog den Deckel ab und warf gespannt einen Blick ins Innere. Er wusste nicht, was er erwartet hatte, aber das Gefäß enthielt – gemahlenen Kaffee. Er fluchte innerlich und wollte den Inhalt schon ins Wasser kippen, als er innehielt. Dann folgte er dem Steg zurück ans Ufer, wo er den Inhalt der Dose ins Gras schüttete.

Er tastete durch das Kaffeepulver, das dank des luft- und wasserdichten Deckels nicht einmal nass geworden war. Als er einen kleinen Gegenstand zwischen Daumen und Zeigefinger spürte, zog er ihn hinaus und säuberte ihn behutsam von den Resten des braunen Pulvers.«

»Bingo«, flüsterte er und seine Lippen formten sich zu einem triumphalen Lächeln, bevor er sich zu Ulli umwandte, der noch immer auf dem Steg stand und die Lichtkegel der Tauchlampen unter ihm beobachtete. Karre ließ den Gegenstand in seine Hosentasche gleiten und rief: »Sag deinen Jungs, sie können aufhören! Wir sind hier fertig!«

KAPITEL 31

Auch in dieser Nacht träumte er. Er stand an der Spitze eines weit auf den See hinausführenden Stegs. Um ihn herum plätscherte tiefschwarzes Wasser gegen die Holzpfeiler, während Nebel über die Wasseroberfläche waberte. Die dichten Schwaden glitzerten im Licht des Vollmonds und sich vor den Mond schiebende Wolken warfen lange Schatten auf das Nebelfeld. Schwärme ungewöhnlich großer Nachtfalter umschwirrten ihn. Sie schienen von ihm angezogen zu werden, wie Motten vom Licht einer Glühbirne. Ein ums andere Mal zuckte er zusammen, wenn sie ihm so nah kamen, dass sie ihn mit ihren Flügeln streiften.

Feuchtigkeit legte sich auf seine Haut, drang in seine Kleidung ein. Er konnte schmecken, wie sie seine Lippen benetzte. Spürte das kalte, nasse Holz unter seinen nackten Fußsohlen. Unwillkürlich zuckte er zusammen, als irgendwo in der Ferne der gespenstische Ruf eines Uhus ertönte.

Plötzlich schälte sich etwas vor ihm aus dem Nebel. Es schien vom Grund des Sees zu kommen und stieg langsam und gleitend an die Oberfläche. Als es etwa zu einem Drittel aus dem Nebelmeer herausragte, erkannte er das Wrack eines Segelbootes. Der verkohlte Rumpf der *SY STELLA* trieb ziellos durch den Nebel, während sich der schwarze Mast in den wolkenverhangenen Nachthimmel erhob. Karre Kniff die Augen zusammen. Nein, er hatte sich nicht getäuscht. Wie an einen Marterpfahl gekettet, hingen sie knapp unterhalb der Mastspitze. Und er erkannte die beiden Toten auf Anhieb. Oliver Redmann und Torge Barkmann.

Plötzlich erschien auf dem Bootsdeck eine in Weiß gekleidete Gestalt. Er musste nicht lange überlegen, um wen es sich handelte: Hanna. In ein weißes Nachthemd gekleidet, das lange Haar offen über ihre Schultern fallend, verließ sie das Bootsdeck und kam auf ihn zu. Sie schien zu schweben, denn Karre konnte keinerlei Bewegungen ausmachen.

Er zitterte. Ob vor Angst oder vor Kälte vermochte er nicht zu sagen. Und während Hanna sich ihm unaufhaltsam näherte, verharrte das Boot weiterhin weit draußen auf dem See, als läge es dort vor Anker. Wie von einer unsichtbaren Kraft geleitet, wich er einige Schritte zurück. Als die schwebende Gestalt den Steg erreicht hatte, verharrte sie reglos in ihrer Position und starrte Karre mit jenen leeren Augenhöhlen an, die ihn schon bei ihrer ersten Begegnung gleichermaßen schockiert hatten. Durch den dünnen Stoff des Nachthemds sah er das klaffende Loch in ihrer Brust. Doch dieses Mal war es anders, denn in dem Loch konnte er Hannas Herz sehen. Es lebte, schlug in gleichmäßigem Rhythmus, pumpte fortwährend Blut durch ihren toten Körper.

Er verstand die Botschaft. Hanna war nicht tot gewesen.

Er selbst hatte sie getötet, indem er entschieden hatte, die Geräte abstellen und ihre Organe entnehmen zu lassen. Als Hanna ihren Mund öffnete und ihre bleichen Hände wie um Hilfe flehend nach ihm ausstreckte, taumelte er rückwärts, geriet in Panik. Er stolperte, stürzte und schlug hart mit dem Kopf auf.

Als er die Augen unter pochenden Kopfschmerzen öffnete, fand er sich auf dem Fußboden neben seinem Bett wieder.

*

Der Duft von Kaffee und frischen Pancakes stieg Karim in die Nase. Sila stand am Herd und wendete die in der Pfanne brutzelnden Toasts. Eine weiße Schürze bewahrte ihr schwarzes Kostüm vor Fettspritzern. Sie sah wie immer hinreißend aus. Ihr schwarzes Haar, zu einem Pferdeschwanz zusammengebunden, der bis knapp über ihre Schulterblätter fiel, glänzte in der Morgensonne.

Sein Blick streifte ihren Rock, fuhr ihre schlanken Beine entlang und verharrte schließlich an den schwarzen Pumps. Für diesen Anblick könnte er sterben. Wie die hohen Absätze ihrem Körper auf zauberhafte Weise eine noch aufrechtere Haltung verliehen, die ihre Beine und ihren kleinen, apfelförmigen Po so atemberaubend in Szene setzte. Er blickte auf ihren Bauch und glaubte, bereits die erste kleine Wölbung zu erkennen, die sie schon in ein paar Wochen nicht mehr würde verbergen können.

Er beneidete ihre Arbeitskollegen, die den ganzen Tag in ihrer Nähe verbringen durften, während er oft bis tief in die Nacht hinein auf Mörderjagd ging. Aber nicht heute. Er hatte sich fest vorgenommen, zeitig nach Hause zu gehen und den Abend mit Sila zu verbringen. In wenigen

Monaten würde es mit der trauten Zweisamkeit erst mal vorbei sein. Und wer konnte schon sagen, wann sich die nächste Gelegenheit für einen romantischen Abend zu zweit bot.

»Happy Birthday«, sagte er und versteckte ein kleines Säckchen aus schwarzem Samt hinter seinem Rücken.

Sila kam auf ihn zu, musste sich trotz ihrer hohen Absätze auf die Zehenspitzen stellen, um ihm einen dicken Kuss auf den Mund zu drücken. Sofort spürte er ein angenehmes Kribbeln in der Magengegend, doch bevor er seine Hände um ihre Hüften legen konnte, hatte sie ihn schon mit beiden Händen in Richtung Frühstückstisch delegiert.

»Du weißt, dass du gegen die Regeln verstößt?«. Er schob das Säckchen unauffällig in seine Hosentasche.

»Welche Regeln denn?«, fragte Sila und wandte sich wieder dem Herd zu.

»Niemand macht sich an seinem Geburtstag selbst das Frühstück. Und auch nicht für seinen Ehemann.« Eigentlich hatte er geplant, Sila mit einem standesgemäßen Geburtstagsfrühstück zu überraschen, sobald sie von ihrem routinemäßigen Morgenlauf zurückkommen würde. Leider war er über die zahlreichen Snooze-Phasen wieder eingeschlafen und erst wieder aufgewacht, als er das Wasser der Dusche rauschen hörte.

Er bewunderte sie für ihren eisernen Willen, jeden Morgen eine Stunde früher als nötig aufzustehen, um eine große Runde im nahegelegenen Stadtpark zu joggen. Und wer konnte schon sagen, wie lange es mit dem Joggen überhaupt noch funktionierte. Irgendwann würde der wachsende Babybauch ihren Bewegungsdrang vermutlich einschränken.

»Nichts gegen deine Kochkünste«, lachte sie. »Aber ich war mir einfach nicht sicher, ob ich meinen Geburtstag mit verbranntem Toast beginnen wollte. Außerdem wollte ich dir mal einen richtigen Kaffee machen, damit du nicht immer dieses mörderische Gebräu trinken musst, das ihr bei euch im Büro *Kaffee* nennt. Jetzt, wo Corinna keinen mehr für euch kocht. Außerdem wollte ich, dass du dich bei dem ganzen Stress im Augenblick frisch gestärkt in den Kampf stürzen kannst. Ich weiß ja nicht, aber vielleicht haben wir heute Abend ja noch etwas vor?« Sie zwinkerte ihm zu. »Und da brauche ich einen fitten Ehemann und keinen, der um sieben auf der Couch einschläft. Glaubst du wirklich, dass Karre diejenigen schnappen wird, die Sandra und Hanna umgebracht haben?«, fragte sie, während sie die Toastscheiben auf einen Teller bugsierte. All die Leichtigkeit und Unbeschwertheit war innerhalb von Sekunden aus ihrem Gesicht gewichen. Stattdessen hatten sich auf ihrer Stirn tiefe Falten gebildet.

»Ich glaube, wir sind näher dran, die Schuldigen zu finden, als jemals zuvor. Karre muss nur aufpassen, dass er sich nicht in etwas verrennt.«

»Glaubt er noch immer, dass Vickys Schwiegervater etwas damit zu tun haben könnte?«

»Lass uns das Thema wechseln.« Er nippte vorsichtig an seinem dampfenden Kaffee. Wie immer schmeckte er exzellent und er fragte sich, wie sie das fertigbrachte. Schließlich benutzte sie dieselbe Kaffeemaschine und den gleichen Kaffee. Trotzdem schmeckte er bei ihm nicht halb so gut. »Was gibt es Neues vom schönen Richard?« Er versuchte, es so beiläufig und uninteressiert wie möglich klingen zu lassen.

Der schöne Richard, eigentlich Richard Koschek, war einer der Abteilungsleiter in der Logistikfirma, für die Sila arbeitete und war ihr direkter Vorgesetzter. Er war mit Abstand die größte Nervensäge, die Karim jemals kennengelernt hatte.

Alles hatte mit seiner Beförderung zum Abteilungsleiter begonnen. Sila war an diesem Abend später als sonst nach Hause gekommen und hatte ihm die Geschichte erzählt. Nachdem Karim anfangs wenig amüsiert gewesen war, hatten sie schließlich herzlich darüber gelacht. Und dennoch gab es irgendetwas, das Karim an der ganzen Sache nicht behagte.

An jenem Abend hatte Sila an ihrem Büroschreibtisch gesessen und Verträge für einen bedeutenden Kunden zusammengestellt. Während sie die vor ihr liegenden Unterlagen durcharbeitete, spürte sie die Wärme des Sonnenlichts. Es fiel durch die Fensterscheibe und umspielte sanft die feinen Härchen auf ihren Armen. Nur noch wenige Wochen, dann würde der Sommer den Frühling endgültig ablösen.

Ihre Gedanken begannen zu schweben. Weg von staubtrockenen Verträgen hin zu dem bevorstehenden Fußballabend mit Karre, Viktoria und Götz. Karim hatte sie eingeladen, mit ihnen gemeinsam das DFB-Pokal-Finale anzuschauen. Sila mochte Karims Kollegen und es war immer lustig, wenn sie zusammen etwas unternahmen. Außerdem wollten sie ihnen bei dieser Gelegenheit von ihrem bevorstehenden Familienzuwachs berichten. In diesem Moment nahm sie im Augenwinkel eine Gestalt wahr, die sich in der halb geöffneten Tür aufgebaut hatte und sie beobachtete. Als wäre sie bei etwas Unanständigem ertappt worden, richtete sie sich in ihrem Stuhl auf und begann, die vor ihr liegenden Blätter zu sortieren.

»Machst du Feierabend?«, fragte eine geschmeidige Stimme und keine halbe Minute später saß der schöne Richard auf der Kante ihres Schreibtisches. Er hatte die Beine übereinandergeschlagen und sah sie durch die kreisrunden Gläser seiner Brille an. Die knallrote Krawatte bildete den perfekten Kontrast zu seinem dunkelblauen Westenanzug. Seine halblangen Haare hatte er, vermutlich mit einer Hand voll Haargel, fein säuberlich und streng nach hinten frisiert. Richard war dafür bekannt, dass er sich selbst für unwiderstehlich hielt. Eine Ansicht, die seine Mitarbeiterinnen in den meisten Fällen nicht teilten.

»Der ist einfach drei Nummern zu schmierig«, hatte Julia Hanisch, eine von Silas Arbeitskolleginnen, einmal hinter vorgehaltener Hand gesagt, nachdem Richard ihr auf der firmeninternen Weihnachtsfeier sehr offensichtliche Avancen gemacht hatte.

»Ich habe gedacht, wir könnten gemeinsam auf meine Beförderung anstoßen«, sagte er schließlich. Sein Körper warf einen langen Schatten über den Schreibtisch, der Sila unwillkürlich an ein Gespenst erinnerte.

Huhuhu, der Geist des schönen Richard kommt, um dich zu holen.

Sie hatte Mühe, einen Lacher zu unterdrücken, riss sich aber zusammen und fragte stattdessen: »Wer kommt denn noch?«

»Also«, begann er zögernd. »Eigentlich bist du die Erste, die ich frage. Ich dachte, wir könnten in dieses neue japanische Restaurant in der Innenstadt gehen.«

»Ich weiß nicht. Für mich klingt das eher nach einem Date als nach einer Beförderungsfeier.«

»Hey, du bist verheiratet. Ich wollte einfach nur ein bisschen mit meiner Lieblingskollegin feiern gehen. Was sagst du?«

»Ich weiß nicht. Ich glaube nicht, dass das eine gute Idee ist. Karim wäre bestimmt nicht begeistert, wenn ich ihm erzähle, dass du mich alleine zum Essen ausgeführt hast.«

»Er braucht es ja nicht unbedingt zu wissen. Er…«, begann Richard, aber Sila ließ ihn nicht ausreden.

»Richard, ich bitte dich. Du weißt genau, dass ich so etwas niemals tun würde. Karim und ich haben keine Geheimnisse voreinander.«

Sie konnte sich nicht mehr genau erinnern, wie er es angestellt hatte, doch am Ende sagte sie »Ja«, obwohl sie es schon im selben Moment bereute. Aber es war zu spät. Und tatsächlich hatte es sich im Nachhinein als Fehler erwiesen. Seit diesem Abend erhielt Sila in unregelmäßigen Abständen Emails, Kärtchen mit kurzen Botschaften oder Einladungen zu Cocktails und Abendessen. Einmal, während seines Urlaubs, hatte er ihr sogar einen Blumenstrauß per Kurier ins Büro schicken lassen.

Es war ihr bis heute nicht gelungen, ihm verständlich zu machen, dass sie nicht mit ihm ausgehen wollte und auch sonst keine weiteren Absichten hegte. Nicht nur, weil sie glücklich verheiratet war, sondern weil sie schlichtweg keine Lust hatte. Selbst ihre deutliche Ansage »Ich würde ja mit dir Ausgehen, aber ich kann dich nicht leiden«, hatte er nur als vorlauten Scherz aufgefasst, der seine Bemühungen nicht nachhaltig eindämmen konnte.

Sila goss deutlich mehr Milch als üblich in ihren Kaffee und schüttelte den Kopf. »Nein, keine Neuigkeiten von Richard. Und seit über einer Woche auch schon keine Nachrichten mehr. Wahrscheinlich hat er es endlich kapiert und wirft seine Angelrute in anderen Gewässern aus.« Die Assoziation, die diese Worte in ihrer Phantasie hervorriefen, ließ sie kichern wie ein kleines Kind, das sich an den Mätzchen seiner Mama erfreut.

Wie ihre Augen strahlten, wenn sie so lachte. Sie schob sich ein Stück Toast in den Mund und Karim beobachtete, wie sich rechts und links von ihren Mundwinkeln kleine Grübchen bildeten. »Also hoffen wir das Beste und legen das Thema zu den Akten?«, fragte er. Er wusste, dass Sila seine kleinen Sticheleien hinsichtlich Richards Annäherungsversuchen nicht mochte, konnte aber einfach nicht widerstehen.

»Karim! Es gibt kein Thema. Und das weißt du auch.«

»Ja natürlich. Vergiss es einfach«, sagte er und versteckte sich grinsend hinter der Tageszeitung.

Sila erhob sich von ihrem Stuhl, ließ ihre Schürze zu Boden gleiten und ging mit betont langsamen Schritten auf ihn zu. Sie lächelte, während sie mit der Zungenspitze ihre Oberlippe entlang fuhr. Mit beiden Händen schob sie seine Oberschenkel zusammen und setzte sich auf seinen Schoß, bevor sie die Zeitung mit dem rechten Zeigefinger nach unten schob.

Er spürte die Wärme ihres Körpers und wie der Blick ihrer dunklen Augen über seinen Körper wanderte. Die großformatigen Blätter der Zeitung rutschen von seinem Schoß und verteilten sich über den Küchenboden, als sich ihre Lippen auf seinen Mund legten.

»Hast du nicht etwas vergessen?«, flüsterte sie ihm kurz darauf ins Ohr, wobei sie sanft an seinem Ohrläppchen knabberte.

»Etwas vergessen?«

Sie pickte ihm mit dem Zeigefinger in die Seite. »Du weißt genau, was ich meine, du Schuft. Mein Geburtstagsgeschenk.«

»Ein Geschenk? Vielleicht trage ich es ja an meinem Körper. Du musst es nur finden.«

»Leibesvisitation?«, fragte sie und ihre Hände wanderten von den Knien aufwärts die Innenseiten seiner Schenkel entlang, fuhren nach außen und tasteten seine Hosentaschen ab. »Ich glaube, ich bin schon fündig geworden. Ist es das?«, fragte sie, während ihre rechte Hand in seiner Hosentasche verschwand und das Samtsäckchen ertastete.

»Schau nach. Falls du es nicht behalten möchtest, kannst du es ja einfach wieder dahin zurücklegen, wo du es gefunden hast.«

Er bildete sich ein, ihre Finger ein wenig zittern zu sehen, während sie die zu einer Schleife gebundene goldene Kordel lösten.

Sie öffnete das Säckchen. Die einzelnen Seitenteile fielen auseinander, wie die Blätter einer sich öffnenden Blüte, in deren Innerem ein silbernes Herz lag, dessen geschwungener Rand mit kleinen Steinen besetzt war, die in der Morgensonne funkelten.

»Es ist wunderschön«, strahlte sie, während sie das Herz an der dazugehörigen Kette anhob. Sie schlang ihre Arme um seinen Hals und küsste ihn. »Hilfst du mir?« Sie hielt ihm die geöffnete Kette hin.

Karim legte die Kette um ihren Hals und nickte bestätigend. Die Kette war so lang, dass das Herz in den Tiefen ihrer Bluse verschwand.

»Da werden meine Kollegen aber staunen.«

»Ich hoffe ja nicht, dass du ihnen so tiefe Einblicke gewährst.«

»Was dagegen?« Sie öffnete zwei Knöpfe ihrer Bluse und Karim konnte das funkelnde Herz über dem Ansatz ihrer Brüste baumeln sehen.

»Allerdings«, grinste er und zog sie so dicht zu sich heran, dass ihr Busen gegen seinen Brustkorb drückte und seine Lippen ihr Ohrläppchen berührten. »Happy Birthday, Darling.« Leidenschaftlich küsste er ihren Hals.

»Wir müssen los«, hauchte sie. »Wir sind sowieso schon spät dran.« Doch ihr Widerstand erlosch ebenso schnell, wie er aufgekommen war.

Erst eine halbe Stunde später standen sie auf dem Bürgersteig vor der Haustür und verabschiedeten sich voneinander.

KAPITEL 32

Gute eineinhalb Stunden nach seinem unsanften Erwachen betrat Karre das Gemeinschaftsbüro. Viktoria, Karim und Willi saßen bereits am Besprechungstisch. Ihre Gesichter verrieten, dass irgendetwas passiert sein musste, was ihnen sichtlich gute Laune bereitete.

»Was ist denn mit euch los?«, fragte der Hauptkommissar und ließ sich ebenfalls auf einem der rund um den Tisch stehenden Stühle nieder. »Habt ihr Goeßlings Mörder gefasst?«

»Das leider nicht. Aber schau mal, was wir hier haben.« Viktoria schob ihm eine graue Aktenmappe zu.

»Was ist das?«

»Das ist die Ermittlungsakte Oliver Redmann. Genauer gesagt, eine Kopie davon.«

»Aha.« Karre griff nach dem Dokument und blätterte flüchtig durch die Seiten. »Und woher habt ihr das?«

»Willi hat es gestern Abend von Grass bekommen«, erklärte Karim.

Karre sah seinen ehemaligen Chef und Mentor tadelnd an. »Was genau von, ich-kümmere-mich-um-Redmann-und-ihr-euch-um-Goeßling hast du nicht verstanden? Mensch Leute, ihr müsst euch wegen mir nicht alle in Schumachers Ungnade begeben.«

»Scheiß auf Schumacher«, antwortete Willi trocken. »Ich wollte wissen, was in dieser Akte steht. Also habe ich mit Paul gesprochen. Dummerweise musste er zwischendurch mal kurz raus.«

»Lass mich raten: Die Akte hat er zufällig neben dem Kopierer liegenlassen?«

»Wenn du das sagst.«

»Also gut. Und? Habt ihr sie euch schon angesehen?«

»Viktoria und Karim haben gestern noch ziemlich lange hier gesessen und sich darum gekümmert. Und ich finde, es hat sich gelohnt. Oder?« Willi sah die beiden abwechselnd an.

»Unbedingt.« Viktoria nahm Karre die Akte aus der Hand, blätterte bis zu einer bestimmten Seite vor und gab sie ihrem Chef zurück. »Hier. Schau dir das mal an.«

»Das Zahnprofil von Oliver Redmann?«

»Genau.«

»Und?«

»Die Ermittler haben es damals von seinem Zahnarzt bekommen.«

»Logisch. Von wem auch …« Karre verstummte, als sein Blick auf den in der rechten oberen Ecke stehenden Namen fiel. »Leck mich am Arsch!« Er legte die Akte zurück auf den Tisch. »Christian Goeßling war Oliver Redmanns Zahnarzt?«

»Das ist ein Knaller, oder?«, fragte Karim, während Willi Hellmann schweigend auf seinem Platz saß und strahlte, wie ein Honigkuchenpferd.

»Das bedeutet, wir können am Fall »Oliver Redmann«

dranbleiben, während wir im Mord an Rudolf Goeßling ermitteln«, triumphierte Viktoria.

Karre schüttelte den Kopf. »Immer langsam«, bremste er die Euphorie seiner Kollegen. »Dazu müssten wir Schumacher von dieser Verbindung berichten. Und das werden wir schön bleiben lassen, sonst reißt sich Notthoff den Goeßling-Mord auch noch unter den Nagel.«

»Was schlägst du vor?«, fragte Hellmann.

»Offiziell werden wir weiterhin genau das tun, was Schumacher von uns verlangt. Sprich: Wir kümmern uns um Goeßling. Alle Nachforschungen in Sachen Redmann müssen unterhalb Schumachers Radar erfolgen. Jedenfalls so lange, bis wir ihm etwas Handfestes präsentieren können.« In diesem Augenblick vibrierte Karres Mobiltelefon. Er entschuldigte sich und zog das Gerät heraus. Stirnrunzelnd las er den Text der eingegangenen Nachricht, bevor er das Gerät für alle sichtbar vor sich auf den Tisch legte.

»Und?«, fragte Viktoria. »Lässt du uns an – was auch immer – teilhaben?«

»Die Nachricht ist von Corinna.«

»Und? Was ist los? Hat sie Heimweh nach ihrem Lieblingsteam?«

»Das mit Sicherheit. Aber sie wollte etwas anderes.«

»Dann spann uns nicht so auf die Folter! Was ist los?«, drängte Karim seinen Chef.

»Corinna schreibt, dass Notthoff im Laufe des Tages Taucher zu den Überresten von Oliver Redmanns Segelboot schicken will. Er hofft, dort etwas zu finden, das Martin Redmanns Sohn dort möglicherweise versteckt hat.«

»Mist!«, fluchte Karim. »Wenn er damit tatsächlich Erfolg hat, sind wir raus. Dann ist er uns um Meilen voraus.« Er betrachtete Karre, der aufstand, sich einen

Kaffee einschenkte und sichtlich entspannt an den Tisch zurückkehrte. »Was ist denn mit dir los? Interessiert dich das alles plötzlich nicht mehr?«

»Doch, schon.«

»Aber?«

»Notthoff soll seine Taucher ruhig da runter schicken. Sie werden nichts finden.«

»Aha. Und was macht dich da so sicher?«

Karre grinste. »Im Gegensatz zu ihnen weiß ich genau, wonach sie suchen.«

Karim verdrehte genervt die Augen. »Und? Lässt du uns an dieser Erkenntnis teilhaben, oder müssen wir vorher vor dir auf die Knie fallen?«

»Keine schlechte Idee. Aber ich denke, diese Schmach erspare ich euch. Sie suchen das hier!« Lächelnd legte er etwas in die Mitte des Besprechungstisches.

Viktoria, Karim und Willi starrten mit offenen Mündern auf den kleinen Schlüssel.

»Woher…?« Es war Viktoria, die als erste die Sprache wiederfand.

»Aus dem Wrack der Stella.«

Viktoria sah ihn kopfschüttelnd an und ließ sich langsam gegen die Rückenlehne ihres Stuhls sinken. »Ich fasse es nicht.«

»Wie um alles in der Welt …«, begann Karim, brach den Satz aber ab.

»Siehst du, genau deswegen habe ich dich zu meinem Nachfolger gemacht.« Willi Hellmann erhob sich aus seinem Stuhl, ging zu Karre und klopfte ihm anerkennend auf die Schulter. »Du hast es einfach im Blut. Dann erzähl doch mal.«

Niemand unterbrach ihn, während Karre ausführlich von der nächtlichen Tauchaktion berichtete. Am Ende seiner Ausführungen nahm er den Schlüssel vom Tisch und warf ihn Viktoria zu, die ihn geschickt auffing. »Ich gehe jede Wette ein, dass der Schlüssel zu einem Bankschließfach gehört. Schau mal, ob du rausbekommst, wo dieses Schließfach ist. Karim, du stellst bitte weiter Nachforschungen über Dr. Christian Goeßling an. Trage alles zusammen, was du irgendwie auftreiben kannst. Was seine Verbindung zu Oliver Redmann betrifft, glaube ich nicht an einen Zufall.«

»Und was mache ich?«, fragte Hellmann. »Die Füße hochlegen?«

»Von wegen. Du kommst mit mir.«

»Was steht auf dem Plan?«

»Zuerst schauen wir bei Talkötter vorbei und anschließend machen wir einen Hausbesuch.«

KAPITEL 33

Das Team von Jo Talkötter hatte sich versammelt und schien ziemlich ausgelassener Stimmung. Auf einem der Arbeitstische standen ein Tablett mit Gebäck und Brötchen sowie Sekt und Orangensaft. Talkötter selbst biss gerade in einen üppig belegten Sesambagel, als die beiden Hauptkommissare die unterirdische Wirkungsstätte der Kriminaltechnik eine halbe Stunde später betraten.

»Ah, die Kollegen von der Front«, rief Talkötter mit vollem Mund. »Habt ihr gerochen, dass es bei uns was zu essen gibt?«

»Waren wir nicht eingeladen?«, scherzte Karre. »Aber im Ernst, gibt´s was zu feiern? Hat jemand Geburtstag?«

»Kein Geburtstag.« Talkötter schluckte den Rest des Bagels hinunter und wischte sich den Mund mit dem Handrücken ab. »Wir feiern Sashas Einstand.«

Karre sah sich um und entdeckte die Person, von der er bisher nicht mit Bestimmtheit hatte sagen können, ob es sich um einen Mann oder eine Frau handelte. Im Gegensatz zu ihrer ersten Begegnung, trug Sasha heute keine Mütze, so dass Karre erstmals die von hellen Strähnen durchzogene und recht flippige Fransenfrisur sah. In Sashas rechten Ohrläppchen zählte er ein halbes Dutzend silberner Ringe, auf der anderen Seite waren es derer lediglich drei. Alles in allem tendierte Karre dazu, dass es sich beim Phänomen »Sasha« tatsächlich um eine Kollegin handelte. Wirklich sicher war er sich allerdings nicht. »Dann auch von unserer Seite noch mal herzlich willkommen!«, rief er der vermeintlichen Kollegin zu. »Dann auch von unserer Seite noch mal herzlich willkommen!«, rief er ihr zu. »Wenn wir gewusst hätten, dass hier gerade eine Party steigt, hätten wir auch was beigesteuert. Oder?« Er warf Willi Hellmann einen fragenden Blick zu.

»Auf jeden Fall«, sagte dieser und ließ sich auf einem freien Stuhl nieder.

»Mögt ihr was?«, fragte Sasha und deutete auf das Brötchentablett. »Ihr könnt gerne zugreifen.«

Karre schüttelte den Kopf. »Nein danke. Jo, wir müssen was mit dir besprechen. Hast du einen Moment Zeit?«

»Klar, schieß los.«

Karre sah demonstrativ zu Talkötters Leuten hinüber. Keiner von ihnen schien Notiz von ihnen zu nehmen, dennoch wandte Karre sich zu Jo um und flüsterte: »Unter sechs Augen?«

Talkötter seufzte. Wenn der Hauptkommissar derart geheimniskrämerisch tat, bedeutete das meistens nichts Gutes. Doch soweit er sich erinnerte, hatte er Karre noch nie eine Bitte abschlagen können. Ganz egal, wie seltsam sie ihm auch vorgekommen war. »Kein Problem«, erwiderte er folglich. »Gehen wir nach nebenan.«

Karre und Willi folgten dem Leiter der Kriminaltechnik in einen der Nebenräume. »Ich habe dir mal wieder was mitgebracht«, begann Karre ohne Umschweife.

»Komisch, aus irgendeinem Grund habe ich mir so was schon gedacht. Dann zeig mal her.« Seine Augen weiteten sich, als Karre einen Beutel voller Patronenhülsen aus den Tiefen seiner Jackentasche zog und ihn vor dem Kriminaltechniker auf dem Tisch ablegte. »Schon wieder?«, fragte er und verdrehte die Augen. »Sag mal, wo holst du dieses ganze Zeug her? Du kannst ja bald einen Laden damit aufmachen.«

»Schaust du´s dir bitte mal an? Mich interessiert vor allem, ob eine der Patronen aus einer Waffe abgefeuert wurde, von der wir schon Patronenhülsen in unserem Sammelsurium haben.«

»Du meinst bei dem Zeug, dass du neulich von diesem Schrottplatz mitgebracht hast?« Talkötter spielte auf eine ganze Sammlung unterschiedlicher Patronenhülsen und Projektile an, die Karre auf einem geheimen Schießplatz zusammengestellt hatte, der sich auf dem Schrottplatz des mehrfachen Mörders Sergei Cherchi befand.

»Genau das. Hast du eine Idee, wie lange ihr dafür braucht?«

»Ich werde mir wie immer Mühe geben, so schnell wie möglich zu einem Ergebnis zu kommen, dass ich euch dann umgehend mitteilen werde. Aber versprechen kann ich nichts. Notthoff kommt ständig mit neuen Anfragen um die Ecke, die natürlich alle immer höchste Priorität genießen.«

»Verstehe. Dann schau mal, wann du es dazwischenschieben kannst, ohne dass Notthoff und Schumacher Wind davon kriegen.«

Der Kriminaltechniker nahm den Beutel mit den Patronenhülsen und ließ ihn in einer der Schreibtischschubladen verschwinden. »Vielleicht heute Abend.«

Karre legte eine Hand auf die Schulter des Kollegen.

»Das wäre großartig. Sag mal, gibt es eigentlich Neuigkeiten in Sachen Redmann?«

Jo sah ihn verwundert an. »Wieso willst du das wissen? Ich denke, ihr seid raus aus der Sache.«

»Wer sagt das? Auch Notthoff?«

Talkötter nickte. »Und Schumacher. Ich habe eine E-Mail von ihm bekommen, in der er ausdrücklich darauf hinweist, dass Notthoff und sein Team die Ermittlungen in der Redmann-Sache übernommen haben. Aber um ehrlich zu sein, habe ich mich schon die ganze Zeit gefragt, wann du hier auftauchen und danach fragen würdest.«

»Das heißt, ihr habt die ballistische Analyse der Kugel, die Paul aus Redmanns Schädel geholt hat, abgeschlossen?«

»Haben wir. Aber erst gestern Abend. Ich wollte Notthoff gleich über das Ergebnis informieren. Aber so wie es aussieht, werdet ihr wohl die Ersten sein, die es erfahren. Aber haltet bloß die Klappe. Wenn das rauskommt, muss ich mich wieder mit Schumacher rumschlagen.«

»Keine Sorge. Also, was hast du rausgefunden?«

»Das Projektil aus Redmanns Schädel wurde aus der gleichen Waffe abgefeuert, wie diejenigen, die Kim Seibold und Tobias Weishaupt getötet haben. Wir haben es also mit einem alten Bekannten zu tun. Ihr wisst schon, mit diesem Nagant-Revolver von Cherchi.«

Sergei Cherchi. Sie alle hatten gesehen, dass er besagte Waffe auf dem Überwachungsvideo bei sich trug, das Martin Redmann in seinem Hotelzimmer aufgezeichnet hatte. Folglich war Sergei Cherchi auch der Mörder von Oliver Redmann. Offen blieb bis dato die Frage, ob er auch die Verantwortung für die Morde an Sandra und Hanna trug.

»Und das steht zweifelsfrei fest?«

»Zu 99,9 Prozent. Ja.«

»Das bedeutet, dass unser Freund Cherchi schon eine ganze Weile den Ausputzer gemimt hat. Immerhin ist Redmann schon vor 3 Jahren verschwunden.«

»Mich würde interessieren, ob Becker schon genauso lange in der Sache mit drin hing.« Willi Hellmann zog ein Stofftaschentuch aus seiner Hosentasche und faltete es bedächtig auseinander.

»Gute Frage, aber die werden wir so schnell wohl nicht beantworten können.« Karre sah seinem Kollegen zu, wie dieser sich einige Schweißperlen von der Stirn tupfte. »Alles in Ordnung?«

»Klar. Alles bestens.« Hellmann sah verlegen auf das Taschentuch und schob es umgehend zurück in seine Tasche.

»Willi, übernimm dich nicht«, mahnte Karre ihn.

»Keine Sorge. Wie gesagt, mir geht es blendend. Machen wir jetzt unseren Hausbesuch?«

»Hausbesuch?« Talkötter runzelte verwundert die Stirn. »Seid ihr unter die Ärzte gegangen?«

»So ähnlich.« Auf dem Weg zur Tür wandte sich Karre noch einmal zu Talkötter um. »Der Patient, um den es in diesem Fall geht, ist aber leider verstorben.«

*

Wie schon bei seinem ersten Besuch in Beckers Wohnung, dauerte es auch dieses Mal nur Sekunden, das Türschloss mit Hilfe seines Dietrichs zu überwinden. Die Reste des entfernten Polizeisiegels ließ Karre in seiner Hosentasche verschwinden. »Wenn wir gehen, kleben wir einfach ein neues dran und es sieht aus, als wären wir nie hiergewesen.«

»Und du glaubst wirklich, dass wir hier was finden?«,

fragte Hellmann. »Die Wohnung ist doch bestimmt schon durchsucht worden, oder?«

»Das weiß ich nicht. Als ich in der elektronischen Akte nachsehen wollte, wurde mir der Zugriff verweigert.«

»Schumacher macht also ernst.«

»Sieht ganz so aus. Jedenfalls hat er wirklich dafür gesorgt, dass wir in dieser Sache in Zukunft außen vor sind. Ehrlich gesagt hat mich das überrascht. Er rasselt zwar gerne mit den Säbeln, aber wenn es darum geht, wirklich zur Tat zu schreiten, ist er doch eher schwerfällig.«

»Denkst du, dass Notthoff was damit zu tun hat?«

»Hast du eine andere Erklärung? Ich glaube, er macht Schumacher ziemlich Dampf im Kessel.«

»Die Erwartungshaltung des neuen Polizeipräsidenten was Notthoffs Dezernat angeht, ist ja auch ziemlich eindeutig. Ich glaube, Notthoff steht mehr unter Druck, als er nach außen hin preisgibt.«

»Höre ich da etwa Mitleid?«

Willi lachte. »Nein, das nicht gerade. Aber ich glaube, du und ich würden kaum anders agieren, wenn wir an seiner Stelle wären.«

Karre zuckte mit den Schultern. »Ja, vielleicht hast du recht. Trotzdem lasse ich mir von ihm so schnell nichts vorschreiben. Ich habe Hanna geschworen, ihren Mörder zu finden. Und davon lasse ich mich ganz sicher nicht von so einem aufgeblasenen, karrieregeilen Arschloch wie Notthoff abhalten.«

»Ich kann dich ja verstehen. Aber pass trotzdem auf, dass du dich da nicht in was verrennst. Und jetzt lass uns zusehen, dass wir hier fertig werden.«

Eine gute halbe Stunde lang hatten sie Beckers Wohnung durchsucht, ohne dabei auf irgendetwas Interessantes zu stoßen, als Karre sich die Schubladen der im Schlafzimmer stehenden Kommode vornahm. Unter einem Stapel weißer T-Shirts entdeckte er einen schmalen Papphefter, wie er ihn selbst für seine Kontoauszüge benutzte. Er nahm ihn heraus und ohne zu wissen, wonach genau er suchte, begann er darin zu blättern. Abgesehen von Beckers monatlichem Gehaltseingang gab es keinerlei Habenbuchungen. Keine Bareinzahlungen oder irgendetwas, das Karres Misstrauen erregt hätte. Seite für Seite glitt sein Zeigefinger über die Buchungstexte. Irgendwann drehte er sich zu Willi um, der hinter ihm den Kleiderschrank durchsuchte. »Sag mal, wusstest du, dass Becker einen Schrebergarten gepachtet hat?»

»Einen Schrebergarten? Becker?«, fragte Willi, der Holger Becker allerdings nicht persönlich, sondern lediglich aus Karres Erzählungen kannte. »Nachdem was du mir über ihn erzählt hast, hätte ich ihn nicht für einen Hobbygärtner gehalten.«

»Eben.«

»Wie meinst du das?«

»Wenn es Becker nicht um die Gartenarbeit gegangen ist, wovon ich ausgehe, kann es aus meiner Sicht nur einen einzigen Grund geben, warum er sich so einen Garten pachtet.«

Hellmann sah ihn verständnislos an.

»Im Regelfall steht in so einem Garten was?«

»Bäume?«

»Ja, genau. Bäume. Mensch Willi, ich glaube, dir ist der vorübergehende Ruhestand nicht bekommen. Ich rede nicht von Bäumen, sondern von diesen Hütten. Aus Holz oder gemauert. Ganz egal. Auf jeden Fall steht in den meisten dieser Gärten so ein Ding.«

»Und du glaubst, er könnte dort etwas versteckt haben, was er nicht in seiner Wohnung haben wollte?«

»Wäre doch möglich, oder?«

Hellmann überlegte. »Klar, warum nicht. Hast du denn

eine Ahnung, wo sich dieser Schrebergarten befindet?«

Karre tippte mit dem Finger auf den Kontoauszug. »Steht im Verwendungszweck.«

»Na dann, worauf warten wir?«

Karre hob beschwichtigend die Hände. »Immer langsam. Ich habe gleich einen Termin. Ich setze dich vorher am Präsidium ab. Diese Hütte können wir uns später immer noch vornehmen.«

»Ich könnte alleine hinfahren und mich mal umsehen.«

»Hey, vergiss es. Kommt nicht infrage. Du glaubst doch nicht, dass ich mir das entgehen lasse, oder?« Er steckte den Hefter mit den Kontoauszügen in die Innentasche seiner Jacke.

»Und was ist, wenn Notthoff ebenfalls Wind von der Existenz des Gartens bekommt? Nicht, dass er uns zuvorkommt.«

»Darüber würde ich mir keine Sorgen machen. Ich glaube, der ist mit seiner geplanten Tauchaktion mehr als ausgelastet.«

KAPITEL 34

Franziska, die blonde und überaus attraktive Assistentin von Dr. Stephan Engelhardt führte Karre in denselben Besprechungsraum, den Karre schon von ihrem ersten Aufeinandertreffen kannte: Zollverein.

»Möchten Sie einen Kaffee?«

»Von Ihnen immer«, antwortete Karre. Und weil er merkte, dass die Antwort deutlich anrüchiger klang, als er es beabsichtigt hatte, fügte er schnell hinzu: »Ihr Kaffee ist wirklich Weltklasse. Ich kann verstehen, dass Ihr Chef verrückt danach ist.«

»Dann bringe ich Ihnen gerne einen.« Mit einem süffisanten Lächeln auf den Lippen machte sie kehrt und ließ Karre alleine in dem weitläufigen Raum zurück.

Während er dastand und eines der modernen Gemälde betrachtete, für die Engelhardt ganz sicher ein Vermögen hingeblättert hatte, die Karre aber nie und nimmer in den eigenen vier Wänden hätte aufhängen wollen, dachte er noch einmal über die Ereignisse der letzten Tage nach.

Den Mord an Rudolf Goeßling, die Bombe auf der SY STELLA und damit verbunden – Barkmanns Tod. Barkmann, der vermeintliche Journalist, der ihm schon mehrfach Informationen zugespielt hatte und der sich im Nachhinein als verdeckter Ermittler des BKA entpuppt hatte. Auf die Unterlagen, die Karim und er in Barkmanns Wohnung gefunden hatten, hatten sie keinen Zugriff. Sie befanden sich bei Notthoff und seinen Leuten. Vielleicht konnte er Corinna bitten, ihn einen Blick auf die Sachen werfen zu lassen? Vielleicht heute Abend? Oder er konnte sie bitten, die Unterlagen für ihn zu fotografieren. Andererseits wollte er seine jüngste Mitarbeiterin auch nicht in eine derartige Lage bringen. Sie hatte ihn darüber informiert, dass Notthoff am Wrack der STELLA tauchen lassen wollte. Schön und gut. Aber war es richtig, ihre Verbundenheit gegenüber ihrem alten Team dermaßen auszunutzen? Und dann war da noch die plötzlich wieder aufgetauchte Leiche von Oliver Redmann.

»Hauptkommissar Karrenberg«, riss die ruhige Bassstimme von Dr. Stephan Engelhardt, Viktorias potenziellem Schwiegervater in spe, Karre aus seinen Gedanken.

Er fuhr herum.

»Was führt Sie denn dieses Mal zu mir? Haben Sie neue Theorien entwickelt, in welche Verbrechen meine Kanzlei und ich involviert sind?« Er lächelte, doch Karre entging nicht der scharfe Raubtierblick, mit dem Engelhardt sein Gegenüber musterte. Er deutete auf die Sitzgruppe, auf der sie schon ihr letztes Gespräch geführt hatten. »Bitte, setzen Sie sich. Franziska bringt uns einen Kaffee.«

Und nachdem sie Platz genommen hatten, fuhr er fort: »Also, mal im Ernst: Was kann ich für Sie tun?«

»Haben Sie schon gehört, dass wir die Leiche von Oliver

Redmann gefunden haben?«

Engelhardt hob die Augenbrauen. »Olivers Leiche? Nein, das wusste ich nicht. Darf ich fragen … wo Sie sie gefunden haben?«

»Unter seiner Segelyacht.«

»Unter seiner … Und nach all den Jahren konnten Sie ihn noch identifizieren?«

»Ja, sein Mörder hat den Leichnam dankenswerterweise gut verpackt.«

»Sein Mörder? Das heißt, er hat keinen Selbstmord begangen?«

Karre erinnerte sich, wie Engelhardt bei seinem letzten Besuch die Theorie geäußert hatte, dass Oliver Redmann psychisch labil gewesen war und sich vermutlich irgendwo von einer Brücke gestürzt haben könnte. »Nein, hat er nicht. Das beweist übrigens nicht nur die Tatsache, dass man sich große Mühe gegeben hat, seine Leiche zu verpacken, sondern auch das Loch in seinem Hinterkopf.«

»Ein Loch? Das heißt, er wurde erschlagen?«

»Erschossen.«

»Oh Mann. Und ich habe tatsächlich all die Jahre geglaubt, er hätte sich das Leben genommen.«

Die Tür des Besprechungszimmers öffnete sich und Franziska servierte ihnen Kaffee und Wasser. Karre sah ihr nach, während sie auf ihren hohen Absätzen elegant in Richtung Tür davonstolzierte.

»Nicht schlecht, nicht wahr?«, fragte Engelhardt und Karre wandte seinen Blick peinlich berührt von Franziskas wohlgeformtem Hintern ab. »Der Kaffee«, ergänzte Engelhardt grinsend und Karre gab sich größte Mühe, nicht zu erröten.

»In der Tat«, antwortete er und gönnte sich einen Schluck des heißen Getränks. »Wissen Sie, was das Beste an der Sache ist?«, fragte Karre und stellte die Tasse auf dem Tisch ab.

»Dass Sie diesen hervorragenden Kaffee jedes Mal gratis bekommen?«

»Dass wir bereits wissen, wer Oliver Redmann getötet hat.«

Jetzt war es an Engelhardt, seine Gesichtsfarbe unter Kontrolle zu halten. Auch er stellte die Kaffeetasse ab. »Aber das ist doch wunderbar. Und? Wer ist es? Oder dürfen Sie es mir nicht verraten?«

Karre dachte einen kurzen Augenblick nach. Sollte er Engelhardt reinen Wein einschenken, oder war es besser, die Identität des Mörders noch eine Weile für sich zu behalten? »In der Tat, darf ich Ihnen dazu nichts sagen, solange die Ermittlungen nicht offiziell abgeschlossen sind. Allerdings kann ich Ihnen verraten, dass die derzeitige Faktenlage meine Vorbehalte Ihnen gegenüber nicht gerade aus dem Weg geräumt hat. Ganz im Gegenteil. Um es offen zu sagen: Ich glaube nach wie vor, dass Sie Ihre Finger in der Sache haben. Und wenn dem so ist, werde ich das beweisen und dafür sorgen, dass Sie dahin wandern, wo Sie hingehören.« Ihm war klar, dass Engelhardt ihn nach dieser Provokation rausschmeißen würde. Und da Franziskas wunderbarer Kaffee zu schade zum Wegschütten war, griff er nach seiner Kaffeetasse und leerte sie ohne abzusetzen.

»So, das reicht«, sagte Engelhardt erwartungsgemäß und erhob sich von seinem Platz. »Sie bleiben bitte hier und warten, bis man Sie abholt und nach draußen geleitet. Ich gehe davon aus, dass Sie sich hier nicht wieder blicken lassen. Andernfalls werde ich dafür sorgen, dass Sie im Polizeidienst zukünftig kein Bein mehr auf den Boden bekommen. Sie glauben doch nicht ernsthaft, dass ich mich von derart abstrusen und abwegigen Beschuldigungen einschüchtern lasse. Herr Karrenberg, ich wünsche

Ihnen alles Gute.« Er ging zur Tür und bevor er sie aufzog und verschwand, drehte er sich noch einmal zu Karre um. »Übrigens: Mein herzliches Beileid zum Tod Ihrer Tochter. Ich habe davon gehört. Es tut mir leid.« Dann war er verschwunden.

Karre kochte vor Wut und gleichzeitig bedauerte er, vermutlich nie wieder einen von Franziskas hervorragenden Kaffees trinken zu können.

*

Seit mehr als einer Stunde stand Alexander Notthoff auf den Holzplanken des Steges und beobachtete mit versteinerter Miene, wie die Luftblasen von einem halben Dutzend Polizeitauchern in regelmäßigen Abständen an die Oberfläche stiegen. Wieso in Dreiteufelsnamen dauerte es dermaßen lange, bis sie etwas fanden? Irgendetwas! Selbst wenn es sich hinterher als unbrauchbar erwies. Aber irgendetwas musste da unten doch sein.

Erst als er direkt unter sich aufsteigende Blasen bemerkte, erwachte er aus seiner Lethargie. Wenige Augenblicke später erschien der die Luftblasen ausstoßende Taucher an der Oberfläche.

»Da unten ist nichts«, sagte er, nachdem er den Atemregler aus dem Mund genommen hatte. Und selbst wenn, würden wir es bei der beschissenen Sicht vermutlich nicht finden. Das ist die Suche nach der Nadel im Heuhaufen.«

»Das ist mir egal. Ich bin mir sicher, dass da etwas ist«, ranzte Notthoff ihn an, kramte eine Schachtel Marlboro aus der Hosentasche und zündete sich eine Zigarette an.

»Sagen wir mal so: Direkt unter Ihnen liegt ein ziemlich großer Haufen Schrott. Das ist wirklich allerhand Zeug. Wenn Sie mich fragen, hat das jemand vor uns aus dem Wasser gefischt und anschließend an dieser Stelle wieder reingeworfen.«

Notthoffs Augen weiteten sich, während er den Rauch seiner Zigarette inhalierte und ihn langsam durch die Nasenlöcher hinausblies. »Und warum sagen Sie das erst jetzt? Sie und Ihre Leute dümpeln seit über einer Stunde da unten rum«, sagte er mit ruhiger, aber nicht minder bedrohlich klingender Stimme.

»Weil ich es erst beim Auftauchen gesehen habe. Wie gesagt, die Sicht ist ziemlich bescheiden.«

»Okay, kommen sie raus. Das war´s.« Ohne dem Taucher weitere Beachtung zu schenken, drehte er sich um und ging Richtung Ufer davon. Kurz bevor er das Ende des Steges erreicht hatte, blieb er stehen und schnippte die Zigarette ins Wasser, wo sie zischend erlosch.

Auf dem Weg zu seinem Wagen gab plötzlich der Boden unter ihm nach. Augenblicklich spürte er die kalte Nässe, die seine Schuhe und Socken durchdrang. Er blickte an sich hinab. Bis zu den Fußknöcheln stand er in einer zwischen hohem Gras unsichtbaren Schlammpfütze. Fluchend trat er einen Schritt zurück und hatte sofort wieder festen Boden unter den Füßen.

Er ballte die Hände zu Fäusten, bis sich die Knöchel weißfärbten, und zischte durch zusammengebissene Zähne hindurch: »Karrenberg!«

KAPITEL 35

Karre stellte den Wagen auf dem nahezu leeren Parkplatz vor dem kammförmigen Gebäudekomplex ab und wollte in Richtung des Eingangs marschieren, als ein schwarzes SUV heranrauschte und unmittelbar neben ihm mit quietschenden Reifen zum Stehen kam. Die Fahrertür flog auf und Alexander Notthoff sprang aus dem Fahrzeug. Er warf die Tür zu. Begleitet von einem satten Schmatzen der Gummidichtungen krachte sie ins Schloss. Es bedurfte keiner besonderen Menschenkenntnis zu erkennen, dass Notthoff vor Wut kochte.

Der Hauptkommissar musterte den Leiter des Dezernats für Organisierte Kriminalität und dessen gewohnt makellosen Kleidungsstil. Makellos, bis auf seine Schuhe. »Wo kommen Sie denn her?« Er konnte sich ein Grinsen nicht verkneifen, während er auf die schlammverschmierten Schuhe des Kollegen deutete. »Haben Sie einen Misthaufen bestiegen?«

»Karrenberg, ich warne Sie! Treiben Sie es nicht auf die

Spitze!«, schnaufte Notthoff, wobei eine gehörige Portion Speichel in Karres Richtung spritzte. »Es reicht schon, dass Sie sich nicht an Schumachers Anweisungen halten. Wenn Sie jetzt auch noch glauben, mich mit dummen Sprüchen provozieren zu müssen, werden Sie mich kennenlernen. Und was den Misthaufen betrifft: Der mit Abstand größte Misthaufen weit und breit ist hier in diesem Gebäude untergebracht.« Er deutete auf den hinter ihnen liegenden Eingang.

»Na, na. Jetzt werden Sie aber mal nicht ausfallend. Ganz abgesehen davon, dass ich nicht die geringste Ahnung habe, wovon Sie überhaupt reden. Was meinen Sie damit, dass wir uns nicht an Schumachers Anweisungen halten? Soweit mir bekannt ist, haben Sie den Fall Redmann doch offiziell übernommen. Oder etwa nicht? Machen Ihre Ermittlungen denn wenigstens Fortschritte?«

»Verarschen Sie mich nicht«, fauchte Notthoff. »Ich weiß genau, dass Sie oder Ihre Leute an dem Wrack waren. Ich habe zwar keine Ahnung, wen sie da runtergeschickt haben, aber wenn Sie etwas gefunden haben, ist es Ihre Pflicht, Schumacher und mich darüber zu informieren und Ihren Fund auszuhändigen. Oder wollen Sie sich ernsthaft der Unterschlagung von Beweismaterial schuldig machen? Dann ist Ihre Karriere schneller beendet, als Sie sich vorstellen können.«

»Sorry, aber ich weiß immer noch nicht, wovon Sie reden.« Ohne Notthoff weiter zu beachten, schob Karre sich an ihm vorbei Richtung Gebäudeeingang.

»Glauben Sie bloß nicht, dass Sie damit durchkommen! Glauben Sie das ja nicht!«

Zufrieden trat Karre durch den Eingang der alten Polizeischule und warf die schwere Drahtglastür hinter sich ins Schloss. Die Konfrontation mit dem Leiter des OK-

Dezernats hatte seinen Kampfgeist geweckt. Zwar wäre es ihm lieber gewesen, wenn Notthoff keinen Verdacht hinsichtlich seiner nächtlichen Tauchaktion geschöpft hätte, aber so war es auch okay. Dieser Wichtigtuer würde ihm und seinem Team nicht die Show stehlen. Ganz egal, ob er unter Schumachers persönlicher Protektion stand und irgendeinen Deal mit dem Polizeipräsidenten gemacht hatte. So einfach gaben sie sich nicht geschlagen. Notthoff sollte sich noch wundern, wozu sie fähig waren.

*

In den darauffolgenden Minuten berichtete Karre von seinem Besuch bei Stephan Engelhardt und von der eben erst stattgefundenen Konfrontation mit Alexander Notthoff. Bei Willi Hellmann und Karim sorgten seine Schilderungen für herzhaftes Gelächter, während Viktoria sich auffallend bedeckt hielt.

»Was ist los mit dir?«, fragte Karre, dem der nachdenkliche Blick seiner Kollegin nicht entgangen war.

»Ich bin mir nicht sicher, ob wir Alexander derart provozieren sollten. Ich glaube, er ist nicht zu unterschätzen.«

»Ach richtig, ihr seid ja schon per du«, erwiderte Karre mit einer gehörigen Portion Sarkasmus, für die er prompt einen vernichtenden Blick von Viktoria erntete. »Überlegst du eigentlich immer noch, in sein Team zu wechseln?« Er erinnerte sich nur allzu gut an den nächtlichen Anruf seiner Kollegin. In dem kurzen Gespräch hatte

Vicky ihm Notthoffs Versuche gebeichtet, sie zu einem Wechsel in sein Team zu bewegen.

Nun begannen ihre Augen bedrohlich zu funkeln und verengten sich zu Schlitzen. »Glaubst du ernsthaft, dann säße ich noch hier? Ich wollte lediglich sagen, dass wir uns möglicherweise ins eigene Fleisch schneiden, wenn wir ihn dermaßen anpieksen.«

»Karre, ich finde, Vicky hat recht. Wir sollten vorsichtig sein«, sagt Karim nachdenklich.

»Na prima.« Er sah Willi an. »Und? Was ist deine Meinung? Ziehst du auch den Schwanz ein?«

Willi sah ihn einen Augenblick lang schweigend an, bevor er sich von seinem Stuhl erhob. »Komm mal mit.« Er deutete in Richtung der Tür und fügte dann hinzu: »Bitte.«

Ohne etwas zu erwidern, folgte Karre seinem früheren Chef hinaus auf den Flur. Er wusste, dass er ihm viel zu verdanken hatte. Nicht nur seine Position als Leiter des Dezernats, sondern auch im Hinblick auf seine persönliche Entwicklung.

Willi war für Karre von seinem ersten Tag im Dezernat für Gewalt- und Tötungsdelikte an mehr gewesen als ein Vorgesetzter. Und im Laufe der Jahre war er von seinem persönlichen Mentor zu einem echten Freund geworden. Daran dachte er, als Willi die Bürotür hinter sich zuzog und Karre mit festem Blick ansah.

»Mein lieber Freund, jetzt hör mir mal zu! Ich weiß, dass du im Augenblick unter ungeheurem Druck stehst. Hanna ist gestorben und du hast dir verständlicherweise in den Kopf gesetzt, ihre Mörder zu finden. Und ich muss zugeben, vielleicht stehen die Chancen, dass wir das tatsächlich schaffen, besser denn je. Jedenfalls dann, wenn wir mit deiner Engelhardt-Theorie nicht vollkommen auf dem Holzweg sind.

Aber in dieser ganzen Geschichte gibt es zwei Dinge, die wir überhaupt nicht gebrauchen können. Das Eine ist ein Stellungskrieg mit Notthoff. Er hat im Moment Narrenfreiheit und das missfällt mir genauso wie dir. Aber wenn wir uns öffentlich mit ihm anlegen, werden wir den Kürzeren ziehen. Ergo solltest du alles dransetzen, dich ihm gegenüber unter Kontrolle zu halten.

Ich weiß, dass du unter Schumachers Radar Nachforschungen anstellst, von denen du im Augenblick besser die Finger lassen solltest. Bitte missverstehe mich nicht. Ich habe vollstes Verständnis dafür. Ich an deiner Stelle würde nicht anders handeln. Gleiches gilt übrigens auch für Viktoria und Karim. Die beiden sind großartig und stehen voll und ganz hinter dir. Sie sind für jede Schandtat zu haben. Und warum? Weil sie dir bedingungslos vertrauen. Und wenn du mir die Bemerkung erlaubst: Insbesondere bei Viktoria verdient das den größten Respekt. Schließlich bist du drauf und dran, ihrer zukünftigen Familie gehörig an den Karren zu pinkeln.« Er sah Karre entschuldigend an. »Sorry, das Wortspiel war nicht meine Absicht. Aber verstehst du, was ich dir damit sagen will? Du solltest mit allen Mitteln verhindern, dass wir uns innerhalb unserer Truppe gegenseitig angreifen. Der Druck von außen auf unser Team ist auch so schon groß genug. Interne Querelen, ganz egal welcher Art, können und sollten wir uns nicht erlauben.«

Karre, der bis dahin kein einziges Wort gesagt hatte, fragte betreten: »Und? Was schlägst du jetzt vor? Soll ich mich von Schumacher beurlauben lassen?«

Hellmann schüttelte den Kopf. »Das ist der größte Quatsch, den ich jemals aus deinem Mund gehört habe.«

»Was dann?«

»Du gehst jetzt mit mir da rein, entschuldigst dich bei Viktoria und Karim und nimmst dich in Zukunft ein bisschen zurück, wenn du mit Notthoff oder Schumacher zusammentriffst.«

»Okay.« Karre legte die Hand auf die Türklinke, hielt aber noch einmal inne, bevor er sie hinunterdrückte.

»Willi?«

»Ja?«

»Danke.«

Nach dem reinigenden Gewitter innerhalb des Teams war die Luft auf einen Schlag wieder frisch und klar. Karim berichtete, mit den Nachforschungen über Dr. Christian Goeßling ein ganzes Stück weitergekommen zu sein, bat für die Vorstellung seiner Ergebnisse aber noch um eine Frist bis zum nächsten Morgen. Insbesondere, weil er Sila versprochen hatte, den heutigen Abend mit ihr zu verbringen. Ein Versprechen, dass er mit Blick auf ihren Geburtstag keinesfalls brechen wollte.

Viktoria berichtete von einem erst vor einer Stunde geführten Telefonat mit Jo Talkötter. Der Kriminaltechniker hatte berichtet, dass die Analyse der im Abfluss gefundenen Zahnseide ergeben hatte, dass es sich bei dieser mit an Sicherheit grenzender Wahrscheinlichkeit um die Mordwaffe handelte. Jedenfalls konnte Talkötter neben Blut auch jede Menge Hautpartikel nachweisen, die ohne Zweifel ebenfalls von dem Ermordeten stammten. Nach Rücksprache mit Paul Grass vermutlich von Goeßlings Hals.

»Und jetzt?«, fragte Karim, nachdem Viktoria ihre Ausführungen beendet hatte.

»Du fährst zu Sila und machst dir mit ihr einen schönen Abend. Willy, wenn du nichts Unaufschiebbares mehr zu tun hast, solltest du auch Schluss machen. Ich werde Beckers Hütte einen inoffiziellen Besuch abstatten. Vicky, wenn du magst, kannst du gerne mitkommen. Sonst sieh zu, dass du nach Hause kommst.«

»Ich komme mit«, antwortete Viktoria, ohne auch nur eine Sekunde darüber nachzudenken.

»Okay. Dann sehen wir anderen uns morgen in alter Frische. Karim, dir und Sila einen schönen Abend.«

KAPITEL 36

»Hallo! Ich bin zu Hause!« Karim zog die Wohnungstür hinter sich ins Schloss und lauschte. Keine Antwort. »Schatz?« Stille. »Sila?« Noch immer keine Reaktion.

Er ging in die Küche, wo er zu seiner Überraschung feststellte, dass das Geschirr vom Frühstück noch immer auf dem Tisch stand. Normalerweise räumte Sila es weg, wenn sie vor ihm von der Arbeit nach Hause kam, was zugegebenermaßen meistens der Fall war. Sollte sie tatsächlich noch nicht zurück sein, obwohl er sie ausdrücklich darum gebeten hatte, pünktlich zu kommen?

Er griff in die Innentasche seines Sakkos und zog die beiden Eintrittskarten für das Centro-Theater in Oberhausen heraus. In spätestens eineinhalb Stunden mussten sie aufbrechen, hatten also noch mehr als genügend Zeit. Und trotzdem wunderte er sich, dass Sila ausgerechnet an ihrem Geburtstag später nach Hause kam, als an gewöhnlichen Tagen.

Auf dem Weg ins Wohnzimmer öffnete er die in das

verwaiste Schlafzimmer führende Tür. Er konnte sich das Lächeln nicht verkneifen, als er die zerknautschte Bettdecke sah. Obwohl sie schon über zehn Jahre zusammen waren, waren sie verliebt wie am ersten Tag.

»Sila?«, rief er noch einmal, während er ins Wohnzimmer ging. Auch dort fand er alles exakt so vor, wie sie es am Morgen zurückgelassen hatten.

Er zog das Handy aus der Hosentasche und wählte Silas Büronummer aus der Favoritenliste aus. Nach wenigen Augenblicken ertönte das Freizeichen, doch Sila nahm das Gespräch nicht an. Auch hielt es offenbar keine ihrer Kolleginnen für nötig, in die Leitung zu gehen, um das Gespräch zu übernehmen. Er legte auf und wählte Silas Mobilnummer. Nach mehreren Freizeichen schaltete sich die Mailbox an.

»Hallo Schatz, ich wollte nur fragen, wann du zu Hause bist. Ich bin hier und warte auf dich. Denk dran, ich habe noch eine Überraschung. Und die wartet leider nicht auf uns. Also, beeil dich und bis gleich!« Er legte auf, schob das Handy zurück in die Hosentasche und ging in die Küche, wo er zunächst das herumstehende Geschirr in die Spülmaschine räumte und sich anschließend einen Kaffee aus der noch etwa halbvollen Thermoskanne einschenkte.

Während er trank, blickte er aus dem Fenster. Die Kronen der entlang der Straße stehenden Bäume waren derart dicht, dass die Häuser auf der gegenüberliegenden Straßenseite kaum noch zu sehen waren. Eine Krähe hockte auf einem der Äste und schien ihn interessiert zu beobachten. Als Karim noch einmal das Handy aus der Tasche zog und Silas Nummer wählte, suchte der Vogel mit trägen Flügelschlägen das Weite. Auch beim zweiten Versuch schaltete sich nach mehrmaligem Klingeln die Mailbox ein, so dass er eine weitere Nachricht hinterließ.

Anschließend wartete er noch eine Dreiviertelstunde, bevor er beschloss, zu Silas Büro zu fahren. Da sie weder an ihr Bürotelefon noch an ihr Handy ging und auch nicht zurückrief, konnte das nur bedeuten, dass sie in einer dienstlichen Besprechung festhing. Er überlegte. Wenn er jetzt losfuhr, sie am Büro einsammelte und sie direkt von dort aus aufbrachen, konnten sie es noch pünktlich bis zum Beginn der Vorstellung schaffen. Das vorher geplante Essen musste dann eben ausfallen. Er griff nach dem auf dem Küchentisch liegenden Autoschlüssel und machte sich auf den Weg.

*

Eine Viertelstunde später stellte Karim seinen Wagen in einer der Seitenstraßen ab, von denen er wusste, dass Sila dort regelmäßig parkte. Die wenigen firmeneigenen Parkplätze waren den leitenden Angestellten vorbehalten. Das gewöhnliche Fußvolk musste jeden Tag aufs Neue in die Schlacht um die öffentlichen Parkplätze in den umliegenden Nebenstraßen ziehen.

Er hatte das Glück, auf Anhieb eine Parklücke zu finden und stellte den Wagen vor einer Trinkhalle ab. Unterwegs hatte er noch ein paarmal vergeblich versucht, Sila telefonisch zu erreichen. Bis zu dem Gebäude, in dem Sila arbeitete, waren es etwa fünf Gehminuten. Noch einmal nahm er sein Handy und wählte die Nummer ihres Büroapparates. Dieses Mal lief das Gespräch nicht ins Leere, sondern wurde nach mehrmaligem Klingeln auf die Telefonzentrale am Empfang umgeleitet.

Die Stimme der Empfangsdame meldete sich mit dem Namen des Unternehmens sowie ihrem eigenen.

»Karim Gökhan. Guten Abend. Können Sie mir sagen, ob meine Frau noch im Haus ist?«

»Herr Gökhan?«

»Ja«, bestätigte er. Sila arbeitete schon viele Jahre in dem kleinen Unternehmen, so dass es ihn nicht wunderte, dass ihr Name am Empfang nicht unbekannt war.

»Ihre Frau hat das Haus vor knapp zwei Stunden verlassen.«

»Vor zwei Stunden?« Karim runzelte die Stirn. »Sind Sie sicher?«

»Absolut. Ich habe ihr noch einen schönen Abend gewünscht. Ihre Frau hat doch heute Geburtstag, oder?«

»Ja, das hat sie. Woher wissen Sie das?«

»Sie hatte einen wunderschönen Blumenstrauß dabei und ich habe mir erlaubt zu fragen, ob es einen Grund zum Gratulieren gibt. Herr Gökhan, es ist doch alles in Ordnung, oder?«

»Bitte?«, erwiderte er geistesabwesend. »Äh, ja. Alles in Ordnung. Vielen Dank.« Er legte auf. Verflucht. Irgendetwas war hier faul. Zum ersten Mal an diesem Abend beschleunigte sich sein Puls nicht aus Ärger wegen des vollkommen aus dem Ruder gelaufenen Zeitplans, sondern weil er sich ernsthaft um Sila sorgte.

Noch einmal griff er zum Handy, wählte ihre Mobilnummer. Dieses Mal schaltete sich die Mailbox sofort ein. Vermutlich war der Akku inzwischen leer. Typisch.

Er fiel in einen leichten Trab, als er die umliegenden Straßen nach Silas Wagen absuchte. Inzwischen wehten heftige Sturmböen durch die von Häusern gesäumte Straße. Der Himmel hatte sich bedrohlich verfinstert und am Horizont zuckten scharfgezackte Blitze. Irgendwo in der Ferne hörte er die ersten Donnerschläge und plötzlich prasselten dicke Regentropfen auf ihn herab.

Nachdem er drei Straßen vergeblich abgelaufen hatte, wurde er fündig. Verschwitzt und außer Atem blieb er neben dem vor einer Litfaßsäule geparkten Mazda stehen.

Ohne zu wissen, was ihn dazu verleitete, zog er an der Klinke der Fahrertür. Der Wagen war nicht verschlossen. Er ging um das Fahrzeug herum und blieb vor dem Kofferraum stehen.

Sein Herz hämmerte in seiner Brust, während er mit zitternden Fingern nach dem Öffnungsmechanismus tastete. Mehr als einmal hatten er und seine Kollegen im Zuge von Ermittlungsarbeiten grausige Funde in Kofferräumen abgestellter Fahrzeuge gemacht. Ihm wurde speiübel, als sich die schaurigen Phantasiebilder dessen, was er womöglich beim Öffnen des Kofferraumdeckels entdecken würde, unauslöschlich in seinem Kopf einnisteten.

KAPITEL 37

Unter einem dichten Laubdach rumpelte der Wagen über den unebenen, als Sackgasse ausgeschilderten Weg. Während zu ihrer Linken die ersten einfachen Holzhütten in Sicht kamen, rauschte zu ihrer Rechten eine S-Bahn an ihnen vorbei.

»Das ist die S6 Richtung Düsseldorf«, erklärte Viktoria ihrem Chef. »Diese Hütten stehen ganz schön nah an der Bahntrasse.«

»Dafür fließt auf der anderen Seite die Ruhr.«

»Also vorne pfui und hinten hui.«

»Könnte man so sagen.«

»Weißt du, wo Beckers Hütte liegt?«

Karre schüttelte den Kopf. »Nein. Aber ich vermute mal, dass Nummer 19 irgendwo hier in dieser Ecke sein müsste. Jedenfalls dann, wenn die Gärten halbwegs logisch durchnummeriert sind.«

»Da! Du hast recht!« Viktoria deutete auf ein Holztor, dessen grüne Farbe sich weitgehend aufgelöst hatte, so dass darunter zunehmend verrottendes Holz sichtbar wurde. An einem der Torpfosten prangte ein nicht minder verwittertes Metallschild, auf dem die Ziffern eins und neun gerade eben noch zu erkennen waren.

Karre stellte den Wagen in einer in die dichte Hecke geschnittenen Nische ab. Als sie ausstiegen, fielen die ersten dicken Regentropfen durch das hoch über ihnen liegende Blätterdach und klatschten auf das Blech der Karosserie sowie gegen die Scheiben ihres Wagens.

»Hast du eigentlich einen Schlüssel?«, fragte Viktoria.

»Keine Ahnung. Ich habe aus Beckers Wohnung einen Schlüsselbund mitgenommen. Vielleicht haben wir Glück. Ansonsten muss mein altbewährter Dietrich herhalten. Ich kann mir nicht vorstellen, dass die Hütte besonders gut gesichert ist.« Sie traten durch das Tor, das sich schwerfällig und quietschend in den rostigen Angeln bewegte.

Der dritte Schlüssel, den Karre ausprobierte, passte. Mit einem leisen Klicken sprang das Türschloss auf und Karre zog die Tür auf. Im Inneren der Holzhütte hing ein leicht muffiger Geruch: eine Mischung aus Feuchtigkeit und abgestandener Luft.

»Sieht aus, als hätte das Häuschen seine besten Jahre hinter sich«, konstatierte Viktoria mit gerümpfter Nase. »Und so riecht es auch.«

Karres Blick wanderte umher, während seine Kollegin und er jeweils ein Paar Latex-Handschuhe überstreiften. Der Hauptraum der Hütte beherbergte eine improvisierte Kochnische mit einem zweiflammigen Gasbrenner, eine hölzerne Sitzgruppe mit einer Eckbank und zwei zusätzlichen Stühlen sowie eine Metallpritsche samt Matratze und zerknautschtem Bettzeug. In einer Ecke stand ein Sofa aus abgewetztem braunem Leder. Hinter einer dunklen Holztür befand sich vermutlich die Toilette.

»Ich frage mich die ganze Zeit, was Becker mit so einer Hütte angefangen hat. Glaubst du wirklich, er ist abends oder am Wochenende hierher gefahren, um die Seele baumeln zu lassen?«

»Auf jeden Fall hat er gerne mal ein paar Bierchen getrunken.« Viktoria hatte einen rot-weiß karierten Vorhang zurückgezogen, hinter dem sich eine Art Abstellraum befand. Neben mindestens einhundert Konservendosen hatte Holger Becker hier ein halbes Dutzend Bierkästen gelagert. »Und offenbar hat er geangelt. Hier in der Ecke stehen mehrere Angelruten und entsprechendes Zubehör.«

»Becker entpuppt sich ja im Nachhinein als richtiger Naturbursche.«

Sie verbrachten gute zwanzig Minuten damit, die Hütte zu durchsuchen, fanden jedoch nichts, was ihnen irgendwie interessant erschien. Plötzlich ließ ein ohrenbetäubender Donnerschlag sie zusammenfahren. Ein Blitz zuckte vom Himmel und von jetzt auf gleich prasselte sintflutartiger Regen auf das Dach der Hütte.

»Schade eigentlich. Ich hatte gehofft, dass wir hier etwas finden, das uns irgendwie weiterbringt«, seufzte Viktoria und entledigte sich ihrer Handschuhe. »Lass uns zusehen, dass wir hier wegkommen.«

»Einverstanden.«

Sie traten hinaus in den Regen, zogen die Tür hinter sich zu und eilten zu ihrem Wagen. Binnen Minuten war es stockfinster geworden und heftige Sturmböen rissen an den sie umgebenden Bäumen. Blätter wirbelten durch die Luft und kleine Äste fielen auf Karres Wagen. Sie rissen die Türen auf und obwohl sie nur wenige Meter im Freien zurückgelegt hatten, war ihre Kleidung vollkommen durchnässt. Karre startete den Motor, wendete und fuhr vorsichtig, aber so schnell wie die Bedingungen es zuließen, den unbefestigten Weg entlang.

Sie waren gerade einmal um die erste Biegung herumgefahren, als Viktoria mit ausgestrecktem Arm nach vorne deutete. »Scheiße, da kommen wir nicht weiter!«

»Das ist jetzt nicht wahr, oder?« Karre brachte den Wagen zum Stehen und starrte mit wutverzerrtem Gesicht auf den riesigen Baum, der quer über dem Weg lag und dessen aus dem Boden herausgerissener Wurzelballen am Ende des Stammes gut und gerne drei Meter in die Höhe ragte. »Das können wir ohne schweres Gerät vergessen. Selbst wenn wir das Teil mit einer Kettensäge zerlegen würden, könnten wir bei diesem Stamm kein einziges Stück per Hand aus dem Weg räumen.«

»Also, was schlägst du vor?«

»Zurück zur Hütte? Dann rufen wir die Feuerwehr und warten ab, bis sie den Weg freigeräumt haben.« Er sah seine Kollegin fragend an, sah ihren skeptischen Blick. »Hast du einen besseren Vorschlag?«

Sie zuckte mit den Achseln. »Nicht wirklich. Wir könnten jemanden anrufen und ihn bitten, uns abzuholen?«

»Bei diesem Unwetter? Wen bitte willst du denn da über so einen Waldweg lotsen?«

»Auch wieder war«, seufzte sie resigniert.

»Na, dann nichts wie zurück, bevor der nächste Baum umfällt und uns womöglich erschlägt.«

»Was das angeht, traue ich dieser maroden Holzhütte aber auch nicht über den Weg.«

»Mag sein. Trotzdem. In der Hütte brauchen wir wenigstens keine Angst zu haben, zu verhungern oder zu verdursten. Wer weiß, wie lange die Feuerwehr braucht. Bei dem Unwetter haben die bestimmt mehr als genug zu tun.« Er gab Gas und jagte den Wagen im Rückwärtsgang über die buckelige Piste, zurück zu Beckers Hütte.

*

Es schüttete wie aus Eimern. Die Kleidung klebte nass an seiner Haut und Blitz und Donner folgten binnen Sekundenbruchteilen aufeinander. Karim hielt die Augen geschlossen, während der Deckel des Kofferraums nach oben schwang. Panik ergriff zunehmend Besitz von ihm, während er versuchte, die Gespinste seiner Phantasie aus seinem Kopf zu verdrängen.

Welches Bild würde sich ihm offenbaren, nachdem der Deckel sich vollständig geöffnet hatte? Hatten ihm seine Nerven lediglich einen Streich gespielt, oder lag wenige Zentimeter von ihm entfernt die Leiche seiner schwangeren Frau? Ermordet von denselben Leuten, die schon so viele Menschenleben auf dem Gewissen hatten und denen es auf einen Mord mehr oder weniger sicher nicht ankam.

Er dachte an Hanna. Wer nicht vor der Ermordung eines unschuldigen Kindes zurückschreckte, der ließ auch nicht wegen einer Schwangerschaft von der Durchsetzung seiner Interessen ab.

Als er seine Augen schließlich öffnete, durchliefen ihn Schock und Erleichterung in immer wiederkehrenden Wellen. Im Kofferraum von Silas Wagen lagen ein üppiger Blumenstrauß und die türkisfarbene Tüte einer Drogeriekette. Daneben Silas Handtasche sowie die Wagenschlüssel. Ohne nachzudenken griff er nach der Tasche und suchte nach ihrem Handy. Als er es endlich fand, bestätigte sich sein Verdacht: Der Akku war leer und das Display tot.

Er taumelte rückwärts, stieß mit dem Rücken gegen die Litfaßsäule und ließ sich daran herabsinken. Seine Augen füllten sich mit Tränen. Tränen der Wut und der Verzweiflung vermischten sich mit dem aus seinen Haaren triefenden Regenwasser. Seit Wochen stocherten sie in einem Hornissennest herum, hatten die Tiere zunehmend in Alarmbereitschaft versetzt. Und Karim hatte keinen Zweifel, dass die Hornissen in diesem Moment zum Gegenangriff übergegangen waren.

KAPITEL 38

Karre und Viktoria rannten die wenigen Meter vom Wagen zurück zur Hütte. Dennoch durchnässte der Regen ihre Kleidung innerhalb von Sekunden bis auf die Haut. Eine plötzliche Sturmböe riss Karre die Tür beinahe aus der Hand. Nur mit Mühe gelang es ihm, sie hinter sich ins Schloss zu ziehen. Das Toben des Sturms war auch im Inneren der Hütte deutlich zu hören. Dennoch herrschte hier im direkten Vergleich zu draußen angenehme Ruhe.

»Mir ist kalt.« Viktoria hatte die Arme um ihren Körper geschlungen und sah sich um.

Karre folgte ihrem Blick. »Wir könnten Feuer machen.« Er deutete auf einen alten Gusseisenofen.

»Meinst du wirklich? Eigentlich dürften wir nicht mal hier sein.«

»Becker wird kaum auftauchen und sich beschweren.«

»Wenn du meinst. Ein bisschen Wärme kann ja nicht schaden.«

Karre ging vor dem Ofen in die Hocke, öffnete die Verriegelung der Klappe und blickte in das Innere des Ofens.

»Suchst du was?«, fragte Viktoria, die am Fenster stand. Sie blickte hinaus und sah dem tobenden Unwetter zu. Immer wieder zuckten Blitze über den schwarzen Himmel. Unmittelbar darauf folgten heftige Donnerschläge.

»Mal sehen«, antwortete Karre abwesend und stocherte mit einem Schürhaken in der verbliebenen Asche herum. Als er etwas entdeckte, legte er den Haken beiseite und angelte mit den Fingern nach seinem Fund. »Interessant. Schau mal, was ich hier habe.«

Viktoria trat neben ihn. »Was ist das? Ein Stück Papier?«

»Pappe. Ja. Sieht aus, als wenn es von einer Pappschachtel stammt, die nicht vollständig verbrannt ist.«

»Und was ist so spannend daran?«

»Sieh dir das mal an.« Er deutete auf den noch gerade eben lesbaren Schriftzug: 9 x 39mm.

»Sieht aus wie der Rest einer Munitionsschachtel.«

»Exakt.«

»Das ist aber kein Kaliber, das wir bei der Polizei verwenden.«

Karre schüttelte nachdenklich den Kopf. »Nein, aber es kommt mir trotzdem bekannt vor. Irgendwoher kenne ich das. Die Frage ist, was hat Becker damit zu schaffen gehabt.«

»Zumal ich hier bisher noch keine Waffe gefunden habe. Und in seiner Wohnung war auch nichts, oder?«

»Nein.« Karre nahm mehrere Holzscheite aus einem neben dem Ofen stehenden Weidenkorb. Nach kurzem Suchen fand er ein Feuerzeug und eine Schachtel Anzünder. Keine fünf Minuten später knisterte das Feuer hinter der Gusseisenklappe und wohlige Wärme breitete sich in der Hütte aus.

»Bier?«, fragte Karre und sah Viktoria an, die es sich im Schneidersitz auf dem Ledersofa bequemgemacht hatte.

»Klar, fühl dich wie zu Hause. Aber bevor ich mich schlagen lasse ...«

Karre nahm zwei Flaschen aus einem der Bierkästen, öffnete sie mit dem Feuerzeug und reichte eine davon seiner Kollegin. Dann setzte er sich neben sie auf das Sofa. »Was machst du?«

Viktoria hatte ihr Handy aus der Tasche gezogen und tippte etwas auf der Tastatur. »Ich habe Maximilian geschrieben, dass wir hier festsitzen. Er hat angeboten, uns abzuholen, aber ich habe ihm gesagt, dass er bitte zu Hause bleiben soll, solange das Unwetter nicht nachlässt.«

»Weiß er, dass du mit mir hier bist?«

»Ich habe es nicht explizit geschrieben.« Sie sah ihn nicht an, während sie antwortete. »Und er hat nicht gefragt. Ich bin todmüde.« Sie lehnte sich an ihn und legte ihren Kopf an seine Schulter.

»Zwischen Maximilian und dir läuft es nicht besonders, oder?«

»Nein, aber lass uns das Thema wechseln.« Sie nahm ihre Bierflasche und prostete ihm zu. »Zum Wohl!«

Nachdem er ebenfalls einen großen Schluck getrunken hatte, wischte sich Karre den Mund mit dem Handrücken ab und stellte seine Flasche neben der Couch auf dem Fußboden ab. »Darf ich dich mal was fragen?«

Sie rückte ein Stück von ihm ab, um ihn besser ansehen zu können. »Sicher. Was denn?«

»Mia.«

Ihre Antwort bestand lediglich in einem fragenden Blick.

»Wieso hast du sie angerufen und zu mir geschickt. An dem Abend als …« Seine Stimme stockte.

»Ich habe sie nicht geschickt«, stellte Viktoria richtig. »Ich habe sie lediglich angerufen und ihr gesagt, dass es dir vielleicht helfen würde, wenn sie da wäre. Sie hat keine

Sekunde gezögert.«

»Schon, aber wieso? Wie bist du darauf gekommen?«

Sie sah ihn lange an, ehe sie antwortete und Karre vermutete, dass sie sich ihre nachfolgenden Worte genau zurechtlegte. »Weil sie dir guttut. Und außerdem magst du sie, oder?«

Er sah aus dem Fenster. Draußen war es stockfinster und noch immer trommelten dicke Regentropfen gegen die Fenster der Hütte. Immer wieder zuckten Blitze vom Himmel und rissen die unheimlichen Silhouetten der sie umgebenden Bäume für Sekundenbruchteile aus der Dunkelheit. Gleißendes Licht fiel in die Hütte, auf ihre Gesichter.

Er dachte an den Augenblick, als er mit Mia hinunter in den Keller gegangen war. Was wäre passiert, wenn nicht ...?

Nichts. Er schüttelte den Gedanken ab.

Als er sich wieder Viktoria zuwandte, glaubte er, jene Spur von Traurigkeit in ihren Augen zu sehen, die ihm bei seiner Kollegin zuletzt so oft aufgefallen war. »Ja, ich mag sie. Das heißt, irgendwie … eigentlich habe ich mir darüber noch nie so richtig Gedanken gemacht.«

»Darf ich dir einen Tipp geben? Aus der Perspektive einer Frau.«

Er sah sie verwundert an. »Einen Tipp? Immer.«

»Wenn du wirklich etwas für sie empfindest, dann lass sie nicht zu lange warten. Frauen sind in dieser Hinsicht nicht sehr geduldig.« Sie lächelte und setzte ihr Bier zu einem erneuten Schluck an.

»Ich weiß nicht, ob ich schon so weit bin. Irgendwie fühlt es sich falsch an. Nicht wegen Mia, aber ich habe Hanna noch nicht einmal beerdigt. Wie könnte ich da ...?«

»Glücklich sein?«, fiel Viktoria ihm ins Wort. »Was soll daran falsch sein? Hannas Tod ist ein furchtbarer Verlust.

Aber so hart es klingen mag, dein Leben wird weitergehen. Glaubst du, Hanna hätte gewollt, dass du dich jetzt verkriechst und eingehst, wie eine in die Dunkelheit abgeschobene Pflanze? Bestimmt nicht. Sie hätte gewollt, dass du raus in die Sonne gehst und dein Leben lebst. Und dass du jemanden findest, mit dem du es teilen kannst. Hanna würde nicht wollen, dass du in einem Meer der Trauer ertrinkst.«

»Ja, vermutlich hast du recht. Aber es ist leichter gesagt als getan.«

»Das weiß ich. Aber einen Versuch ist es allemal wert. Geh zu Mia und lass sie wissen, was du fühlst.«

Noch während sie sprach, war Karre aufgestanden und zu dem hölzernen Esstisch gegangen. »Sorry, ich will dich nicht unterbrechen, aber das hier solltest du dir mal ansehen.«

Viktoria stellte ihre Bierflasche ab und folgte ihrem Chef. »Was genau?«

Karre deutete auf den unter dem Tisch liegenden Teppich.

»Meinst du diesen hellen Rand?«

»Genau den. So ein Holzdielenboden dunkelt im Laufe der Jahre erheblich nach. Außer an den Stellen, an denen ein Teppich liegt oder dort, wo Möbel stehen. Wenn man diese Möbel oder Teppiche entfernt, sieht man den Unterschied.«

»So wie hier«, bestätigte Viktoria. »Du glaubst also, jemand muss den Teppich bewegt haben und hat ihn dann nicht exakt an seinen alten Platz zurückgelegt?«

»Genau das. Er liegt zwar höchstens einen Zentimeter zu weit links, aber durch den hellen Streifen ist es nicht zu übersehen. Ich frage mich nur, warum hat jemand diesen Teppich bewegt?«

Sie sahen sich einen Moment lang an, bevor sie gleichzeitig begannen, zunächst die Stühle und anschließend den Tisch beiseite zu räumen. Als sie fertig waren, blickte Viktoria enttäuscht auf die darunter liegende Fläche.

»Nichts. Fehlanzeige. Vermutlich ist der Teppich bloß zufällig verrutscht.«

»Nein, das glaube ich nicht.« Karre ging in die Hocke und machte sich an den Dielenbrettern zu schaffen. Ein Brett nach dem anderen überprüfte er, bis er schließlich auf eine Diele stieß, die lediglich lose zwischen den auf den Boden genagelten Brettern klemmte. Direkt daneben fand er eine zweite und eine dritte. Mit ein wenig Mühe gelang es ihm, die Bretter nacheinander herauszuhebeln.

»Da schau mal einer an«, frohlockte er mit Blick auf den unter den Dielen zum Vorschein gekommenen Hohlraum. Und auf das, was irgendjemand – höchstwahrscheinlich jedoch Becker – dort versteckt hatte.

Viktoria trat neben ihn und stieß einen leisen Pfiff aus, als sie hinunter in die Öffnung blickte. »Na, das nenne ich mal ein Gewehr.«

»Ein Scharfschützengewehr, um genau zu sein.« Er zog die Latexhandschuhe aus seiner Hosentasche, streifte sie über und nahm das Fundstück aus seinem Versteck. Und in diesem Augenblick fiel es ihm wieder ein. »Das Kaliber. Von den Überresten der Munitionspackung. Jetzt weiß ich wieder, woher es mir bekannt vorgekommen ist.«

»Und? Woher?«, fragte Viktoria, die sich zwischenzeitlich ebenfalls Handschuhe angezogen hatte.

»Talkötter hat mir erklärt, dass es sich dabei um typische Scharfschützenmunition handelt. Ich habe Geschosse dieses Kalibers auf dem Schießplatz hinter dem Schrottplatz gefunden. Bei der Durchsuchung hat Vierstein aber keine dazu passende Waffe gefunden.«

»Zumindest was das angeht, hat sich die Faktenlage damit wohl grundlegend geändert.« Sie ging in die Hocke und untersuchte den Hohlraum. Er war tiefer, als es zunächst den Anschein gehabt hatte. »Warte mal. Ich glaube, hier ist noch etwas.« Sie zog den Gegenstand heraus, den sie mit ihren Fingern ertastet hatte. Es war ein schwarzes Paket – so schwer, dass Karre seiner Kollegin half, es aus dem schmalen Hohlraum herauszuziehen.

»Was haben wir denn da?« Karre betrachtete ihren Fund stirnrunzelnd. »Jede Wette, dass das eine zusammengefaltete Teichfolie ist.»

»Du meinst so eine Folie wie die, in die man Redmanns Leiche eingewickelt hat, bevor sie unter dem Boot versenkt wurde?«

Karre nickte. »Und wenn mein Bauchgefühl mich nicht im Stich lässt, wurde das Stück aus dem See hiervon abgeschnitten. Wenn wir Glück haben, wurde dieses Folienstück seitdem nicht benutzt und die Schnittkanten passen aneinander.«

»Womit klar wäre, dass Becker auch an Redmanns Ermordung beteiligt war.«

»Zumindest an der Entsorgung seiner Leiche. Ja.«

»Das ist echt harter Tobak.« Sie ließ sich zurück auf die Couch sinken und griff nach ihrer Bierflasche. »Und? Was machen wir mit dem Zeug? Wir können es ja schlecht hierlassen.«

»Wir schauen mal, ob wir ein paar Müllsäcke finden, in die wir die Sachen packen können und dann werden wir sie Jo übergeben.«

»Und wie willst du verhindern, dass Alexander was davon erfährt?«

»Notthoff?«

Viktoria nickte. »Der dreht durch, wenn er davon erfährt, dass wir in dieser Hütte waren und dieses Zeug gefunden haben.«

»Von mir aus, soll er doch. Wir werden ohnehin kaum verheimlichen können, dass wir hier waren. Vierstein wird die Hütte auf Spuren untersuchen und er wird haufenweise Fingerabdrücke und DNA-Spuren von uns finden.«

»Stimmt. Darüber habe ich noch gar nicht nachgedacht. Ich hätte nicht geglaubt, dass wir hier tatsächlich noch etwas finden, das für die Ermittlungen relevant ist.«

»Ich auch nicht. Aber so kann man sich täuschen.«

»Wie verkaufen wir es Schumacher?«

»Mal sehen. Ich lasse mir etwas einfallen. Vielleicht kann ich auch was mit Viktor kungeln.« Er sah hinaus aus dem Fenster. Der Sturm hatte nachgelassen, aber der Regen prasselte noch immer auf das Dach und gegen die Scheiben der Hütte. »Soll ich Holz nachlegen? Scheint noch etwas zu dauern, bis das Unwetter sich verzogen hat.«

Viktoria stieß einen tiefen Seufzer aus und ließ sich zurück auf die Couch sinken. Doch bevor sie antworten konnte, klingelte Karres Handy.

»Es ist Karim.«

»Karim? Was will der denn? Ich dachte, er macht sich einen schönen Abend mit Sila.«

»Soweit ich weiß, hatte er das auch vor.« Er nahm das Gespräch an. »Karim?«

»Karre?«

Die Verbindung war schlecht, was entweder am Wetter lag, oder weil sein Kollege sich an einem Ort mit mäßigem Empfang aufhielt.

»Sila ... weg!»

»Was? Sila ist weg? Wie? Was meinst du mit weg?«

»Ich habe ... sie gewartet, aber ... nicht gekommen. Dann bin ich zu ihrem Büro gefahren ... Auto gefunden. Mit ihren Sachen. Aber sie ist nicht da. Karre, ich mache mir wirklich Sorgen, dass etwas passiert ist. Was ist mit dir? Wo steckst du gerade? Ich kann dich kaum verstehen.«

Er erklärte es ihm und nach mehreren Anläufen hatte Karim das Wichtigste mitbekommen.

»Ich komme und hole euch ab. Wir treffen uns an diesem Baum. Fahrt bis dahin, ich sammle euch da ein.«

»Karim, du musst nicht ...«

»Zwanzig Minuten.« Dann war die Leitung tot.

Karre wandte sich Viktoria zu. »Tja, so wie es aussieht, ist der romantische Hüttenzauber schneller beendet, als erwartet.«

KAPITEL 39

Sie saßen in Karres Wohnzimmer und tranken starken, schwarzen Kaffee. Es war kurz nach dreiundzwanzig Uhr. Karim hatte wesentlich länger gebraucht als ursprünglich angenommen, sich bis zum vereinbarten Treffpunkt durchzuschlagen. Immer wieder war er auf Straßensperren gestoßen, da der Sturm in der ganzen Stadt Bäume entwurzelt hatte, die von Feuerwehr und Technischem Hilfswerk mühsam zersägt und beseitigt werden mussten.

Als er schließlich den umgestürzten Baum erreichte, an dem Karre und Viktoria bereits seit geraumer Zeit warteten, waren seit seinem Anruf mehr als zwei Stunden vergangen. Karre hatte vorgeschlagen, nicht ins Präsidium zu fahren, sondern stattdessen in seine Wohnung, wo Karim ihnen von den Ereignissen der letzten Stunden berichtete.

»Du weißt, dass die Polizei in den ersten vierundzwanzig Stunden nichts unternehmen wird«, kommentierte Viktoria seinen Bericht.

»Ja, sicher. Aber ich kann nicht so lange warten. Ich weiß, dass Sila etwas zugestoßen ist.« Karim war aufgesprungen und lief nervös im Zimmer auf und ab.

»Jetzt beruhig dich mal! Niemand hat gesagt, dass wir nichts unternehmen werden. Aber an die Kollegen werden wir uns nicht wenden können. Da hat Vicky recht. Sie werden vor morgen Abend nichts unternehmen.«

Viktoria nickte Karre zu. »Wir sollten uns überlegen, ob wir an einen Zufall glauben, oder ob wir davon ausgehen, dass Silas Verschwinden etwas mit unserem aktuellen Fall zu tun hat.«

»Du meinst, mit Redmann und Co.?«

»Ja.«

Karre blickte nachdenklich aus dem Dachfenster, an dem der Regen noch immer in Strömen herunterlief. »Darf ich dich daran erinnern, dass das nicht unser aktueller Fall ist? Offiziell kümmern wir uns um Goeßling.«

»Vielleicht weiß der Täter das aber nicht. Ich meine, bisher haben wir uns nicht wirklich an Schumachers Anweisung gehalten.«

»Und?« Karim sah sie verständnislos an.

»Vielleicht will der Täter uns mit einer Entführung dazu zwingen, die Finger von der Angelegenheit zu lassen.«

»Du glaubst also auch, dass Sila entführt wurde?«

»Nachdem, was du uns eben erzählt hast ...«

»Möchte noch jemand etwas trinken?«, fragte Karre in die Runde.

»Ich nehme noch einen Kaffee«, antwortete Karim.

»Gerne.« Karre nahm Karims Tasse und füllte sie mit dampfendem Kaffee aus der auf dem Tisch stehenden Thermoskanne. »Und du? Auch noch einen?« Er sah Viktoria an.

Sie schüttelte den Kopf. »Hast du vielleicht ne Coke?«

»Klar. Mit oder ohne Schuss?«

»Ich muss noch fahren.«

Karre verließ das Zimmer und kehrte kurz darauf mit einer Flasche und zwei Gläsern zurück. »Wir brauchen einen Plan. Ich habe zwar noch keine Idee, wie der aussehen könnte, aber feststeht, dass wir nicht tatenlos abwarten können, bis sich eventuell jemand bei uns meldet.«

»Jemand?«, fragte Karim. »Du meinst der oder die Entführer?«

»Ich fürchte, vor dieser Tatsache können wir uns nicht verschließen.«

»Gibt es vielleicht eine Kollegin oder einen Kollegen von Sila, der eventuell etwas mitbekommen hat?«, fragte Viktoria. »Wann Sila gegangen ist, zum Beispiel. Oder, ob sie auf dem Weg zum Auto jemanden getroffen hat. Offensichtlich war sie vor ihrer Entführung ja an ihrem Wagen.«

»Es sei denn, der Entführer hat ihr woanders aufgelauert und hat anschließend ihre Sachen im Kofferraum deponiert«, mutmaßte Karim. »Wann sie gegangen ist, wissen wir. Aber das hilft uns nicht wirklich weiter.«

»Falls er ihr woanders aufgelauert hat, würde das bedeuten, dass er ihren Wagen kannte.« Karre sah seinen Kollegen an. »Ist euch in den letzten Tagen irgendetwas aufgefallen? Oder seltsam vorgekommen? Wurdet ihr eventuell beobachtet?«

Karim schüttelte den Kopf. »Nein, mir ist nichts Derartiges aufgefallen. Im Augenblick habe ich wirklich keine Idee, wo wir ansetzen sollen.«

»Ich könnte zu Engelhardt fahren und ihm Druck machen«, schlug Karre vor, wusste aber selbst, dass der Vorschlag nicht wirklich praktikabel war. Dementsprechend gering fiel sein Widerstand aus, als Viktoria widersprach.

»Das kannst du nicht machen. Was Sila angeht, haben wir nichts gegen ihn in der Hand. Du kannst nicht einfach zu ihm hinfahren und ihm das an den Kopf werfen.«

»Ich könnte den schönen Richard anrufen«, sagte Karim und trank den letzten Schluck Kaffee aus seiner Tasse.

»Wen?«, fragten Karre und Viktoria im Chor.

»Richard Koschek. Silas Chef. Ne totale Nervensäge. Er hängt wie eine Klette an Sila. Vielleicht hat er etwas gesehen.«

»Hast du seine Nummer? Dann ruf ihn doch an.« Karre sah auf die Uhr. Viertel nach elf.

»Hab ich nicht, aber die krieg ich raus.« Er zog das Handy aus der Tasche und wählte eine Nummer. Nach einem kurzen Gespräch mit einem Kollegen aus dem Präsidium hatte er Koscheks Nummer und wählte erneut. Nach mehrmaligem Klingeln meldete sich eine verschlafene Stimme. Karre und Viktoria lauschten gespannt dem Telefonat, konnten an Karims Miene jedoch ablesen, dass der schöne Richard keine Neuigkeiten zu Silas Verschwinden würde beitragen können.

»So kommen wir also auch nicht weiter.« Viktoria erhob sich vom Sofa. »Karim, würdest du mich noch zu meinem Wagen fahren?«

»Klar. Lass uns aufbrechen.«

»Du kannst anschließend gerne wiederkommen«, schlug Karre vor. »Ich meine, falls du nicht alleine zu Hause sein willst.«

Karim schüttelte den Kopf. »Danke, aber vielleicht taucht Sila ja doch unerwartet zu Hause auf, da wäre ich lieber dort. Oder es meldet sich jemand auf unserem Festnetzanschluss. Wir sehen uns morgen früh im Präsidium.«

»Und wie machen wir dann weiter?«

»Das entscheiden wir morgen früh. Erst mal müssen wir

Willi auf Stand bringen und dann sehen wir weiter. Karim, falls du etwas erfährst, ruf bitte sofort an.«

»Klar, mache ich.«

Karre blieb noch in der geöffneten Wohnungstür stehen, bis er die Haustür im Erdgeschoss ins Schloss fallen hörte. Als er die Tür hinter sich zuzog, war er wieder allein. Allein mit sich und der Trauer um Hanna. Und mit seinen Alpträumen.

*

Maximilian saß auf der Couch, seine Hände baumelten zusammengefaltet zwischen seinen Knien. Vor ihm auf dem Tisch standen zwei leere Bierflaschen. Viktoria spürte seinen bohrenden Blick, während sie durch das Wohnzimmer schritt und sich ihm gegenüber auf einen Sessel sinken ließ.

»Bin ich fertig. Ziemliches Unwetter da draußen«, sagte sie. »Hat ganz schön viele Bäume umgeworfen. Wir …«

»Was habt ihr da draußen eigentlich gemacht?«, unterbrach Maximilian sie. »Du und Karrenberg.« Obwohl er und Karre eigentlich seit Jahren per Du waren, spie er Viktoria den Nachnamen ihres Kollegen entgegen, wie einen versehentlich zu sich genommenen Schluck saure Milch.

»Wir haben in der Schrebergartenhütte eines Verdächtigen nach Beweisen für eine Straftat gesucht.«

»Und? Seid ihr fündig geworden?« Er griff nach einer der Bierflaschen, stellte sie aber nach einem prüfenden Blick zurück auf den Tisch.

»Allerdings.«

»Herzlichen Glückwunsch! Und dann kam euch das Unwetter vermutlich gerade recht, oder? Ich meine, ihr zwei alleine in einer einsamen Hütte …«

»Spinnst du jetzt komplett?«, fuhr Viktoria ihn an. »Was soll das?«

»Was das soll? Das sollte ich wohl besser dich fragen. Wer bläst denn hier mit seinem Kollegen seit Wochen zur Hexenjagd gegen meinen Vater?«

Viktoria sah ihn verständnislos an, ahnte aber bereits, worauf das Gespräch hinauslaufen würde.

»Wusstest du, dass er schon wieder bei ihm war?« Maximilian kniff die Augen zusammen, so dass sich auf seiner Stirn eine tiefe Falte bildete.

»Ja, aber …«

»Aha. Hab ich´s mir doch gedacht. Kannst du mir vielleicht mal erklären, was das soll? Dauernd taucht er in der Kanzlei auf und wirft meinem Vater vollkommen unsinniges Zeug an den Kopf. Unter den Mitarbeitern kursieren schon die wildesten Gerüchte. Ich habe keine Ahnung, wieso er sich dermaßen auf ihn eingeschossen hat, aber dass du bei dieser Schmutzkampagne auch noch mitmachst, krieg ich beim besten Willen nicht in den Kopf. Was in Herrgottsnamen ist denn in dich gefahren?«

»Maximilian, ich mache nur meinen Job und …«

»Deinen Job? Ich scheiße auf deinen Job. Du bewirfst meine Familie mit Schmutz! Und nicht nur meine Familie. Es könnte auch bald deine eigene sein. Hat dir mein Vater nicht kürzlich erst ein paar Takte dazu gesagt? Aber das scheint dich ja alles nicht besonders zu interessieren. Hauptsache, du machst deinen Job!« Das letzte Wort betonte er derart abfällig, dass Viktoria wütend aus ihrem Sessel aufsprang.

»Jetzt reicht´s mir aber! So lasse ich nicht mit mir reden. Weder von dir, noch von deinem Vater lasse ich mir so etwas bieten. Und schon gar nicht, lasse ich mir von euch den Mund verbieten! Es dürfte dir nicht entgangen sein, dass in letzter Zeit ziemlich viele Menschen gestorben sind, Hanna eingeschlossen. Gestorben, um es mal vorsichtig zu formulieren. Man könnte nämlich auch sagen, sie wurden eiskalt ermordet. Und dabei ist die Zahl ehemaliger Mitarbeiter deines Vaters leider erstaunlich hoch.

Das ist Fakt. Und davor kannst nicht mal du dich verschließen. Du kannst es drehen und wenden wie du willst, es sieht einfach immer so aus, als wenn dein Vater seine Finger im Spiel hat. Und wenn das so ist, dann finde ich das heraus. Und es ist mir auch vollkommen egal, ob er in Zukunft zu meiner Familie gehören könnte, oder nicht.«

»Bist du jetzt fertig?« Maximilians Augen strahlten eine Wut aus, wie Viktoria es bei ihm noch nie erlebt hatte.

»Wenn du es genau wissen willst: Nein, ich bin nicht fertig! Weißt du, was heute passiert ist?«

Maximilian schüttelte den Kopf. »Nein, aber ich bin sicher, du wirst es mir nicht vorenthalten.«

»Sila ist verschwunden.« Sie blickte in sein fragendes Gesicht. »Du weißt, von wem ich rede, oder? Karims Frau.«

»Ich weiß, wer das ist.« Er sprach betont langsam. »Und? Steckt da auch mein Vater dahinter?«

»Ausschließen würde ich es jedenfalls nicht.«

»Verdammt, jetzt reicht´s mir aber! Bist du denn vollkommen übergeschnappt? Wer hat dir denn diesen Floh ins Ohr gesetzt? Dieser Karrenberg ist doch vollkommen neben der Spur. Vielleicht sollte er sich erst mal beurlauben lassen und zusehen, dass er mit dem Tod seiner Tochter einigermaßen klarkommt. Jedenfalls scheint er mir im Augenblick alles andere als diensttauglich. Vielleicht sollte mal jemand mit seinem Vorgesetzten sprechen!«

»Untersteh dich! Und was seine Diensttauglichkeit angeht: Ich glaube, er ist der Einzige, der vollkommen losgelöst von irgendwelchen privaten Familienbanden die

Tatsachen analysiert und vorbehaltlos die entsprechenden Schlüsse zieht. Und du kannst es noch so oft leugnen: Wenn man die Fakten auf den Tisch legt, dann sieht es verdammt noch mal so aus, als wenn dein Vater bis zum Hals in der Sache drinsteckt.« Sie machte auf dem Absatz kehrt und ging in Richtung Wohnzimmertür davon. Auf halbem Weg drehte sie sich noch einmal um: »Sila ist übrigens schwanger!«

»Na und? Vielleicht hat sie einfach Panik gekriegt und ist durchgebrannt! Die wird schon wieder auftauchen, wenn es ihr passt!«

»Wieder auftauchen? Vielleicht genauso wie … Ach, vergiss es! Es hat überhaupt keinen Sinn, mit dir darüber zu reden. Aber eins kann ich dir versichern: Ich werde nicht die Hände in den Schoß legen, nur weil unser Hauptverdächtiger zufällig dein werter Vater ist. Und wenn Sila oder ihrem Baby irgendetwas zustößt, dann Gnade Gott all denen, die ihre schmutzigen Finger in der Sache haben.«

»Ich werd´s meinem Vater ausrichten.«

»Kannst du machen! Ich sag´s ihm aber auch gerne selbst. Vielleicht gehe ich beim nächsten Mal ja mit. Oder wir laden ihn aufs Präsidium vor. Außerdem hat er ja schon einmal versucht, mich einzuschüchtern. Aber da ist er bei mir an der falschen Adresse! So, und jetzt gehe ich schlafen. Mir reicht´s! Außerdem bin ich hundemüde.«

»Na, dann gute Nacht. Ich schlafe im Gästezimmer.«

»Wie du willst!« Viktoria zog die Glastür hinter sich ins Schloss und lief mit Tränen der Wut in den Augen die Treppe hinauf ins Dachgeschoss.

KAPITEL 40

Ein leises Klopfen war das Erste, was Sila hörte, als sie das Bewusstsein wiedererlangte. Sie öffnete die Augen und starrte orientierungslos in die sie umgebende Dunkelheit. Sie wusste weder, wo sie war, noch, wie sie hierhergekommen war. Sie saß in aufrechter Position – wahrscheinlich auf einem Stuhl. Ihre Beine waren, in leicht gespreizter Haltung, mit an den Fußknöcheln befestigten Fesseln fixiert worden. Die Handgelenke hatte man ihr hinter dem Rücken zusammengebunden. Schmerzhaft drückte die harte Stuhllehne gegen die Innenseite ihrer Oberarme.

»Hallo?« Ihr Hals war ausgetrocknet und schmerzte, als sie in die Dunkelheit hineinrief, doch die einzige Antwort bestand in einem metallischen Echo, das unheimlich in dem lediglich aus Finsternis bestehenden Raum widerhallte.

Sie riss an ihren Fesseln, merkte jedoch schnell, dass es keinen Sinn hatte. Im Gegenteil. Sofort schnitt ihr das schmale, aber extrem reißfeste Material in die Haut. Wie sehr sie sich auch bemühte, es war vollkommen zwecklos. Nie und nimmer würde sie sich aus eigener Kraft befreien können.

Sie spürte die aufkeimende Panik. Dabei war es weniger die Angst um ihr eigenes Leben, die ihren Puls beschleunigte und ihre Handflächen klebrig und feucht werden ließ, als vielmehr die Sorge um das ungeborene Leben, das in ihr heranwuchs.

Sie bemühte sich, ihren sich zunehmend beschleunigenden Atem durch bewusstes Ein- und Ausatmen unter Kontrolle zu bringen. Sie wusste nicht, wie lange es gedauert hatte, aber irgendwann wurden ihre Atemzüge langsamer und weniger flach. Mit der Zeit legte sich das auch Gefühl, qualvoll ersticken zu müssen. Lediglich gegen die Schweißperlen auf ihrer Stirn konnte sie auf Grund ihrer gefesselten Hände nichts unternehmen, so dass ihr die ersten salzigen Tropfen bereits schmerzhaft in den Augen brannten.

Nun, da sie den ersten Anflug von Panik überwunden hatte, machte sich der Durst bemerkbar, wenig später krampfte sich ihr Magen zusammen. Wann hatte sie die letzte Mahlzeit zu sich genommen? Sie hatte keine Ahnung, wie spät es war, vermutete aber, dass der letzte kleine Snack eine Ewigkeit zurücklag. Und dann, ganz allmählich, setzte die Erinnerung ein.

Sie war auf dem Weg zu ihrem Wagen gewesen, hatte nach Hause fahren wollen, um mit Karim ihren Geburtstag zu feiern. Er hatte von einer Überraschung gesprochen und sie gebeten, in jedem Fall pünktlich zu sein. Und dann war es geschehen. Als sie ihren Wagen aufschließen und einsteigen wollte, spürte sie plötzlich den warmen Atem in ihrem Nacken. Sie fuhr herum, doch sofort spürte sie einen schmerzhaften Stich im Hals.

Dann verblasste ihre Erinnerung. Versank in einem Meer des Vergessens.

Plötzlich glaubte sie, wenige Meter vor sich etwas in der Dunkelheit zu sehen. Einen roten Punkt, wie von einem Laserpointer. Doch der Punkt bewegte sich nicht, sondern verharrte reglos an derselben Stelle. Etwa eineinhalb Meter über dem Boden, die Entfernung konnte sie in Ermangelung sichtbarer Referenzpunkte nicht einschätzen. Möglicherweise war es nicht mehr als ein Meter, vielleicht aber auch drei oder vier. Und noch während sie darüber nachdachte, glühte an der Stelle, an der sie den roten Punkt gesehen hatte, ein Scheinwerfer auf. Gleißend weißes Licht blendete sie und schmerzte in ihren Augen, die sie reflexartig zusammenkniff. Bunte Flecken tanzten vor ihrem inneren Auge und blieben auch, als sie sich von der Lichtquelle abwandte.

Und noch während sie versuchte zu verstehen, was hier vor sich ging, hörte sie die Stimme, die zu ihr sprach.

*

»Ich habe Jo das Gewehr und die Folie aus Beckers Hütte übergeben. Er sieht sich die Sachen so schnell wie möglich an und hat versprochen, es auf dem kleinen Dienstweg zu machen.«

Es war kurz nach acht Uhr am nächsten Morgen und Karre, Viktoria, Karim und Willi hatten sich um den Besprechungstisch ihres Büros versammelt. Karre und Viktoria berichteten von ihrem Besuch in Beckers Hütte und dem darin gemachten Fund. Hinsichtlich Silas Verschwinden gab es seit dem gestrigen Abend keine Neuigkeiten. Weder war sie unverhofft aufgetaucht, noch hatte sich irgendjemand mit Karim in Verbindung gesetzt.

Willi Hellmann lauschte den Berichten der Kollegen mit

besorgter Miene.

»Das heißt, Jo wird sowohl Schumacher als auch Alexander vorerst nichts von unserem Fund sagen?«, fragte Viktoria, während sie sich bereits den dritten Kaffee einschenkte. Nach dem vorabendlichen Streit mit Maximilian hatte sie kaum geschlafen und wirkte entsprechend übernächtigt.

»Nein, er hat versprochen, es für sich zu behalten. Jedenfalls solange es geht. Sollte er die beiden informieren, gibt er uns aber in jedem Fall Bescheid. Vicky, hast du inzwischen etwas wegen dieses Schließfachschlüssels herausfinden können?«

Sie schüttelte den Kopf. »Bisher nicht. Bei den Banken, mit denen ich gesprochen habe, gibt es kein von Martin Redmann angemietetes Schließfach. Der Schlüssel muss zu einem anderen Fach gehören. Ich habe mir überlegt, dass wir eventuell …«

»Scheiße!«, unterbrach Karim sie, sprang auf und lief zu seinem Schreibtisch, während sein Mobiltelefon noch zweimal den Eingang einer neuen Email durch stakkatohaftes Vibrieren vermeldete, bevor es wieder verstummte. Ohne sich zu setzen, entsperrte Karim den Bildschirm seines Computers und machte sich an der Maus zu schaffen. Wenige Sekunden später wich sämtliche Farbe aus seinem Gesicht. Mit weit aufgerissenen Augen sank er auf seinen Schreibtischstuhl.

Sofort eilten seine Kollegen zu ihm, um einen Blick auf den Bildschirm zu werfen. Als Karre das in dem geöffneten Fenster laufende Video sah, stockte ihm der Atem.

Es dauerte einen Augenblick, bis seine Augen sich in dem dunklen Bildausschnitt der Kamera zurechtfanden. Dann jedoch erkannte er, dass es sich um das Innere eines abgeschlossenen Raumes von überschaubarer Größe handeln musste. In dessen hinterer Ecke stand ein

Stuhl. Die Knöchel der Frau waren an die vorderen Stuhlbeine gefesselt worden, während man ihre Arme vermutlich hinter dem Rücken an die Stuhllehne gefesselt hatte. Ihre Bluse war dreckverschmiert und die dunkle Nylonstrumpfhose an mehreren Stellen zerrissen, so dass ihre cappuccinofarbene Haut zu sehen war. Ihr sonst so seidig glänzendes, schwarzes Haar hing ihr strähnig ins Gesicht. Trotz der vermutlich vor Tränen verquollenen Augen und der über ihre Wangen herablaufenden Schminke, erkannte Karre sie auf den ersten Blick: Sila.

»Das darf doch nicht wahr sein, murmelte Karre«, während er gebannt auf das Video starrte.

»Er …« begann Sila plötzlich zu sprechen und ihre gebrochene Stimme war nicht mehr als ein Schluchzen. »Er hat mich entführt«, versuchte sie es noch einmal. »Und er sagt, dass er mich tötet, wenn ihr nicht augenblicklich mit euren Nachforschungen aufhört. Und kein Wort zu irgendjemandem. Auch nicht zu euren Vorgesetzten. Sie sollen glauben, dass ihr weiter an der Sache dran seid, aber keine Fortschritte macht.« Sie atmete mehrmals deutlich hörbar ein und aus, bevor sie weitersprach. »Und Karim: Bitte haltet euch daran. Er wird uns umbringen, wenn ihr nicht genau das tut, was er verlangt. Mich und unser Baby.« Sie begann zu weinen und das Video endete ebenso abrupt, wie es begonnen hatte.

»Oh mein Gott.« Viktorias Stimme zitterte und sie hielt sich vor Entsetzen die Hände vor den geöffneten Mund.

»Damit besteht wohl nicht mehr der geringste Zweifel, dass wir jemandem ganz gehörig auf die Füße getreten haben.« Karre setzte sich auf die Kante von Karims Schreibtisch und legte tröstend eine Hand auf die Schulter seines Kollegen. »Und ich werde das Gefühl nicht los, dass wir ziemlich sicher wissen, wer dafür verantwortlich ist.«

»Mach das noch einmal an«, sagte Willi. »Vielleicht können wir auf dem Video etwas erkennen, das Rückschlüsse auf den Ort zulässt, an dem Sila gefangengehalten wird.«

Karim tat, worum Willi ihn gebeten hatte. Doch anstelle des Videos erschien auf dem Bildschirm lediglich eine Fehlermeldung. »Scheiße! Das kann doch nicht sein.« Er versuchte es noch einmal, doch das Ergebnis blieb dasselbe. Ebenso, wie bei den nächsten Versuchen.

»Sieht so aus, als wäre das Video wieder offline. Scheinbar konnte man es nur ein paar Minuten lang aufrufen. Vermutlich genau aus dem Grund, dass wir es uns nicht wieder und wieder ansehen können und vielleicht etwas entdecken, das uns weiterhilft.«

»Und was jetzt?«, fragte Karim. Auch seine Stimme zitterte. »Ich meine, wir haben keine Ahnung, wie lange sie Sila gefangen halten wollen und wann und ob sie sie überhaupt wieder freilassen. Theoretisch müssten sie sie doch ewig als Druckmittel festhalten.«

»Vielleicht brauchen sie einfach etwas Zeit, um Beweise zu vernichten«, mutmaßte Willi. »Und wenn sie alles erledigt haben und wir ihnen bis dahin nicht mehr in die Quere gekommen sind, lassen sie Sila hoffentlich frei.«

»Das klingt fast zu schön, um wahr zu sein«, murmelte Karre, woraufhin Viktoria ihm einen mahnenden Blick zuwarf. »Ich frage mich nur, was wir mit Notthoff machen. Informieren wir ihn, damit er auch die Füße stillhält? Andererseits bezieht sich die Warnung wohl ziemlich ausdrücklich auf uns.«

»Kunststück. Notthoff scheint mit seinen Nachforschungen ja bisher auch ziemlich im Trüben zu fischen. Im wahrsten Sinne des Wortes. Und das ganz im Gegensatz zu uns.« Willi zog sich einen freien Stuhl heran und ließ sich darauf nieder.

»Wir sollten nichts riskieren, was Sila auch nur ansatzweise gefährden könnte.« Dem Ermittler stand die Sorge um seine Frau und das ungeborene Baby deutlich ins Gesicht geschrieben.

»Wir werden kein Risiko eingehen«, versuchte Karre, ihn zu beruhigen. »Aber ich denke auch, wir sollten Notthoff erst mal außen vor lassen. Wenn wir das Gefühl haben, dass seine Ermittlungen wider Erwarten doch Fortschritte machen, können wir ihn immer noch informieren. Oder? Was meint ihr?«

Nach einigem Hin und Her einigten sie sich darauf, sowohl Alexander Notthoff als auch Kriminalrat Schumacher zunächst nicht über Silas Entführung zu unterrichten. Stattdessen beschlossen sie, dass sich insbesondere Karim und Viktoria nach außen hin deutlich sichtbar mit dem Mord an Rudolf Goeßling befassen und dabei noch einmal jeden Stein im Hinblick auf seinen Sohn, den Zahnarzt Dr. Christian Goeßling, umdrehen sollten.

Karre und Willi würden währenddessen in aller Stille überlegen, was es mit dem Schlüssel auf sich haben konnte, den Karres Taucher im Wrack der Stella gefunden hatten und zu dem kein gemietetes Bankschließfach zu existieren schien. Das oberste Gebot jedoch bestand darin, nach außen nirgendwo den Anschein zu erwecken, weiter am Fall Oliver Redmann zu arbeiten.

KAPITEL 41

Die beiden Hauptkommissare Willi Hellmann und Karre saßen noch immer an dem hölzernen Besprechungstisch. In dessen Mitte lag der Schlüssel, den die beiden Ermittler mit nachdenklichen Blicken musterten.

»Viktoria sagt, sie hat mit allen Banken in Essen gesprochen, aber in keiner Filiale gibt es ein Schließfach auf den Namen Martin Redmann. Und auch nicht auf den Namen Stella Uhlig. Das hat Vicky gleich mitgeprüft. Eigentlich lässt das nur zwei logische Schlüsse zu.«

»Entweder er hat das Schließfach auf einen komplett anderen Namen gemietet. Möglicherweise hat er sich gefälschte Papiere besorgt? Für einen Hacker wie Martin sollte das ja keine allzu große Hürde darstellen.«

Karre schüttelte den Kopf. »Du hast recht, es wäre eine Möglichkeit, aber ich glaube, wir denken zu kompliziert. Martin Redmann musste seine Unterlagen in Sicherheit bringen. Vermutlich stand er unter Zeitdruck, denn Stella war entführt worden und vermutlich hatten Sergei

Cherchi und Holger Becker – oder die Strippenzieher im Hintergrund – Martin Redmann eine Deadline gesetzt. Hätte er genügend Zeit gehabt, wäre er mit dem Material vermutlich zu einem Anwalt gegangen. Oder zur Polizei. Jedenfalls hätte ich das gehofft. Aber offenbar war das nicht der Fall. Vermutlich hat er alles in einem Schließfach deponiert. Ich gehe davon aus, dass er es eilig hatte, die Sachen loszuwerden.«

»Habt ihr schon mal darüber nachgedacht, dass der Schlüssel möglicherweise überhaupt nicht von Martin Redmann stammt, sondern dass schon sein Vater ihn auf dem Schiff deponiert haben könnte?«

Karre nickte. »Haben wir. Aber auch auf den Nachnamen Redmann allgemein haben wir bisher nichts gefunden. Nein, ich glaube fest daran, dass der Schlüssel uns zu Unterlagen führt, die Stella und Martin zusammengestellt haben und die sie vermutlich Barkmann übergeben wollten.« Er überlegte einen Augenblick. »Und selbst wenn der Schlüssel wider Erwarten von seinem Vater versteckt wurde, dürften die Chancen gut stehen, dass er uns zu etwas führt, das unsere Ermittlungen nach vorne katapultieren wird. Aber wie gesagt, erst mal sollten wir unterstellen, dass Martin Redmann der Besitzer des Schlüssels war.«

»Die Frage bleibt also: Wo befindet sich dieses Schließfach?«

Sie schwiegen eine Weile und jeder hing seinen eigenen Gedanken nach. Plötzlich klopfte Karre mit dem Zeigefinger auf die Tischplatte. »Ich glaube, ich habe eine Idee.«

Willi zog die Augenbrauen hoch. »Tatsächlich? Dann lass mal hören.«

»Du erinnerst dich an dieses Hotelzimmer, das Martin Redmann als Tarnung angemietet hatte?«

»Ja. Glaubst du, in dem Hotel gibt es Schließfächer?«

»Nein, nicht in dem Hotel. Aber überleg mal. Wo liegt das Hotel?«

»Verflucht, du hast recht. Das könnte es sein.« Willi sprang von seinem Stuhl auf und hatte schon die Hälfte des Weges zur Tür zurückgelegt, als er ruckartig stehenblieb und sich umdrehte. »Was ist los? Worauf wartest du?«

»Vielleicht sollten wir nicht selbst hinfahren. Ich meine nur, falls wir beobachtet werden.«

Willi kehrte an den Tisch zurück und setzte sich. »Vielleicht ist es übertrieben, aber möglicherweise hast du auch recht. Silas Leben steht auf dem Spiel und wir können nicht vorsichtig genug sein. Was schlägst du vor? Hast du eine Idee?«

Karre kaute nervös auf seiner Unterlippe. Konnte er das, was ihm in diesem Moment durch den Kopf ging, wirklich verlangen? War es nicht unverantwortlich, einen unbeteiligten Dritten in die Ermittlungsarbeit hineinzuziehen? Noch dazu, wo sie wussten, wie gefährlich ihre Gegner waren? »Ich überlege mir was«, sagte er nur. »Lass uns meinen Wagen an Beckers Hütte abholen. Die Feuerwehr dürfte den umgekippten Baum ja inzwischen beseitigt haben.« Er griff nach dem noch immer auf dem Tisch liegenden Schlüssel und ließ ihn in seiner Hosentasche verschwinden. »Also, auf geht´s!«

KAPITEL 42

»Und du bist wirklich sicher, dass du das machen willst?« Karre sah Mia an, die neben ihm auf dem Beifahrersitz saß, und trommelte nervös mit den Fingern auf dem Lenkrad. »Komm, lass uns fahren. Es war eine Schnapsidee. Ich hätte dich das niemals fragen sollen.«

»Wieso denn nicht? Es ist doch nichts dabei. Ich gehe wie tausende andere Menschen vor mir und nach mir in den Hauptbahnhof, suche dieses Schließfach und komme wieder zurück, sobald ich den Inhalt in meinen Rucksack verfrachtet habe. Wieso glaubst du eigentlich, dass das Schließfach sich gerade hier befindet?«

Karre deutete auf das direkt neben dem Bahnhof gelegene IBIS-Hotel. »Er hatte dort ein Zimmer. Ich bin mir sicher, er hat das Zeug entweder auf dem Hin- oder auf dem Rückweg hier am Bahnhof deponiert. Aber noch mal: Ich glaube, mir wäre lieber, wir blasen das alles ab.«

»Quatsch! Jetzt gib schon den Schlüssel her.« Sie hielt ihm ihre geöffnete Hand entgegen.

»Also gut. Aber sei vorsichtig. Und wenn du das Gefühl hast, dass dich jemand beobachtet, machst du sofort kehrt und kommst zurück zum Wagen. Verstanden?«

Mia nickte. »Du bist der Boss.«

»Ganz genau. Und jetzt sieh zu, dass du loskommst.« Er beugte sich über ihren Schoß und öffnete die Beifahrertür.

Mia stieg aus und marschierte mit großen, selbstbewussten Schritten dem Haupteingang des Bahnhofs entgegen.

Die Minuten zogen sich wie Kaugummi. Karre saß im Wagen und beobachtete die Menschentrauben, die sich über den Fußgängerübergang Richtung Bahnhof und umgekehrt in die Innenstadt schoben. Immer wieder sah er auf die Uhr, doch die Zeit schien stillzustehen. War sie wirklich erst fünf Minuten lang weg? Es kam ihm vor wie eine Ewigkeit.

Als er einen Mann mit schwarzem Ledermantel und Sonnenbrille entdeckte, der sich mit schnellen Schritten dem Bahnhofseingang näherte, beschleunigte sich sein Puls. Er verspürte lediglich ein vages Gefühl, eine innere Stimme, die ihm signalisierte, dass es sich bei der Gestalt nicht nur um einen einfachen Fahrgast handelte. Hatte man sie beobachtet? War ihnen trotz aller Vorsicht jemand gefolgt, ohne dass es ihnen aufgefallen war?

Er malte sich aus, wie der Typ Mia dabei überraschte, wie sie das Schließfach öffnete und dessen Inhalt in ihrem Rucksack verstaute. Wie er ihr, von den vorbeiströmenden Menschenmassen vollkommen unbemerkt, ein Messer oder die spitze Nadel einer Spritze in den Hals stieß. Wie er den Rucksack an sich nahm und Mia inmitten der Hektik des Bahnhofs sterbend zurückließ.

»Verflucht!« Das alles dauerte schon viel zu lange. Vor Wut über sich und seinen vollkommen bescheuerten Plan, schlug er mit der Hand auf das Lenkrad. Wie um alles in der Welt hatte er Mia derart in Gefahr bringen können, nur, um von möglichen Beobachtern unbemerkt an den Inhalt des Schließfachs zu kommen? Hatte es keine andere Möglichkeit gegeben, als die vollkommen unbeteiligte, alleinerziehende Mutter eines kleinen Jungen in das tödliche Spiel hineinzuziehen?

Er riss die Wagentür auf, sprang aus dem Auto und sprintete in Richtung des Haupteinganges. Sein Blick wanderte hektisch umher, doch der Typ im Ledermantel schien wie vom Erdboden verschluckt. Karre rannte in Richtung der Schließfächer, während absurde Gedanken in seinem Kopf heranwuchsen. Hatte er Mia überhaupt genügend Geld gegeben, um das Schließfach zu öffnen? Schließlich musste Martin Redmann es schon vor einer ganzen Weile angemietet haben. Was, wenn er zu spät kam und nur noch Mias Leiche vorfand? Wenn er genauso zu spät kommen würde, wie bei Martin und Stella?

Außer Atem erreichte er die Schließfächer und sah sich hektisch um. Niemand war zu sehen. Keine Mia. Kein Mann im schwarzen Ledermantel. Niemand. Panik stieg in ihm auf. Er lief bis zum Hintereingang des Bahnhofes, ohne eine Spur von Mia zu entdecken, und kam zu dem Schluss, dass es vernünftiger war, zum Wagen zurückzukehren, um dort auf sie zu warten. Ja, vermutlich war sie schon längst zurück und wunderte sich, wo er sich rumtrieb.

Schnaufend wie eine alte Dampflok erreichte er den Audi. Mia war nicht da. Als er sich auf den Fahrersitz sinken ließ, wurde ihm schwarz vor Augen. »Alles, nur das nicht«, flüsterte er zu sich selbst. »Alles, nur das nicht.«

*

Er wusste nicht, wie oft er sie angerufen, aber lediglich ihre Mailbox erreicht hatte. Geschlagene fünfzehn Minuten dauerte es, bis das Handy auf seinem Schoß vibrierte und Mias Name auf dem Display erschien. Mit zitternden Fingern und von einer bösen Vorahnung befallen, nahm er das Gespräch an.

»Ja?«, fragte er zögernd.

»Karre, ich bin es.«

»Mia?« Vor Erleichterung schrie er ihren Namen und dachte im selben Moment, dass sie ihn vermutlich für vollkommen übergeschnappt hielt.

»Natürlich. Wen hast du denn erwartet?«

»In Herrgottsnamen. Wo bist du? Ich bin hier fast verrückt geworden vor Sorge um dich.«

»Da war so ein Typ mit einem schwarzen Ledermantel. Der sah echt finster aus.«

Also doch, dachte Karre und sank gegen die Lehne seines Sitzes. »Ja, den hab ich auch gesehen. Was ist mit dem?«

»Der kam mir irgendwie seltsam vor.«

»Und? Mensch Mia, lass dir doch nicht jedes Wort aus der Nase ziehen.«

»Ich habe gedacht, es wäre vielleicht besser, wenn ich nicht zu dir zum Wagen zurückkehre. Nur für den Fall, dass er wirklich auf der Suche nach uns ist. Also habe ich die U-Bahn genommen.«

»Du hast was?« Karre glaubte, sich verhört zu haben. »Die U-Bahn? Bist du vollkommen irre? Du solltest zu mir zurückkommen. Und zwar umgehend.«

»Muss ich mich zum Dank jetzt von dir beschimpfen lassen?«, fragte sie hörbar pikiert.

»Nein, natürlich nicht. Sorry. Aber ich habe mir echt Sorgen um dich gemacht. Wo bist du eigentlich?«

»Ich hab die U-Bahn Richtung Berliner Platz genommen. Kannst du mich am Kino abholen?«

»Am Kino?«

»Ja, am Cinemaxx. Ich nehme an, du weißt, wo das ist?«

»Sicher.«

»Also, wie lange brauchst du?«

»Fünf Minuten, schätze ich.«

»Okay, ich warte unten an den Treppen.«

Karre schüttelte den Kopf. Diese Frau war einfach unglaublich. »Mia?«

»Ja?«

»Hast du das Schließfach gefunden?«

Er konnte ihr Lächeln nicht sehen, glaubte aber, es zu hören. »Komm her und lass dich überraschen. Aber beeil dich. Es fängt gleich an zu regnen und ich habe keine Lust, mir wegen dir die Frisur zu ruinieren.«

Lachend legte er auf, startete den Wagen und gab Vollgas.

*

Nach vier Minuten brachte Karre den Wagen auf der schraffierten Sperrfläche neben dem Kinoaufgang zum Stehen. Mia wartete bereits auf ihn, stellte ihren Rucksack im Fußraum ab und ließ sich auf den Beifahrersitz fallen.

»Ist es mit dir immer so spannend?«, fragte sie lachend.

»Hör bloß auf. Ich könnte mir in den Hintern treten, dass ich dich überhaupt darum gebeten habe.« Karre amüsierte sich weitaus weniger über die Ereignisse der letzten halben Stunde. »Das war unverantwortlich. Eine totale Schnapsidee.« Dennoch wanderte sein Blick zu dem zwischen Mias Füßen stehenden Rucksack. »Und? Was war in dem Schließfach?«, fragte er. Augenblicklich erwachte sein Ermittlergeist zu neuem Leben.

Mia öffnete den Reißverschluss des Rucksacks und

noch während sie mit ihren Händen darin herumwühlte, sagte sie: »Ein USB-Stick. Und ein Laptop.»

»Bingo!«, entfuhr es Karre. Genau das hatte er gehofft. Dass sie endlich das Beweismaterial fänden, welches Martin Redmann und seine Halbschwester Stella Uhlig an sich gebracht hatten. Vielleicht würden sie nun endlich mehr über die Hintergründe des gefährlichen Spiels erfahren, das hinter den Kulissen der perfekten Anwalts- und Beraterwelt von Engelhardt & Partner ablief.

Mia zog das Notebook aus der Tasche und reichte es ihm.

Sofort klappte Karre es auf und schaltete es ein. »War ja klar«, seufzte er jedoch schon wenige Sekunden später und betrachtete das Eingabefeld der Passwortabfrage. »Da werde ich um die Hilfe eines Kollegen wohl nicht herumkommen.« Er klappte den Bildschirm zu und gab Mia den Computer zurück. »Dafür hast du auf jeden Fall was bei mir gut!«

»Ach weißt du, zwischendurch so ein bisschen Abenteuer ist gar nicht so schlecht. Ist mal was vollkommen anderes, als im Orchester Violine zu spielen. Ist dein Job eigentlich immer so spannend?«

»Nein, nicht immer. Aber im Augenblick kommt es öfter vor, als mir lieb ist. Hast du Hunger?«

Sie nickte. »Wie ein Bär.«

»Na, dann lass uns zusehen, dass das Raubtier etwas zwischen die Zähne kriegt, bevor es aus lauter Verzweiflung über mich herfällt.«

»Wäre das denn so schlimm?« Sie legte den Kopf schräg und sah ihn mit ihren grün-goldenen Augen an.

»Hmm … vielleicht sollte ich es tatsächlich darauf ankommen lassen.« Er startete den Wagen in dem Augenblick, als ein Taxi hinter ihnen wild zu hupen begann. Karre warf einen kurzen Blick in den Rückspiegel, bedachte den Taxifahrer mit einer eindeutigen Geste und lenkte seinen Wagen zurück auf die Straße. »Wie wäre es mit einem ordentlichen Steak?«

KAPITEL 43

»**W**as ist denn das schon wieder?« Jo Talkötter rollte verzweifelt mit den Augen, als Karre den Rucksack vor ihm auf die Arbeitsfläche legte.

Sein erster Weg an diesem Morgen hatte den Hauptkommissar in den Bau des »Maulwurfs« geführt, wie Jo auf Grund seiner unterirdischen Wirkungsstätte und seiner glasbausteinhaften Brillengläser spaßeshalber von den Kollegen genannt wurde. »Wir haben da was gefunden.«

»Wieder so eine Sache, von der niemand etwas wissen darf? Kommt in letzter Zeit ziemlich häufig vor, oder?«

»Jo, ich hab´s mir nicht ausgesucht. Schumacher will partout, dass wir uns aus der Sache raushalten. Aber das kann ich nicht.«

»Wegen Hanna«, stellte Talkötter fest.

»Auch. Aber vor allem, weil wir schon verflucht viel Energie in diese Angelegenheit gesteckt haben und ich nicht einsehe, dass Notthoff am Ende die Lorbeeren für unsere Arbeit einheimst. Und glaub mir: Genauso wird es kommen.

Er kann Leute einstellen, wie es ihm passt und er hat ein Budget zur Verfügung, von dem alle anderen Dezernate nur träumen können. Klar, dass dafür auch etwas von ihm erwartet wird: Er braucht Erfolge! Und bei der Frage, wie er die auf sein Konto kriegt, ist er nicht gerade zimperlich. Und das lasse ich mir nicht so einfach bieten.«

Talkötter rieb sein rechtes Ohrläppchen zwischen Daumen und Zeigefinger. »Kann ich verstehen. Und du weißt auch, dass du dich auf mich verlassen kannst. Aber wenn nur die Hälfte von dem rauskommt, was ich hier im Augenblick auf dem kleinen Dienstweg für dich erledige, dann bin ich meinen Job garantiert los.«

»Aber nicht, wenn du damit dazu beigetragen hast, einen der größten Fälle zu lösen, mit denen wir es jemals zu tun gehabt haben. Außerdem: Von uns erfährt es niemand.«

Talkötter stieß einen tiefen, langgezogenen Seufzer aus und streckte seine Hand nach dem Rucksack aus. »Also gut, gib schon her. Was ist das?«

»Ein Notebook und ein USB-Stick. Der Computer ist passwortgeschützt und mit der Datei auf dem Stick kann ich nichts anfangen. Vielleicht habt ihr ja eine Idee, was das ist.«

»Sasha ist wirklich top in so was.«

»Ich würde gerne so wenig Leute einbinden, wie irgend möglich.«

»Schon klar, aber wir brauchen jemanden, der in solchen Sachen fit ist. Zumal dieser Martin Redmann in Computersachen ja nicht gerade ein Greenhorn war. Und was das angeht, ist Sasha nun mal die stärkste Waffe, die wir haben. Karre, ich weiß, wem ich vertrauen kann.« Er nahm den Rucksack an sich. »Wir sehen es uns an. Es gibt übrigens Neuigkeiten zu dem Zeug, das du gestern angeschleppt hast.«

Karre lächelte zufrieden. »Das hatte ich gehofft, aber ich wollte dir damit nicht auf den Keks gehen. Und?«

»Komm mit.« Talkötter führte Karre in den Nebenraum, in dem die beiden schon das eine oder andere vertrauliche Vieraugengespräch geführt hatten. »Also, zuerst das Gewehr. Wie du bereits folgerichtig festgestellt hast, handelt es sich dabei um ein Scharfschützengewehr. Ein Wintores, um genau zu sein. Wir haben vor kurzem darüber gesprochen, du erinnerst dich?«

Karre nickte. »Als ich dir die Patronen vom Schrottplatz gebracht habe.«

»Exakt. Diese Patronen waren für so ein Gewehr, das Viersteins Leute auf dem Schrottplatz allerdings nicht finden konnten. Aber es kommt noch besser: Die ballistische Untersuchung hat ergeben, dass die Geschosshülsen, die du auf dem Schrottplatz gesammelt hast, aus der Waffe stammen, die du mir gestern gebracht hast. Woher auch immer die stammen mag.«

Karre sah Talkötter mit geweiteten Augen an. »Das bedeutet, dass der Besitzer dieser Waffe auf dem Schrottplatz damit geschossen hat. Vermutlich also Becker.«

»War Becker denn ausgebildeter Scharfschütze?«

»Nicht, dass ich wüsste. Waren denn Fingerabdrücke auf der Waffe?«

»Nein. Vierstein hat sie sich angesehen. Und bevor du etwas sagst: Selbstverständlich ebenfalls unter dem Mantel der Verschwiegenheit. Das Ding war blitzeblank.«

»Demnach könnte es also auch sein, dass Becker das Gewehr nicht selbst benutzt hat, sondern es lediglich für einen Dritten versteckt hat.«

»Möglich. Aber du weißt noch nicht alles.« Er deutete auf einen Stuhl. »Vielleicht solltest du dich setzen.«

Karre runzelte die Stirn, schüttelte aber den Kopf und

blieb stehen. »Was?«

Talkötter räusperte sich, bevor er antwortete. »Eine der Patronen, die du in diesem Waldstück an der Autobahn gefunden hast, wurde ebenfalls mit dieser Waffe abgefeuert.

Karre schluckte, taumelte rückwärts und ließ sich auf den Stuhl fallen, den Talkötter ihm zuvor angeboten hatte. Die Bombe war geplatzt, der Kreis hatte sich geschlossen. Sandras Unfall war mitnichten ein Unfall gewesen. Genau wie er es die ganze Zeit über gewusst hatte. Jemand hatte auf ihren Wagen geschossen. Mit einem Scharfschützengewehr, das er in Beckers Schrebergartenhütte entdeckt hatte. Aber war Becker auch der Schütze? War er der Mörder von Sandra und Hanna?

»Was glaubst du«, fragte er Talkötter, »wie schwer es ist, ein auf der Autobahn fahrendes Fahrzeug so zu treffen, dass es verunglückt?«

»Ich schätze, der Täter hat auf einen der Reifen gezielt. Vermutlich auf einen der Vorderreifen. Und ich würde sagen, um so einen Schuss zu landen, sollte es schon einer gewissen Übung oder Ausbildung bedürfen.«

»Also reden wir tatsächlich über einen Scharfschützen? Einen Profi.«

»Davon würde ich ausgehen.«

»Damit dürfte Becker ausscheiden. Jedenfalls nach allem, was ich über ihn weiß. Und auch Cherchi dürfte damit aus dem Rennen sein. Jedenfalls gibt es keine Hinweise, dass er zu einem solchen Schuss fähig gewesen sein könnte. Sein Mittel der Wahl waren eher extrem kurze Distanzen. Das bedeutet, was Hannas Mörder angeht, stehen wir wieder mehr oder weniger am Anfang.«

»Tut mir leid.«

»Das ist doch nicht deine Schuld. Im Gegenteil. Ohne dich und deine Leute wüssten wir nicht die Hälfte von dem, was wir bisher herausgefunden haben.«

»Und dann ist da noch die Teichfolie«, wechselte Talkötter das Thema.

Karre blickte auf. »Was ist damit?«

»Das Ende passt exakt an das Stück, in das Redmanns Leiche eingewickelt worden ist.«

»Okay. Das überrascht mich zwar nicht, aber wenigstens haben wir jetzt Gewissheit, dass Becker auch in den Mord an Redmann involviert war. Ob als alleiniger Täter oder nur als Gehilfe, um die Leiche zu beseitigen, werden wir wohl nicht mehr herausfinden. Da die Tatwaffe aber Sergei Cherchi gehörte, dürfte das Duo auch in diesem Fall gemeinsame Sache gemacht haben. Jo, ich danke dir.«

»Keine Ursache.«

»Und ihr meldet euch, wenn ihr etwas hinsichtlich des Sticks oder des Laptops herausgefunden habt?«

»Sicher. Sobald wir etwas haben, lassen wir es euch wissen. Und jetzt verschwinde, damit ich dieses Zeug hier wegschaffen kann, bevor Schumacher oder Notthoff auftauchen und unangenehme Fragen stellen.«

KAPITEL 44

Karres erster Blick beim Betreten des Büros fiel auf Willi Hellmann, der an dem Besprechungstisch saß und einen Stapel handschriftlicher Notizen durchblätterte. Viktoria hantierte unterdessen an der inzwischen nicht mehr auf dem Boden, sondern immerhin auf einer Umzugskiste stehenden Kaffeemaschine herum.

Hellmann gegenüber saß Karim, seine Hände umklammerten einen vollen Becher Kaffee. Offenbar hockte der Kommissar schon eine ganze Weile dort, denn Karre bemerkte, dass der Kaffee in seinem Becher nicht mehr dampfte. Karims Gesicht war ungewöhnlich blass und die tief eingesunkenen Augen zeugten von einer mehr oder weniger schlaflosen Nacht. Die Sorge um Sila ging ihm allmählich an die Substanz.

»Morgen zusammen«, grüßte Karre die Kollegen und ließ sich auf dem Stuhl neben Karim nieder. »Gibt es Neuigkeiten?«

»Nein. Es hat sich niemand gemeldet.«

»Das heißt, es gibt auch keinen neuen Link zu dieser Webcam?«

»Nein, nichts. Die Typen lassen uns schmoren.«

»Das bedeutet, wir können nur so weitermachen, wie bisher, und hoffen, dass wir irgendwann auf eine Spur stoßen.«

Karim vergrub das Gesicht in seinen Händen.

»Glaubt mir«, fuhr Karre fort, »ich bin damit alles andere als glücklich. Aber im Augenblick können wir wirklich nicht mehr tun.«

»Mir gefällt das auch nicht, aber Karre hat leider recht«, stimmte Willi Hellmann ihm zu. Der Hauptkommissar hatte das Gespräch bis dahin schweigend verfolgt. »Unsere einzige Chance besteht darin, weiterzumachen und zu hoffen, dass wir irgendetwas finden, was uns weiterbringt.« Er schob die Notizblätter, die er bei Karres Ankunft studiert hatte, zu Karim zurück.

»Wie geht es dir eigentlich?«, fragte Viktoria, die mit je einer Tasse Kaffee für Karre und für sich selbst an den Tisch zurückkehrte. »Ich meine, wegen der Beerdigung.«

Mit Schrecken dachte Karre an den bevorstehenden Tag, der mit Sicherheit einer der schlimmsten seines Lebens werden würde. »Es geht schon. Sandras Eltern haben mir bei der Organisation sehr viel abgenommen. Dafür bin ich ihnen echt dankbar. Ich weiß nicht, ob ich das alles durchgestanden hätte. Das Gespräch mit dem Bestatter war schon mehr, als ich ertragen konnte.«

»Du weißt, dass wir für dich da sind«, sagte Viktoria und warf Karim einen kurzen Blick zu, den dieser mit einem kaum wahrnehmbaren Nicken erwiderte.

»Danke«, sagte Karre und nippte an dem heißen Kaffee. »Das weiß ich.«

»Kommt Mia auch?«, fragte Viktoria.

»Ja, ich nehme es an.« Karre fragte sich, ob Viktorias

Frage einen bestimmten Hintergrund hatte, verwarf den Gedanken aber sogleich wieder, um sich den unmittelbar anstehenden Aufgaben zu widmen. »Und was morgen angeht: Ich weiß echt nicht, wie ich diesen Tag überstehen soll. Aber bis dahin sollten wir die nächsten vierundzwanzig Stunden nutzen, um im Fall Goeßling weiterzukommen. Und was noch viel wichtiger ist: Wir müssen herausfinden, wo Sila ist und zusehen, dass wir sie da rausholen.« Er sah Viktoria und Karim an. »Habt ihr Neuigkeiten über Goeßlings Sohn herausgefunden?«

»Allerdings.« Viktoria blickte in die angespannten Gesichter von Karre und Willi. »Wie besprochen haben Karim und ich uns gestern noch einmal unseren Zahnarzt vorgenommen. Und dessen Weste ist mitnichten so rein, wie er uns Glauben machen wollte. Allerdings muss ich zugeben, dass Talkötters Team uns ziemlich weitergeholfen hat. Was die über das Internet alles rauskriegen, ist wirklich beeindruckend.«

»Genaugenommen war es Sasha«, ergänzte Karim. »Jo hat da einen echten Sechser im Lotto gelandet. Aber offenbar hat er nicht nur die Leute, die sich mit so etwas auskennen, sondern auch die technischen Möglichkeiten, Dinge ans Tageslicht zu zerren, von denen wir nur träumen können. Als ich ein bisschen nachgebohrt habe, wie so etwas funktioniert, hat er allerdings ziemlich rumgedruckst. Keine Ahnung, was da hinter Talkötters verschlossenen Türen vor sich geht, aber wir sollten froh sein, davon zu profitieren.«

Karre sah Viktoria an. »Du, ich hab da mal ne blöde Frage: Ist Sasha eigentlich eine Kollegin oder ein Kollege?«

Viktorias Gesicht nahm einen gleichermaßen amüsierten wie verwunderten Ausdruck an. »Wieso fragst du denn das ausgerechnet mich?«

Karre spürte, dass er errötete. »Äh, keine Ahnung. Ich habe gedacht, du hast Antennen für so was.«

»Ist das denn so wichtig? Ich meine, wenn es dich so sehr interessiert und du dich nicht zu fragen traust, kann ich das gerne für dich in Erfahrung bringen.«

»Danke, aber lass mal lieber. Irgendwann werden wir es schon erfahren. Und bis dahin spielt es tatsächlich keine Rolle. Erzählt lieber mal, was dieses Wunderkind der Technik über Goeßling Junior herausgefunden hat.«

»Willst du uns nicht erst mal berichten, ob deine Suche nach dem Schließfach von Erfolg gekrönt war?« Willi bedachte Viktoria und Karim mit einem kurzen Blick. »Karre hatte gestern nämlich die Idee, das Schließfach könnte sich im Hauptbahnhof befinden. Direkt neben dem Hotel, in dem Martin Redmann sich das Zimmer zur Tarnung genommen hatte.«

Viktoria schlug sich mit der flachen Hand gegen die Stirn. »Na klar! Der Bahnhof! Mensch, darauf hätten wir auch früher kommen können, anstatt sämtliche Banken abzutelefonieren. Und? Hast du was gefunden?«

Karre lächelte. »Habe ich. Aber zuerst seid ihr dran. Also, was ist mit Goeßling?«

Karim breitete mehrere beschriebene Blätter vor sich auf dem Tisch aus und räusperte sich, bevor er mit seinem Bericht begann.

»Ihr erinnert euch, dass Christian Goeßling sehr erfolgreich im Bereich Kieferchirugie unterwegs ist und eine eigene Praxis betreibt. Dennoch plant er derzeit ein sehr ambitioniertes Projekt: den Bau einer privaten Zahnklinik. Dazu benötigt er ein geeignetes Grundstück. Ein solches befindet sich im Besitz seines Vaters. Offenbar scheint Rudolf Goeßling aber nicht bereit gewesen zu sein, seinem Sohn das Grundstück für seine Pläne zur Verfügung zu stellen, was zu einer nicht unerheblichen Verzögerung der Umsetzung von Christian Goeßlings Plänen geführt haben dürfte.

Es ist allerdings nicht nur eine Zeitfrage. Goeßling hat schon sehr viel Geld in entsprechende Planungen gesteckt. Diese basieren allesamt auf der Annahme, dass die Klinik auf dem Grundstück seines Vaters gebaut wird. Für dieses Grundstück gibt es seitens der Stadt auch schon eine genehmigte Bauvoranfrage. Es dürfte Goeßling also in ziemliche Schwierigkeiten bringen, wenn sein Vater ihm plötzlich den Zugriff auf das Grundstück verweigert.

Insbesondere, weil seine Kostenkalkulation und die entsprechenden Finanzierungsmodelle auf dem Preis basieren, den sein Vater vor Urzeiten für das Grundstück bezahlt hat. Wenn er nicht gar davon ausgegangen ist, das Grundstück kostenlos oder gegen einen geringen Mietzins nutzen zu können. Heute ein vergleichbares Grundstück zu erwerben, sofern man denn überhaupt eines findet, würde die Gesamtkosten des Projektes explodieren lassen und möglicherweise dazu führen, dass die finanzierenden Banken nicht mitspielen würden. Der Traum von der eigenen Privatklinik wäre damit geplatzt.

Wie wir wissen, hatte der alte Goeßling offenbar andere Pläne mit dem Grundstück. In seiner Wohnung haben wir einen Vertragsentwurf für den Verkauf gefunden. Den Erlös dieser Transaktion sollte gemäß seinem Testament seine Haushälterin Gillian Ward bekommen. Abgesehen von einem gewissen Pflichtteil hätten sein Sohn und seine Tochter also wohl tatsächlich in die Röhre geguckt, so unglaublich das auch klingen mag. Wir haben diesbezüglich mit einem Anwalt für Erbrecht gesprochen, der uns dies bestätigt hat.

So gesehen hätten Goeßlings Kinder, insbesondere aber wohl sein Sohn, durchaus Gründe gehabt, für ein vorzeitiges Ableben ihres Vaters zu sorgen. Denn gemäß Testament sollte Gillian Ward ja lediglich das Barvermögen erben, nicht aber den übrigen Besitz. Ob Viola und Christian Goeßling von diesem Testament wussten und ob sie eventuell eine weitere Kopie vernichtet haben, ohne von der Ausfertigung in der Matratze etwas zu ahnen, können wir nicht mit Bestimmtheit sagen.

Kommen wir aber noch einmal zu Christian Goeßling. Sasha hat herausgefunden, dass seine finanzielle Lage bei weitem nicht so rosig ist, wie seine Villa und die Luxuskarossen vermuten lassen.«

»Was genau bedeutet das?«, fragte Karre, der bis dahin keine Anstalten gemacht hatte, Karims Vortrag zu unterbrechen. »Die Sache mit dem Grundstück wussten wir ja bereits, aber was habt ihr sonst noch herausgefunden?«

»Christian Goeßling hat ziemlichen Ärger am Hals. Und das schon etwas länger.«

»Mensch, mach´s nicht so spannend«, unterbrach Karre seinen Kollegen. »Mit wem?«

»Mit dem Finanzamt«, antwortete Karim, der seinen Kaffee zwar noch immer nicht angerührt hatte, sich aber weiterhin an dessen Behältnis festklammerte.

»Ups. Finanzamt? Das klingt in der Tat unangenehm«, bestätigte Karre. »Worüber sprechen wir?«

Karim lehnte sich in seinem Stuhl zurück und musterte seine Kollegen mit einem wissenden Lächeln auf den Lippen. »Wir sprechen über offene Steuernachzahlungen von fast zweihundertfünfzigtausend Euro.«

»Ach du Scheiße.« Nun lehnte sich auch Karre in seinem Stuhl zurück. »Eine Viertelmillion? Wie kann denn so was?«

»Offenbar hat er es mit Einkommensteuervorauszahlungen nicht so genau genommen und stattdessen etwas zu viel Geld ausgegeben. Sein Lebensstil lässt das zumindest vermuten. Die Details kenne ich nicht, aber ihm scheint das Wasser bis zum Hals zu stehen.«

»Und wie kommt er aus der Nummer wieder raus?«

»Er muss zusehen, dass er das Geld auftreibt. Notfalls durch den Verkauf seines Hauses. Oder er muss die Autos versilbern oder was er sonst noch so an wertvollem Zeug besitzt. Auf jeden Fall braucht es durchaus etwas Zeit, derartige Luxusgegenstände für einen halbwegs vernünftigen Preis unters Volk zu bringen.«

»Gibt es Alternativen zu einem Verkauf?«, fragte Willi.

»Er könnte zu einem Pfandleiher oder einem Kredithai gehen«, schlug Viktoria vor. »Aber damit käme er vermutlich vom Regen in die Traufe.«

»Und was passiert, wenn er die Kohle nicht rechtzeitig auftreibt?«, wollte Karre wissen.

»Dann geht er in den Knast.«

»Okay. Das sind dann eher weniger rosige Aussichten. Wie lange hat er noch Zeit, das Geld zu besorgen?«

»Laut Sasha laufen Fristen für mehrere Beträge in ein paar Tagen ab. Jedenfalls dann, wenn das Finanzamt ihm keinen weiteren Aufschub gewährt. Und in Anbetracht seiner Historie und der bisherigen Zahlungsmoral, ist es wohl eher unwahrscheinlich, dass sie sich auf einen weiteren Deal einlassen.«

»Also steht ihm das Wasser tatsächlich bis zum Hals. Die Gefahr, jetzt auch noch das Klinik-Projekt in den Sand zu setzen, dürfte ihn also ziemlich unter Druck setzen.«

»Oh Mann, wenn das kein Motiv für den Mord an Rudolf ist«, konstatierte Willi, während Karim sich nun doch dazu durchrang, einen Schluck Kaffee zu trinken. »Außerdem möchte ich noch mal daran erinnern, dass wir sein Alibi aus den bekannten Gründen nicht exakt überprüfen können. Der dringende Tatverdacht sollte aus meiner Sicht für die richterliche Anordnung von Untersuchungshaft ausreichen. Zumal, wenn wir glaubhaft machen können, dass Fluchtgefahr bestehen könnte. Und wenn keine U-Haft, dann sollten wir uns zumindest mal mit ihm auf dem Präsidium unterhalten. Oder was meint ihr?«

Karre sah in die Runde und erzeugte mit seinen Fingerknöcheln unangenehme Knackgeräusche. »Wir fahren zu ihm und nehmen ihn vorläufig fest. Wegen Flucht- und Verdunkelungsgefahr. Um den U-Haft-Beschluss kümmern wir uns anschließend. Und selbst wenn wir keinen bekommen sollten, haben wir bis morgen Abend Zeit, bevor wir Goeßling gehen lassen müssen. Mal sehen, ob wir ihn in dieser Zeit nicht zum Singen bringen.« Er blickte in die Runde. »Irgendwelche Einwände?«

Es gab keine.

»Okay, dann werden wir Herrn Dr. Goeßling mal einen Besuch abstatten. Wer möchte?«

»Vicky und du, ihr habt doch schon einmal mit ihm gesprochen. Ich denke, es macht demzufolge Sinn, wenn ihr das übernehmt«, schlug Willi Hellmann vor.

Karre und Viktoria tauschten einen flüchtigen Blick aus, den Karre als Zustimmung seiner Kollegin interpretierte. »Gut. Dann machen wir uns auf den Weg.«

Er war bereits aufgestanden, als Willi Hellmann sich nochmals räusperte. »Wolltest du uns nicht noch von dem Schließfach berichten?«

»Richtig, das hätte ich in dem ganzen Trubel ja beinahe vergessen.« Er setzte sich wieder hin und während er die Ärmel seines Hemds bis über die Ellbogen hochkrempelte, begann er zu berichten. »Also, das war wie folgt …«

KAPITEL 45

Sie betraten das mit weißem Mamorfußboden ausgestattete Foyer der Arztpraxis. Abstrakte, deckenhohe Gemälde schmückten die mit weißem Putz versehenen Wände. Indirektes Licht schaffte eine beruhigende, heimelige Atmosphäre. Karre fiel auf, dass er nicht einmal den sonst für Zahnarztpraxen so typischen Geruch wahrnahm. Stattdessen hing ein blumiger, frühsommerlicher Duft in der klimatisierten Luft.

Die junge Frau an dem mit Milchglas verkleideten Tresen empfing sie mit einem strahlendweißen Lächeln. Das hellblonde Haar trug sie kinnlang und auf ihrem rechten, oberen Eckzahn glitzerte ein kleiner Diamant.

Karre stellte zuerst Viktoria und anschließend sich selbst vor, wobei das Lächeln auf dem Gesicht der jungen Angestellten sich merklich verkrampfte, als Viktoria und er ihre Ausweise aus der Tasche zogen und auf den Tresen legten. »Wir würden gerne mit Herrn Goeßling sprechen. Ist er im Haus?«

»Herr Dr. Goeßling befindet sich in einer Behandlung. Es wird sicher länger dauern. Ich kann Ihnen gerne einen Termin geben. Sagen wir ...« Sie richtete ihren Blick auf den für Karre nicht einsehbaren Computerbildschirm.

»Nicht nötig«, unterbrach er sie. »Wir werden warten.« Sein Blick wanderte durch das Foyer. »Sind dort die Behandlungsräume?«

»Ja, aber ...«

»Gut, wir warten dort.« Er deutete auf einen Raum, dessen Tür offenstand. »Schicken Sie Ihren Chef bitte zu uns, sobald er mit der aktuellen Behandlung fertig ist.«

Die junge Frau holte tief Luft, um etwas zu erwidern, aber Karre ließ sie nicht zu Wort kommen. »Danke, das ist sehr freundlich von Ihnen.«

Karre und Viktoria zogen sich in das freie Behandlungszimmer zurück. Karre lehnte die Milchglastür hinter ihnen an, so dass sie zwar niemand sehen konnte, sie aber nach wie vor mitbekamen, was sich draußen im Foyer tat.

»Musstest du sie gleich so grob angehen?«, fragte Viktoria während sie die an den Wänden hängen Fotos diverser Sportwagen und Hochseesegelyachten betrachtete. »Sie macht schließlich auch nur ihren Job.«

»Findest du, ich war zu hart?«

»Ehrlich gesagt, ja.«

»Tut mir leid, falls ich etwas übers Ziel hinausgeschossen bin.«

»Das solltest du vielleicht ihr sagen und nicht mir.«

In diesem Augenblick wurde die Tür des Behandlungszimmers aufgestoßen und Christian Goeßling betrat den Raum. Er musterte die beiden Ermittler mit einem abschätzigen Blick, reichte aber dennoch zuerst Viktoria und anschließend Karre die Hand. »Was kann ich für Sie tun? Er sah demonstrativ auf seine Armbanduhr. »Bitte sehen Sie es mir nach, aber ich bin den ganzen Tag durchgetaktet. Für spontane Pläuschchen ist da eigentlich kein Raum.«

»Wir sind auch nicht gekommen, um mit Ihnen ein Pläuschchen zu halten, wie Sie es so schön formuliert haben«, konterte Karre.

»Was verschafft mir denn dann die Ehre? Sind Sie gekommen, um mir mitzuteilen, dass Sie den Mörder meines Vaters gefasst haben?«

»Möglicherweise«, antwortete Karre und musterte das Gesicht des Arztes. War er nervös? Nervöser, als es ein spontaner Besuch der Polizei erklärte? Doch so sehr Karre sich bemühte, Goeßlings Mienenspiel zu entschlüsseln – er ließ sich nicht in die Karten blicken. »Vor allem aber sind wir zu Ihnen gekommen, um mit Ihnen ein paar Dinge zu besprechen, die Sie uns bei unserer letzten Unterhaltung vorenthalten haben. Zuerst einmal bin ich mir sicher«, begann Karre, »dass Sie den Inhalt des Testaments Ihres Vaters sehr wohl kennen.«

»Das ist nichts weiter als eine Unterstellung. Ich kenne es nicht. Aber es bedarf wohl keiner großen Phantasie, sich vorzustellen, dass eine derart große Erbschaft, wie sie mir bevorsteht, für Ihre Ermittlungen in Sachen Mordmotiv ein gefundenes Fressen darstellt.« Goeßling lehnte sich mit vor der Brust verschränkten Armen an eine der Arbeitsflächen. »Sind Sie deswegen gekommen?«

»Sehen Sie, das genau ist der Punkt. Wir sind im Laufe unserer Ermittlungen nämlich zu der Auffassung gekommen, dass dieses Testament für Sie keinesfalls so erfreulich ist, wie Sie uns Glauben machen wollen. Ganz im Gegenteil.«

»Was soll das heißen? Ganz im Gegenteil ...«

»Wissen Sie, dass Ihr Vater im Begriff war, das besagte Grundstück, auf dem Sie Ihren imposanten Klinikneubau planen, zu verkaufen?«

»Wie bitte? Das höre ich zum ersten Mal. Woher haben Sie denn diesen Schwachsinn?«

»Es gibt eine Art Vorvertrag, den wir bei den Unterlagen Ihres Vaters gefunden haben«, erklärte Viktoria. »Das Verhältnis zwischen Ihnen und Ihrem Vater war offensichtlich nicht das beste. Woher kam der Bruch zwischen Ihnen? Wollte Ihr Vater, dass Sie seine Firma übernehmen, wohingegen Sie sich der Zahnmedizin verschrieben hatten? War er deswegen wütend auf Sie? Wollte er genau aus diesem Grund nicht, dass Sie von dem Geld profitieren, dass aus dem Verkauf seines Lebenswerkes stammte?

Die Firma, die er aus dem Nichts geschaffen hat und die er seiner Ansicht nach nur verkaufen musste, weil Sie sie nicht weiterführen wollten? Wir wissen aus zahlreichen Gesprächen, dass Ihr Vater kein einfacher Charakter war. Und dass er es gewohnt war, dass die Menschen um ihn herum nach seiner Pfeife tanzten. Und genau damit wollten Sie sich nicht länger abfinden und haben sich gegen seinen Willen für das Medizinstudium entschieden.

Ihr Vater konnte das nicht verhindern, aber auf dem Totenbett wollte er Ihnen dafür eins auswischen. Weil er Ihnen auch nach all den Jahren nicht verziehen hatte. Und deshalb ernannte er seine Haushälterin – oder welche Rolle Gillian Ward auch immer für Ihren Vater gespielt haben mochte – zu seiner Haupterbin.«

Goeßling sah Viktoria mit vor Wut aufblitzenden Augen an. »Wie kommen Sie auf diesen Scheiß?«

Viktoria reagierte gelassen auf die zunehmende Unbeherrschtheit ihres Gegenüber. »Sie selbst haben uns erzählt, Ihr Vater habe das Grundstück mit einem Teil des Geldes erworben, dass er aus der Veräußerung seines Unternehmens erzielt hat. Und deswegen bin ich mir ziemlich sicher, mit meiner These verdammt nah an der Wahrheit zu liegen. Und da ist noch etwas, das mich in meiner Annahme bestätigt: Wir haben das Testament von einem Anwalt prüfen lassen. Sie erhalten vom Verkaufserlös nicht mehr, als den Ihnen zustehenden Pflichtteil.«

Von einer Sekunde zur anderen wich jegliche Farbe aus Goeßlings Gesicht. »Das ist nicht wahr«, murmelte er und wandte sich von den beiden Ermittlern ab. »Dieser verfluchte, senile, alte Sack. Damit kommt er nicht durch. Niemals!« Das letzte Wort schrie er und schlug mit der Faust so heftig auf die Arbeitsplatte, dass einige ineinandergestapelte Kunststoffbecher umfielen.

»Herr Goeßling«, versuchte Karre ihn zu beruhigen, und legte eine Hand auf die Schulter des Zahnarztes.

Dieser fuhr herum, schlug Karres Hand beiseite und schrie: »Fassen Sie mich nicht an!«

Karre hob beschwichtigend die Hände. »Ganz ruhig! Und wenn Sie sich jetzt nicht zusammenreißen, dann legen wir Ihnen auf der Stelle Handschellen an und führen Sie mitten durch das Foyer an ihren Patienten und Angestellten vorbei zu unserem Wagen. Was halten Sie davon?«

»Ja, schon gut«, presste er zwischen zusammengebissenen Zähnen hindurch.

»Setzen Sie sich.« Karre deutete auf den Behandlungsstuhl, woraufhin Goeßling ihn fragend ansah. »Es ist mir einfach lieber, wenn ich weiß, dass Sie nicht plötzlich um sich schlagen können. Wenn ich also bitten dürfte.« Noch einmal deutete er auf den Stuhl und Goeßling folgte seiner Anweisung. Karre fand es bemerkenswert, wie sich der selbstbewusste, gutaussehende Arzt binnen Sekunden in ein jämmerliches Häufchen Elend verwandelt hatte. Und dabei hatten sie gerade erst begonnen. »Wie steht es eigentlich um Ihre Beziehung zum Finanzamt?«

Bei dieser Frage löste sich auch die letzte verbliebene Gesichtsfarbe in Wohlgefallen auf. »Mit dem ... Finanzamt?«, krächzte Goeßling. »Aber wieso ...?«

»Weil Ihre nicht gerade unerheblichen Schulden und die in Kürze ablaufenden Fristen Sie möglicherweise ins Gefängnis bringen könnten. Und das in Verbindung mit der Tatsache, dass Ihr Lebenstraum von dieser Privatklinik derzeit am seidenen Faden baumelt, könnte in Kombination mit den Erkenntnissen, die ich Ihnen eben geschildert habe, durchaus den Schluss zulassen, dass Sie ein überaus dringendes Interesse hatten, Ihren Vater aus dem Weg zu räumen.

Und sein unsägliches Testament verschwinden zu lassen. Das Testament, in dem er nicht Ihnen, sondern seiner Hausangestellten Gillian Ward den Großteil seines Barvermögens vererbt. Wenn man also von dem – wenn auch nicht gerade geringen – Pflichtteil absieht, hätten Sie bei der Eröffnung des Testaments ziemlich in die Röhre geschaut. Und ich nehme Ihnen nicht ab, dass Sie davon nichts wussten.«

»Das können Sie nicht beweisen.« Sabber spritzte aus Goeßlings Mund, während er dem Hauptkommissar die Worte entgegen spie. »Außerdem habe ich ein Alibi. Schon vergessen? Ich war mit meiner Frau auf den Seychellen.«

»Ein Alibi, das leider nicht viel wert ist, da wir den Todeszeitpunkt Ihres Vaters nicht so exakt eingrenzen können, dass wir ausschließen könnten, dass Sie nicht erst nach seinem Tod geflogen sind.«

Goeßling schüttelte den Kopf. »Sie versuchen, mir hier etwas in die Schuhe zu schieben. Alles, was Sie mir gerade eben erzählt haben, ist ausgemachter Schwachsinn.«

»Herr Goeßling«, sagte Viktoria, »es tut mir leid, aber Sie werden diesen Schwachsinn gemeinsam mit uns auf dem Präsidium noch einmal durchgehen müssen. Wenn ich Sie also bitten dürfte, uns zu begleiten?«

Goeßlings Augen verengten sich zu schmalen Schlitzen. »Nein, das dürfen Sie nicht«, sagte er ruhig, aber in seiner Stimme schwang etwas Bedrohliches mit. »Ich habe den Kalender voller Termine und ich werde in den nächsten sieben bis acht Stunden keinen Fuß aus dieser Praxis setzen.«

»Ist das Ihr letztes Wort?«, fragte Karre.

»Allerdings!«

»Gut.«

Goeßling sah Karre irritiert an. »Gut? Das war´s?«

»Ja.« Karre setzte ein süffisantes Lächeln auf. »Herr Dr. Goeßling, wir nehmen Sie vorläufig fest. Aus unserer Sicht sind Sie dringend verdächtig, Ihren Vater, Rudolf Goeßling, ermordet zu haben. Zudem besteht dringende Flucht- und Verdunkelungsgefahr.«

»Haben Sie jetzt vollkommen den Verstand verloren?« Goeßling wollte sich mit Schwung aus dem Behandlungsstuhl erheben, doch Karre drückte ihn zurück in seine halb liegende Position. Zudem zog er ein paar Handschellen aus der Gesäßtasche seiner Hose und hielt sie dem verdutzten Arzt unter die Nase. »Sie haben die Wahl. Entweder Sie verhalten sich jetzt friedlich und begleiten uns, oder wir müssen die hier benutzen.« Er ließ eine der beiden Zahnrasten nach unten fallen, so dass ein metallisches Scheppern ertönte. »Was denken Sie?«

»Also gut, ich komme mit Ihnen.« Langsam und ungewohnt schwerfällig erhob sich Goeßling aus seinem Stuhl. »Aber glauben Sie mir, das wird ein Nachspiel haben.«

*

Sie würden abwarten müssen, ob der Richter ihren Ansichten folgte und Christian Goeßling in Untersuchungshaft beließ, damit sie in Ruhe die Beweiskette vervollständigen konnten. Gestanden hatte der Zahnarzt den Mord an seinem Vater während der letzten Verhörstunden trotz aller Beharrlichkeit der Ermittler jedenfalls nicht. Und Goeßlings herbeigeeilter Anwalt hatte es ihnen nicht gerade leichter gemacht, Goeßling in die Zange zu nehmen.

Karre fuhr nach Hause, um Kraft für den kommenden Tag zu tanken. Mia hatte angeboten, ihm an diesem Abend Gesellschaft zu leisten, doch er hatte abgelehnt. Jedenfalls vorerst, denn er hatte das Gefühl, die letzten Stunden vor Hannas Beerdigung alleine verbringen zu wollen.

Was Karim betraf, so hatte dieser nicht die geringste Ahnung, wie er den Tag ohne die Ablenkung laufender Ermittlungen überstehen sollte, ohne vor Sorge um Sila und ihr Baby den Verstand zu verlieren. Dennoch verabschiedete er sich von den Kollegen und fuhr nach Hause.

Willi und Viktoria blieben noch ein paar Stunden im Büro, um einmal mehr alle Fakten im Fall Goeßling zusammenzutragen. Ganz sicher würde Schumacher über kurz oder lang auf der Matte stehen und einen zusammenfassenden Bericht der derzeitigen Faktenlage fordern. Zudem hatten Viktoria und Willy die leise Hoffnung, dass Jo Talkötter vielleicht schneller als erwartet mit Ergebnissen zu Martin Redmanns Laptop und dem USB-Stick aufwarten konnte. Eine Hoffnung, die sich, wie sich später herausstellte, nicht erfüllen sollte.

Als sie sich schließlich voneinander verabschiedeten, wussten beide, dass der folgende Tag kein guter werden würde und dass sie nicht mit einem wesentlichen Fortschreiten der Ermittlungen rechnen konnten. Welche Steine ihnen darüber hinaus in den Weg geworfen werden sollten, ahnten sie allerdings noch nicht.

KAPITEL 46

Karims Augen ruhten auf dem Sarg, der, umgeben von einem Meer aus Blumen und Kränzen, in der kleinen Kapelle auf einem niedrigen Podest aufgebaut worden war und dessen weißes Holz Gestecke violettfarbener Gerbera schmückten. Obwohl er immer wieder versuchte, sich auf den vor ihm liegenden Abschied von Karres Tochter Hanna zu fokussieren, kreisten seine Gedanken um Sila und ihr ungeborenes Baby.

Wo wurden die beiden gefangengehalten? Ging es ihnen gut? Wenigstens den Umständen entsprechend? Würden die Täter sie gehen lassen, oder hatten sie die werdende Mutter und das in ihr heranwachsende Leben bereits getötet? Sie aus dem Weg geschafft, weil sie ihnen zwar als temporäres Druckmittel nützlich waren, weil sie letztendlich aber genau wussten, dass der richtige Zeitpunkt für ihre Freilassung niemals kommen würde. Nicht, solange Karre sich mit Haut und Haar der Suche nach Hannas Mördern verschrieben hatte.

Den Mördern seiner geliebten Tochter, deren Leben mit gerade einmal sechzehn Jahren auf so grausame Weise geendet hatte und deren toter Körper in dem nur wenige Meter von ihm entfernt stehenden Sarg zur letzten Ruhe gebettet werden sollte. Er spürte, wie sich seine Augen mit Tränen füllten, als ihm jemand von hinten auf die Schulter tippte. Willi Hellmann, in Begleitung seiner Frau Leni.

»Karim, wir müssen kurz reden.«

»Okay«, flüsterte Karim. »Was ist los?«

»Lass uns nach draußen gehen.« Willi bat Leni, für sie beide schon einmal einen freien Platz zu suchen, und versicherte ihr, dass das Gespräch mit Karim nicht viel Zeit in Anspruch nehmen würde.

Gemeinsam verließen die beiden Ermittler die Kapelle und traten hinaus auf den Friedhof. Eigentlich, fand Karim, hätte der Himmel an einem solchen Tag weinen müssen. Doch obwohl es erst elf Uhr am Morgen war, zeigte das an einer der Steinsäulen des Gebäudes montierte Thermometer bereits zu dieser frühen Stunde über zwanzig Grad und die Sonne strahlte aus einem stahlblauen Himmel. Kein Lufthauch regte sich zwischen den auf dem Vorplatz Spalier stehenden Eiben. Unpassender hätte das Wetter kaum sein können, dachte Karim, während er Willi zu einem Springbrunnen in der Mitte des Platzes folgte.

Viktoria erwartete sie bereits. Karim wusste, dass seine Kollegin sich gut mit Hanna verstanden hatte und die dunklen Ränder um ihre Augen verrieten ihm, dass Viktoria schon vor Beginn der Beisetzung zahlreiche Tränen vergossen hatte. Als sie ihre beiden Kollegen sah, tupfte sie ihre Augen behutsam mit einem Taschentuch trocken und begrüßte Karim mit einer kurzen Umarmung.

»Was ist denn los?«, fragte dieser Willi Hellmann. »Was

tut ihr zwei denn so geheimnisvoll?«

»Ich wollte euch beide kurz auf den neuesten Stand bringen, bevor die Trauerfeier beginnt«, sagte Hellmann. »Es geht um Goeßling. Der Typ hat einen ziemlich ausgebufften Anwalt. Noch gestern Abend hat er einen Haftprüfungstermin für heute früh angesetzt.«

»Und?«, fragte Karim, obwohl er die Antwort bereits ahnte.

»Der Termin war vor einer knappen Stunde«, antwortete Hellmann. Seine Miene nahm die Schilderung des Ausgangs allerdings vorweg.

»Lass mich raten: keine U-Haft.«

Hellmann nickte. »Ja, leider.«

»Wie kann denn so was sein?«, fragte Viktoria. Ihre Trauer schien zumindest für einen kurzen Augenblick unbändiger Wut gewichen zu sein.

»Goeßlings Anwalt bestreitet, dass sowohl Flucht- als auch Verdunklungsgefahr bestehen.«

»Er bestreitet das?«, fragte Karim ungläubig. »Trotz der Höhe einer potenziellen Haftstrafe wegen Mordes aus niederen Beweggründen?«

»Er sagt, sein Mandant habe sich bisher noch nie etwas zu Schulden kommen lassen. Jedenfalls nichts, was in diesem Zusammenhang relevant ist.«

»Und was ist mit dem Finanzamt?«

»Er ist nicht vorbestraft, er ist lediglich mit der Zahlung einer größeren Summe im Rückstand. Zudem verweist sein Anwalt auf das zweifellos gefestigte soziale Umfeld seines Mandaten sowie auf mögliche wirtschaftliche Auswirkungen eines längeren U-Haft-Aufenthaltes für dessen Zahnarztpraxis. Der Richter ist seinen Ausführungen gefolgt. Außerdem stört er sich daran, dass wir Goeßlings Urlaubs-Alibi nicht einwandfrei widerlegen können. Wie dem auch sei, unsere Verdachtsargumente wurden als in

Summe nicht hinreichend abgewiesen und Goeßling wurde mit sofortiger Wirkung auf freien Fuß gesetzt.«

»Prima. Manchmal frage ich mich, wozu wir diese ganze Scheiße eigentlich machen. Da reißt man sich tage- und nächtelang den Arsch auf, um Goeßling ein einwandfreies Mordmotiv bei zweifelhaftem Alibi nachzuweisen, und dann so was.« Karim warf einen Blick in den Springbrunnen und fragte sich, was Menschen dazu verleitete, Geldmünzen in ein unterarmtiefes Wasserbecken zu werfen. »Und was jetzt?«

»Jetzt sehen wir zu, dass wir diesen Tag einigermaßen über die Bühne kriegen und morgen sehen wir weiter. Wenn Goeßling seinen Vater wirklich ermordet hat, nageln wir ihn früher oder später fest.« Er warf einen kurzen Blick auf seine Armbanduhr. »Kommt, wir gehen zurück. Es geht gleich los.«

*

Karre bekam nicht viel von Hannas Beisetzung mit. Nachdem er noch vor dem Eintreffen der ersten Trauergäste mehr als eine Stunde lang Zwiesprache an Hannas Sarg gehalten hatte, hatte er sich anschließend auf eine Bank in einem stillen Winkel des Friedhofs zurückgezogen, während sich die Kapelle allmählich mit Trauernden füllte.

Erst wenige Minuten vor Beginn der Trauerfeier kehrte er zurück, schritt durch den ihm unendlich lang erscheinenden Mittelgang nach vorne, ohne auch nur einen einzigen Blick in die rechts und links von ihm liegenden Bankreihen zu werfen. Ohne seine Augen auch nur ein einziges Mal von dem weißen Sarg abzuwenden. Eigentlich hätte er Hanna in einigen Jahren in einem weißen Kleid an fröhlichen Gästen vorbei an einen Altar führen sollen. Stattdessen hatte er den Weg nach vorne heute allein antreten müssen. Er hatte es vorher gewusst, aber dennoch lähmte ihn die mehr und mehr einsetzende Gewissheit: Der Schmerz des Todes erschien ihm in dicsem Augenblick schier unerträglich.

Er sank auf den freien Platz in der ersten Bankreihe. Mia saß neben ihm und hielt seine Hand. Die gesamte Trauerfeier ließ er wie in Trance über sich ergehen. Anschließend wandelte er wie ein Zombie hinter den Sargträgern her, die Hanna zu jener Grabstätte trugen, in der schon ihre Mutter Sandra einige Wochen zuvor beigesetzt worden war.

Im Vorfeld hatte er darum gebeten, von Beileidsbekundungen am Grab abzusehen. Aus Angst, es nicht auszuhalten und inmitten der Trauergäste zusammenzubrechen. Ein Wunsch, der von der überwiegenden Mehrheit der Gäste respektiert worden war und so stand Karre alleine vor Hannas noch offenem Grab, während der Zug der Trauernden sich in Richtung des nahegelegenen Cafés in Bewegung setzte. Er wusste, dass Mia einige Meter entfernt im Schatten einer Birke auf ihn wartete, als plötzlich jemand neben ihn trat. Es war Viktoria.

»Ich weiß«, begann sie stockend, »du wolltest nicht, dass ...«

»Schon gut«, unterbrach er sie, sah sie lange durch einen Schleier salziger Tränen hindurch an, bevor er irgendwann sagte: »Ich wollte mich die ganze Zeit noch einmal bei dir bedanken.«

»Wofür?«, fragte sie und machte zwei Schritte auf ihn zu, so dass sie unmittelbar vor ihm stand. »Es gibt nichts, wofür du dich bedanken müsstest.«

Er konnte ihr Parfüm riechen. Hanna hatte diesen Duft geliebt, auch wenn ihm der Name im Moment nicht einfallen wollte. Viktoria hatte ihr eine Flasche zu ihrem letzten Geburtstag geschenkt. Karres Herz setzte für ein paar Schläge aus, als er über die Worte nachdachte, die sich in seinem Kopf formten. Ihr letzter Geburtstag. Entsetzlich, welch schwerwiegende Bedeutung einem scheinbar belanglosen Wort mit einem Mal zukam. Niemand hatte zu diesem Zeitpunkt geahnt, dass es tatsächlich ihr letzter Geburtstag sein sollte.

Tränen schossen in seine Augen und mit einem Mal konnte er sie nicht mehr zurückhalten. Seine Hände griffen nach Viktorias Hüften, er klammerte sich an sie, wie an einen rettenden Ast und vergrub sein tränenüberströmtes Gesicht an ihrer Schulter. So standen sie eine ganze Weile da und erst als die letzte Träne versiegt war, sah er sie an und sagte mit brüchiger Stimme: »Komm, wir sollten gehen. Die anderen warten schon.«

Er blickte hinüber zu der alten Birke. In ihrem Schatten saß eine alte Frau auf einer Bank. Sie schien auf jemanden zu warten. Auf jemanden, von dem sie genau wusste, dass er nicht kommen würde. Irgendwo klopfte ein Specht an einem Baumstamm und weit entfernt glaubte Karre, das Läuten von Glocken zu hören. Inzwischen war es heiß geworden und er spürte die Schweißtropfen auf seiner Stirn. Sein Blick wanderte umher, fand aber nicht, wonach er suchte. Mia war gegangen.

Auch an weite Teile des anschließenden Leichenschmauses konnte Karre sich hinterher nicht mehr erinnern. Da er kaum Alkohol getrunken hatte, vermutete er, dass sein Gehirn mit den Ereignissen der letzten Stunden schlicht überfordert war und eine Art internen Schutzwall errichtet hatte.

Das Einzige, woran er sich erinnerte, war, dass Mia bereits auf ihn wartete, als er das Lokal gemeinsam mit Viktoria betrat. Sie ging auf ihn zu, nahm ihn in die Arme und flüsterte in sein rechtes Ohr: »Du weißt, dass ich da bin, wenn du mich brauchst? Jederzeit.«

Seine Antwort bestand in einem Kuss, den er ihr sanft auf die Wange drückte. »Kaffee?«, fragte er und sie nickte.

*

Mia hatte angeboten, Karre nach der Beerdigung nach Hause zu fahren. Als sie an einer roten Ampel hielten, wandte sich Mia zu ihm um und griff nach seiner Hand. »Gehen wir noch zu dir? Ich möchte mich nicht aufdrängen, aber falls du heute Abend nicht alleine sein magst, könntest du mir endlich mal deine legendäre Plattensammlung zeigen.«

Sie sahen sich einen Augenblick lang an und trotz des traurigen Anlasses ihres Zusammenseins, mussten sie beide lachen. Doch mit dem Umspringen der Ampel zog Mia ihre Hand zurück und richtete ihren Blick wieder auf die Straße. Der Hauch ausgelassener Stimmung verflog von einer Sekunde zur nächsten und machte erneut Platz für das schlechte Gewissen, das seit Hannas Tod, ja eigentlich sogar seit ihrem Unfall, jedes Mal Besitz von Karre ergriff, sobald er sich auch nur einen winzigen Moment lang amüsierte. Sobald die Last der letzten Wochen für die Zeitspanne eines Wimpernschlages von ihm abfiel.

»Alles in Ordnung?«, fragte Mia, während sie den Wagen beschleunigte. »Ich wollte dich zu nichts drängen. Es tut mir leid, wenn ich ...«

Karre schüttelte den Kopf. »Nein«, sagte er mit belegter Stimme. »Es liegt nicht an dir.«

»Ich kann dich auch einfach nach Hause bringen und gleich wieder fahren.«

Und während ihm sein Herz bis zum Hals klopfte, lenkte sie den Wagen zielsicher durch die allmählich anbrechende Dämmerung.

Mit zitternden Fingern schob er den Schlüssel ins Schloss, öffnete die Wohnungstür und ließ sie eintreten. Er folgte ihr wortlos, während sie langsam durch seine Diele ins Wohnzimmer ging.

Immer wieder blickte sie über ihre Schulter zu ihm zurück, um nach einem auffordernden Nicken seinerseits weiterzugehen. Im Wohnzimmer blieb sie vor den gerahmten Fotos auf dem Sideboard stehen, während Karre vor dem Plattenspieler in die Hocke ging und ihn in Gang setzte, indem er die Nadel zielsicher an der richtigen Stelle der Platte aufsetzte.

»Everybody Hurts«, sagte Mia nach den ersten Takten des Liedes, ohne ihren Blick von den Fotos abzuwenden. »Die Platte habe ich geliebt. Meine Mutter war irgendwann so genervt, dass sie mir verboten hat, sie zu Hause weiterhin zu hören. Als mein Vater am nächsten Tag von der Arbeit kam, hat er mir einen Walkman mit Kopfhörern und die Kassettenversion mitgebracht.«

»Ich kann auch eine andere Platte auflegen, wenn du magst. Du hast die freie Auswahl.«

»Nein, deine Wahl war gut.« Sie lächelte und ihr Blick wanderte über das Regal mit Karres Plattensammlung. »Wow, wie viele sind das?«

»Keine Ahnung, die letzte Inventur ist schon eine Weile her. Irgendwas um die dreitausend, schätze ich.« Er trat hinter Mia und legte seine Hände auf ihre Schultern, während sie die Fotos auf dem Sideboard betrachtete.

»Hanna«, sagte sie und als sie sich zu ihm umdrehte, sah er, wie ihre Augen im Licht der indirekten Beleuchtung feucht glitzerten. »Sie sieht glücklich aus. Ich hätte sie gerne kennengelernt.«

Behutsam streichelte er über ihr Gesicht, berührte ihr Ohrläppchen und strich eine braune Haarsträhne hinter ihr Ohr. Sie ließ es geschehen und mit geschlossenen Augen schmiegte sie ihre Wange in seine Handfläche. Er schloss ebenfalls die Augen, während seine Finger ihren Hals hinab und über ihr Schlüsselbein glitten. Dann umfasste er ihre Hüften und schob sie sanft vor sich her ins Schlafzimmer.

Karre spürte, wie ihre Hände sein Gesicht berührten. Sanft streichelten sie über seine Wangen. Als Mias Fingerspitzen behutsam über die Tränen wischten, die seine Wangen herunterliefen, hielt sie einen Augenblick inne.

»Mach weiter«, flüsterte Karre und fuhr mit beiden Händen durch ihr duftendes Haar. Er schloss die Augen und sog den Duft ihres Parfüms ein. Den Duft ihrer gebräunten Haut, auf der sich in der Hitze des Schlafzimmers kleine Schweißperlen gebildet hatten. Sie schmeckten salzig, als er sie mit seinen Lippen berührte.

»Du tust mir gut«, flüsterte er. »Ich bin so froh, dass du da bist. Ich hatte wahnsinnige Angst vor heute. Obwohl ich so lange Zeit hatte, mich auf diesen Tag vorzubereiten. Wenn es dann tatsächlich passiert, ist es doch etwas anderes. Ohne dich hätte ich das nicht durchgestanden.«

Ohne etwas zu erwidern, drückte sie ihn sanft auf das Bett. Als ihre Finger den obersten Knopf seiner Anzughose öffneten, ließ er seinen Oberkörper in die weichen Kissen sinken. Und trotz der Tränen, die über sein Gesicht strömten, konnte er sich zum ersten Mal seit einer gefühlten Ewigkeit wieder fallen lassen.

*

Auch in dieser Nacht träumte er, doch dieses Mal war es anders. Er stand mitten auf einer grünen Wiese, hier und da blühten Sommerblumen und der Himmel leuchtete in strahlendem Blau. Die Sonne wärmte seine Haut und das

Gras kitzelte unter seinen Fußsohlen. Er fühlte sich wohl und im Gegensatz zu den vorangegangenen Träumen, fürchtete er sich nicht. Und noch etwas war anders: Er war nicht allein. Mia hielt seine Hand und sah ihn mit ihren grün-goldenen Augen an. Sie trug ein gelbes Kleid, dessen Saum knapp oberhalb ihrer Knie endete. Sie war ebenfalls barfuß. Ihr braunes und von hellen Strähnen durchzogenes Haar wehte in der leichten Brise. Irgendwo sangen Vögel und Karre glaubte, in der Ferne das Rauschen von Wellen zu hören.

Gemeinsam wanderten sie über die Wiese, geradewegs auf einen wunderschönen Baum zu. Er musste uralt sein, wie sein dicker Stamm und die weit verzweigten, mit dichtem Grün behangenen Äste vermuten ließen. Keiner sprach ein Wort, doch es war, als verstünde jeder die Gedanken des anderen. Als sie sich dem Baum bis auf wenige Meter genähert hatten, trat Hanna hinter dessen Stamm hervor. Sie trug ein kurzes Kleid mit Spaghettiträgern und ebenfalls keine Schuhe. Das Kleid, befand Karre, ließ sie trotz seines unschuldigen Weiß ungewohnt erwachsen wirken.

»Du bist groß geworden«, hörte er sich selbst sagen und näherte sich Hanna bis auf wenige Zentimeter. Ihr goldenes Haar leuchtete in der Sonne und die Sommerhitze hatte winzige Schweißperlen auf ihrem Haaransatz entstehen lassen.

Sie strich sich eine Strähne aus dem gebräunten Gesicht. Zum ersten Mal, seit sie ihm in seinen Träumen begegnete, wirkte sie auf ihn so lebendig, wie er sie in Erinnerung hatte. Keine Verletzungen, die ihren Körper entstellten und dazu ein frischer, gesunder Teint. Zudem hatte sie das seit dem Unfall verlorene Gewicht wiedererlangt, so dass sie nicht mehr so winzig und ausgemergelt wirkte, wie in ihrem Krankenbett.

Ohne auf seine Feststellung einzugehen, sagte sie: »Schön, dass ihr gekommen seid.« Doch noch während sie es aussprach, legte sich ein trauriger Ausdruck auf ihr Gesicht und Karre spürte sofort die Beklemmung, die seinen Körper und Geist während der letzten Wochen regelmäßig beherrscht hatten.

»Es ist Zeit, Lebewohl zu sagen«, sagte Hanna und Karre sah eine winzige Träne, die sich in ihrem Augenwinkel bildete. Sie glitzerte im Sonnenlicht wie ein geschliffener Diamant, bevor sie sich allmählich löste und wie in Zeitlupe über ihre Wange rollte.

»Aber wieso?«, fragte Karre mit zitternder Stimme.

Hanna lächelte, wenngleich es ein trauriges Lächeln war. Nicht zu vergleichen mit dem Lachen, mit dem sie ihn wieder und wieder um den Finger hatte wickeln können. »Weil alles gut ist«, sagte sie schließlich und legte ihre rechte Hand auf seinen Unterarm. »Du musst aufhören, dir Vorwürfe zu machen. Meine Zeit war gekommen.«

»Aber du ...«, unterbrach er sie, doch sie legte ihren Zeigefinger auf seine Lippen.

»Ich danke dir. Für alles, was du jemals für mich getan hast. Genieße dein Leben und vertue es nicht mit der sinnlosen Jagd nach denjenigen, die deiner Meinung nach die Schuld an meinem Schicksal tragen. Das Leben ist zu kurz, um sich auf ewig vor Wut und Rachegedanken zu verzehren.« Sie sah Mia an, bevor sie ihren Blick wieder auf Karre richtete. »Ich wünsche euch alles Gute. Euch beiden.«

Als sich ihre Augen abermals mit Tränen füllten, wandte sie sich ab und ging mit langsamen Schritten davon. Karre stand wie angewurzelt da und sah ihr nach, bis ihre Silhouette mit der am Horizont untergehenden Sonne verschmolz.

Mia trat neben ihn und griff nach seiner Hand.

Er fragte sich, wie lange sie so dagestanden hatten. Inzwischen hatte der Wind zu einer kühlen Brise aufgefrischt und erste Blätter lösten sich von dem Baum, unter dem sie standen. Gold-gelbe Herbstblätter die der Wind hoch hinauf in den noch immer blauen Himmel trieb. »Komm, es ist Zeit zu gehen«, sagte er zu Mia gewandt.

Als er in seinem Bett erwachte, lag Mia in seinem Arm und sah ihn schweigend an. Tränen liefen über seine heißen Wangen. Aber gleichzeitig wusste er, dass es gut war.

KAPITEL 47

Viktoria schenkte Kaffee ein, während Willi die mitgebrachten Brötchen in einer als Brotkorb umfunktionierten Papierablage aus blauem Kunststoff in der Tischmitte platzierte. »Geschirr wird allgemein überbewertet«, scherzte er. »Man muss sich nur zu helfen wissen.«

»Mann oder man?«, neckte Viktoria ihn und stellte die Kaffeekanne zurück in die Maschine.

»Karre hat sich übrigens für heute abgemeldet«, wechselte Willi Hellmann das Thema, ohne auf Viktorias scherzhafte Bemerkung einzugehen.

»Das Beste, was er machen konnte.« Karim griff nach einem mit Käse belegten Brötchen und setzte sich auf einen der Stühle.

»Wenn du mich fragst, sollte er sich für ein paar Wochen aus dem Verkehr ziehen.« Viktoria sah ihre beiden Kollegen an. »Aber ich glaube, er hat wirklich Angst, dass ihm die Decke auf den Kopf fällt, wenn er nichts zu tun hat.«

»Nichts zu tun? Was ist denn mit dieser Mia?«, fragte Karim. »Geht da jetzt was, oder flirten die beiden nur miteinander?«

Viktoria sah ihn böse an. »Ich weiß nicht, warum du das so ins Lächerliche ziehst. Ich glaube, die beiden würden super zueinander passen. Mia ist wirklich in Ordnung.«

»Sorry!« Karim hob abwehrend die Hände. »Ich hab´s ja nicht despektierlich gemeint.«

»Jetzt lasst mal diesen Blödsinn«, beendete Willi Hellmann die Neckereien seiner Kollegen. »Lasst uns lieber überlegen, wie wir weitermachen.«

»Das ist ein sehr guter Vorschlag!« Schumachers Stimme ließ die Köpfe der drei Ermittler herumfahren. Niemand von ihnen hatte mitbekommen, wie lange der Kriminalrat schon im Rahmen der geöffneten Bürotür lehnte und ihr Gespräch verfolgte. »Karrenberg hat sich für heute krankgemeldet? Sehr vernünftig.«

»Was führt Sie denn hierher?«, fragte Karim.

»Ich wollte mit Ihnen über die jüngsten Ereignisse sprechen.« Schumacher trat ein, schloss die Tür hinter sich und nahm am Besprechungstisch Platz. »Darf ich?«, fragte er und griff, ohne eine Antwort abzuwarten, nach einem Brötchen. »Wenn Sie noch einen Kaffee für mich hätten, wäre ich restlos glücklich.«

»Natürlich.« Viktoria stand auf und schenkte Schumacher eine Tasse voll ein. Eine halbe, um genau zu sein, denn mehr gab die Kanne nicht mehr her. Aber Schumacher sollte froh sein, überhaupt etwas zu bekommen.

»Sie wollten mit uns über die jüngsten Ereignisse sprechen«, nahm Willi Hellmann den roten Faden wieder auf, den Schumacher angesichts des reichhaltigen Frühstücks offenbar gänzlich aus den Augen verloren hatte.

»Die jüngsten ... äh ... ja, natürlich. Ich wollte mit Ihnen über die Festnahme von Dr. Christian Goeßling sprechen. Und natürlich über dessen quasi unmittelbare Entlassung. Können Sie mir erläutern, was da schiefgegangen ist? Ich dachte, Sie wären sich sicher, dass er ...«

»Er hat ein einwandfreies Motiv und ein wesentlich weniger einwandfreies Alibi. Aus unserer Sicht sprach alles dafür, dass ...«

»Können Sie mir das bitte näher erläutern?« Schumacher biss ein großes Stück von seinem Brötchen ab und spülte mit dem verbliebenen Rest Kaffee aus seiner Tasse nach.

»Selbstverständlich«, erwiderte Hellmann mit sichtlich gereizter Miene und erläuterte seinem Vorgesetzten haarklein die Gründe für Goeßlings Festnahme sowie die Argumente seines Anwalts, die den zuständigen Haftrichter letztlich dazu bewogen hatten, die Anordnung einer weiteren Untersuchungshaft zu verweigern.

»Wenn das so ist«, murmelte Schumacher und kratze seinen geröteten Hals, »dann kann ich Ihre Gründe für seine spontane Festnahme zugegebenermaßen nachvollziehen. Schade, dass es seinem Anwalt gelungen ist, den Richter dermaßen einzulullen. Haben Sie schon einen Plan B?«

»Ich denke, wir werden der Wohnung von Rudolf Goeßling noch einmal einen Besuch abstatten«, erwiderte Willi Hellmann.

»Der Wohnung seines Vaters?«, fragte Schumacher. »Was versprechen Sie sich davon? Glauben Sie, die Kollegen des Erkennungsdienstes könnten etwas übersehen haben?«

Hellmann legte sich die Worte für seine Antwort sorgsam zurecht. Er kannte Schumacher und wollte um jeden Preis vermeiden, dass bei Viktor Vierstein der Eindruck entstand, er habe ihn und sein Team vor Schumacher in die Pfanne gehauen. Genau dieses Herumtaktieren hatte maßgeblich dazu beigetragen, dass er seinen Job als Dezernatsleiter nur allzu gerne an den Nagel gehängt hatte. »Nein, Vierstein macht hervorragende Arbeit. Aber vielleicht stoßen wir vor dem Hintergrund des aktuellen Ermittlungsstandes doch auf etwas, dem wir zu Beginn der Ermittlungen noch keine Bedeutung beigemessen haben. Außerdem glaube ich nicht, dass wir im Augenblick eine bessere Alternative haben.«

Schumacher nickte, ohne etwas zu erwidern.

Willi Hellmann wusste jedoch, dass das Schweigen des Kriminaldirektors mehr Zustimmung war, als man im Allgemeinen von ihm erwarten konnte. »Was können Sie uns eigentlich vom Kollegen Notthoff und seinen Ermittlungen in Sachen Redmann erzählen?« Er sah Schumacher herausfordernd an. »Kommt er voran?«

»Nun ja«, begann Schumacher und Willi, Karim und Viktoria entging nicht, dass er vor Verlegenheit rot anlief. »Die Sache stellt sich scheinbar als komplizierter dar, als zunächst angenommen wurde.«

»Als von wem angenommen wurde?«, bohrte Karim nach. »Von Herrn Notthoff? Oder von Ihnen?«

Schumacher räusperte sich. »Nun, ich denke, niemand ist begeistert, dass die Ermittlungen in dieser Angelegenheit nur schleppend vorankommen. Aber wie Sie ja selbst wissen, ist Polizeiarbeit kein Wunschkonzert. Notthoff wird entsprechende Resultate abliefern, davon bin ich überzeugt.« Er griff nach einem weiteren Brötchen. »Nehmen Sie es mir nicht übel, aber ich muss wieder los.«

Klar, dachte Willi Hellmann. Wenn es unangenehm wird, macht er sich aus dem Staub.

Schumacher war aufgestanden und stand bereits in der geöffneten Tür, als er sich noch einmal umdrehte. »Ich halte Sie in Sachen Redmann auf dem Laufenden. Und danke für das Frühstück.«

KAPITEL 48

Viktoria und Karim standen in Rudolf Goeßlings Wohnzimmer und sahen sich um.

»Glaubst du wirklich, dass wir hier etwas finden, das Vierstein und seine Leute übersehen haben?«, fragte Karim seine Kollegin. »Ich meine, wenn einer gründlich vorgeht, dann ist es doch wohl Viktor.«

»Er ist auch nicht unfehlbar. Aber einen Versuch ist es allemal wert. Und vergiss nicht, dass es offenbar eine Verbindung zwischen seinem Sohn und Oliver Redmann gegeben hat. Ich glaube nämlich nicht, dass er bloß zufällig sein Zahnarzt war.«

»Mit diesem Wissen sollten wir eigentlich überhaupt nicht hier sein. Goeßling ist das Eine, aber ich habe keine Lust, Silas Leben zu riskieren, weil ihr Entführer glaubt, wir halten uns nicht an seine Anweisungen.«

»Ach was. Dazu müsste er erst mal von dieser Verbindung wissen. Außerdem sind wir in der Wohnung von Goeßling Senior und nicht bei seinem Sohn.«

»Also gut«, seufzte Karim. »Dann lass uns zusehen, dass wir fertig werden. Wo wollen wir anfangen?«

»Ich schlage vor, du nimmst dir noch einmal das Wohnzimmer vor und ich gehe rüber in die Küche.«

»Einverstanden.«

»Also gut.« Viktoria verließ das Zimmer und ging in die benachbarte Küche. Genauso wie Viktor Vierstein und seine Leute vor ihr, betrachtete sie den Inhalt der einzelnen Schränke, suchte nach möglichen Verstecken, wie das, welches sie in der Matratze gefunden hatten. Dieses Mal jedoch schien ihre Suche ergebnislos. Wie gewohnt hatten Vierstein und seine Mannen hervorragende Arbeit geleistet. Sie wollte schon aufgeben und zurück ins Wohnzimmer gehen, da fiel ihr Blick auf einen Korb mit alten Zeitungen, der auf einem der Küchenstühle stand. Viktoria setzte sich an den Tisch und begann, sich Seite für Seite durch den Zeitungsstapel zu arbeiten.

An einer Seite einer Samstagsausgabe, die etwa eine Woche vor Goeßlings Tod datierte, blieb ihr Blick hängen. »Karim! Komm mal her! Ich glaube, ich hab was Interessantes gefunden!«

Karim kam in die Küche und ließ sich auf einem freien Stuhl neben Viktoria nieder. »Du glaubst ernsthaft, du hast etwas gefunden, was Viersteins Truppe übersehen hat?«

»Ich würde nicht unbedingt sagen, sie haben es übersehen. Sie haben überhaupt nicht danach gesucht.«

»Ganz im Gegensatz zu dir?«

Viktoria schüttelte den Kopf. »Nein. Aber es ist mir beim Durchsehen dieser alten Zeitungen ins Auge gesprungen. Jemand hat die Anzeige mit einem Kugelschreiber angestrichen.« Sie deutete auf die vor ihr auf dem Tisch ausgebreitete Seite.

»Was ist das?«, fragte Karim. »Ein Heiratsantrag? Als

Zeitungsanzeige?«

»Sieht ganz so aus.«

»Und wer sind die Glücklichen?«

Viktoria zeigte auf einen der beiden Namen. »Zumindest die Braut kennen wir.«

Karim stieß einen leisen Pfiff aus. »Dann wird es höchste Zeit, dass wir den Bräutigam ebenfalls kennenlernen.«

*

»Warum ich Ihnen nichts von unserer geplanten Hochzeit erzählt habe?« Gillian Ward sah Viktoria und Karim mit vor Überraschung geweiteten Augen an. »Weil mir nicht klar war, dass das für Sie relevant ist. Und um ehrlich zu sein, verstehe ich es noch immer nicht. Warum spielt das eine Rolle für Ihre Ermittlungen?«

»Weil wir glauben, dass Ihre Hochzeitspläne möglicherweise etwas mit dem Tod von Rudolf Goeßling zu tun haben könnten. Wir haben das hier in seiner Wohnung gefunden.« Viktoria faltete die Zeitungsseite mit der Heiratsanzeige auseinander und legte sie vor Gillian Ward auf den Esszimmertisch.

»Dennis hat die Anzeige aufgegeben. Er weiß, dass ich die Seite mit den Anzeigen jeden Samstag lese. Hauptsächlich wegen der Geburtsanzeigen.«

»Ihm war also klar, dass sie über seinen Antrag stolpern würden.«

»Ganz bestimmt.«

»Und auch Rudolf Goeßling hat die Anzeige gesehen«, ergänzte Karim. »Was ist dann passiert? Hat er Sie darauf angesprochen?«

Gillian Ward nickte, während sie ihren Blick ausweichend auf den Boden richtete. »Ich dachte, er würde sich für mich freuen, aber das hat er nicht.«

»Sondern? Hat er Ihnen gedroht, Sie aus seinem Testament zu streichen, falls Sie Dennis heiraten?«

Gillian Ward nickte, während sie sichtbar gegen die in ihr aufsteigenden Tränen ankämpfte.

»Was hatte er für ein Problem mit Ihrer Hochzeit? War er eifersüchtig auf Dennis?«

Gillian Ward zuckte mit den Schultern. »So richtig verstanden habe ich es bis zum Schluss nicht. Ich meine, er hat nie einen Hehl daraus gemacht, dass er nicht besonders viel von Dennis gehalten hat. Aber dass er so reagiert, hat mich doch ziemlich überrascht.«

»Mehr als die Tatsache, dass er ursprünglich vorhatte, Ihnen ein beträchtliches Vermögen zu vererben? Verstehen Sie mich nicht falsch, aber Sie waren seine Haushälterin, nicht seine Lebenspartnerin. Oder?«

Die junge Frau seufzte. »Ich habe dieses Geld nie gewollt. Es steht mir nicht zu. Und das habe ich Rudolf auch gesagt. Mehr als einmal.«

»Und was hat er dazu gesagt?«

»Dass ich mich nicht so anstellen soll. Er hätte nicht vor, seinen Kindern sein Vermögen in den Rachen zu werfen, nachdem sie es jahrelang nicht für nötig gehalten haben, mit ihm zu reden oder ihn zu besuchen. Es hat ihn geärgert, dass sie erst in letzter Zeit wieder mehr Interesse an ihrem Vater gezeigt haben. Bei seinem Sohn vermutete er, dass das plötzliche Interesse mit einem Grundstück zu tun hatte, das Rudolf gehört. Soweit ich weiß, wollte sein Sohn dort eine Klinik oder so was bauen. Außerdem hat er ihm nicht verziehen, dass er seine Firma nicht übernehmen wollte und Rudolf dadurch gezwungen war, sie zu verkaufen. Wissen Sie, er hat sehr an dieser Firma gehangen.«

»Gab es zwischen Herrn Goeßling und seinem Sohn Streit wegen des Grundstücks?«, fragte Viktoria. »Oder wegen des Testaments?«

»Keine Ahnung. Ich habe nichts in dieser Richtung mitbekommen.«

»Wie haben Sie erfahren, dass Herr Goeßling Sie aus seinem Testament nehmen wollte, falls Sie Dennis Rüter tatsächlich heiraten?«

»Er hat es mir gesagt. Es würde ihm schwerfallen, aber es wäre zu meinem eigenen Schutz. Wie gesagt, er hatte keine besonders hohe Meinung von Dennis und er ist fest davon ausgegangen, dass ich mich unter diesen Umständen gegen Dennis entscheide.«

»Warum haben Sie in unserem ersten Gespräch behauptet, Sie wüssten nichts von dem Testament?«

»Ist das nicht offensichtlich? Weil ich Angst hatte, Sie könnten glauben, ich hätte einen Grund gehabt, Rudolf zu töten.«

»Haben Sie mit Dennis über das Testament gesprochen?«

»Natürlich. Aber ich habe zu keinem Zeitpunkt darüber nachgedacht, die Hochzeit deswegen abzublasen.«

»Und Ihr Verlobter? War er der gleichen Ansicht?«

Gillian Ward überlegte einen Augenblick, dann schüttelte sie den Kopf. »Nein, er hat gemeint, wir könnten die Hochzeit doch einfach ein paar Monate aufschieben. Ich habe ihm gesagt, dass es auch Jahre sein könnten. Rudolf war zwar nicht mehr der Jüngste, aber er war ja nicht krank.«

»Und was hat Ihr Verlobter dazu gesagt?«

»Er sagte … oh mein Gott.« Gillian Ward schlug die Hände vor den Mund. In ihren Augen spiegelte sich blankes Entsetzen.

»Was?«, fragte Viktoria und legte ihre Hände in einer beruhigenden Geste auf Gillians Knie.

»Er hat gesagt, er glaube nicht, dass es so lange dauern

würde …« Sie sah Viktoria mit starrem Blick an. »Sie denken doch nicht etwa, dass Dennis …? Nein! Niemals!«

»Ist Herr Rüter mit Ihnen gemeinsam in Südafrika gewesen?«, fragte Karim.

»Ja. Das heißt, er ist ein paar Tage nach mir geflogen und wir haben uns in Johannesburg getroffen. Er sagte, sein Chef habe ihm kurzfristig den Urlaub verweigert und er könne erst etwas später nachkommen.«

Viktoria und Karim tauschten einen kurzen Blick aus. »Wissen Sie, wo sich Ihr Verlobter im Augenblick aufhält?«, fragte Viktoria.

»Er ist auf der Arbeit. Er arbeitet in der Fabrik eines Automobilzulieferers in Bochum.«

»Können Sie uns die Adresse geben?«

»Sicher. Aber glauben Sie nicht, dass es reicht, wenn Sie heute Abend mit ihm sprechen?«

»Ich denke, wir sollten das so schnell wie möglich hinter uns bringen. Nur, um ganz sicher zu gehen. Und ich möchte Sie bitten, uns zu begleiten. Wir setzen Sie auf dem Präsidium ab.«

»Verhaften Sie mich etwa? Ich habe nichts gemacht! Ehrenwort!« Tränen sammelten sich in den Augen der jungen Südafrikanerin.

»Das glauben wir Ihnen ja. Aber wir müssen sicherstellen, dass Sie Ihren Verlobten nicht zwischenzeitlich anrufen und ihm von unserem Gespräch berichten. Wir wollen, dass er möglichst unvoreingenommen in unsere Unterhaltung geht. Sie können auf dem Präsidium einen Kaffee trinken und sobald wir zurück sind, bringen wir Sie wieder nach Hause.«

»Okay«, seufzte Gillian und erhob sich aus ihrem Stuhl. »Fahren wir. Aber ich kann mir nicht vorstellen, dass Dennis etwas mit Rudolfs Tod zu tun hat.«

»Vermutlich nicht«, sagte Viktoria, während sie die

Wohnungstür hinter sich ins Schloss zog. Sie wollte Gillian nicht unnötig beunruhigen, aber ihr Gefühl sagte ihr, dass sie auf der richtigen Fährte waren. Dennis Rüter war ihr Mann. Sie mussten ihren Verdacht nur noch beweisen.

KAPITEL 49

Der Pförtner des Zulieferbetriebes, in dem Dennis Rüter arbeitete, zögerte. Nachdem Viktoria und Karim ihm ihre Polizeiausweise unter die Nase gehalten hatten, schickte er sie aber doch zu den Umkleideräumen. Wo genau Dennis Rüter sich gerade aufhielt, konnte er den beiden Ermittlern nicht sagen, wohl aber, wo sich dessen Spind befand.

Stickige, von Schweiß und Maschinenöl geschwängerte Luft umfing sie, sobald sie den Umkleideraum betraten. Die zwischen den gelben Spinden aufgestellten Holzbänke, die Karim unwillkürlich an die Sportstunden seiner eigenen Schulzeit erinnerten, waren leer. Lediglich an einem der Kleiderhaken hing ein graues Handtuch und unter der ihm abgewandten Reihe entdeckte er ein zusammengeknautschtes Stück Stoff, bei dem es sich vermutlich um ein T-Shirt handelte. Die mit ehemals in leuchtendem Rot aufgetragenen Spindnummern waren kaum noch lesbar.

»Hier, das müsste er sein.« Karim deutete auf die Reste abblätternder Farbe.

Viktoria nickte und deutete auf das Vorhängeschloss. »Dein Job.«

»Okay, versuchen wir unser Glück.« Ohne eine Antwort abzuwarten, zog er ein schwarzes Lederetui aus der Gesäßtasche seiner Jeans, wie Viktoria es von Karre kannte, öffnete es und zog einen kleinen Schließhaken daraus hervor, mit welchem er dem Schloss zu Leibe rückte. Nach wenigen Sekunden schnappte der Bügel auf.

»Du wirst immer besser. Bald kannst du Karre Konkurrenz machen. Übst du heimlich?«

»Bei uns in der Nachbarschaft stehen ein paar Gartenhütten. Die sind optimal für Trainingszwecke geeignet.« Er nahm das Schloss ab und klappte den Bügelverschluss der Schranktür zur Seite. »Du glaubst gar nicht, was der Ottonormalbürger alles in diesen Verschlägen versteckt.«

»Spannend. Und? Hast du noch mehr solche Hobbys?« Viktoria schob sich neben ihn und öffnete die Spindtür.

»Quatsch. Natürlich nicht. Obwohl, wenn ich so drüber nachdenke, könnte eine nächtliche Gartentour vielleicht tatsächlich das eine oder andere dunkle Geheimnis zutage fördern.« Er blickte über ihre Schulter. Das Innere des Schrankes wurde von einer Kleiderstange und einem Einlegeboden in mehrere Bereiche unterteilt. Der oberste Bereich über dem Einlegeboden war leer und an der Kleiderstange baumelten drei unbenutzte Drahtbügel. Karim versetzte ihnen einen leichten Schubs, woraufhin diese in gleichmäßigem Rhythmus gegen die Metallrückwand des Schrankes stießen. Auf dem Schrankboden standen zwei leere Wasserflaschen und ein schwarzer Rucksack.

In einer synchronen Bewegung zogen die beiden Ermittler je ein Paar Latexhandschuhe aus ihren Taschen und streiften sie über. Anschließend ging Karim in die Hocke, um einen Blick in den Rucksack zu werfen. Er enthielt eine hellblaue Jeans und ein weißes T-Shirt, ein gefaltetes Handtuch, eine Flasche Duschgel und ein Deo-Spray. Karim wollte den Rucksack schon in den Schrank zurückstellen, als er noch etwas auf dessen Boden entdeckte. »Was haben wir denn da?«, fragte er und reichte Viktoria das Fundstück in Form einer kleinen Plastikdose.

»Wenn das nicht eine Rolle Zahnseide ist. Die sollten wir in jedem Fall genauer untersuchen lassen.« Noch während sie sprach, stellte Viktoria sich auf die Zehenspitzen, um mit den Fingern das obere, scheinbar leere Fach abzutasten.

Karim bemerkte, wie sich die Augen seiner Kollegin weiteten, als sie plötzlich einen leisen Pfiff ausstieß.

»Hey, ich glaube, hier ist was.« Viktoria zog einen braunen DIN A4-Umschlag aus dem Fach. Er hatte flach auf dem Metallboden der Ablage gelegen und war nicht ohne weiteres zu erkennen gewesen. Sie betrachtete zunächst die Vorderseite.

Nichts.

Dann wendete sie den Umschlag, las, was auf dessen Rückseite stand und sah Karim mit weit aufgerissenen Augen an. »Na, wenn das mal kein Volltreffer ist.« Sie drehte den Umschlag, so dass Karim die Aufschrift lesen konnte:

»Mein letzter Wille.«

Karim schüttelte ungläubig den Kopf. »Glaubst du wirklich, dass er so blöd ist, und ein Testament, dass er bei Rudolf Goeßling hat mitgehen lassen, hier in seinem Spind aufbewahrt?«

»Wir werden es erleben. Schau mal hier. Es sieht so aus, als wäre der Umschlag schon einmal geöffnet und dann wieder zugeklebt worden.« Sie zeigte Karim die entlang der Öffnung verlaufende Klebekante. Die Oberfläche des Papiers war wellig und ungleichmäßig, an den Ecken löste es sich vom Klebstoff.

»Los, mach auf!«

Behutsam öffnete Viktoria den Verschluss und blickte vorsichtig ins Innere des Umschlags. »Da ist etwas drin. Ein Blatt Papier.«

»Was hast du erwartet. Einen Springteufel, der sich dir entgegenwirft, sobald du den Umschlag aufreißt?«

»Ist ja schon gut. Vergiss es einfach.« Ohne Karim anzusehen, ließ sie ihre Finger in den Umschlag gleiten. »Ich glaube, es ist tatsächlich ein Schriftstück.«

»Zeig mal.«

»Nicht so ungeduldig. Jetzt bin ich erst mal dran.«

Er beobachtete, wie Viktoria das vermeintliche Dokument aus dem Umschlag zog und es eine Weile betrachtete. Schließlich reichte sie es Karim und sagte: »Es ist tatsächlich das Testament von Rudolf Goeßling. Vermutlich das Original, das wir in der Wohnung nicht finden konnten. Es liegt also nicht bei einem Anwalt oder Notar, sondern wurde entwendet. Vermutlich unmittelbar nachdem Goeßling ermordet wurde.«

Karre überflog das Dokument. Nachdem er es zweimal gelesen hatte, gab er es Viktoria zurück. »Das ist nicht das Testament, das wir in der Matratze gefunden haben.«

»Nicht?« Viktorias Augen weiteten sich. »Wie kommst du darauf?«

»Hier.« Karre tippte mit dem Zeigefinger auf das in der rechten oberen Ecke stehende Datum. »Es ist eine neuere Version. Und da ist noch etwas.« Er deutete auf eine Textpassage. »In diesem Testament gibt es einen Passus, der Gillian Ward nur zur Haupterbin werden lässt, wenn sie Dennis Rüter nicht heiratet.«

»Bitte? Was soll das denn?«

»Ich habe keine Ahnung. Entweder war der Alte auf seine letzten Tage wirklich ziemlich sonderlich, oder er hatte doch etwas mit dieser Gillian Ward. Und als er aus der Zeitung von der geplanten Hochzeit erfahren hat, fühlte er sich von ihr düpiert.«

»Oder wir tun ihm komplett Unrecht und er war wirklich besorgt, dass Dennis Rüter nicht der Richtige für sie ist«, überlegte Viktoria laut.

»Glaubst du das wirklich? Nach allem, was wir über den alten Goeßling gehört haben? Aber noch etwas passt nicht so richtig ins Bild: Dennis Rüter konnte unmöglich wissen, dass sich das ursprüngliche Testament ohne den Hochzeits-Passus noch immer in Goeßlings Wohnung befindet. Das heißt, nach der Entwendung dieses Testaments musste er davon ausgehen, dass es möglicherweise überhaupt kein Testament mehr gab, das seine Verlobte zur Erbin machen würde. Warum also hat er es mitgenommen?«

»Vielleicht hat er den Mord an Goeßling nicht vorsätzlich begangen und alles, was dann kam, war eine unüberlegte Kurzschlussreaktion.«

In diesem Augenblick öffnete sich die Tür der Umkleidekabine und ein junger Mann betrat den Raum. Karim erkannte ihn sofort. Er hatte sein Foto in der Wohnung von Gillian Ward gesehen. Kein Zweifel, es handelte sich um Dennis Rüter.

Als dieser die beiden Ermittler sah, blieb er wie angewurzelt stehen. Seine Augen weiteten sich, während er auf den offenen Spind und den Umschlag in Karims Hand starrte. Ruckartig machte er auf dem Absatz kehrt und stürmte nach draußen.

KAPITEL 50

Viktoria und Karim sahen sich an, während die schnellen Schritte von Dennis Rüter über den Flur hallten. Dann rannten die beiden Ermittler ebenfalls los. Sie verließen die Umkleidekabine und sahen gerade noch, wie der Verdächtige das Gebäude verließ und hinaus auf den Parkplatz stürmte. Karim und Viktoria folgten ihm.

Als Dennis Rüter den Parkplatz erreichte, ging er hinter einem der abgestellten Fahrzeuge in Deckung.

»Bestimmt versucht er, sich im Schutz der Fahrzeuge zu seinem eigenen Wagen durchzuschlagen. Wir versuchen, ihn einzukreisen.« Karim beschrieb mit dem ausgestreckten Arm einen Bogen. »Du gehst links rum, ich rechts rum. Auf dem Weg hole ich unseren Wagen. Falls Rüter mit seinem Auto flieht, treffen wir uns an der Ausfahrt.«

Viktoria nickte und rannte los. Sie hatte die ersten Reihen parkender Autos passiert, als ihr eine Gestalt auffiel, die sich an einem der an der Kopfseite des Parkplatzes abgestellten Motorräder zu schaffen machte. Auch aus der Entfernung erkannte sie, dass es sich ohne jeden Zweifel um Dennis Rüter handelte.

»Da drüben ist er!«, schrie sie über den Parkplatz. »Bei den Motorrädern!« Ihr Blick wanderte zu ihrem geparkten Dienstwagen. Karim hatte die Fahrertür bereits geöffnet und sich auf den Fahrersitz geschwungen. Wie zuvor verabredet, lief Viktoria zur Einfahrt des Parkplatzes. Zwischenzeitlich heulte das Motorrad von Dennis Rüter auf und schoss Richtung Ausfahrt. Als Viktoria das geöffnete Tor neben dem Pförtnerhäuschen erreichte, wartete Karim bereits mit laufendem Motor auf sie. Von Dennis Rüter, der nach rechts auf die Straße eingebogen und davongerast war, fehlte jede Spur.

Karim hatte inzwischen die Beifahrertür aufgestoßen und sah seine Kollegin mit drängendem Blick an. »Was ist los? Worauf wartest du? Steig ein, oder er entkommt uns.« Und nach kurzem Zögern fügte er hinzu: »Ist es wegen Götz?«

Viktoria schluckte den Kloß in ihrem Hals hinunter. »Ja. Die letzte Verfolgungsjagd mit einem Motorrad liegt mir noch ziemlich im Magen.« Zögernd stieg sie ein und legte den Sicherheitsgurt an.

»Tut mir leid«, sagte Karim, während er den Wagen hinaus auf die Straße lenkte. »Willst du hierbleiben? Ich kann dich rauslassen.«

»Quatsch. Jetzt gib Gas und sieh zu, dass wir ihn erwischen.« Sie öffnete das Handschuhfach, nahm das mobile Blaulicht heraus, ließ die Scheibe der Beifahrertür herunter und setzte das rotierende Licht mit der dafür vorgesehenen Magnethalterung auf das Wagendach.

*

Dennis Rüter saß über den Lenker gebeugt auf seiner

Maschine und gab Gas. Seine Finger krallten sich so sehr um den Lenker, dass die Knöchel schmerzten. Der Motor heulte auf, als er über die Kreuzung schoss, unmittelbar bevor die Ampel auf Rot umsprang. Wieso um alles in der Welt hatte er bloß so dämlich sein können, den Alten um die Ecke zu bringen.

Dabei hatte er nur mit ihm reden wollen, weil der alte Sack die Kohle, die er Jill versprochen hatte, plötzlich nicht mehr rausrücken wollte. Und alles nur, weil er von der geplanten Hochzeit erfahren hatte. Das Schlimmste aber war, dass er selbst die ganze Misere mit seinem Heiratsantrag überhaupt erst ausgelöst hatte. Klar, der Grund für seinen Antrag war einzig die Aussicht auf ein in naher Zukunft eintretendes Erbe von beachtlicher Größe gewesen. Warum sonst hätte er sich im besten Mannesalter an eine als Haushälterin jobbende Arbeitslose ketten sollen, die regelmäßig einen beträchtlichen Teil ihres lächerlichen Lohns an ihre Familie nach Afrika schickte? Aber nachdem Jill ihm davon erzählt hatte, dass der Alte ihr versprochen hatte, sie werde eines Tages einen beachtlichen Teil seines Vermögens erben, hatte das die Karten freilich neu gemischt.

Wer hatte denn damit rechnen können, dass der alte Sack vollkommen den Verstand verlieren würde, nur weil Jill ihm von der geplanten Hochzeit erzählt hatte. Er wusste, dass Goeßling nicht viel von ihm hielt - daraus hatte er nie einen Hehl gemacht. Aber dass er Jill gleich enterben würde, sollte sie von der geplanten Hochzeit keinen Abstand nehmen – nein, damit hatten sie beide nicht gerechnet.

Und nur aus diesem Grund war er überhaupt zu ihm gefahren, ohne dass Jill etwas davon ahnte. Er hatte mit ihm reden wollen, doch die Sache war vollkommen aus dem Ruder gelaufen. Sie hatten gestritten, er hatte Rot gesehen. Wütend war er durch die Wohnung gestampft, hatte in seiner eigenen Hosentasche unglücklicherweise seine Rolle Zahnseide gefunden. Wie in Trance trennte er einen langen Faden ab, kehrte zu Goeßling zurück, und als dieser noch immer nicht von seiner Haltung abweichen wollte, schlang er dem alten Mann den Bindfaden um den Hals und zog so lange zu, bis Goeßling sich nicht mehr gerührt hatte.

Erst Minuten später realisierte er, was er angerichtet hatte und entsorgte die Tatwaffe im Abfluss. Anschließend hatte er die Wohnung durchsucht und das geänderte Testament mitgehenlassen. Dann war er nach Hause gefahren und hatte sich so richtig die Kante gegeben. Als er am nächsten Morgen mit einem gehörigen Brummschädel erwachte, schien die unfassbare Tat vom Vortag schon in weite Ferne gerückt.

Blieb nur zu hoffen, dass der Alte das ursprüngliche Testament doch noch irgendwo aufbewahrt hatte, auch wenn Dennis es nicht hatte finden können. Das Testament, das seine zukünftige Ehefrau reich machen würde. Und ihn mit ihr.

Er blickte auf und sah, dass die nächste Ampel bereits dunkel leuchtendes Rot zeigte, aber es war zu spät. Beim folgenden Versuch einer Vollbremsung brach das Hinterrad aus und die Maschine neigte sich gefährlich zur Seite. Während er mit dem rechten Knie den Asphalt touchierte, schoss er mitsamt dem Motorrad auf die Mitte der Kreuzung zu. Ein brennender Schmerz breitete sich strahlenförmig vom Knie in seinen gesamten Körper aus.

Das Letzte, was er hörte, war das hysterische Hupen eines von rechts mit blockierenden Rädern heranrutschenden Fahrzeugs und der unmittelbar darauf folgende, dumpfe Knall des Aufpralls.

*

Das Erste, das Viktoria erblickte, als Karim den Wagen in den blockierten Kreuzungsbereich steuerte, war das Wrack des Motorrads. Suchend wanderte ihr Blick zwischen den auf der Kreuzung stehenden Wagen umher. Sie befürchtete bereits das Schlimmste, als sie Dennis Rüter abseits des allgemeinen Trubels auf der Bordsteinkante sitzen sah.

»Da drüben.« Sie deutete in seine Richtung, während Karim den Wagen unmittelbar neben dem augenscheinlich glimpflich davongekommenen Flüchtenden zum Stehen brachte. Die beiden Ermittler stiegen aus und gingen zu Dennis Rüter. Er hatte den Helm abgenommen und sah die beiden Polizisten mit schmerzverzerrtem Gesicht an.

Viktoria bemerkte, dass sein rechtes Hosenbein blutdurchtränkt war, und vermutete einen offenen Bruch des Unterschenkels. Ansonsten schien Rüter mit dem Schrecken davongekommen zu sein. »Dennis Rüter«, sagte sie und zog ein paar Handschellen aus ihrer Gesäßtasche. »Hiermit verhafte ich Sie wegen des dringenden Verdachts, Rudolf Goeßling ermordet zu haben. Wir werden Sie zur Behandlung ins Krankenhaus bringen lassen. Anschließend werden Sie auf die Gefängniskrankenstation verlegt.«

Sie wandte sich zu Karim um, der neben sie getreten war und zufrieden nickte. Irgendwo in der Ferne hörten sie die Sirenen des sich nähernden Rettungswagens.

KAPITEL 51

Sila hatte nicht die geringste Ahnung, wie spät es war. Genaugenommen konnte sie nicht einmal sagen, ob es gerade Tag oder Nacht war, geschweige denn, wie lange sie schon in diesem dunklen Verlies festgehalten wurde. Seitdem der Unbekannte bei ihr gewesen war und sie gezwungen hatte, die Videobotschaft aufzuzeichnen, war er nur zweimal kurz zurückgekommen und hatte ihr – ohne ein einziges Wort mit ihr zu sprechen – ein wenig zu essen und zu trinken gegeben. Zweimal. Viel zu wenig für eine Schwangere. Sie vermutete, dass die dröhnenden Kopfschmerzen, die sie seit geraumer Zeit quälten, auf die allmählich einsetzende Unterzuckerung ihres Körpers zurückzuführen waren.

Noch immer saß sie gefesselt auf dem Stuhl. Ihr ganzer Körper schmerzte, da sich die Muskeln in Armen, Beinen und Nacken von Minute zu Minute mehr verkrampften. Und sie fror. Vermutlich wegen der Müdigkeit. Am liebsten hätte sie die Augen geschlossen und sich in ein Land des Schlafes geflüchtet. Weit entfernt von dem Martyrium, das sie derzeit durchlebte. Doch auf Grund ihrer unbequemen Sitzhaltung war an Schlaf einfach nicht zu denken. Jedes Mal, wenn Körper und Geist endlich in einen erlösenden Dämmerzustand hinüberglitten, kippte ihr Kopf nach vorne und riss Sila erbarmungslos zurück in die Realität.

Hinzu kamen die Schmerzen in ihrem Unterleib, die sich seit seinem letzten Besuch zunehmend steigerten. Irgendetwas stimmte nicht. Sie musste das dringend von einem Arzt untersuchen lassen. Sie erstarrte vor Schreck, als sie die warme Feuchte in ihrem Schritt bemerkte. Da es stockfinster war, konnte sie zwar nicht erkennen, worum es sich handelte, dennoch befürchtete sie, es zu wissen.

Einmal mehr stieg Panik in ihr auf. Vergeblich versuchte sie, sich zu beruhigen. Sich einzureden, dass auch eine Blutung während der fortgeschrittenen Schwangerschaft nicht zwangsläufig eine Hiobsbotschaft sein musste. Sie bemühte sich, ihren Atem zu kontrollieren, aber es gelang ihr nicht. In ihrer Verzweiflung schrie sie aus Leibeskräften um Hilfe. Zwar hatte sie dies schon unzählige Male vergeblich getan, aber man konnte nie wissen. Vielleicht war ja doch irgendjemand zufällig in der Nähe und hörte ihr Rufen.

Doch während sie schrie, spürte sie, dass die körperliche Anstrengung die Krämpfe in ihrem Unterleib verschlimmerte. Und auch die Blutung schien eher zu- als abzunehmen. Also stellte sie das Rufen ein und verfiel in ein verzweifeltes, leises Schluchzen. Was um alles in der Welt hatte sie bloß verbrochen, dass ihr jemand so etwas antat? Ihr, aber vor allem ihrem ungeborenen Baby. Ein heftiger Weinkrampf schüttelte sie, als der Gedanke sich in ihrem Kopf festfraß, dass das Kind in ihrem Bauch, das sie und Karim sich so sehnlich gewünscht hatten, diese Tortur wohl niemals überleben würde.

*

Für den nächsten Morgen hatten sich Jo Talkötter und Sasha für die Besprechung in den Räumen der alten Polizeischule angekündigt, um über ihre Ergebnisse hinsichtlich der Analyse der Fundsachen aus Martin Redmanns Schließfach zu berichten.

Karre hatte in dieser Nacht einmal mehr kaum geschlafen. Nicht nur, dass ihn immer wieder die Bilder von Hannas Beerdigung heimsuchten. Nein, er hatte sich stundenlang in den schillerndsten Farben ausgemalt, wie ihnen die Daten auf Martin Redmanns Geräten endlich den lange ersehnten Durchbruch ermöglichten. Wieder und wieder hatte er sich vorgestellt, wie er mit den Ergebnissen und einem Haftbefehl bewaffnet zu Dr. Stephan Engelhardt fuhr, um ihn festzunehmen. Ihn – und denjenigen, der den todbringenden Schuss auf Sandras Wagen abgefeuert hatte.

Er hatte sich so sehr auf die Idee versteift, dass der Zeitpunkt der Abrechnung endlich gekommen war, dass das morgendliche Meeting vermutlich nur zu einer herben Enttäuschung werden konnte, weil die tatsächlichen Ergebnisse weit hinter den Erwartungen zurückblieben. Hinter seinen *eigenen* Erwartungen, um genau zu sein.

Als er das Büro betrat, fielen ihm sofort die ausdruckslosen Gesichter seiner beiden Kollegen, Viktoria und Karim, auf. Auch Jo und Sasha, die bereits am Besprechungstisch Platz genommen hatten, sprühten nicht gerade vor Enthusiasmus.

»Hey, was ist denn mit euch los?«, fragte Karre, zog seine Jacke aus und hängte sie über seinen Schreibtischstuhl.

»Mussten wir Rüter auch wieder laufen lassen?«

»Nein, Im Gegenteil. Er hat alles gestanden und sitzt weiter in Haft. Er sagt, er habe nicht vorgehabt, Goeßling zu töten, aber die Sache sei außer Kontrolle geraten. Auch der Diebstahl des Testaments war eine spontane Handlung.«

»Das nehme ich ihm sogar ab«, dachte Karre laut.

»Er ist noch gestern Nacht operiert und auf die Gefängniskrankenstation verlegt worden. Den Mord an Rudolf Goeßling können wir also zu den Akten legen. Spannend wird lediglich sein, ob wir seiner Verlobten nachweisen können, dass sie etwas von dem Mord gewusst hat. Damit wäre ihr Erbe nämlich hinfällig.«

»Ich denke, Rüter wird es nicht für sich behalten, wenn seine Verlobte in der Sache mit drinhängt. Allerdings glaube ich das nicht. Gillian Ward wirkte ehrlich schockiert, als sie begriffen hat, dass ihr Verlobter vermutlich der Mörder von Goeßling ist. Und dass der schon mal gestanden hat, ist doch super. Ich frage mich nur, warum ihr dann allesamt eine Fleppe zieht, als hätte es euch heute Nacht die Petersilie verhagelt.«

»Wir haben eben einen Anruf bekommen«, druckste Viktoria herum. »Von Leni Hellmann.«

Karre sah sie irritiert an, ehe er begriff und jegliche Farbe aus seinem Gesicht wich. »Willi?«, fragte er und ließ sich auf einen Stuhl sinken. »Es geht um Willi, oder?«

Viktoria nickte.

»Ist er ...« Karres Stimme versagte.

»Nein, das nicht. Aber er hatte gestern auf dem Weg nach Hause anscheinend einen weiteren Herzanfall. Und dieses Mal war es wohl ein richtiger Infarkt. Er liegt im Krankenhaus, auf der Intensivstation. So wie Leni sagt, geht es ihm den Umständen entsprechend.«

»Scheiße«, murmelte Karre und augenblicklich setzten

die Selbstvorwürfe ein. Er war es gewesen, der Willi Hellmann auf der Beerdigung ihres Kollegen Götz Bonhoff quasi bekniet hatte, zu ihnen ins Team zurückzukehren, obwohl er es vor dem Hintergrund seiner angeschlagenen Gesundheit eigentlich nicht vorgehabt hatte. Zumindest war dies die offizielle Verlautbarung gegenüber seiner Ehefrau Leni gewesen. Karre war davon überzeugt, dass Willi insgeheim nur darauf gewartet hatte, zum K3 zurückkehren zu können.

»Du hast dir nichts vorzuwerfen«, riss Viktoria ihn aus seinen Gedanken und einmal mehr hatte er das Gefühl, sie könne in seinen Gedanken lesen, wie in einem aufgeschlagenen Buch. »Willi ist zu uns zurückgekehrt, weil er es wollte. Weil er es vermisst hat, an Mordermittlungen teilzunehmen. Weil ihm zu Hause die Decke auf den Kopf gefallen ist.« Sie sah ihn mit ernstem Blick an. »Er ist nicht zurückgekommen, weil du ihn darum gebeten hast. Vielleicht war es für ihn das Zeichen, auf das er die ganze Zeit gewartet hat, aber er wäre auch ohne deine Bitte zurückgekehrt. Früher oder später.«

»Ja, vielleicht später. Nachdem er wieder vollständig genesen wäre.« Karre wusste, dass Viktoria mit allem, was sie gesagt hatte, richtig lag. Und dennoch wollte er sich nicht eingestehen, dass es so beinahe lächerlich einfach sein sollte.

»Du, da gibt es noch etwas, was du wissen solltest.«

Er sah Viktoria an, las in ihrem Gesicht, dass ihm das, was sie ihm zu sagen hatte, vermutlich nicht gefallen würde. »Was?«, fragte er mit kratziger Stimme. Seine Kehle war vollkommen ausgetrocknet, er musste dringend etwas trinken.

»Leni sagte, sie habe kurz mit ihm reden können. Willi hat gesagt, dass er etwas herausgefunden hat. Etwas, das wir unbedingt wissen müssen. Leider war er zu schwach, es genauer zu erklären.«

Karre überlegte kurz. »Habt ihr an seinem Platz nachgesehen, ob dort etwas liegt, woran er gearbeitet haben könnte, bevor er nach Hause gegangen ist?«

»Da ist nichts«, antwortete Karim.

»Vielleicht hat er irgendetwas mit nach Hause genommen? Habt ihr Leni gefragt, ob etwas in seinem Wagen war?«

»Nein, haben wir nicht. Aber ich denke nicht, dass sie sich seit gestern Abend mit dem Wagen beschäftigt hat. Übrigens hatte Willi den Anfall auf einer wenig befahrenen Straße. Er konnte den Wagen noch an den Rand lenken und hatte gleich doppelt Glück. Der Fahrer des hinter ihm fahrenden Wagens hat angehalten. Vermutlich, weil Willi Schlangenlinien gefahren ist, bevor der Wagen zum Stehen kam. Und dann war er auch noch Arzt und hat wohl sofort erkannt, womit er es zu tun hat. Ohne diesen Zufall würde Willi möglicherweise nicht mehr leben. Aber um auf deine Frage zurückzukommen: Bisher haben wir keine Ahnung, was er herausgefunden hat.«

»Dann sollte nachher mal jemand nach ihm sehen. Vielleicht kann er uns zumindest einen Anhaltspunkt geben.« Karre wischte sich mit dem Handrücken einige Schweißperlen von der Stirn. »Oh Mann, hoffentlich berappelt er sich wieder.«

»Leni hat versprochen, uns anzurufen, sobald es etwas Neues gibt.«

»Also gut. Dann lasst uns erst mal mit unserem ursprünglichen Plan fortfahren. An den Fall Goeßling können wir also einen Haken machen. Das ist gut.« Er sah Karim und Viktoria an. »Das war hervorragende Arbeit. Das mit dem Heiratsantrag in der Zeitung. Glückwunsch!«

»Danke!« Viktoria deutete eine Verbeugung vor ihrem

Chef an. »Aber wenn Rüter die Beweise nicht sämtlichst in seinem Spind aufbewahrt hätte, wäre es vermutlich deutlich schwerer geworden, ihn zu einem Geständnis zu bewegen.«

»Wie auch immer, der Fall ist gelöst.« Karre wandte sich den beiden Gästen zu, die der Unterhaltung bisher schweigend gefolgt waren. »Dann erzählt doch mal, was ihr herausgefunden habt.«

Sasha erhob sich aus ihrem Stuhl. Nach ihrem letzten Zusammentreffen in Talkötters unterirdischen Katakomben war Karre sicherer denn je, dass es sich bei der Person, die heute zu schwarzen Converse Sneakers graue Skinny Jeans und ein rosafarbenes T-Shirt trug, um ein Wesen weiblichen Geschlechts handelte. Vor ihr auf dem Tisch lag ein Stapel Schnellhefter, die sie nun in die Runde reichte.

»Bitte blättert noch nicht vor«, sagte sie mit einem verschmitzten, beinahe kindlichen Lächeln. »Ihr verderbt mir sonst die Überraschung.«

»Überraschung?«, fragte Karim und zog die Augenbrauen hoch. »Was denn für eine Überraschung?«

»Abwarten! Das, was jetzt kommt, wird ganz großes Kino. Versprochen!«

»Jetzt spann die Kollegen mal nicht so auf die Folter«, unterbrach Talkötter seine Mitarbeiterin.

»Okay, also gut. Fangen wir mal mit dem Laptop an, der sich in dem Schließfach befunden hat. Es hat etwas gedauert, aber ich habe ihn geknackt. Allerdings muss ich zugeben, dass dieser Martin Redmann ziemlich genau gewusst hat, was er tut. Die Verschlüsselung war eine ziemlich harte Nuss.«

»Am Ende hat es aber nichts genützt«, kommentierte Talkötter die einleitenden Ausführungen. »Vor Sasha ist nämlich kein Rechner sicher. Also, wenn du uns bitte erklären würdest, was sich auf dem Rechner befunden hat.«

»Also gut«, seufzte Sasha. »Der Laptop. Bevor ich ins Detail gehe, möchte ich euch gerne einen kurzen Überblick geben, worum es überhaupt geht. Martin Redmann hat massenhaft Daten gesammelt, die ich in den letzten Tagen ausgewertet habe. Wobei ich hinzufügen möchte, dass »gesammelt« die Sache nicht so ganz zu treffen scheint. Für mich sieht es eher so aus, als hätte er sich unerlaubten Zugriff verschafft und hat dann entsprechende Kopien angefertigt.«

»War Martin Redmann ein Hacker?«, fragte Karre. Er erinnerte sich, dieselbe Frage vor einiger Zeit Martin Redmann selbst gestellt zu haben, als dieser sie zu einer Befragung auf dem Präsidium besucht hatte. Redmann hatte die Frage vehement verneint.

»Das kann man so sagen«, antwortete Sasha und überraschte Karre mit dieser Einschätzung nicht im Geringsten. »Und zwar ein verdammt guter. Aber kommen wir zurück zu seinem Laptop. Was er dort zusammengetragen hat, ist die nahezu lückenlose Dokumentation eines Finanzanlagesystems. Inklusive der entsprechenden Belege zu jeder einzelnen Zahlungstransaktion.

»Das klingt zunächst nicht illegal«, stellte Karim fest.

»Nein, das ist es auch nicht. Jedenfalls nicht bis hierher.«

»Was genau ist denn da gelaufen?«, fragte Karre.

»Wie ihr wisst, hat sich die Kanzlei Engelhardt & Partner auf Steuerberatung spezialisiert. Auf die Beratung besonders vermögender Klienten. Offenbar ist man vor einigen Jahren aber auf den Gedanken gekommen, seinen Mandanten neben der steuerlichen Beratung auch eine eigene Geldanlage anbieten zu wollen. Eine Vermögensverwaltung in Form eines Fonds namens *Angel Wings*

Capital.«

»Das ist aber doch nichts Besonderes, oder?«, hakte Karim nach, während Karre einen kurzen Lacher trotz aller Bemühungen nicht unterdrücken konnte, als Sasha den Namen des Fonds erwähnte. »Ich meine, so etwas kann man doch bei jeder Bank und bei jedem x-beliebigen Vermögensberater abschließen.«

»Schon, aber der Fonds von Engelhardt & Partner wurde damit beworben, nur einem sehr exklusiven Kundenkreis überhaupt zur Verfügung zu stehen. Man warb damit, dass Kunden an Anlagemöglichkeiten partizipieren könnten, die privaten Investoren sonst nicht zur Verfügung stehen. Das ist natürlich alles Bullshit, aber die meisten Anleger fühlen sich von solchen Aussagen gebauchpinselt und beißen an. Insbesondere, wenn die Renditen stimmen.«

»Was hier der Fall war, nehme ich an?«

»Absolut. Sie waren sogar außerordentlich gut. Im Schnitt zwischen sieben und zwölf Prozent pro Jahr. Und bei solchen Renditen hören Investoren schnell auf, Fragen zu stellen. Gier frisst ja bekanntlich Hirn.«

»Und wo ist dann das Problem?«, meldete Viktoria sich zu Wort. »Ich meine, wenn Engelhardt & Partner seinen Klienten eine derart lukrative Anlage anbieten kann, ist doch alles in Ordnung.«

»Ja, das stimmt. Allerdings nur, wenn diese Traumrenditen auch tatsächlich erwirtschaftet werden.«

Karre ließ sich gegen die Lehne seines Stuhls sinken. Nun war es also heraus. »Das bedeutet, dass es sich bei Angel Wings Capital um ein Schneeballsystem handelt?«

Sashas Miene hellte sich auf. »Okay, ich sehe, ihr seid durchaus auf dem Laufenden, was gängige Betrugsmaschen am Kapitalmarkt betrifft. Lasst es mich so sagen: Es geht in eine ähnliche Richtung, ist aber deutlich raffinierter eingefädelt. Wissen alle von euch, wie so ein Schneeballsystem funktioniert?«

Sasha blickte in die Runde, in der betretenes Schweigen herrschte. »Okay, vermutlich habt ihr alle eine ungefähre Idee, aber lasst es mich trotzdem kurz erklären. Bei einem solchen Schneeballsystem handelt es sich um eine betrügerische Form der Geldanlage. Die Investoren werden mit teilweise absurden Renditeversprechen gelockt. Und diese Renditen entstehen auch, jedenfalls auf dem Papier. Tatsächlich resultieren sie aber nicht aus Kurssteigerungen von gekauften Wertpapieren oder aus Gewinnen anderer Anlageformen, sondern werden überwiegend oder sogar ausschließlich von den Einzahlungen später hinzustoßender Investoren bezahlt. Das bedeutet, dass so ein System nur so lange funktioniert, wie mehr frisches Geld dazukommt, als sich die Investoren auszahlen lassen. Wollen zu viele Leute gleichzeitig ihre Zinsen ausgezahlt bekommen oder fordern ihr eingesetztes Kapital zurück, kommt es zum Kollaps des Systems, weil die vorhandenen Mittel nicht mehr ausreichen, die Forderungen der Investoren zu bedienen.

Insbesondere, weil die Betreiber eines solchen Systems nicht nur die Erträge der Investoren aus der Substanz finanzieren, sondern darüber hinaus auch ihren eigenen Lebensstil. Ein solches System benötigt also immer neue Investoren, um am Leben gehalten zu werden.«

»Und so etwas sollen Engelhardt und Partner betrieben haben?« Viktoria rollte genervt mit den Augen. »Bei so etwas ist doch von Anfang an klar, dass es früher oder später hochgeht.«

»Und genau deswegen haben sie das System auch weiterentwickelt. Darf ich fragen, wie in dieser Runde der allgemeine Kenntnisstand zum Thema Kryptowährungen ist?«

Niemand antwortete, bevor Karre irgendwann vorsichtig fragte: »Bitcoins?«

»Bingo!« Sasha klatschte einmal kurz in die Hände. »Bitcoins sind sicher die bekannteste digitale Währung. Aber es gibt unzählige weitere. Einige von ihnen werden gemeinschaftlich von der Community betrieben, wiederum andere werden durch ein privatwirtschaftliches Unternehmen initiiert.«

»Und was hat das alles mit Engelhardt & Partner zu tun?«, fragte Viktoria, die seit Beginn des Vortrags ungewohnt nervös auf ihrem Stuhl herumrutschte.

»Nun, dazu muss man wissen, dass es bei Engelhardt & Partner eine Mitarbeiterin namens Melani Gelovani gibt. Sie ist für die komplette IT-Landschaft des Unternehmens sowie für die technische Infrastruktur für Angel Wings Capital verantwortlich. Und diese Mitarbeiterin ist unter kryptowährungsaffinen Menschen keine Unbekannte. Schon vor Jahren hat sie eine eigene Kryptowährung geschaffen: den GE$-Coin.

In Fachkreisen gibt es immer wieder Spekulationen, diese Währung sei ein von langer Hand geplanter Scam, also ein Betrug. Einige Computerfreaks vermuten, dass der Wechselkurs der GE$-Coins gegenüber dem Dollar und dem Euro von den Initiatoren manipuliert wird.«

»Alles schön und gut. Aber was hat das mit dem Fonds von Engelhardt & Partner zu tun?«

»Aus den Unterlagen geht hervor, dass die Gelder der Investoren unmittelbar nach der Einzahlung in GE$-Coins getauscht werden.«

»Aber wieso das?«

»Nun, dafür gibt es vermutlich mehrere Gründe. Zum Einen haben digitale Währungen den Vorteil, dass sie binnen Sekunden durch die ganze Welt transferiert werden können. Das heißt, erheblich schneller, als dies bei herkömmlichen Zahlungsverkehrsmethoden möglich ist. Ein weiterer Aspekt ist, dass Zahlungen mit digitalen Währungen vollkommen anonym abgewickelt werden können.

Der Kryptowährung GE$-Coin wird immer wieder unterstellt, dass der seit Jahren stetig steigende Kurs gegenüber Währungen wie dem Euro oder dem Dollar nicht frei von Manipulationen ist. Für mich sieht es so aus, als würden die Gelder der Investoren nach dem Tausch in GE$-Coins nicht wie vorgesehen in Wertpapiere investiert. Die vermeintlichen Kurssteigerungen des Fonds stammen ausschließlich aus einer Aufwertung der Kryptowährung ...«

»... deren Wert Engelhardt & Partner mehr oder weniger frei bestimmen kann«, vervollständigte Karre den Satz.

»Exakt. Auf diesem Weg kann man den Wert des Fonds nahezu beliebig nach oben schrauben. Und da die Währung ja auch tatsächlich von anderen Teilnehmern gehandelt wird, kann man diese Gewinne sogar teilweise realisieren, indem man immer wieder Beträge zu hohen Kursen am Markt verkauft. Anschließend sammelt man Geld von neuen Investoren, tauscht es wieder in GE$-Coins und schraubt den Wechselkurs wieder langsam nach oben.«

»Klingt fast wie das perfekte System zum Gelddrucken«, sagte Karim.

»Jedenfalls solange der Betrug keinem Investor auffällt. Ihr glaubt doch nicht ernsthaft, dass Stephan Engelhardt ein derartiges Risiko eingehen würde, eines Tages von einem seiner Klienten wegen Betruges angezeigt zu werden.«

Sasha schüttelte den Kopf. »Das wird er nicht. Er ist ja nicht dumm.«

»Wie kann er denn da so sicher sein, dass ihn nicht früher oder später doch jemand anzeigt?«, fragte Karre.

»Bei den angelegten Geldern seiner Klienten handelt es sich ausschließlich um Schwarzgeld« übernahm Talkötter die Antwort. »Und zwar um solche Summen, die im Zweifel für seine Klienten eine Haftstrafe nach sich ziehen würden. Die vermeintliche Exklusivität der Anlage liegt also darin begründet, dass Engelhardt sichergehen wollte, genügend Druckmittel gegen seine Klienten in der Hand zu haben, falls doch einmal etwas schiefgeht. Wie gesagt, dumm ist er nicht.«

»Schwarzgeld?« Viktoria starrte Talkötter ungläubig an. »Wie kommt ihr denn auf den Trichter?«

Der Leiter der Kriminaltechnik warf Sasha einen vielsagenden Blick zu, der eindeutig die Aufforderung darstellte, mit den Erläuterungen fortzufahren.

»Martin Redmann hat sehr umfassendes Material zum Ablauf dieser Finanztransaktionen zusammengestellt. Daraus wird deutlich, dass es sich um Gelder handelt, die am Fiskus vorbei in den Fonds eingezahlt wurden.«

»Was bedeutet das konkret?« Viktoria ließ nicht locker.

»Im ersten Schritt wurde das Geld in die Schweiz gebracht. Nach Zürich, um genau zu sein. Dazu wurde ein von Engelhardt & Partner gestellter Privatjet genutzt. Auf diesem Weg war es erheblich leichter, Grenzkontrollen aus dem Weg zu gehen. Ob zusätzlich beteiligte Zöllner geschmiert worden sind, kann ich nicht sagen. Auf jeden Fall scheint das System reibungslos funktioniert zu haben. Der jeweilige Kunde ist also gemeinsam mit einem Berater von Engelhardt & Partner nach Zürich geflogen. Dort wurde das Geld bei einer dort ansässigen Bank auf ein anonymes Nummernkonto eingezahlt. Und jetzt wird es spannend.«

Sasha trank einen Schluck aus dem vor ihr auf dem Tisch stehenden Wasserglas.

»In einem nächsten Schritt wurde das reale Geld in GE$-Coins transferiert. Und zwar zu dem jeweiligen an diesem Tag gültigen Wechselkurs. Dabei ist mir aufgefallen, dass der Kurs des GE$-Coins in den Wochen vor größeren Bareinzahlungen regelmäßig etwa zehn bis fünfzehn Prozent nachgegeben hat. Und wenn ihr mich fragt, war das nie und nimmer Zufall. Ich erinnere noch einmal an die Gerüchte, dass der Kurs des GE$-Coins von den Initiatoren manipuliert wird.

Aufgrund des gefallenen Kurses konnten Engelhardts Kunden also relativ günstig einsteigen. In den Folgewochen ist der Kurs jedes Mal wieder auf das ursprüngliche Niveau gestiegen. Und darüber hinaus. Damit hatten die neuen Investoren schon nach kurzer Zeit ihre ersten Gewinne gemacht. Jedenfalls auf dem Papier.«

»Man hat ihnen also eine fette Möhre vor die Nase gehalten, um sicherzustellen, dass sie am Ball bleiben?«, fragte Karre.

»Ganz genau. Und das ganz sicher mit dem Hintergedanken, noch weitere Gelder an Land zu ziehen. Und mit Hilfe dieser Kursmanipulationen konnte man den Wert der Kundenportfolios nahezu beliebig verändern. Im Extremfall heißt das: Selbst wenn man Geld aus dem System herausnimmt, schien der Gesamtwert der Geldanlagen zu steigen. Und das sogar scheinbar nachvollziehbar, da der Wechselkurs der GE$-Coins ja von jedem über das Internet verfolgt werden kann. Und so lange nicht zu viele Investoren gleichzeitig ihr eingesetztes Kapital zurückfordern, brennt auch nichts an. Sogar Zinsen konnten auf diese Weise ausgezahlt werden. Wobei Engelhardt sicherlich dahingehend auf seine Klienten eingewirkt hat, dass sie einen Großteil der Erträge im Fonds gelassen haben, anstatt sie sich ausschütten zu lassen. Im Fachjargon spricht man von thesaurierten Gewinnen.«

Karre beobachtete Viktoria, auf deren Stirn sich tiefe Falten abzeichneten. Er wusste genau, was in diesem Augenblick in seiner Kollegin vorging. Sie fragte sich, inwieweit Maximilian von den Machenschaften seines Vaters wusste. Ob er möglicherweise sogar aktiv involviert war. War er zusammen mit Klienten in einem Privatflieger in die Schweiz geflogen, um den Kunden seines Vaters dabei behilflich zu sein, große Summen Schwarzgeld außer Landes zu schaffen?

Karre konnte sich vorstellen, dass Viktorias Hoffnung, das alles sei bloß ein Missverständnis und ihr zukünftiger Schwiegervater Stephan Engelhardt habe mit all dem nichts zu tun, sich mit jedem Satz von Sasha mehr und mehr in Luft auflöste. Somit blieb ihr lediglich der Strohhalm, dass wenigstens ihr Verlobter nicht Teil des Betrugsskandals war.

»Die Zeche«, fuhr Sasha fort, »zahlten neben den Investoren des Fonds auch diejenigen, die direkt über das Internet in die Kryptowährung investiert haben. Immer dann, wenn Angel Wings Capital zu hohen Kursen Währung am Markt verkauft hat, gab es auf der anderen Seite jemanden, der reales Geld in GE$-Coins investiert hat. Auch diese Investoren laufen Gefahr, ihr komplettes Geld zu verlieren, wenn das System irgendwann doch einmal hochgehen sollte.«

»Zum Beispiel, wenn wir dafür sorgen, dass Engelhardt auffliegt«, sagte Karre nachdenklich.

»Ja, das ist leider richtig. Aber noch lange kein Grund, diesen kriminellen Machenschaften weiter zuzusehen.«

»Haben wir eine Vorstellung davon, wie viel Geld in diese Währung investiert worden ist?«, fragte Karim.

»Aufgrund der uns vorliegenden Unterlagen gehen wir davon aus, dass alleine in den Fonds von Angel Wings

Capital etwa 250 Millionen Euro geflossen sind. Dazu kommt das Geld, das Internetinvestoren in die Währung investiert haben und das sie an die hinter der Währung stehende Gesellschaft überwiesen haben. Schätzungen zufolge noch einmal rund einhundert Millionen Euro.«

Karre schnaubte, als er die Zahlen hörte. »Wow, das ist mal eine Hausnummer. Du sagst, das Geld wurde an eine Gesellschaft überwiesen, die diese Währung ausgibt. Was genau steckt dahinter?«

»Das ist nicht so leicht zu durchschauen. Die GE$-Coins werden von einer Gesellschaft begeben, die ihren Sitz vermutlich in Dubai hat.«

»Vermutlich?«

»Ja, es ist nicht so einfach herauszubekommen, weil ein ziemlich komplexes Schachtelsystem von Briefkastenfirmen vorgeschaltet wurde. Diese haben ihren Sitz im Regelfall auf den British Virgin Islands. Auf einer Insel namens Jost van Dyke.«

Van Dyke. Karre erinnerte sich, den Namen auf der Wand in Torge Barkmanns Wohnung gelesen zu haben. Er hatte vermutet, dass es sich um eine Person, möglicherweise um einen Holländer handelte. Stattdessen war es eine Insel in der Karibik. Ganz offenbar war Barkmann also auf der richtigen Spur gewesen.

»Diese Briefkastenfirmen machen es nahezu unmöglich, bis zu der dahinterliegenden Gesellschaft durchzudringen«, fuhr Sasha fort. »Dazu müsste man vermutlich in die Karibik fliegen und versuchen, vor Ort Informationen zu erhalten. Erfahrungsgemäß sind die betreffenden Personen aber nicht sehr kooperativ. Schließlich haben sie einen Ruf hinsichtlich der Vertraulichkeit und Anonymität ihrer Dienstleistungen zu verlieren. Ich glaube aber auch nicht, dass das im Augenblick so wichtig für uns ist. Interessanter ist die uns vorliegende Beweiskette, mit der wir Engelhardt vermutlich festnageln können.«

Karre lehnte sich in seinem Stuhl zurück und schloss die Augen. Wie lange hatte er auf eine solche Aussage gewartet? Die Daten auf Martin Redmanns Laptop würden Dr. Stephan Engelhardt das Genick brechen.

»Wir werden ein ziemliches Erdbeben auslösen«, sagte Viktoria nachdenklich. »Insbesondere, wenn auch viele Investoren im Internet in der Sache mit drinhängen. Es wird sich niemand offiziell beschweren können, wenn er sein Schwarzgeld mit einer dubiosen Geldanlage in den Sand gesetzt hat, aber unter diesen anderen Spekulanten wird es sicher einen gewaltigen Aufschrei geben. Darüber müssen wir uns im Klaren sein, wenn wir das Ganze hochgehen lassen.«

»Definitiv, aber es kommt noch besser«, bestätigte Talkötter und signalisierte Sasha mit einem angedeuteten Kopfnicken, fortzufahren.

»In den Unterlagen, die wir für euch kopiert haben, befindet sich auch eine Liste. Diese hat sich ebenfalls auf Martin Redmanns Rechner befunden.«

»Eine Liste?«, fragte Karre. »Was denn für eine Liste?«

Sasha grinste. »Eine Liste aller Personen, die bei Angel Wings Capital ihr Schwarzgeld angelegt haben. Inklusive der von ihnen eingezahlten Beträge.«

Karre griff sich den vor ihm auf dem Tisch liegenden Hefter und blätterte durch die Seiten, bis er die von Sasha erwähnte Liste gefunden hatte. »Scheiße«, murmelte er und sank gegen die Rückenlehne seines Stuhls.

»Was ist los?«, fragte Viktoria, die nun ebenfalls nach dem Hefter griff und zu blättern begann.

»Die Namen auf der Liste. Da sind einige versammelt, die in Essen und Umgebung Rang und Namen haben. Profisportler, Unternehmer, Politiker. Das ist keine Bombe, das ist ein Atomsprengkopf. Wenn diese Liste dem

Finanzamt in die Hände fällt, wandert ein großer Teil der High Society in den Knast. Oder hat zumindest erheblichen Erklärungsbedarf.«

»Schau mal einer an«, grinste Viktoria und tippte mit dem Zeigefinger auf die Liste. »Wen haben wir denn da? Die werte Familie Goeßling ist gleich doppelt vertreten. Mit Vater und Sohn.«

»Dann passt doch alles zusammen. Christian Goeßling war der Zahnarzt von Oliver Redmann. Vermutlich hat der ihm den Floh von einer sehr lukrativen und zudem steuervermeidenden Anlage ins Ohr gesetzt. Goeßling wurde neugierig und hat es ausprobiert. Und nachdem er erste Erfolge verbuchen konnte, hat er vermutlich seinem Vater davon berichtet. Als ehemaliger Unternehmer hatte er vielleicht auch noch irgendwo eine inoffizielle Kasse. Oder das Geld wurde beim Verkauf seines Unternehmens unter der Hand neben dem eigentlichen Kaufpreis gezahlt. Über welche Summen reden wir denn?«

»Goeßling Junior hat eine Viertelmillion investiert, sein Vater das Doppelte.«

»Puh«, stöhnte Karim. »Die beiden hängen also mit 750.000 Euro drin. Ziemlich heftig.«

»Ja, aber die Anlagesummen der anderen Anleger liegen in ähnlichen Größenordnungen. Mindestens. Wie gesagt, Engelhardt hat sich nicht mit Kleinkram abgegeben.«

»Ich glaube, wir sollten dringend noch mal mit Christian Goeßling reden«, sagte Karre zu Viktoria gewandt. »Ich bin mal gespannt, was er dazu zu sagen hat.«

»Und?«, fragte Jo Talkötter. »Was sagt ihr?«

Karre nickte anerkennend. »Das war hervorragende Arbeit. Nicht nur, dass ihr überhaupt an die Daten herangekommen seid, sondern auch die anschließende Analyse. Respekt.«

»Und Notthoff hat von all dem noch keine Ahnung?«,

wollte Karim wissen.

»Nein, bisher nicht. Aber lange können und sollten wir damit nicht mehr hinterm Berg halten.«

»Du hast recht«, bestätigte Karre Talkötters Aussage. »Wir werden ihn und Schumacher in Kürze informieren müssen. Aber noch nicht.«

»Da ist übrigens noch etwas«, sagte Sasha und zog die Blicke von Karre, Viktoria und Karim auf sich. »Der USB-Stick aus dem Schließfach.«

»Stimmt! Den hatte ich ja schon fast vergessen. Was ist damit? Ist etwas Spannendes drauf?«

»Kann man so sagen!« Sasha grinste geheimnisvoll. »Auch in diesem Fall war es alles andere als trivial, den Inhalt der Datei auf dem Stick zu entschlüsseln. Aber wir haben es hinbekommen.«

»Und?«, fragte Karre, der vor Neugier beinahe platzte. »Spann uns nicht auf die Folter. Was ist auf dem Stick?«

»Ungefähr fünfundzwanzig Millionen Euro.«

Stille. Alle hielten die Luft an, sahen sich gegenseitig mit weit aufgerissenen Augen an, aber niemand traute sich, etwas zu sagen. Schließlich war es Karre, der das Schweigen brach. »Wie bitte?«, war jedoch alles, was er herausbrachte.

»Bei dem Stick handelt es sich um eine sogenannte Wallet.«

»Eine was?« Karre zog die Stirn kraus. »Ganz ehrlich, diese Fachbegriffe gehen mir allmählich ziemlich auf den Zeiger. Kann man das nicht irgendwie einfacher erklären?«

»Eine Wallet könnt ihr euch als eine virtuelle Brieftasche vorstellen, in der sich GE$-Coins befinden. Die in dieser Wallet enthaltenen Coins haben aktuell einen Gegenwert von etwa fünfundzwanzig Millionen Euro.«

»Und wie um alles in der Welt ist Martin Redmann an so

einen Betrag gekommen?«, fragte Karre, obwohl er befürchtete, die Antwort bereits zu kennen.

»Vermutlich hat er das Geld im Rahmen seiner Hacker-Attacke auf Engelhardt & Partner entwendet. Vielleicht war er sogar so gerissen, dass er den Kurs der GE$-Coins entsprechend manipuliert hat, so dass bei einem ersten Blick auf die Kontostände gar nicht aufgefallen ist, dass das Geld fehlte. Auf den Konten haben sich möglicherweise zwar weniger GE$-Coins befunden als zuvor, der Gegenwert in Euro blieb aber konstant. Theoretisch kann es auf diese Weise Tage gedauert haben, bis der Diebstahl jemandem aufgefallen ist.«

»Und dieses Geld befindet sich tatsächlich auf dem USB-Stick, der in dem Schließfach lag?« Karims Gesichtsausdruck verriet, dass ihm das Thema noch ein wenig befremdlich erschien.

»Ja. Ihr müsst euch so ein Wallet als eine Art lange Zeichenkette vorstellen. Jede dieser Zeichenabfolgen existiert nur ein einziges Mal. In dieser Zeichenkette ist das Guthaben gespeichert. Die Wallet ist anonym, das heißt, in ihr werden keine persönlichen Daten des Besitzers gespeichert. Vergleichbar mit einer Geldbörse, in der sich nur Geldscheine, aber keinerlei Ausweispapiere befinden. Theoretisch kann also jeder, der die Börse findet, über das Geld verfügen. Aus diesem Grund ist die Wallet mit einem Passwort geschützt.«

»Das wir inzwischen kennen?«, fragte Karre.

»Selbstverständlich«, erwiderte Sasha und setzte ein süffisantes Lächeln auf. »Wir könnten uns also mit diesem USB-Stick ins Ausland absetzen und die Kohle unter uns aufteilen. Macht für jeden immerhin fünf Millionen Euro. Jedenfalls, wenn es uns gelingt, die GE$-Coins in eine reale Währung zurückzutauschen, bevor das System in sich zusammenbricht.«

»Also haben Stella Uhlig und Martin Redmann Stephans Firma tatsächlich bestohlen«, sagte Viktoria auffallend tonlos. »Auch wenn das Geld aus dubiosen Quellen stammt, bleibt es Diebstahl. Wenigstens was diesen Punkt angeht, hat Stephan uns damals also die Wahrheit gesagt. Er sagte ja, dass er Stella Uhlig nicht gerade für ein Unschuldslamm gehalten hat.«

Karre sah sie eine Weile an, bevor er antwortete. »Ich bin mir ehrlich gesagt gar nicht sicher, ob Stella überhaupt etwas von dem Diebstahl wusste. Ich glaube vielmehr, dass sie ausschließlich darauf aus war, Engelhardt mit Hilfe von Barkmann hochgehen zu lassen. Der Diebstahl der GE$-Coins war vermutlich eine mehr oder weniger spontane Aktion von Martin. Gelegenheit macht eben Diebe. Und eigentlich spielt es auch keine große Rolle mehr. Was wir hier vor uns haben, sollte allemal ausreichen, diesen Schwarzgeld- und Betrugssumpf endgültig auszutrocknen.«

Karim räusperte sich. »Ich finde es ja toll, dass ihr euch schon so intensiv Gedanken darüber macht, wie wir Engelhardt ans Messer liefern können. Aber bei all dem sollten wir nicht vergessen, dass er Sila in seiner Gewalt hat. Und damit sitzt er meines Erachtens am längeren Hebel.«

Karre nickte nachdenklich. »Das stimmt. Wir müssen uns überlegen, wie wir herausbekommen, wo er Sila versteckt hält. Vielleicht können wir ihm zum Schein einen Deal anbieten. Quit pro quo.«

»Einen Deal?«, fragte Karim und seine Stimme klang ungewohnt schrill. »Und wie könnte der aussehen?«

»Na ja, ich könnte mir zum Beispiel vorstellen, dass er gerne seine Millionen zurückbekommen würde.«

»Und was glaubst du, was Schumacher zu so einem Deal sagt?«

»Weiß er etwas von dem Stick?«, fragte Karre zu Talkötter gewandt.

Der Leiter der Kriminaltechnik schüttelte den Kopf.

»Vielleicht sollten wir bei Engelhardt so tun, als wenn wir lediglich im Besitz dieses Sticks wären, so dass er davon ausgeht, mit dem Deal tatsächlich davonzukommen. Was meint ihr?«

»Glaubst du wirklich, dass er auf einen so plumpen Trick reinfällt?«, fragte Viktoria ihren Chef.

Karre wirkte nachdenklich. Während er noch nach einer Antwort suchte, griff er nach einem auf rosafarbenes Papier gedruckten Schriftstück, das auf dem Tisch lag, faltete es auf ein Viertel seiner ursprünglichen Größe zusammen und ließ es in der Innentasche seines Sakkos verschwinden. »Wie sagte Sasha vorhin so schön? Gier frisst Hirn. Einen Versuch ist es allemal wert. Oder?«

KAPITEL 52

Christian Goeßling saß am Küchentisch und stocherte lustlos mit der Gabel in seinem Rührei mit Lachs herum. Eigentlich hätte er für ein solches Frühstück sterben können, doch heute brachte er nicht einen einzigen Bissen hinunter. Stattdessen starrte er auf den aufgeklappt vor ihm liegenden Brief. Sie hatten ihm eine letzte Frist gesetzt. Eine Frist, die in achtundvierzig Stunden ungenutzt verstreichen würde, denn er hatte nicht die leiseste Ahnung, wie er innerhalb dieser Zeitspanne einen solchen Betrag auftreiben sollte. Warum hatte er sich damals bloß von seinem Patienten Oliver Redmann überzeugen lassen, in diesen ominösen Investment-Fonds zu investieren?

Redmann war gerade zur rechten Zeit in seine Praxis gekommen und hatte ihm von einer äußerst lukrativen und dazu noch risikolosen Geldanlage berichtet. Und anstatt das Geld, das er am Fiskus vorbei beiseitegeschafft hatte, weiter in seinem Tresor zu horten, war er auf Redmanns Vorschlag eingegangen. Und, das musste er zugeben, es hatte jahrelang hervorragend funktioniert. Er hatte die Zinszahlungen über Jahre hinweg stets regelmäßig erhalten und gerade in Zeiten historisch niedriger Zinsen waren die zweistelligen Renditen ein willkommenes Zubrot gewesen. Steuerfrei.

Der Ärger hatte erst begonnen, als er sich einen Teil des angelegten Geldes hatte auszahlen lassen wollen, um seine Steuerschulden begleichen zu können. Ja, er hatte zuletzt etwas über seine Verhältnisse gelebt und die mit der gutlaufenden Praxis verbundenen Steuerverpflichtungen aus den Augen verloren. Das dicke Ende war ihm dann in Form des letzten Steuerbescheides ins Haus geflattert.

Jedenfalls war er persönlich zu Engelhardt gefahren und hatte ihn um die Rückzahlung seiner Investitionssumme gebeten. Doch dieser hatte ihn höflich aber bestimmt darauf hingewiesen, dass er sich bei seiner Anlageentscheidung für zehn Jahre festgelegt hatte. Eine Tatsache, die ihm damals vor dem Hintergrund der Herkunft des Geldes sowie der winkenden Erträge in keiner Weise problematisch erschienen war. Doch jetzt, wo er das Geld dringend benötigte, sah die Welt anders aus. Doch Engelhardt wollte partout nicht mit sich reden lassen. Stattdessen hatte ihm irgendein Bekannter von Engelhardt einen Überbrückungskredit zu Konditionen angeboten, die dermaßen unverschämt waren, dass nicht einmal die lukrativen Erträge seiner Anlage diese kompensieren konnten.

Bisher hatte der Zahnarzt sich zähneknirschend damit abgefunden, doch nun hatte ihm das Finanzamt mit seiner allerletzten Fristsetzung das Messer auf die Brust gesetzt. Christian Goeßling schüttelte den Kopf. Nein, er würde nicht ins Gefängnis gehen, weil er das Geld auf die Schnelle nicht auftreiben konnte. Er stand auf und ging hinauf ins Schlafzimmer. Im Kleiderschrank befand sich der Safe, in dem er seine wertvollsten Uhren, wichtige Papiere und einen nunmehr kleineren Bargeldbestand aufbewahrte. Mit zitternden Fingern tippte er die Kombination des elektronischen Schlosses ein und öffnete die Tür. Mehrere Minuten lang starrte er wie versteinert auf den Inhalt des Safes. Gab es tatsächlich nur diesen einzigen Ausweg? So sehr er sich auch das Hirn zermarterte, er fand einfach keine bessere Lösung.

Sein Entschluss stand fest. Ein Gefängnisaufenthalt auf Grund von Steuerschulden war keine Option. Er gab sich einen Ruck und griff mit zitternden Fingern nach der Pistole und der kleinen Pappschachtel mit der passenden Munition. Soweit er wusste, war aus der Waffe noch nie ein Schuss abgefeuert worden. Jedenfalls nicht, solange sie sich im Besitz seiner Familie befand. Doch heute war es an der Zeit, das zu ändern.

*

Trotz des erbitterten Widerstandes der Empfangsdame stürmte Karre die Treppen bis in die dritte Etage hinauf und stand schließlich außer Atem vor Franziska, der persönlichen Assistentin von Dr. Stephan Engelhardt. Die attraktive Blondine musterte ihn mit zusammengekniffenen Augen.

»Herr Karrenberg, haben Sie einen Termin?«, fragte sie mit ihrem gewohnt charmanten Augenaufschlag, baute sich aber gleichzeitig wie eine Türsteherin mit vor der Brust verschränkten Armen vor der Durchgangstür des Büros ihres Chefs auf. »Herr Dr. Engelhardt ist gerade in einer Besprechung. Wenn Sie einen Moment ...«

Weiter kam sie nicht. Karre schob sich an der jungen Frau vorbei, drückte die Klinke herunter und betrat das Büro.

Engelhardt saß auf einem der braunen Ledersessel in der Besprechungs-Lounge, ihm gegenüber eine dunkelhaarige Schönheit, die Karre auf maximal Mitte vierzig taxierte. Selbst aus der Entfernung fielen Karre die stechend blauen Augen auf, die einen beeindruckenden Kontrast zu ihren schwarzen Haaren bildeten.

Engelhardt, der mit dem Rücken zur Tür gesessen hatte, fuhr herum. Sein Gesichtsausdruck verriet, dass er unangemeldete Unterbrechungen weder gewohnt war, noch dass er sie zu dulden pflegte.

»Bitte entschuldigen Sie die Störung, aber ich habe ein Anliegen, dass leider keinen Aufschub duldet«, kam Karre ihm zuvor.

»Herr Dr. Engelhardt, bitte entschuldigen Sie, aber Herr Karrenberg hat sich nicht ...«

Engelhardt schnitt seiner Assistentin mit einer knappen Handbewegung das Wort ab und Karre hörte, wie die junge Frau den Raum verließ und die Tür hinter sich schloss.

»Herr Karrenberg, ich habe Ihnen bereits bei Ihrem letzten Besuch zu verstehen gegeben, dass ich nicht länger gewillt bin, Ihr respektloses Verhalten hinzunehmen. Sie sehen doch, dass ich mich in einer dienstlichen Besprechung befinde. Wenn ich Sie also bitten dürfte.« Er deutete auf die Tür.

Inzwischen hatte sich die Schwarzhaarige aus ihrem Sessel erhoben und kam auf Karre zu. Sie trug einen aufreizend kurzen Rock und schwarzglänzende Pumps mit hohen Absätzen. Eine Kombination, die ihre langen, schlanken Beine bemerkenswert in Szene setzte.

»Guten Tag«, sagte sie und reichte Karre die Hand. »Mein Name ist Melani Gelovani.« Ihre roten Lippen verzogen sich zu einem Lächeln. »Ich bin bei Engelhardt & Partner für die gesamte IT-Infrastruktur verantwortlich. Darüber hinaus leite ich verschiedene Projekte. Und mit wem habe ich das Vergnügen?«

»Herr Karrenberg ist Hauptkommissar bei der Kriminalpolizei.« Dieses Mal übernahm Engelhardt die Antwort. »Er hat sich in den Kopf gesetzt, dass wir etwas mit dem bedauerlichen Tod seiner Tochter und diversen anderen tragischen Todesfällen zu tun haben. Er ist der Ansicht, dass wir hier illegalen Geschäften nachgehen.«

»Ist das so?« Melani Gelovani musterte Karre demonstrativ von Kopf bis Fuß. »Und was bringt Sie zu dieser Annahme, wenn ich fragen darf?« Verglichen mit Engelhardt wirkte sie nicht nur deutlich entspannter, vielmehr setzte sie im Gegensatz zu ihrem Chef ganz offensichtlich nicht auf eine Einschüchterungsstrategie, sondern auf weiblichen Charme gepaart mit einer nicht zu leugnenden Portion Sex-Appeal.

»Wie Ihnen als leitende Mitarbeiterin von Engelhardt & Partner vielleicht nicht entgangen ist, ist es in den letzten Jahren im Umfeld Ihrer Kanzlei immer wieder zu mehr oder weniger mysteriösen Todesfällen gekommen. Weniger mysteriös, da sie sich im Nachhinein sämtlichst als Mordfälle entpuppt haben. Wir ermitteln schon eine ganze Weile in diesen Fällen und verfügen inzwischen über sehr fundierte Unterlagen und Kenntnisse. Insofern, Herr Dr. Engelhardt, gehen unsere Vorwürfe gegen Sie weit über den Status bloßer Behauptungen und Verdächtigungen hinaus. Ganz im Gegenteil. Wir sind im Besitz von umfangreichem Beweismaterial. Und genau aus diesem Grund bin ich heute hier.«

»Um mich festzunehmen? Dann kann ich davon ausgehen, dass Sie einen gültigen Haftbefehl vorzuweisen haben?«

Karre ließ die Frage zunächst im Raum stehen. »Wir haben die Dokumente gefunden, die Martin Redmann und

Stella Uhlig im Rahmen Ihrer Nachforschungen über Sie zusammengetragen haben.« Der Hauptkommissar lächelte, während er sprach. Er genoss es, zu sehen, wie sich ein Hauch von Unsicherheit auf Engelhardts Gesicht ausbreitete. Der routinierte Geschäftsmann, den bislang nichts hatte aus der Ruhe bringen können, wurde nervös.

»Sie wissen so gut wie ich, dass die beiden sich die Unterlagen unrechtmäßig beschafft haben. Jeder Richter wird Ihnen dieses Material um die Ohren hauen.«

»Vielleicht, ja. Aber das spielt überhaupt keine Rolle. Wenn mehrere Dutzend Zeugen gegen Sie aussagen, sind wir nicht länger auf das Material angewiesen.«

»Mehrere Dutzend Zeugen?«, äffte Engelhardt Karre nach. Doch so sehr er sich auch bemühte, seine Stimme hatte einen Großteil ihres Selbstbewusstseins verloren und war nicht mehr als ein heiseres Krächzen. »Woher wollen Sie die denn holen?«

»Das kann ich Ihnen gerne erklären. Darf ich?« Karre deutete auf einen der freien Sessel. »Es wird einen Augenblick dauern.«

»Meinetwegen.« Während Karre sich setzte, nahmen Engelhardt und seine Mitarbeiterin ebenfalls Platz. »Dann schießen Sie mal los. Aber ich warne Sie, wenn Sie wieder nur heiße Luft ...«

In diesem Augenblick flog die Bürotür auf. Engelhardt fluchte, wandte sich in einer ruckartigen Bewegung um und erstarrte ebenso schnell. Engelhardts Assistentin Franziska hatte den Raum betreten, ihr Gesicht war kreidebleich. Mit langsamen Schritten kam sie auf die Sitzecke zu, während der Mann hinter ihr nicht von ihrer Seite wich und ihr seine Waffe ins Kreuz drückte.

Karre erkannte ihn sofort. Es war niemand anders als Christian Goeßling.

*

Engelhardt hielt es nicht mehr auf seinem Stuhl. Er war aufgesprungen und musterte den Eindringling mit hasserfülltem Blick. »Was in Dreiteufelsnamen wollen Sie denn hier? Und was soll dieser Auftritt?« Er deutete mit einem Kopfnicken auf die Waffe in Goeßlings Hand. »Haben Sie vollkommen den Verstand verloren?«

»Ganz im Gegenteil.« Goeßling versetzte Franziska einen Stoß, die daraufhin nach vorne stolperte und sich im letzten Moment an einer der Sessellehnen abfangen konnte. »Setz dich da hin«, fuhr Goeßling sie an. »Und Sie setzen sich ebenfalls.« Sein entschlossener Blick ruhte auf Engelhardt.

»Was ist hier eigentlich los?«, fragte Franziska mit zitternder Stimme.

»Halt den Rand!«, fuhr Goeßling sie an, bevor er sich wieder Engelhardt zuwandte. »Und jetzt zu Ihnen. Sie wissen, wieso ich hier bin.« Erst jetzt schien er den Kommissar zu bemerken. »Und Sie? Was haben Sie hier zu suchen? Wollen Sie diesen Betrüger endlich festnehmen?«

»Ich glaube, Sie sollten den Mund nicht so voll nehmen«, entgegnete Karre mit ruhigem Ton und zog damit die überraschten Blicke der versammelten Mannschaft auf sich. Einzig Franziska schien nicht die geringste Ahnung zu haben, was vor sich ging. »Ich gebe Ihnen ja durchaus recht. Herr Dr. Engelhardt ist zweifelsohne ein Betrüger. Allerdings ist Steuerhinterziehung im großen Stil auch nicht gerade ein Kavaliersdelikt.«

Nun wich jegliche Farbe aus dem Gesicht des Zahnarztes. »Was wollen Sie damit sagen?«

Karre stieß einen lauten Seufzer aus. »Wenn Sie sich einen Augenblick zu uns setzen, erkläre ich Ihnen gerne die

Zusammenhänge.« Er deutete auf den letzten freien Sessel. »Eigentlich bin ich froh, dass Sie hier sind. Sie machen unsere illustre Runde komplett. Ich war nämlich gerade dabei, Herrn Engelhardt über dic zahlreichen Zeugen zu informieren, die gegen ihn aussagen werden.«

Goeßling sah ihn verständnislos an. »Und was habe ich damit zu tun?«

»Sie sind einer dieser Zeugen.«

»Was Sie nicht sagen. Und wie kommen Sie darauf?«

»Ganz einfach. Uns liegt eine vollständige Liste aller Klienten von Engelhardt & Partner vor, die Geld in einen von Engelhardt aufgelegten Fonds namens *Angel Wings Capital* investiert haben. Die zuständigen Finanzämter werden mit großer Freude überprüfen, inwieweit die in den Fonds geflossenen Gelder aus versteuerten Einkünften stammen, oder ob es sich vielmehr um Gelder handelt, die am Fiskus vorbeigeschleust wurden.«

»Das sind doch nichts als bloße Behauptungen.« Goeßlings Stimme klang fest und selbstbewusst, doch seine Gesichtsfarbe verriet, dass Karre ins Schwarze getroffen hatte.

»Wir wissen«, fuhr der Hauptkommissar deswegen unbeirrt fort, »dass Oliver Redmann, ein ehemaliger Mitarbeiter von Engelhardt & Partner, ihr Patient gewesen ist. Zufällig stand ihr Name auf den Zahnprofilen, die die Polizei vor einigen Jahren bei Redmanns Verschwinden bei Ihnen angefordert hat. Ohne diese Dokumente wäre uns der Zusammenhang sicher nicht so schnell aufgefallen. Hinzu kam, dass uns eine Liste aller Anleger in die Hände gefallen ist, die in den Fonds investiert haben. Und auf dieser Liste tauchen nicht nur Sie, Herr Dr. Goeßling, sondern auch Ihr Vater auf. Vermutlich waren Sie so begeistert von der anfänglichen Wertentwicklung Ihrer Schwarzgeldanlage, dass Sie Ihrem Vater empfohlen haben, ebenfalls zu investieren. Und während Sie Engelhardt eine Viertelmillion anvertraut haben, hat ihr Vater das Doppelte investiert. Vermutlich handelte es sich um Gelder, die er während seiner Selbständigkeit am Finanzamt vorbei beiseitegeschafft hat. Oder um Geld, das aus dem Verkauf seines Unternehmens stammt. Ein kleiner Teil des Kaufpreises, der ebenfalls in bar und steuerfrei den Besitzer gewechselt hat.«

»Das sind doch alles bloß die Hirngespinste eines durchgeknallten Ermittlers!«, schrie Goeßling ihn an, doch Karre ließ sich nicht aus der Ruhe bringen.

»Das Geld wurde in bar außer Landes geschafft. Dazu haben Sie sich eines von Engelhardt & Partner zur Verfügung gestellten Privatjets bedient, der Sie mitsamt dem Geld nach Zürich gebracht hat. Dort wurde das Geld auf ein Bankkonto eingezahlt und noch am gleichen Tag in eine Kryptowährung namens GE$-Coins transferiert.«

Karre mustere die Gesichter von Stephan Engelhardt und Melani Gelovani. Ihre versteinerten Mienen verrieten, dass er sich auf der richtigen Spur befand. Er rief sich Sashas Erläuterungen ins Gedächtnis zurück. »Der Vorteil an dieser von Ihnen, Frau Gelovani, geschaffenen Währung ist einerseits, dass Finanztransaktionen in Echtzeit und vollkommen anonym durchgeführt werden können und andererseits, dass Sie den Kurs dieser Währung nahezu beliebig manipulieren können.«

Engelhardts Adamsapfel hüpfte nervös auf und ab und erste Schweißtropfen bildeten sich auf seiner Stirn.

»Und das Beste ist: Wir können das nicht nur alles anhand entsprechender Unterlagen beweisen, sondern ich bin absolut überzeugt davon, dass sich ihre Anleger sehr schnell bereiterklären werden, gegen Sie auszusagen. Jedenfalls dann, wenn ihnen die Steuerfahndung einen entsprechenden Deal anbietet. Und wenn auch der letzte

Ihrer Anleger gemerkt hat, dass er einem geschickt inszenierten Betrugssystem auf den Leim gegangen ist. Dass die angeblichen Traumrenditen nicht existieren und dass Sie sich einen Großteil der Ihnen anvertrauten Gelder in die eigene Tasche gesteckt haben.«

Nun war es einmal mehr Goeßling, auf dessen Gesicht sich die hinter seiner Stirn arbeitenden Gedanken nur allzu deutlich abzeichneten. »Was soll das heißen?«

»Ach«, erwiderte Karre mit gespielter Überraschung. »Sie wussten gar nicht, dass Engelhardt & Partner eine Art Schneeballsystem betreibt, bei dem Sie als Anleger am Ende in die Röhre gucken?« Sein Blick wechselte hinüber zu Engelhardt. »Im Übrigen war es sehr geschickt, sich ausschließlich auf eine Klientel zu konzentrieren, von der Sie wussten, dass sie größere Mengen Schwarzgeld hortet. Natürlich waren diese Leute sehr empfänglich für ein derart verschwiegenes und gleichzeitig exklusives Investment. Und dass so schnell niemand der Betroffenen zur Polizei gehen würde, konnten Sie sich an drei Fingern abzählen. Schließlich haben die meisten Ihrer Klienten einen Ruf zu verlieren. Von einer drohenden Gefängnisstrafe wegen Steuerhinterziehung, wie sie bei derartigen Beträgen durchaus üblich ist, einmal abgesehen.

Dummerweise hat Herr Goeßling den Bogen überspannt und einen ziemlichen Schuldenberg beim Finanzamt angehäuft. So groß, dass ihm tatsächlich eine Haftstrafe droht, wenn er den betreffenden Betrag nicht kurzfristig auftreiben kann. Wie viel war es doch gleich?« Er sah Goeßling an, der seinen Blick mit bebenden Lippen erwiderte. »Eine Viertelmillion? Zufällig genau die Summe, die Sie in Engelhardts Fonds angelegt haben.«

»Woher wissen Sie das alles?«, fragte Goeßling und die auf Engelhardt gerichtete Waffe in seiner Hand zitterte.

»Nun, wie der Zufall es so wollte, haben zwei junge

Menschen, die den von Herrn Dr. Engelhardt verschuldeten Tod ihres Vaters rächen wollten, die entsprechenden Unterlagen zusammengetragen. Eine Heldentat, die sie leider Gottes mit ihrem Leben bezahlt haben. Weitere zwei Tote, die auf Ihr Konto gehen, Herr Dr. Engelhardt. Aber das Material, das die beiden bei ihren Recherchen gefunden haben, wird uns helfen, Sie endgültig ans Messer zu liefern.«

Goeßling starrte Engelhardt mit hasserfülltem Blick an. »Stimmt das?« Und als Engelhardt nicht antwortete, schrie er ihn an. »Ob das stimmt, will ich wissen!«

Engelhardt schluckte, sagte aber nichts.

»Also deshalb haben Sie alles versucht, mir die Auszahlung des Geldes auszureden. Weil das Geld möglicherweise schon gar nicht mehr existiert. Ist das so?«

Wieder schwieg Engelhardt.

»Und was Sie betrifft«, wandte Karre sich Melani Gelovani zu, »ist uns durchaus bekannt, dass Ihre Familie, und insbesondere Ihr Vater, mit der georgischen Mafia in Verbindung gebracht wird. Von daher würde es mich nicht wundern, wenn dieser Fonds auch dazu genutzt wurde, schmutziges Mafiageld zu waschen. Aber darum sollen sich später die Kollegen der Organisierten Kriminalität kümmern.«

Karre fuhr herum, als er hörte, wie Goeßling die noch immer auf Engelhardt gerichtete Waffe entsicherte.

»Ich frage jetzt zum letzten Mal: Ist das alles wahr? Und wenn du nicht sofort dein Maul aufmachst und meine Frage beantwortest, dann knall ich dich ab!«

Die letzten Worte spie Goeßling Engelhardt förmlich entgegen und Karre machte sich inzwischen ernsthaft Sorgen, er könne tatsächlich die Beherrschung verlieren und ein Blutbad anrichten. »Herr Goeßling, ich schlage vor, Sie legen die Waffe jetzt hier auf den Tisch und wir reden in Ruhe weiter, bevor noch etwas passiert, was Sie später bereuen.«

»Ich gehe nicht ins Gefängnis. Nicht wegen diesem Betrüger.«

»Jetzt schieben Sie mir nicht Ihr Schlamassel in die Schuhe!«, entgegnete Engelhardt barsch. »Es ist doch nicht meine Schuld, dass Sie zu blöd sind, Ihre Verbindlichkeiten gegenüber dem Finanzamt im Griff zu behalten.

»Aber Sie haben sich geweigert, mir mein Geld zurückzuzahlen. Und das Geld aus dem Erbe meines Vaters, das mir ebenfalls zusteht.«

Karre überlegte, Goeßling über seinen Irrtum hinsichtlich des Erbes aufzuklären, entschied sich aber dagegen, weiteres Öl ins Feuer zu gießen. Stattdessen sagte er: »Herr Goeßling, ich bin heute Morgen hergekommen, um Herrn Dr. Engelhardt und Frau Melani Gelovani festzunehmen.«

Bei den Worten des Hauptkommissars weiteten sich Goeßlings Augen.

»Wenn Sie erlauben, zeige ich Ihnen den Haftbefehl. Hier, in meiner Tasche.« Er deutete auf seine Jacke. »Darf ich?«

Goeßling zögerte, nickte aber schließlich. »Keine Tricks, sonst knall ich euch alle ab.«

Karre nickte und zog einen rosafarbenen, zusammengefalteten Zettel aus der Innentasche seines Sakkos. Zwischen zwei Fingern hielt er das Dokument in die Höhe. »Sehen Sie? Wenn Sie mir jetzt dazwischenfunken, wandern Sie nicht nur für viele Jahre oder sogar für den Rest Ihres Lebens ins Gefängnis. Nein, Sie sorgen auch noch dafür, dass diese beiden hier ihrer verdienten Strafe entgehen. Wollen Sie das?«

Goeßling dachte einen Augenblick nach, bevor er zögernd den Kopf schüttelte. »Nein, das will ich nicht. Und Sie sagen, Sie werden die beiden wirklich festnehmen? Jetzt gleich?«

»Ja, die Kollegen warten draußen. Sobald wir rauskommen, nehmen sie die beiden fest. Also?«

»Ich habe draußen niemanden gesehen.«

»Natürlich nicht.« Karre wusste, dass er jetzt absolut überzeugend wirken musste. »Ich habe mit den Kollegen vereinbart, dass sie mir einen Vorsprung geben. Ich wollte nicht, dass sie zu früh bemerkt werden.« Er streckte die Hand nach Goeßlings Waffe aus. »Also, was denken Sie?«

Nach einer weiteren Gedenksekunde reichte Goeßling Karre seine Waffe.

»Danke!« Karre nickte ihm bestätigend zu. »Franziska, gehen Sie bitte raus und sehen Sie nach, ob meine Kollegen von der Schutzpolizei schon da sind. Wenn ja, bringen Sie sie bitte her.«

Die junge Assistentin erhob sich aus ihrem Sessel und verließ sichtlich erleichtert den Raum. Karre glaubte, das Zittern ihrer Knie selbst aus einigen Metern Entfernung sehen zu können.

»Sie glauben doch nicht ernsthaft, dass Sie damit durchkommen«, zischte Engelhardt, nachdem Franziska die Tür hinter sich geschlossen hatte. »Sie sind doch vollkommen übergeschnappt. Haben Sie vergessen, was auf dem Spiel steht?«

Karre verstand den Hinweis, der zweifellos auf Sila abzielte, die noch immer irgendwo gefangen gehalten wurde. Jedenfalls, sofern Engelhardt sie noch nicht hatte beseitigen lassen. Schließlich hatte er mehr als einmal bewiesen, dass er wenig zimperlich zu Werke ging, wenn es darum ging, seine Kanzlei vor dem Untergang zu bewahren. Doch bevor er etwas erwidern konnte, kehrte

Franziska gemeinsam mit vier uniformierten Beamten in das Büro zurück. Karre stand auf und deutete auf Christian Goeßling und Melani Gelovani. »Nehmen Sie die beiden in Gewahrsam. Alles Weitere klären wir in Ruhe auf dem Präsidium.«

»Alles klar. Und was ist mit dem da?«, fragte einer der Beamten, der Engelhardt seit dem Betreten des Raumes nicht aus den Augen gelassen hatte.

»Wir haben noch etwas zu besprechen. Unter vier Augen. Warten Sie auf dem Flur, bis wir rauskommen.« Der Polizist nickte und Karre beobachtete, wie Goeßling und Gelovani Handschellen angelegt wurden.

»Hey! Was soll das?«, protestierte Goeßling. »Ich dachte, wir haben einen Deal.«

»Den haben wir auch. Sofern Sie sich später an Ihren Teil der Abmachung halten. Also, bringen Sie die beiden aufs Präsidium.«

Nachdem Franziska sowie die Polizisten mit den beiden Festgenommenen das Büro verlassen hatten, blieben Karre und Engelhardt alleine zurück. Karre spürte, wie sich sein Puls beschleunigte. Seine Hände wurden feucht. Endlich war er da. Der Moment der Abrechnung. Der Augenblick, dem er seit Sandras und Hannas Unfall Tag und Nacht entgegengefiebert hatte.

»Also gut«, sagte er nach einem Moment des Schweigens und sah Engelhardt mit festem Blick in die Augen. »Bringen wir es hinter uns.«

KAPITEL 53

Leni Hellmann kam ihr bereits entgegen, als Viktoria den langen Krankenhausflur entlangging. Sie war blass, unter ihren Augen zeichneten sich dunkle Ränder ab. Keine Frage, die Sorge um ihren Ehemann stand ihr mehr als deutlich ins Gesicht geschrieben.

Die kleine zierliche Frau begrüßte die junge Kommissarin mit einem Händedruck, dessen Festigkeit Viktoria überraschte.

»Wie geht es ihm?«

»Die Ärzte sagen, er wird durchkommen. Es scheint, als habe er wieder einmal mehr Glück als Verstand gehabt. Allerdings werde ich nicht zulassen, dass er noch einmal zu euch zurückkehren wird. Dieser Infarkt war der letzte Warnschuss. Einen weiteren Infarkt wird er nicht überleben. Und das kann ich nicht zulassen. Ich brauche Willi noch eine Weile.«

Viktoria sah, wie sich Lenis Augen mit Tränen füllten und legte ihr eine Hand auf die Schulter. »Was passiert ist, tut mir leid. Uns allen.«

»Das weiß ich. Und ich mache euch auch keinen Vorwurf. Ich weiß, dass es Willis Wunsch gewesen ist, noch einmal zu euch zurückzukehren. Er wollte euch unbedingt helfen, Hannas Mörder zu finden.«

Viktoria nickte und schluckte einen dicken Kloß hinunter. »Ich muss zugeben, wir haben uns alle riesig gefreut, dass er zurückgekommen ist. Aber im Nachhinein gesehen, war es wohl ziemlich unvernünftig.«

»Du kennst Willi ja auch schon einige Jahre. Du weißt, wie er ist. Wenn er sich etwas in den Kopf gesetzt hat, kann man ihn nicht davon abbringen. Übrigens, ich habe etwas für euch.« Leni reichte Viktoria eine blaue Papierkladde. »Er hat mich gebeten, es aus seinem Wagen zu holen und euch zu geben. Eigentlich wollte er es gerne selbst erzählen, aber die Ärzte sind der Meinung, es würde ihn zu sehr anstrengen.«

Viktoria nahm die Mappe an sich. »Was ist das?«

»Das, woran Willi gestern Abend gearbeitet hat. Kurz bevor er den Infarkt erlitten hat. Es scheint ihm wichtig gewesen zu sein. Ich habe einen kurzen Blick darauf geworfen, aber ich kann nichts mit den Sachen anfangen. Vielleicht werdet ihr ja schlau daraus. Ich denke, ihr solltet es euch ansehen.«

»Das werden wir. Ganz sicher. Richte Willi bitte einen lieben Gruß aus. Von uns allen. Er soll sich in Ruhe auskurieren. Und danke noch mal.« Sie deutete auf die Unterlagen in ihrer Hand. »Ich sehe es mir gleich an.«

»Ich hoffe, es hilft euch weiter«, sagte Leni und wischte sich abermals eine Träne aus dem Augenwinkel. »Dann war wenigstens nicht alles umsonst. Grüß mir die anderen.« Im Gehen wandte sie sich noch einmal um. »Gibt es eigentlich Neuigkeiten von Sila?«

»Nein, leider nicht.«

»Ich drücke euch die Daumen, dass ihr sie rechtzeitig findet.« Leni Hellmann nickte Viktoria aufmunternd zu, bevor sie mit langsamen Schritten über den Krankenhausflur davonging.

Viktoria sah ihr nach, bis Willis Frau in einen Nebengang abgebogen und nicht mehr zu sehen war. Auf dem Weg nach draußen kam sie an einem Aufenthaltsraum vorbei, ließ sich auf einen der dort stehenden Sessel sinken und begann, in den Unterlagen zu lesen, die Leni Hellmann ihr übergeben hatte.

Was hatte Willi herausgefunden? Und waren seine Erkenntnisse tatsächlich dafür verantwortlich, dass er auf dem Weg nach Hause einen Herzinfarkt erlitten hatte? Welche Neuigkeiten verbargen sich in den auf ihrem Schoß liegenden Seiten? Sie schlug die Kladde auf und begann, darin zu lesen.

Schon nachdem sie die ersten Zeilen überflogen hatte, weiteten sich ihre Augen. Woher hatte Willi diese Informationen? Und wieso um alles in der Welt hatte er sich überhaupt auf diese Spur begeben? War es seine jahrzehntelange Erfahrung als leitender Ermittler gewesen? Eine innere Stimme, die ihn auf die richtige Spur gebracht hatte? Oder war etwas anderes geschehen, was seinen Verdacht in diese Richtung gelenkt hatte?

Fassungslos starrte Viktoria auf das Schwarzweißbild, das sich ebenfalls in den Unterlagen befand und das mit einer Tackernadel an einem beigefügten Zeitungsausschnitt befestigt worden war. Irgendwo hatte sie die auf dem Foto abgebildete Frau schon einmal gesehen. Noch während sie fieberhaft überlegte, um wen es sich bei der Person handelte, begann sie, den dazugehörigen Zeitungsartikel zu lesen. Und schon nach dem ersten Absatz fiel der Groschen. Plötzlich passte alles zusammen. Die vagen Hinweise und Indizien, die Willi auf den ersten

Seiten seines Dossiers zusammengetragen hatte, fügten sich plötzlich in ein Gesamtbild ein, an dessen Bedeutung es nicht mehr den geringsten Zweifel gab.

Viktoria spürte, wie sich ihr Puls beschleunigte. Mit zitternden Fingern angelte sie ihr Telefon aus ihrer Handtasche. Sie tippte den Code zum Entsperren der Tastatur ein und sah die feuchten Abdrücke, die ihre Fingerkuppen auf der gläsernen Oberfläche hinterließen. Während sie die gewünschte Nummer aus dem Adressbuch wählte, rutschte die blaue Kladde von ihrem Schoß. Die losen Blätter verteilten sich auf dem Fußboden des Aufenthaltsraumes. Sie klemmte ihr Mobiltelefon zwischen Ohr und Schulter ein und begann fluchend, die herumliegenden Seiten einzusammeln. Noch bevor das erste Freizeichen ertönte, sprang die Mailbox an. Fluchend brach sie die Verbindung ab und ließ das Gerät zurück in die Tasche gleiten.

Als sie sich erneut bückte, um das an den Zeitungsartikel geheftete Foto aufzuheben, stellte sich plötzlich ein schwarzer Lederschuh, wenige Millimeter von ihren Fingern entfernt, auf das Bild. Viktoria erschrak beinahe zu Tode. Sie hatte niemanden hereinkommen sehen und der plötzlich auf sie herabfallende Schatten ließ ihr das Blut in den Adern gefrieren. Ihr Blick wanderte nach oben und sie spürte augenblicklich, wie jegliche Farbe aus ihrem Gesicht wich. Sie wollte etwas sagen, doch der Andere kam ihr zuvor.

»Was haben wir denn da?«

Viktoria erhob sich, doch der Mann überragte die Kommissarin noch immer um gut einen Kopf. Er streckte die Hand nach den Unterlagen aus, die Viktoria vom Fußboden aufgesammelt hatte.

»Zeig mal!«, sagte er mit einem Tonfall, der keinen Widerspruch duldete. »Woher hast du das?«

Viktoria schwieg und sah ihn mit vor Wut funkelnden Augen an.

»Von Hellmann? Hat er das hier zusammengetragen?« Er blätterte durch die Unterlagen. »Der alte Fuchs ist noch immer ziemlich gerissen, das muss man ihm lassen.« Er schlug die Kladde zu. »Wer weiß sonst noch davon?«

Erneut kam kein Wort über Viktorias Lippen.

»Okay, das dachte ich mir. Damit hat sich mein spontaner Krankenbesuch ja schon gelohnt.« Sein Gesichtsausdruck wandelte sich zu einer bedrohlichen Grimasse. »Und wir beide machen jetzt einen kleinen Ausflug. Los! Mitkommen!«

»Und wenn ich mich weigere?« Viktoria überlegte, ihre Waffe zu ziehen, entschied sich aber dagegen. Das Letzte, was sie riskieren wollte, war eine Schießerei mitten in einem Krankenhaus. Da sie fest davon ausging, dass ihr Gegenüber ebenfalls bewaffnet war, erschien ihr das Risiko, dass unbeteiligte Dritte zu Schaden kamen, einfach zu groß.

»Daran solltest du nicht einmal denken«, flüsterte der Andere. »Und jetzt komm. Wir statten jemandem einen Besuch ab, der sich ganz bestimmt über deine Gesellschaft freuen wird.«

KAPITEL 54

»Mögen Sie einen Drink?«, fragte Engelhardt, während sein Blick aus dem Fenster in die Ferne schweifte. »Ich möchte Franziska nach den Erlebnissen der letzten Minuten nicht mit Kaffeekochen behelligen, aber einen Drink würde ich Ihnen spendieren. Wie wäre es mit einem zweiunddreißig Jahre alten Laphroaig von den schottischen Hebriden? Limitierte Auflage. Den bekommen Sie nicht an jeder Ecke.« Ohne eine Antwort abzuwarten, stand Engelhardt auf und ging zu dem neben der Sitzgruppe stehenden Sideboard. Kurz darauf kehrte er mit zwei schweren Kristallgläsern zurück, deren Inhalt im Sonnenlicht wie flüssiges Gold leuchtete.

»Also«, begann Engelhardt, nachdem er sich einen Schluck genehmigt hatte und den Geschmack des edlen Tropfens sichtlich genoss. »Was haben Sie mir anzubieten?«

»Was ich Ihnen anzubieten habe?«, fragte Karre, der seine Verwunderung über Engelhardts unfassbare Dreistigkeit kaum verbergen konnte. »Ich glaube, Sie missverstehen die Situation. *Ihre* Situation«, präzisierte er.

Engelhardt lächelte süffisant, während er das Glas unter seiner Nase kreisen ließ. »Sie hätten nicht auf ein Gespräch unter vier Augen bestanden, wenn Sie nicht einen Deal in der Hinterhand hätten. Einen Deal, von dem niemand außer uns beiden etwas erfahren soll. Also? Was haben Sie? Womit wollen Sie mich davon überzeugen, Ihnen zu sagen, wo Sie die Frau Ihres Kollegen finden? Das ist es doch, was Sie von mir wollen, oder?«

Karre starrte Engelhardt entgeistert an. Mit allem hatte er gerechnet, aber nicht damit, dass Engelhardt so schnell zugab, hinter Silas Entführung zu stecken. Wusste er, dass es vorbei war? War er sich im Klaren darüber, dass Karre die besseren Trümpfe in den Händen hielt und dass der einzig mögliche Ausweg für ihn darin bestand, sich auf einen Deal einzulassen?

»Legen wir unsere Karten auf den Tisch«, riss Engelhardt Karre aus seinen Gedanken. »Aber bevor wir zum Showdown kommen, habe ich noch eine Frage.«

Karre sah ihn auffordernd an.

»Was war das für ein Pamphlet, das Sie diesem dämlichen Zahnarzt als Haftbefehl verkauft haben?«

Karre konnte sich das Lachen kaum verkneifen. »Ach das. Das war bloß der Werbeflyer eines neuen Bügelservice. Lag heute Morgen auf meinem Schreibtisch.«

»So etwas in der Art dachte ich mir schon.« Engelhardt nickte und Karre konnte tatsächlich den Anflug eines Lächelns auf dem sonst so emotionslosen Pokerface des Anwalts erkennen. »Aber genug der Vorreden. Kommen wir zum Geschäft.«

Karre griff in die Innentasche seine Sakkos und zog einen USB-Stick daraus hervor, den er vor sich auf dem Tisch platzierte.

Engelhardt zog die Augenbrauen hoch. »Das sind die Daten, von denen Sie eben berichtet haben?«, fragte er, nachdem er den Stick eine Weile betrachtet hatte, als wäre es ein aus einer anderen Welt stammendes Artefakt.

»Die Daten«, bestätigte Karre tonlos. »Und Ihre fünfundzwanzig Millionen.«

Bei den letzten Worten des Ermittlers begannen Engelhardts Augenlider zu zittern. »Auf diesem Stick befindet sich das Geld, das Redmanns Sohn uns gestohlen hat?«

»Die GE$-Coins. Ja. Der Stick fungiert als Wallet. Aber vermutlich kennen Sie sich damit wesentlich besser aus als ich. Also, was sagen Sie? Haben wir einen Deal?«

»Wer garantiert mir, dass sich die Daten und die Millionen tatsächlich noch auf dem Stick befinden? Und dass Sie nicht längst Kopien angefertigt haben. Wie wollen Sie sicherstellen, dass Ihre Vorgesetzten sich an unsere Vereinbarung halten und dass sie die Unterlagen nicht an Ihre Kollegen von der Organisierten Kriminalität weitergeben?«

Drei Fragen auf einmal. Vermutlich wäre es zu einfach gewesen, wenn Engelhardt den ausgeworfenen Köder in seiner Gier nach dem Geld und nach den Beweisen, die ihm ein für alle Mal das Genick brechen würden, einfach so geschluckt hätte. Karre hatte bereits bei ihrem ersten Aufeinandertreffen gemerkt, dass Engelhardt mit allen Wassern gewaschen war.

»Ich fürchte, Ihnen bleibt nichts anderes übrig, als mir zu vertrauen.« Er griff nach Goeßlings Pistole, die noch immer offen auf dem Tisch zwischen ihm und Engelhardt lag. Nachdenklich betrachtete er sie, öffnete das volle Magazin und checkte die darin befindliche Munition. »Im Übrigen weiß keiner meiner Kollegen von diesem Stick. Es gibt nur uns beide. Sie und mich.«

»Und das alles wollen Sie ganz alleine mit Hilfe Ihres

brillanten technischen Sachverstandes herausgefunden haben? Ohne die Hilfe Ihrer Polizeitechniker?« Auf Engelhardts Stirn zeichneten sich tiefe Falten ab. »Für wie blöd halten Sie mich?«

»Das habe ich nie behauptet. Ich sagte lediglich, dass niemand bei der Polizei darüber Bescheid weiß.« Karre griff nach dem USB-Stick. »Aber ganz wie Sie wollen. Meine Kollegen warten sicher schon draußen vor der Tür darauf, Sie endlich abführen zu dürfen. Was Ihre Mitarbeiter wohl denken, wenn Ihr Chef in Handschellen an ihnen vorbei aus dem Gebäude geführt wird?«

»Warten Sie! Und Sie garantieren mir, dass Sie mir den Stick überlassen, wenn ich Ihnen sage, wo Sie die Frau finden?«

»Das sagte ich bereits.« Er legte den Stick zurück auf den Tisch. »Den Stick für das Leben von Sila Gökhan.«

»Also gut. Einverstanden. Sie befindet sich ein einer stillgelegten Fabrikhalle. In einem Überseecontainer.« Er nannte die Adresse und sein Blick wanderte zu dem USB-Stick. »Darf ich?«

Karre nickte und griff nach dem Mobiltelefon in seiner Hosentasche. Ohne Engelhardt eines weiteren Blickes zu würdigen, wählte er Karims Nummer. Sein Kollege nahm das Gespräch nach wenigen Sekunden an.

»Karim! Ich weiß, wo Sila ist. Du musst sofort hinfahren. Ich komme nach, sobald ich hier fertig bin.«

»Fertig? Womit? Bist du noch bei Engelhardt? Was ist da los? Ist alles okay?«

»Alles in Ordnung, aber wir haben keine Zeit. Ich erkläre euch alles später. Fahr zu der Adresse und sieh zu, dass du Sila findest. Wir sehen uns nachher.« Ohne eine Antwort seines Kollegen abzuwarten, beendete Karre das Gespräch.

»Wollen Sie überhaupt nicht wissen, warum?«, fragte

Engelhardt, der geduldig gewartet hatte, bis Karre das Handy zurück in seine Hosentasche geschoben hatte. Sein Tonfall ließ Karres Blut in den Adern gefrieren.

»Warum was?«

»Warum sie sterben mussten. Sie alle, aber allen voran Ihre Exfrau. Und Ihre Tochter.«

Karre starrte Engelhard an. Mit dem plötzlichen Bedürfnis, sich seine Schuld von der Seele zu reden, überraschte der Anwalt ihn einmal mehr. »Also gut. Warum mussten sie sterben?«, fragte er mit belegter Stimme.

»Sie wissen, dass Sandra und ich über mehrere Jahre hinweg eine Beziehung hatten?«

»Verhältnis trifft es wohl eher. Schließlich waren Sie verheiratet.«

Engelhardt ignorierte Karres Einwurf. »Ich habe sie geliebt. Sie war eine wunderbare Frau. Aber irgendwann kam sie dahinter, dass wir einigen unserer Mandanten einen besonderen Service offerierten.«

»Eine schöne Umschreibung für Beihilfe zur Steuerhinterziehung und Finanzbetrug in einer derartigen Größenordnung.«

»Wie auch immer. Jedenfalls war sie alles andere als glücklich darüber. Im Gegenteil. Sie hat mich unter Druck gesetzt, die Sache zu beenden. Und sie begann, Nachforschungen anzustellen.«

»Lassen Sie mich raten. Sie stieß auch auf das mysteriöse Verschwinden von Oliver Redmann und zog dieselben Schlüsse, zu denen auch wir gelangt sind: Oliver Redmann hatte sich mitnichten das Leben genommen. Er musste verschwinden, weil er ebenfalls zu viel über Ihre Machenschaften herausgefunden hatte und Ihnen damit gedroht hat, Sie auffliegen zu lassen. Vermutlich hat er Ihnen übel genommen, dass er seinen eigenen Namen jahrelang für Ihren Fonds hergehalten hat, ohne zu wissen, was wirklich dahintersteckte. Die Dienstleistungen rund um das Schwarzgeld Ihrer Mandanten waren die eine Sache, Ihre Kunden zu betrügen eine andere.«

Engelhardt nickte. »Ja. Mit Redmann hat alles begonnen. Er brachte den Stein ins Rollen. Den Stein, der eine Lawine ausgelöst hat.« Er schenkte sich großzügig einen weiteren Drink ein und warf Karre einen fragenden Blick zu, doch der lehnte dankend ab. »Glauben Sie mir, ich wollte nie, dass es so weit kommt. Es war nie mein Ziel, dass Menschen dabei zu Schaden kommen. Jedenfalls nicht auf diese Art und Weise.«

»Aber warum haben Sie sich so standhaft geweigert, aufzuhören? Hatten Sie nicht längst mehr als genug verdient, dass Sie ohne Probleme die Reißleine hätten ziehen können? Hatten Sie es wirklich nötig, zum Drahtzieher von beinahe einem Dutzend Morden zu werden? Warum? Ich verstehe das nicht.«

»Sie haben keine Ahnung.« Er kippte den wertvollen Laphroaig herunter, wie ein gewöhnliches Glas Wasser.

»Dann erklären Sie es mir.«

»Melani«, sagte Engelhardt, ohne seinen Blick von dem Glas abzuwenden.

»Melani Gelovani? Ihre Computerspezialistin?«

Engelhardt lachte verächtlich auf. »Computerspezialistin? Dass ich nicht lache. Sie ist weit mehr als das.«

Karre wartete geduldig, bis Engelhardt von sich aus weitersprach.

»Sie haben vorhin erwähnt, dass Ihnen die Verbindungen der Familie Gelovani zur georgischen Mafia zu Ohren gekommen sind. Tatsächlich unterhalten insbesondere ihr Großvater und ihr Vater enge Verbindungen zu den sogenannten *Dieben im Gesetz*. Ich nehme an, die Organisation ist Ihnen ein Begriff?«

Karre nickte. »Aber wieso haben Sie sich darauf eingelassen?«

»Das habe ich nicht. Jedenfalls nicht in dem Sinne, dass ich mich bewusst dafür entschieden hätte. Ich habe mich in meinem Geschäftsleben nur ein einziges Mal geirrt. Und zwar, als ich Melani als Leiterin der IT-Abteilung in mein Unternehmen geholt habe. Keine Frage, sie kennt sich in der Materie aus, wie keine Zweite und sie hat uns in vielerlei Hinsicht weitergeholfen. Von dieser anderen Seite in ihr habe ich erst viel später erfahren. Zu spät.«

»Das heißt, sie hat Sie unter Druck gesetzt und dafür gesorgt, dass Sie ihr falsches Spiel weiterspielen?«

»Ja. Sie war es, die nach ein paar Monaten mit der Idee auf mich zukam, *Angel Wings Capital* zu gründen. Sie hatte mitbekommen, dass wir Mandanten halfen, Gelder unbemerkt ins Ausland zu schaffen und sie hat mich gefragt, warum wir tatenlos zusehen, wie diese Gelder zu irgendwelchen semiprofessionellen Investment-Butiken oder zu zwielichtigen Brokern in der Karibik fließen. Sie schlug mir das Konzept für einen eigenen Fonds vor. Den Rest der Geschichte kennen Sie.«

»War der Fonds von Beginn an als Schneeballsystem konzipiert?«

Engelhardt schüttelte vehement den Kopf. »Nein, jedenfalls nicht, was meine Pläne betrifft. Aber irgendwann im Zuge der Finanzmarktkrise hatten wir mit erheblichen Schieflagen in unserem Derivateportfolio zu kämpfen.«

»So dass Sie Ihren Investoren keine ansprechenden Renditen mehr zeigen konnten.«

»Im Gegenteil, wir hatten erhebliche Verluste in den Büchern. Und vor ein paar Jahren kam Melani mit dem Konzept dieser Kryptowährung in mein Büro. Verstehen Sie? Sie ist die Erfinderin dieser Währung. Sie kann sie nahezu nach Belieben kontrollieren.« Er sah Karre fragend an und als dieser nickte, fuhr er fort. »Es war unsere letzte Chance. Über die Manipulation des Wechselkurses konnten wir die Verluste scheinbar ausgleichen und unseren Investoren sogar wieder hervorragende Renditen zeigen.«

»Die allesamt nur auf dem Papier existierten.«

»Jedenfalls zum größten Teil. Einige der Kursgewinne ließen sich tatsächlich realisieren, da die GE$-Coins an entsprechenden Börsenplätzen handelbar sind. Aufgrund der niedrigen Umsätze und vor allem, weil Melani die Einzige ist, die den hinter der Währung liegenden Rechenalgorithmus kennt, konnten wir die Kursentwicklung der Währung steuern.«

»Das heißt, es gab so lange keine Probleme, wie nicht zu viele Investoren gleichzeitig auf die Idee kamen, ihr investiertes Geld zurückzufordern. Korrekt?«

»Ja. Genau. Wir konnten die Kurse nicht so übermäßig schnell ansteigen lassen. Sonst wären wir Gefahr gelaufen, dass Marktteilnehmer, die sich mit der Materie auskennen, misstrauisch werden und die GE$-Coins öffentlich an den Pranger stellen. Negative Publicity war das Letzte, was wir uns in unserer Situation leisten konnten und wollten.«

»Und was war mit dieser Mafia-Sache?«

»Melani hat von Beginn an Investoren gehabt, die große Summen in den Fonds und insbesondere in die von ihr kreierte Kryptowährung investierten. Irgendwann machte mich das misstrauisch und ich begann, Nachforschungen anzustellen.«

»Lassen Sie mich raten: Sie fanden heraus, dass Ihr neu aufgelegter Fonds dazu genutzt wurde, Mafia-Geld zu waschen.«

»Ja. Und ab diesem Augenblick war mir klar, dass es keinen Weg zurück gab. Nicht, ohne mein Leben und das meiner Familie zu riskieren.«

Karre spürte, wie bei Engelhardts Worten die Wut in ihm aufstieg. Merkte sein Gegenüber, was er da sagte? Auf welch jämmerliche Art und Weise er den Tod etlicher Menschen gegen das Wohlergehen seiner eigenen Familie aufrechnete? Karre bemühte sich, äußerlich gefasst zu wirken, doch innerlich brodelte es nur so in ihm. »Und aus diesem Grund haben Sie sich dazu entschieden, die Leben all derer beenden zu lassen, die Ihren Machenschaften auf die Schliche gekommen sind? Oliver Redmann, seine Kinder Martin und Stella, Sandra, meine Tochter Hanna und Torge Barkmann, der als verdeckter Ermittler beim BKA gearbeitet hat und der Ihnen seit Jahren auf der Spur war. Die vielen anderen Toten waren in Ihren Augen vermutlich nichts als bedauerliche Kollateralschäden, oder?«

»Sie verstehen es nicht. Ich hatte keine Wahl.«

»Dass ich nicht lache. Man hat immer eine Wahl. Insbesondere dann, wenn man sich auf einen derart abwegigen Pfad begibt, wie Sie es während der letzten Jahre getan haben. Wie steht es eigentlich mit Ihrem Sohn? Hat er eine Ahnung, davon, was Sie in Ihrer Kanzlei abseits der offiziellen Mandate so treiben? Oder hängt er vielleicht sogar mit drin?«

Ein Schatten legte sich auf Engelhardts Gesicht. »Halten Sie Maximilian da raus! Er hat keine Ahnung. Und selbst wenn, würden Sie es niemals von mir erfahren. Eher würde ich sterben, als dass ich meinen eigenen Sohn ans Messer liefern würde.«

»Also gut. In diesem Fall nehme ich Ihnen das sogar ausnahmsweise ab. Und nun, da die Karten offen auf dem Tisch liegen, habe ich noch eine allerletzte Frage.«

»Bitte.«

»Wer?«

»Wer?«, wiederholte Engelhardt. »Sie meinen ...«

»Wer hat Sandra und Hanna auf dem Gewissen? Ich will wissen, wer von Ihnen den Auftrag erhalten hat, auf ihren Wagen zu schießen.«

Engelhardt überlegte eine Weile, bevor er antwortete. »Becker. Es war Holger Becker.«

Karre kniff die Augen zusammen. »Das ist nicht wahr.«

»Was macht Sie da so sicher? Becker war ein Söldner, der für Geld alles getan hat. Und unter uns: Er war nicht einmal besonders teuer.«

»Das mag sein, aber er ist nicht derjenige, den ich suche. Erstens weiß ich, dass er niemals auf Sandra geschossen hätte. Seit er sie zum ersten Mal gesehen hatte, war er hoffnungslos in sie verliebt. Er hat es mir bis zuletzt nicht verziehen, dass sie mich geheiratet hat. Leider hat er auch nie begriffen, dass er nie eine Chance bei ihr hatte. Aber wie auch immer. Er hat nicht geschossen. Selbst wenn er gewollt hätte: Er war kein ausgebildeter Scharfschütze. Und ein Amateur wäre zu einem solchen Schuss niemals in der Lage gewesen. Also? Wer?«

Engelhardt schüttelte den Kopf. »Sie sind wirklich gut. Ich muss zugeben, ich habe Sie unterschätzt. Aber es tut mir leid. Ich werde Ihnen nicht verraten, wer Sandra und Ihre Tochter getötet hat. Niemals. Entweder Sie finden es selbst heraus, oder diese Frage wird Sie bis an Ihr Lebensende quälen.«

Zu Engelhardts Überraschung erhob Karre sich aus seinem Sessel und ging in Richtung der Bürotür davon. »Was ist das denn?«, rief der Chef der Kanzlei dem Hauptkommissar hinterher. »Sie geben auf? So einfach?«

Karre blieb stehen und wandte sich zu Engelhardt um. »Aufgeben? Mitnichten.«

Engelhardt sah ihn verwirrt an. »Wie meinen Sie das?«

»Draußen warten meine Kollegen von der Schutzpolizei. Ich werde nun durch diese Tür hinausgehen und Ihnen freundlicherweise zehn Minuten Zeit einräumen. Wenn Sie nach Ablauf dieser zehn Minuten nicht unten an den Streifenwagen auftauchen, lasse ich Sie holen.«

»Sind Sie jetzt vollkommen übergeschnappt? Wir hatten einen Deal? Haben Sie das schon vergessen?«

»Oh nein, das habe ich nicht. Und tatsächlich pflege ich mich an meine Zusagen zu halten.«

»Was soll dann das Gerede von Ihren Kollegen?«

»Herr Dr. Engelhardt. Vor wenigen Augenblicken behaupteten Sie, sich nur ein einziges Mal in Ihrer beruflichen Laufbahn getäuscht zu haben. Nun, das stimmt nicht so ganz. De facto haben Sie sich mindestens zweimal geirrt. Der zweite Irrtum bestand darin, dass Sie ernsthaft geglaubt haben, mit diesen ganzen Morden und Betrügereien davonzukommen. Oder, um es auf den Punkt zu bringen: Sie haben mich tatsächlich unterschätzt. Unser Deal bestand darin, dass ich Ihnen die Beweismittel überlasse, die Martin Redmann und Stella Uhlig zusammengetragen haben. Und die Millionen, die sich auf diesem Stick befinden. Mit keinem einzigen Wort habe ich Ihnen zugesichert, dass Sie straffrei davonkommen werden. Aber Sie haben nicht richtig hingehört. Sie haben sich von der Aussicht auf das Happy End blenden lassen, das scheinbar zum Greifen nah lag. Oder, um es mit den Worten einer Kollegin auszudrücken, Herr Dr. Engelhardt: Gier frisst Hirn.

Sie werden für Ihre Taten büßen. Sie werden wegen Anstiftung zu mehrfachem Mord, wegen Beihilfe zur Steuerhinterziehung und wegen bandenmäßigen Betrugs für den Rest Ihres Lebens ins Gefängnis wandern. Und bei Gott: Ich wünsche Ihnen ein verflucht langes Leben.

Und nun entschuldigen Sie mich. Ich denke, wir haben uns alles gesagt, was es zu sagen gibt. Und den Mörder meiner Tochter werde ich finden. Das schwöre ich Ihnen bei meinem eigenen Leben.«

Karre blickte zuerst auf seine Armbanduhr, dann zurück zu Engelhardt. »Ihre letzten zehn Minuten als freier Mann beginnen genau: Jetzt! Nutzen Sie sie, für was auch immer Sie denken, dass es diesem Augenblick angemessen ist.« Er warf einen flüchtigen Blick auf Goeßlings Pistole, die noch immer auf der Tischplatte lag. Dann wandte er sich ab und verließ Engelhardts Büro ohne ein weiteres Wort.

Er zog die Tür hinter sich ins Schloss und blieb im Vorzimmer vor dem großen Schreibtisch stehen. Franziska saß auf ihrem Stuhl, wandte ihm den Rücken zu und blickte aus dem Fenster hinaus in den blauen Sommerhimmel.

Als Karre neben sie trat, sah er ihre kleinen, vom Weinen geröteten Augen. Tröstend legte er ihr eine Hand auf die Schulter. »Kommen Sie, es ist vorbei.«

Engelhardts Assistentin erhob sich für ihre Verhältnisse ungewohnt schwerfällig und folgte Karre mit versteinertem Gesicht bis zur Tür. Als sie hinaus auf den Gang traten, hörten sie den Schuss.

KAPITEL 55

»Entführt? Ihre Frau wurde entführt? Und wieso um Himmels willen kommen Sie mir damit erst jetzt?« Schumacher sah Karim mit weit aufgerissenen Augen an. Nachdem Karim ihm von Silas Entführung berichtet hatte, hatte das Gesicht des Kriminalrates binnen Sekunden die Farbe reifer Tomaten angenommen. Die dicke Ader auf seinem Hals pulsierte in gleichmäßigem Rhythmus mit seinem schnellen, flachen Atem.

»Die Entführer haben ausdrücklich darum gebeten, dass …«

»Ach, kommen Sie! Erzählen Sie mir nicht so einen Mist! Glauben Sie, ich wüsste nicht, wie so etwas abläuft? Es gibt keine plausible Erklärung, warum Sie diese Angelegenheit so lange geheim gehalten haben. Darüber hinaus hatte ich Ihrem Chef schon vor geraumer Zeit mitgeteilt, dass der Fall Redmann und alles, was damit auch nur im Entferntesten zusammenhängt, nicht mehr in Ihren Zuständigkeitsbereich fällt. Ich hatte unmissverständlich klargemacht, dass Notthoff und seine Leute sich ab sofort darum kümmern. Also frage ich Sie: Was genau haben Sie an meiner Anweisung nicht verstanden?«

Karim schluckte. Er wusste, dass Schumacher bisweilen zu cholerischen Attacken neigte, aber einen derartigen Ausbruch hatte er persönlich noch nicht miterlebt. »Wir haben Sie sehr wohl verstanden und haben uns ausschließlich mit dem Mord an Rudolf Goeßling befasst. Den wir im Übrigen inzwischen aufgeklärt haben. Aber das wissen Sie ja sicherlich. Den Zusammenhang zwischen Goeßling und Redmann haben wir erst viel später entdeckt.«

»Dennoch hat Ihr werter Chef es nicht für nötig gehalten, mich darüber in Kenntnis zu setzen. Und ich kann Ihnen auch genau sagen, was dahinter steckt: Er ist besessen davon, den Mörder seiner Tochter zu fassen. Und glauben Sie mir: Dafür habe ich durchaus Verständnis. Aber wo kämen wir hin, wenn hier jeder nur noch macht, wonach ihm gerade der Sinn steht?« Schumacher seufzte und ließ sich gegen die Lehne seines Stuhls sinken. »Eigentlich ist es schon fast egal. Wir können es sowieso nicht mehr ändern.« Er musterte Karim, während er sich mit einem Taschentuch den Schweiß von der hohen Stirn tupfte. »Haben Sie eine Idee, wo Ihre Frau versteckt gehalten wird?«

»Nein, außer einem kurzen Video von meiner Frau haben wir bisher keinen Kontakt mit den Entführern gehabt.«

»Ein Video? Zeigen Sie es mir!«

»Das geht leider nicht. Wir mussten das Video über einen Internetlink aufrufen, der nach wenigen Minuten allerdings wieder deaktiviert wurde.«

Schumacher gab einen seltsamen Grunzlaut von sich, dessen Bedeutung Karim nicht so recht einzuordnen vermochte. »Und warum kommen Sie ausgerechnet jetzt zu mir?«, fragte der Kriminalrat schließlich, wobei sein Tonfall schon wieder erheblich versöhnlicher klang.

»Wir haben neue Erkenntnisse, was die Zusammenhänge betrifft.«

»Zusammenhänge?«

Karim nickte. »Die Morde an …« in diesem Augenblick ertönte die Klingelmelodie von Karims Handy. Er hielt einen Augenblick inne, betrachtete den auf dem Display erscheinenden Namen seines Chefs und nahm das Gespräch an, während Schumacher ihn mit kritischem Blick beäugte. Karims Augen weiteten sich, während Karre ihm berichtete, wo Sila allem Anschein nach festgehalten wurde.

*

Vorsichtig trat Karim durch die Stahltür der alten Fabrikhalle, deren Adresse Karre ihm telefonisch mitgeteilt hatte. Sonnenlicht fiel durch die im Laufe der Jahrzehnte erblindeten Fenster. Die entstehenden Strahlenbüschel verwandelten das Innere des Backsteingebäudes in einen mystisch anmutenden Zauberwald. Olivgrüne Stahlträger ragten wie Urwaldbäume in die Höhe. Karim ließ die Umgebung auf sich wirken und betrachtete die wie Insektenschwärme umherfliegenden Staubpartikel, während er seine Augen mit der Hand gegen das tiefstehende Licht der Spätnachmittagssonne abschirmte.

Der graue Betonboden der Halle war zwar schmutzig, aber leer. Hier gab es weder sperrige Kisten oder mit Werkstoffen beladene Paletten, noch die für derartige Produktionsstätten typischen Fahrzeuge wie elektrische Hubwagen. Offenbar wurde die Halle schon seit geraumer Zeit nicht mehr genutzt. Jedenfalls nicht für ihren eigentlichen Bestimmungszweck.

Karims Blick wanderte hinauf zur Decke. Ein dunkelgrünes Schienensystem zog sich von einem Ende der Halle zum anderen. Ziemlich genau in der Mitte, direkt unter dem dort platzierten Schlitten einer Laufkatze, entdeckte er den Überseecontainer, von dem Karre am Telefon gesprochen hatte. Das in leuchtendem Rot gestrichene Monstrum hing gute zehn bis fünfzehn Meter über ihm unter dem Kran.

Er formte seine Hände vor dem Mund zu einem Trichter und schrie den Namen seiner Frau in Richtung des Stahlkolosses. Dann lauschte er in die herrschende Stille. Nichts. Keine Antwort. Allerdings bedeutete dies nicht zwangsläufig, dass Sila sich nicht im Inneren des Containers befand. Möglicherweise schlief sie, war bewusstlos und konnte seine Rufe nicht hören. Vielleicht antwortete sie auch, war aber zu geschwächt, als dass Karim sie hier unten am Boden der Halle hören konnte. Er stieß einen Fluch aus und kickte mit der Schuhspitze gegen eine am Boden liegende Schraube, die daraufhin mehrere Meter über den Hallenboden rutschte und irgendwo unter einem mächtigen Stahlgebilde verschwand.

Befand Sila sich dort oben in dem Container? Es gab nur einen Weg, es herauszufinden. Doch wie sollte er das Ding sicher nach unten bringen? Einmal mehr schweifte sein Blick durch die Halle, bis er das kleine Führerhaus entdeckte. Er vermutete, dass der Lastenkran von dort aus gesteuert werden konnte. Mit wenigen Schritten erreichte er die aus Stahl und Plexiglas bestehende Kabine, öffnete die Tür, zwängte sich auf den Sitz des Steuerstandes und betrachtete das Armaturenbrett. Offenbar stammte der Kran aus einem längst vergangenen Zeitalter der Schwerindustrie, denn es gab nur wenige analoge Rundinstrumente. Nichts, was auch nur annähernd zu einer modernen Maschine gepasst hätte. Sein Blick fiel auf das leere Zündschloss und er begann, das Führerhaus nach einem passenden Schlüssel zu durchsuchen. Da er nicht fündig wurde, gab er nach wenigen Augenblicken jedoch enttäuscht auf.

Er stieg aus dem Kran und sah sich einmal mehr in der Halle um. In der hinteren rechten Ecke führte eine schmale, eng geschwungene Treppe nach oben. Wo genau sie endete, konnte Karim zwar nicht erkennen, aber er vermutete, dass sie geradewegs auf einen schmalen Steg führte, der unmittelbar oberhalb der für die Laufkatze montierten Schienen verlief. Wenn er diesem Weg folgte, konnte er möglicherweise auf das Dach des Containers gelangen und sich zumindest vergewissern, ob sich Sila tatsächlich dort oben befand. Noch bevor er den Gedanken zu Ende gedacht hatte, fand er sich am Fuß der Treppe wieder und machte sich an den Aufstieg.

Oben angekommen betrat er vorsichtig den mit Lochblechen belegten Steg. Lediglich an die dreißig Zentimeter breit, bot er gerade eben genügend Platz, einen Fuß vor den anderen zu setzen. Das lediglich kniehohe Geländer vermittelte ein nur unzureichendes Gefühl trügerischer Sicherheit und der Blick nach unten trieb Karim den Schweiß auf die Stirn. Dennoch setzte er seinen Weg ohne Zögern fort. Meter um Meter arbeitete er sich voran, bis er schließlich den Schlitten der Laufkatze erreichte, unter dem der Überseecontainer baumelte, in dem er Sila vermutete.

»Sila!« Er rief ihren Namen und seine Stimme hallte gespenstisch unter dem hohen Dach der Halle wider. »Sila!«, versuchte er es erneut, doch wie schon zuvor, wartete er auch dieses Mal vergeblich auf eine Antwort.

Karim überlegte. Der Container hing knapp zwei Meter unter ihm an einem mächtigen Stahlseil, an dessen Ende sich die Aufhängung auf vier einzelne Seilstränge verzweigte, so dass der Container relativ stabil in der Luft zu hängen schien. Wenn er hinunter auf das Containerdach sprang, gab es allerdings nur einen einzigen Weg zurück: Er musste an dem Stahlseil hinaufklettern und hoffen, dass er es von dort aus zurück auf den Metallsteg schaffte. Sollte er dabei abstürzen, würde er mit etwas Glück nur bis auf das Dach des Containers fallen. Andernfalls … sein Blick wanderte nach unten. Die Höhe entsprach in etwa der des dritten Stockwerks eines Wohnhauses. Bestenfalls würde er sich bei einem Sturz auf den Betonboden sämtliche Knochen brechen, aber vermutlich bestand kaum eine Überlebenschance.

Noch während er überlegte, hörte er hinter sich ein Geräusch und fuhr herum. Als er sah, wer dicht hinter ihm stand, weiteten sich seine Augen vor Überraschung.

»Sie? Wie um Himmels willen kommen Sie denn hierher? Hat Schumacher Sie informiert?« Karim hatte Schumacher nach Karres Anruf darüber in Kenntnis gesetzt, dass Engelhardt Silas potenziellen Aufenthaltsort verraten hatte.

Alexander Notthoff sah Karim mit zusammengekniffenen Augen an, bevor er antwortete. »Eigentlich müsste ich Ihnen für diese Sache den Arsch aufreißen. Sie hatten die klare Anweisung, sich aus der Angelegenheit rauszuhalten. Ganz abgesehen davon, dass es grob fahrlässig war, die Entführung Ihrer Frau so lange geheim zu halten.« Er warf einen kurzen Blick auf den unter ihnen hängenden Container. »Was denken Sie? Ist sie da drin?«

»Zumindest hat Engelhardt so etwas angedeutet. Aber ich habe keine Ahnung, wie wir an sie rankommen sollen. Für die Bedienung des Krans benötigt man einen Schlüssel. Ich habe das Führerhaus durchsucht, aber da ist nichts.«

Erneut blickte Notthoff auf den Container hinab. »Einer von uns muss da runterspringen. Schauen Sie, diese Container haben eine Luke im Dach, damit man sie auch von oben befüllen kann. Darüber gehen wir rein.«

»Okay«, sagte Karim entschlossen. »Ich gehe. Sie bleiben hier oben und helfen mir, anschließend wieder raufzukommen. Wenn Sila da drin ist, ist sie mit Sicherheit geschwächt. Ich glaube nicht, dass sie es aus eigener Kraft schaffen wird, an dem Seil hinaufzuklettern.«

»Das können wir uns überlegen, wenn wir wissen, ob sie tatsächlich da unten ist und wie es ihr geht. Und jetzt sehen Sie zu, dass Sie dort runterkommen. Wir sollten nicht unnötig viel Zeit verlieren. Ihre Frau ist doch schwanger, oder?«

Ohne weiter nachzudenken, setzte sich Karim auf das Geländer und stieß sich mit Händen und Füßen ab. Ein lautes Scheppern ertönte, als er nach kurzem Fallen mit den Füßen voran auf dem Containerdach landete. Augenblicklich begann der Container, leicht hin und her zu schwingen. Die Bewegung war kaum zu sehen, doch sie reichte aus, um Karim für einen kurzen Moment aus dem Gleichgewicht zu bringen. Er taumelte einen Schritt rückwärts, stolperte über einen der Verschlusshaken der Dachluke – und fiel.

KAPITEL 56

Karre brachte seinen Wagen unmittelbar vor dem großen Stahltor zum Stehen, dessen linker Flügel lediglich angelehnt war. Die Sonne stand inzwischen tief am wolkenlosen Himmel und tauchte das alte Fabrikgelände in glutrotes Licht. Als instandgesetztes Industriedenkmal hätte der imposante Backsteinbau sicher ein großartiges Bild abgegeben. Als Ort für einen möglichen Showdown wirkte er mit seinen blinden Fensterflächen und der verwitterten Fassade auf Karre wie die personifizierte Bedrohung.

Auf dem kleinen Vorplatz standen bereits zwei Fahrzeuge. Das von Karim genutzte Poolfahrzeug, ein silberfarbener Audi, und ein schwarzer Geländewagen.

Karre stieg aus seinem Wagen und ging auf das Stahltor zu, als er aus dem Kofferraum des Geländewagens Geräusche vernahm. Es klang, als befände sich jemand in seinem Inneren und versuchte, sich mit Tritten oder Schlägen gegen die Innenverkleidung bemerkbar zu machen. Er trat an den Wagen, klopfte mit den Fingerknöcheln gegen die Karosserie und rief: »Hallo? Sind Sie da drin?«

Als Antwort erhielt er ein erneutes, dieses Mal allerdings deutlich lauteres Klopfen. Für eine Sekunde überlegte er, dem Kofferraumschloss mit seinem Dietrich zu Leibe zu rücken, doch als er sich umsah, entdeckte er im spärlichen, aber kniehohen Gras eine rostige Metallstange. Er hob sie auf und hieb sie mit voller Wucht gegen die Heckscheibe des Wagens. Bereits beim ersten Schlag zersprang die Scheibe in tausende winziger Glaskrümel, die auf die Kofferraumabdeckung herabregneten. Karre rechnete mit dem augenblicklichen Losheulen einer Alarmanlage, das zu seiner Erleichterung jedoch ausblieb. Stickige, aufgeheizte Luft schlug ihm entgegen, als er die Abdeckung aus ihrer Verankerung riss, wobei er darauf achtete, dass möglichst wenig Splitter ins Innere des Wagens fielen. Als er freie Sicht in den Kofferraum hatte, traute er seinen Augen nicht.

Vor ihm lag Viktoria. Ihre Handgelenke und Fußknöchel waren mit Kabelbinder gefesselt, über ihrem Mund klebte ein breiter Streifen silberfarbenes Panzertape. Mit weit aufgerissenen Augen starrte sie ihn an.

Behutsam entfernte Karre das Klebeband und half seiner Kollegin, sich im Kofferraum des SUVs aufzusetzen.

»Schön dich zu sehen!«, waren Viktorias erste Worte, nachdem sie einige Male tief Luft geholt hatte.

So wie es aussah, musste er sich keine Sorgen um den Gesundheitszustand seiner Kollegin machen. »Gleichfalls«, antwortete er daher nur und sah sich suchend nach einem Werkzeug um, mit dem er die Kabelbinder durchtrennen konnte, fand aber nichts Geeignetes.

»Lass das, dafür haben wir keine Zeit. Du musst da rein.« Viktoria deutete auf den Eingang der Fabrikhalle.

Sila ist da drin. Er wird sie töten, wenn du ihn nicht rechtzeitig stoppst.«

»Ihn? Von wem redest du?«

»Von Alexander.«

»Alexander? Sprichst du von Notthoff? Ist das sein Wagen? Hat er dich entführt?«

»Ich habe ihn im Krankenhaus getroffen, nachdem ich mit Leni darüber gesprochen hatte, was Willi kurz vor seinem Infarkt herausgefunden hat.«

»Und?«

»Willi hat Nachforschungen über Notthoff angestellt. Weiß der Henker, wie er darauf gekommen ist. Karre, er ist es!«

»Er ist was?«

»Er ist derjenige, den du suchst. Derjenige, der auf Sandras Wagen geschossen hat. Alexander Notthoff ist unser Mann. Hannas Mörder.«

Karre schüttelte verwirrt den Kopf. Ja, aus seiner Sicht war Notthoff ein aufgeblasenes Arschloch und er hatte ihn seit dem Tag ihrer ersten Begegnung nicht leiden können. Aber dass nach Holger Becker auch Notthoff in diese Sache verwickelt sein sollte, erschien ihm schier unglaublich. »Bist du sicher? Schumacher reißt uns den Kopf ab, wenn wir uns in dieser Hinsicht irren.«

»Scheiß auf Schumacher. Vergiss ihn! Und jetzt hör mir zu: Alexander ist ausgebildeter Scharfschütze. Er hat früher für einige Jahre beim SEK gearbeitet. Es wäre für ihn kein Problem gewesen, einen so platzierten Schuss abzufeuern, wie er auf Sandras Wagen abgegeben wurde.«

»Das mag ja sein, aber es beweist noch lange nicht, dass ...«

»Lass mich ausreden, wir haben nicht viel Zeit. Er war derjenige, der beim LKA die Untersuchungen zu Sandras Unfall geleitet hat. Und er hat persönlich dafür gesorgt, dass die Ermittlungen eingestellt wurden. Gemäß einem von ihm verfassten Abschlussbericht war Sandras Tod ein tragischer Unfall ohne Fremdverschulden. Verstehst du? Er hat alles getan, um den Mord an Sandra unter den Teppich zu kehren. Jede Wette, dass er auch derjenige war, der seinerzeit dafür gesorgt hat, dass das Wrack von Sandras Auto nach dem Unfall verschwindet? Und der den Mord an Gregor Tholen in Auftrag gegeben hat, nachdem du Sandras Wagen auf seinem Schrottplatz gefunden hattest. Und dann ist da noch die Sache mit seiner Frau.«

Karre sah Viktoria fragend an. Was seine Kollegin da zum Besten gab, war schier unglaublich. »Seine Frau? Was ist mit ihr?«

»Wir kennen sie. Willi hat herausgefunden, dass sie ihren Familiennamen behalten hat, weswegen wir keine direkte Verbindung zwischen den beiden erkannt haben. Und? Hast du eine Idee, mit wem Alexander verheiratet ist?«

Karre schüttelte den Kopf.

»Seine Frau heißt Melani Gelovani. Du erinnerst dich? Die IT-Leiterin von Engelhardt & Partner.«

»Die Mafia-Tochter.« Natürlich erinnerte er sich. Schließlich hatte er die attraktive Schwarzhaarige erst vor etwas über einer Stunde festnehmen lassen.

»Ja, so sagen zumindest die Gerüchte.«

»Eine solche familiäre Verbindung könnte jedenfalls erklären, wieso Notthoff sich überhaupt auf ein derartiges Vabanquespiel eingelassen hat. Blut ist ja bekanntlich dicker als Wasser. Und als Leiter des Dezernats für Organisiertes Verbrechen saß er quasi an der Quelle aller wichtigen Informationen. Dadurch hätte er zukünftig schützend seine Hand über Engelhardts Imperium halten können. Von den Möglichkeiten, seinem eigenen Schwiegervater den einen oder anderen Gefallen zu tun, mal ganz abgesehen. Aber wieso hat er dich entführt? Wusste er, was Willi herausgefunden hat und dass du es inzwischen auch erfahren hattest?«

»Er wollte Willi einen Besuch abstatten. Keine Ahnung, wie viel er wusste und was er sich von dem Besuch versprochen hat. Vielleicht wollte er Willi einfach mal auf den Zahn fühlen und herausfinden, wie weit wir tatsächlich mit unseren Ermittlungen waren. Ich denke nicht, dass er wirklich davon ausgegangen ist, dass wir die Finger von Redmann & Co. gelassen haben. Obwohl sie Sila als Druckmittel gegen uns eingesetzt haben. Blöderweise hat er mich überrascht und die Dokumente gesehen, die Leni mir kurz vorher gegeben hatte.« Sie deutete erneut auf den Eingang zur Fabrikhalle. »Und jetzt los! Du musst ihn stoppen. Er will Sila töten.«

»Karim ist auch hier. Vielleicht ist er schon bei ihr.«

»Du musst dich beeilen. Alexander ist mit Sicherheit bewaffnet. Und er weiß, dass er es sich nicht leisten kann, die beiden lebend davonkommen zu lassen. Nicht, dass sie ihm geradewegs in die Falle laufen.«

»Und was ist mit dir?« Karre zeigte auf die Kabelbinder.

»Mach dir um mich keine Sorgen. Ich komme schon klar. Und jetzt sieh zu, dass du da rein kommst.«

Es fiel ihm schwer, Viktoria vollkommen wehrlos in Notthoffs Wagen zurückzulassen. Aber er wusste, dass sie recht hatte. So wie es aussah, schwebten Sila und Karim in großer Gefahr. Und wenn sie die beiden retten wollten, blieb keine Zeit mehr. Er musste handeln.

Jetzt.

Wortlos nickte er Viktoria zu und lief in Richtung des Eingangs davon.

KAPITEL 57

Zweimal rollte Karim um die eigene Achse, direkt auf den Rand des Containerdaches zu. Gerade noch rechtzeitig, bevor er hinunter auf den Hallenboden stürzte, bekam er den Verschlussbügel der Dachluke zu fassen. Sein Sturz stoppte abrupt und während seine Beine bereits frei in der Luft baumelten, zog er sich unter Aufbringung all seiner Kräfte zurück auf das Containerdach.

Mit geschlossenen Augen blieb er auf dem rot gestrichenen Metall liegen. Sein Puls hämmerte wie nach einem mehrere hundert Meter weiten Sprint und seine Gliedmaßen zitterten wie Espenlaub.

»Bravo!«, hörte er Notthoffs Stimme über sich. »Sie würden einen guten James Bond abgeben.«

Karim griff nach einem der Stahlseile, die an den Ecken des Containers endeten und richtete sich auf. Als er zu Bonhoff hinaufblickte, traute er seinen Augen nicht. Der Leiter des Dezernats für Organisierte Kriminalität hielt eine Waffe in der Hand. Und er zielte geradewegs auf Karim.

»Was soll das?«, rief dieser zu Notthoff hinauf. »Sind Sie jetzt total übergeschnappt?« Doch schon im gleichen Augenblick dämmerte ihm, was vor sich ging. »Sie!«, schrie er, wobei seine Stimme sich überschlug. »Sie stecken hinter all dem hier! Sie haben Sila entführt!«

Notthoff lächelte, sagte aber nichts.

»Aber wieso? Ich kapiere das nicht.«

»Weil seine Frau für Engelhardt arbeitet und die beiden ganz dick im Geschäft mit der Mafia stecken.« Karres Stimme ließ sowohl Karim wie auch Notthoff herumfahren. Der Chef des K3 hatte sich unbemerkt über den schmalen Metallgrad an die beiden herangeschlichen und richtete nun seine Waffe auf Notthoff. »Sein Schwiegervater ist einer der führenden Köpfe eines georgischen Mafia-Clans. Und damit nicht genug. Er ist derjenige, der auf Sandras Wagen geschossen hat. Er hat sie auf dem Gewissen. Alexander Notthoff ist Hannas Mörder!«

Karre machte einen vorsichtigen Schritt nach vorne. Etwa fünf Meter trennten ihn noch von Notthoff, der seine Waffe abwechselnd auf ihn und Karim richtete.

»Was sagst du da? Er war derjenige, der auf Sandras Wagen geschossen hat?«

»Ja. Als ausgebildeter Scharfschütze war er dazu in der Lage. Becker und Cherchi waren seine Handlanger. Aber zusammen mit Engelhardt hat er im Hintergrund die Fäden in der Hand gehalten. Er und Engelhardt haben festgelegt, wer ihnen gefährlich wurde und wer beseitigt werden musste.«

»Was reden Sie da für einen Schwachsinn?«, fauchte Notthoff. »Wer hat Ihnen denn diesen Blödsinn eingetrichtert?«

»Ich habe mich sehr lange mit Stephan Engelhardt unterhalten. Er war sehr gesprächig.«

»Das glauben Sie doch selbst nicht. Warum sollte er so einen Mist in die Welt hinausposaunen?«

»Weil ich ihm einen Deal angeboten habe.«

»Das ist lächerlich!«

»Ach ja? Was lässt Sie da so sicher sein? Im Übrigen spielt es aber auch überhaupt keine Rolle mehr. Wir haben das Gewehr gefunden, mit dem Sie auf Sandras Wagen geschossen haben. Sie erinnern sich? Sie sind auf diesen Hochstand geklettert und haben von dort aus ...«

»Ach, halten Sie doch Ihr verfluchtes Maul! Glauben Sie ernsthaft, ich nehme Ihnen diesen Bluff ab?«

»Sie haben Becker das Gewehr gegeben. Ein russisches Wintores-Scharfschützengewehr. Eine solche Waffe wurde unter anderem im Georgienkrieg eingesetzt. Stammt sie aus dem Fundus Ihres Schwiegervaters?«

»Falls so ein Gewehr tatsächlich existieren sollte – woher bitte schön sollten ausgerechnet Sie es haben? Und wer sagt, dass die Waffe, von der Sie reden, jemals für die Tat benutzt wurde, mit der Sie sie in Verbindung bringen? Ich glaube, bei Ihnen ist eher der Wunsch, endlich jemanden als den Mörder Ihrer Tochter an den Pranger zu stellen, der Vater des Gedanken. Aus einem Mangel an belastbaren Fakten, wie es im Rahmen verantwortungsvoller Polizeiarbeit allgemein üblich ist. Und eigentlich sollte Ihnen das klar sein.«

»Kommen ausgerechnet Sie mir bloß nicht mit verantwortungsvoller Polizeiarbeit. Nach dem Attentat auf der Autobahn haben Sie das Gewehr an Becker, einen Ihrer beiden Lakaien, weitergegeben. Eigentlich hatte er den Auftrag, es für alle Zeiten verschwinden zu lassen. Aber er hat es behalten. Vielleicht, weil er befürchtete, eines Tages ein Druckmittel gegen Sie in der Hand haben zu müssen, vielleicht auch nur aus Faulheit, sich um eine anständige Entsorgung zu kümmern. Wir werden es nicht mehr erfahren. Jedenfalls haben wir die Waffe in seiner Schrebergartenhütte gefunden. Hat er Ihnen gegenüber mal erwähnt, eine solche Hütte zu besitzen?«

»Verflucht, dieser dämliche Idiot«, murmelte Notthoff zwar leise, aber laut genug, dass Karre die Worte verstehen konnte.

»Die entsprechenden Patronen, die zweifelsfrei aus dieser Waffe abgefeuert wurden, haben wir sowohl auf Sergei Cherchis Schrottplatz als auch unter besagtem Hochsitz an der Autobahn gefunden. Und ganz egal, wie sehr Sie die Waffe auch gereinigt haben, wir werden DNA-Spuren von Ihnen nachweisen. Aber das wissen Sie ja mindestens genauso gut wie ich. Zudem sind Sie ausgebildeter Scharfschütze, wie Willi Hellmann bei seinen Recherchen herausgefunden hat. Sie können sich noch so sehr in Ausreden flüchten. Es ist vorbei.«

»Wollen Sie denn gar nicht wissen, warum?«

»Warum Sie all die Menschen getötet haben? Komisch, die gleiche Frage hat mir Stephan Engelhardt vor gut einer Stunde ebenfalls gestellt.«

»Und?«

»Das ist doch offensichtlich.«

»Ach ja? Ist es das wirklich?«

»Habgier, das übersteigerte Streben nach materiellem Besitz. Eine der sieben Todsünden. Und er sprach zu ihnen: Seht zu und hütet euch vor aller Habgier, denn niemand lebt davon, dass er viele Güter hat. So steht es schon im Lukasevangelium.«

Notthoff stieß ein hämisches Lachen aus. »Wenn das so einfach wäre! Haben Sie eine Ahnung, wie es ist, wenn Sie tagein tagaus einen aussichtslosen Kampf gegen das Organisierte Verbrechen führen? Wenn Sie immer wieder feststellen, dass Sie denjenigen, die auf Kosten anderer in

Saus und Braus leben, nichts anhaben können? Weil ihre Beziehungsgeflechte bis in die höchsten Ebenen der Politik hinaufreichen und weil eine Krähe der anderen kein Auge aushackt? Wissen Sie, wie sich das anfühlt?«

Karre musste beinahe lachen. Stephan Engelhardt hatte ihm gegenüber vor nicht all zu langer Zeit einen ähnlichen Vergleich herangezogen. Die beiden schienen tatsächlich einiges gemeinsam zu haben. »Und da wollten Sie auch ein Stück vom Kuchen abhaben? Wie praktisch, dass Sie sich auch gleich in einen georgischen Mafia-Clan eingeheiratet haben.«

»Lassen Sie meine Frau aus dem Spiel. Sie haben doch keine Ahnung, was es bedeutet, einen solchen Vater zu haben.«

»Mir kommen gleich die Tränen. Ich bin nur gespannt, ob die Richter Ihrer Argumentation folgen werden. Ehrlich gesagt, bezweifle ich das. Und dann werden Sie, Ihre Frau und Engelhardt den Rest Ihres Lebens hinter schwedischen Gardinen verbringen.« Karre blickte hinunter auf den Überseecontainer. »Halten Sie Sila in diesem Container gefangen?«

Notthoffs Augen funkelten und Karre konnte das Adrenalin förmlich durch die Adern des Dezernatsleiters fließen hören. Er wusste genau, was passieren würde. Und er hatte den Gedanken noch nicht zu Ende gedacht, als Notthoff mit einer blitzartigen Bewegung seine Waffe in die Höhe riss.

Ein Schuss peitschte durch die Fabrikhalle, das abgefeuerte Projektil suchte sich seinen Weg und schlug den Bruchteil eines Wimpernschlags später in Notthoffs rechter Schulter ein.

Die Waffe des ehemaligen LKA-Mitarbeiters schlug scheppernd auf dem schmalen Metallsteg auf, machte einen kleinen Satz und fiel hinunter auf das Dach des

Containers, wo Karim sie mit zwei Schritten erreichte und an sich nahm.

Notthoff taumelte indes rückwärts, der rechte Arm hing wie tot an seinem Körper, während sein Besitzer die linke Hand auf die stark blutende Schusswunde presste. Jegliche Farbe war aus dem Gesicht des Dezernatsleiters gewichen, als er mit den Kniekehlen gegen das niedrige Geländer stieß, strauchelte und den Halt verlor. Irgendwie gelang es ihm im Fallen, eine der Metallstreben zu packen und seinen Absturz in buchstäblich letzter Sekunde zu stoppen.

Karre, der inzwischen seine eigene Waffe zurück in sein Schulterhalfter geschoben hatte, brauchte nur Sekundenbruchteile, um den gegen den endgültigen Absturz kämpfenden Kollegen und Mörder seiner Tochter zu erreichen. Mit einer blitzartigen Bewegung legte er ihm eine Seite seiner Handschelle um das Handgelenk des unverletzten Arms. Mit einem metallischen Geräusch rastete der Verschluss ein. Notthoff schrie vor Wut auf, als Karre das andere Ende der Fessel um das Geländer legte und ebenfalls arretierte.

»So leicht kommen Sie mir nicht davon«, flüsterte der Hauptkommissar Notthoff zu. »Wenn Sie geglaubt haben, sich einfach aus dem Staub machen zu können, indem Sie sich zu Tode stürzen, haben Sie sich geschnitten.«

»Ach ja? Und was jetzt?«, fauchte Notthoff mit schmerzverzerrtem Gesicht. Spucke flog bei jedem seiner Worte in Karres Richtung. »Ich weiß doch genau, dass Sie es kaum erwarten können, mich umzubringen. Schon vergessen, ich war es, der Ihre Tochter ins Jenseits befördert hat.«

Karre wandte sich ab. Es war so verflucht einfach. Er musste lediglich die Handschelle aufschließen, den Rest würde die Schwerkraft erledigen. In wenigen Sekunden wäre Hannas Mörder tot. Er hatte es ihr geschworen. Damals, am Strand von Sylt, als er auf das tobende Meer hinausgeblickt hatte. In diesem Moment hatte er einen Schwur geleistet und nun hatte er die einmalige Gelegenheit, sein Versprechen einzulösen. Aber wollte er das wirklich? Wollte er, dass Notthoff so glimpflich davonkam? Ein wenige Sekunden währender Fall, wenige Augenblicke des Schmerzes – und es war aus. Aus und vorbei. Oder sollte er nicht lieber für den Rest seines Lebens im Gefängnis schmoren?

Er schob seine Hand in die Hosentasche und spürte den kleinen Schlüssel. Ein winziges Stück Metall, mit dem er Notthoffs Leben von einer Sekunde zur anderen beenden konnte.

»Ich gehe jetzt da rein!« Karims Stimme riss Karre aus seinem inneren Monolog.

Karre blickte auf und sah, dass Karim breitbeinig wie ein Steuermann in stürmischer See über der geöffneten Dachluke des Containers stand.

Während Notthoff es inzwischen geschafft hatte, wenigstens einen Fuß zwischen die Streben des Metallgeländers zu bugsieren, um das an seinem Handgelenk reißende Gewicht seines eigenen Körpers zu reduzieren, beobachtete Karre, wie sein Kollege über eine offenbar direkt unter der Luke montierte Leiter hinab in den Container stieg und in den Tiefen des Metallungetüms verschwand. Wenige Augenblicke später vernahm Karre dessen Stimme als metallisches Echo.

»Sie ist hier! Sila ist hier! Sie ist bewusstlos, aber sie lebt! Wir müssen sie hier raus bringen! So schnell wie möglich.« Und nach einem kurzen Augenblick der Stille, in der Karre nichts als Notthoffs hechelnden Atem vernahm:

»Verdammt, hier ist alles voller Blut!« Die Panik in Karims Stimme war jetzt unüberhörbar. »Oh nein! Karre!

Unser Baby!«

EPILOG

Eine Woche später.

Es war bereits Nachmittag und die Sonne würde bald hinter den sanften Hügeln an der Westseite des Sees verschwinden. Obwohl die Bäume bereits lange Schatten warfen, spürte Karre noch immer die wärmende Kraft der Sonnenstrahlen auf seiner Haut. Ein angenehmes Gefühl, denn die innere Kälte, die nach den Ereignissen der letzten Zeit von ihm Besitz ergriffen hatte, war noch immer allgegenwärtig.

Viktoria ging dicht neben ihm. So dicht, dass er den Duft ihres Parfüms riechen konnte, dass ihre langen Haare dann und wann seinen Oberarm berührten. Sie waren bereits einen guten Kilometer am Ufer des Sees entlanggelaufen, ohne ein einziges Wort zu sprechen. Und dennoch tat es ihm gut, ihre Nähe zu spüren. Was hatten sie während der letzten Wochen nicht alles gemeinsam durchgestanden? Wie viel Zeit hatten sie gemeinsam verbracht, waren für einander dagewesen, wenn es einem von ihnen schlecht ging. Er war froh und dankbar, in ihr nicht nur eine tolle Kollegin, sondern auch eine wahre Freundin gefunden zu haben.

»Was ist mit Maximilian?«, fragte er wie aus dem Nichts und ohne, dass er hätte erklären können, wieso ihm die Frage ausgerechnet in diesem Moment über die Lippen kam.

»Er ist ausgezogen. Jedenfalls vorerst. Er sagt, er muss darüber nachdenken, was passiert ist.« Sie nahm ihre Sonnenbrille ab und steckte sie wie einen Haarreif in ihr goldblondes Haar.

»Wirft er dir vor, dass wir gegen seinen Vater ermittelt haben?«

»Nicht explizit. Das heißt, er hat es nicht gesagt. Vermutlich, weil er inzwischen weiß, dass wir keine andere Möglichkeit hatten. Aber im Stillen nimmt er es mir trotzdem übel, davon bin ich überzeugt. Aber lassen wir das.«

»Was wirst du jetzt machen?«

»Ich fliege mit einer Freundin für zwei Wochen in die Sonne. Einfach mal die Seele baumeln lassen, Cocktails trinken und den ganzen Stress vergessen, der hinter uns liegt. Wenn ich zurückkomme, wird es nicht mehr lange dauern, bis Sila und Karim Eltern werden. Ich bin froh, dass Silas Blutungen nicht so ernst waren, wie es in dem Moment aussah, als ihr sie in dem Container gefunden habt. Die beiden haben mich übrigens gebeten, Patentante ihres Babys zu werden.«

»Und?«

»Und was?«

»Was hast du gesagt?«

»Ist das dein Ernst? Was soll ich gesagt haben? Ich freue mich riesig! Aber um ehrlich zu sein, bin ich auch ein bisschen nervös.«

Er lächelte, legte einen Arm um ihre Schulter und drückte sie an sich. »Du wirst eine großartige Patentante sein. Die beste, die ein Kind sich wünschen kann.«

Eine Weile standen sie schweigend nebeneinander und blickten hinaus aufs Wasser. Während Karre die zahlreichen Segelboote beobachtete, kreisten seine Gedanken um die Ereignisse der letzten Monate. Viele Menschen hatten ihr Leben verloren. Zu viele. Viele hatten sie gekannt oder gar geliebt. Allen voran Hanna. Auch wenn ihr Tod nach den Entwicklungen der letzten Tage und Wochen nicht überraschend gekommen war, saß der Schmerz darüber tiefer als Karre es mit Worten jemals würde beschreiben können. Und auch die Tatsache, dass er ihren Mörder am Ende gefasst hatte, spendete keinen wirklichen Trost.

»Was glaubst du, wie die Strafe für Stephan und Alexander aussehen wird?«, fragte Viktoria. »Denkst du, sie haben eine Chance, irgendwie glimpflich aus der Sache rauszukommen?«

Karre sah seine Kollegin an. Sie trug einen knielangen Rock, ein weißes, schulterfreies Top und apricotfarbene Leinenschuhe, mit denen sie im Gehen einen Kieselstein Richtung Ufer kickte. »Ich kann mir nicht vorstellen, dass irgendein Richter etwas anderes als lebenslänglich urteilen wird. Sie haben so viele Morde eingefädelt und Notthoff ist mindestens für den Tod von Sandra und Hanna persönlich verantwortlich. Außerdem bin ich davon überzeugt, dass er die Bombe auf Redmanns Yacht platziert hat, die Barkmann getötet hat. Wie gesagt, etwas anderes, als dass die beiden für den Rest ihres Lebens hinter Gitter wandern, kann ich mir nicht vorstellen.«

»Und was ist mit Alexanders Frau? Melani?«

»Sie wird sich für bandenmäßigen Betrug verantworten müssen. Inwieweit sie von den Morden wusste oder sogar involviert war, wird der Prozess zeigen müssen. Ich schätze aber, dass sie sich auf mindestens zehn Jahre einstellen muss.«

»Verrückt. Und das alles wegen der Kohle.«

»Ja. Und an dieser Stelle möchte ich noch einmal Talkötters neue Kollegin zitieren: Gier frisst Hirn.«

»Wenn Sasha nicht gewesen wäre, hätten wir uns mit dem Auswerten der Fakten erheblich schwerer getan«, sagte Viktoria nachdenklich.

»Ich würde sogar behaupten, wir hätten keine Chance gehabt, das alles herauszufinden. Jo´s Fähigkeiten in allen Ehren, aber was Sasha geleistet hat, war wirklich brillant. Im schlimmsten Fall wären wir zu Schumacher gegangen und der hätte alles an Notthoff übergeben. Und was das bedeutet hätte, ist wohl jedem klar.«

»Apropos Schumacher. Hat er eigentlich noch etwas dazu gesagt, dass wir den Fall gelöst haben?«

»Er hat sich ziemlich kleinlaut gegeben.« Karre konnte sich ein schadenfrohes Grinsen nicht verkneifen. »Kein Wunder, nachdem er sich so für Notthoff ins Zeug gelegt hat. Ich glaube, das ist ihm im Nachhinein ziemlich peinlich.«

Viktoria war stehengeblieben und sah ihn an. Sie pustete sich eine blonde Strähne aus dem Gesicht und fuhr mit der Zungenspitze über ihre Oberlippe. Ein Zeichen, das Karre nach all den Jahren ihrer Zusammenarbeit als Anflug leichter Nervosität zu deuten wusste.

»Darf ich dich etwas fragen?«

»Hast du doch schon. Jetzt gerade.«

Sie legte den Kopf schief und blickte ihn tadelnd an.

»Okay, sorry. Klar darfst du. Also, was ist los?«

»Als du bei Stephan warst, um ihn zu verhaften: Du hast Goeßlings Waffe nicht ohne Grund in seinem Büro liegenlassen und ihm zehn Minuten Zeit für sich gegeben.

Wusstest du, dass er abdrücken würde?«

Karre sah sie mit ernstem Blick an. »Ich war mir sicher. Er ist nicht der Typ, der freiwillig ins Gefängnis geht, weil sein Plan am Ende nicht aufgegangen ist. Alles was er getan hat, hat er mit letzter Konsequenz betrieben. Von Beginn an.«

»Wusstest du auch, dass nur Platzpatronen in der Waffe waren? Oder wolltest du, dass er stirbt? Für Hanna?«

Karre stieß einen tiefen Seufzer aus und blickte hinaus auf den See. Eine direkte Antwort auf diese Frage blieb er schuldig. Er sagte lediglich: »Ich glaube, jemand wie Engelhardt ist mit einer lebenslangen Haftstrafe schlimmer dran, als mit einer Kugel im Kopf. Und was Christian Goeßling betrifft: Er ist nicht der Typ, der einen eiskalten Mord begeht. Ganz egal, wie verzweifelt er auch sein mag.«

Sie gingen eine Weile schweigend nebeneinander her. Eine Schwanenfamilie – eine Mutter mit vier jugendlichen Jungschwänen – saß am Ufer. Während die Jungen damit beschäftigt waren, mit ihren Schnäbeln im Gras herumzupicken, verfolgte das Muttertier mit skeptischem Blick jeden Schritt der beiden Störenfriede.

»Und was ist mit dir?«, fragte Viktoria irgendwann und riss Karre aus der düsteren Gedankenwelt, in die er sich während der letzten Minuten des Schweigens zurückgezogen hatte. »Hast du Pläne?«

Er musste sich einen Augenblick sammeln, ehe er zu einer Antwort imstande war. »Ich werde mich von Schumacher beurlauben lassen. Erst mal für ein paar Wochen. Mia hat mich gefragt, ob ich die Sommerferien mit ihr und Felix in Schweden verbringen möchte. Ihre Eltern haben dort ein Sommerhaus am Meer.«

»Klingt toll!«

»Ich glaube, die Auszeit wird mir guttun.«

»Und? Kommst du zurück?«
»Nach Deutschland?«
»Zur Polizei. Zu uns.«
Wieder brauchte er etwas Zeit, ehe er antwortete. »Ganz ehrlich: Ich weiß es nicht. Aber ich werde die Auszeit nutzen, mir darüber Gedanken zu machen. Vermutlich hängt es auch davon ab, ob die Leute wollen, dass ich zurückkomme.« Er blickte hinaus auf den See, der sich in der Sonne glitzernd vor ihnen ausbreitete. Der schillernd vor ihm lag, wie einst die gemeinsame Zukunft mit seiner Tochter Hanna. Eine Zukunft, die es nun nicht mehr geben würde.

Eine Träne löste sich aus dem Winkel seines rechten Auges und rollte über seine Wange. Viktoria trat neben ihn und wischte sie mit ihrem Zeigefinger beiseite. »Nimm dir die Zeit, die du brauchst. Es gibt Dinge, die sollte man nicht überstürzt entscheiden.

Du hast dich aus guten Gründen für die Mordkommission entschieden und diese Gründe haben sich nicht geändert. Im Gegenteil. Diese Stadt braucht Menschen wie dich. Menschen, die sich unermüdlich für den Kampf gegen das Verbrechen einsetzen.

Und wir, Karim und ich, wir brauchen dich dabei an unserer Seite. Mehr denn je. Insbesondere, weil ich nicht glaube, dass Willi noch einmal zurückkehren wird. Er ist über den Berg, wird in Zukunft aber ganz sicher kürzer treten. Dafür wird Leni sicher sorgen, egal, was er dazu sagt.«

Karre nickte schweigend und bückte sich nach einem am Ufer liegenden Stein. Seine Finger streichelten sanft über die vom Wasser glattgeschliffene Oberfläche. Schließlich schleuderte er ihn mit Schwung in Richtung des Sees, wo der flache Kiesel einige Male über die Wasseroberfläche hüpfte.

Einmal. Zweimal. Dreimal. Nach dem vierten Mal versank er auf Nimmerwiedersehen in den Fluten. Karre drehte sich um und folgte Viktoria, die bereits einige Meter vorausgegangen war. Es war vorbei.

Vielleicht für immer.

Er wusste es nicht.

NACHWORT

Sie sind immer noch da? Dann ist es an der Zeit, mich noch einmal bei Ihnen zu bedanken! Ich weiß nicht, ob Sie alle drei Bände der Reihe um Karre und Viktoria gelesen haben, aber in jedem Fall haben Sie es bis hierher geschafft. Wieder einmal haben Sie mir Ihre wertvolle Lesezeit gewidmet – und dass macht mich sehr stolz.

In einer Geschichte wie dieser steckt sehr viel Zeit und Herzblut, aber manchmal - so wie in diesem Fall - auch die eine oder andere Träne. Denn im Laufe der Zeit wachsen dem Autor seine Protagonisten ans Herz und es fällt nicht immer leicht, loszulassen. Dennoch gehört es dazu, Figuren ihren eigenen Weg gehen zu lassen – schließlich sind die meisten von ihnen erwachsen. Dabei kann es durchaus passieren, dass ein liebgewonnener Charakter ins Verderben läuft oder aus seinem literarischen Leben scheidet. Aber von Zeit zu Zeit nehmen Erzählungen – insbesondere Romane – ihren eigenen Lauf, ohne dass der Autor darauf wirklich Einfluss nehmen könnte.

An dieser Stelle möchte ich gerne noch ein paar kurze Anmerkungen zu »Todesschmerz« loswerden, beziehungsweise Ihnen einige interessante Fakten rund um die Entstehung des Buches nicht vorenthalten: Auch Karres dritter Fall ist natürlich ein Roman. Die Figuren sowie die Handlung sind meiner Phantasie entsprungen und nicht dem realen Leben. Ähnlichkeiten mit vielleicht real existierenden Personen wären deswegen immer zufällig und nicht von mir beabsichtigt.

Aber: Der Fund des ungewöhnlich großen Geldbetrages

in der Matratze der fiktiven Figur »Rudolf Goeßling« beruht ebenso auf einer wahren Begebenheit, wie die Tatsache, dass eine männliche Leiche erst nach Wochen gefunden wurde. Obwohl der Verstorbene in einer Einrichtung für betreutes Seniorenwohnen gelebt hat, ist niemandem aufgefallen, dass er seit Wochen nicht zum Essen erschienen ist und dass sein Briefkasten überquoll. Selbst das erschütternde Malheur im Fahrstuhl ist tatsächlich Teil dieses traurigen Ereignisses. Beides hat mich so stark berührt, dass es seinen Weg in dieses Buch gefunden hat. Alles Weitere im Zusammenhang mit der Figur »Rudolf Goeßling« ist jedoch vollkommen frei erfunden.

Die meisten der in den Büchern um Karre und Viktoria beschriebenen Orte existieren tatsächlich. An einigen Stellen habe ich mir im Sinne der Geschichte jedoch die eine oder andere künstlerische Freiheit herausgenommen. Die Ortskundigen unter Ihnen mögen es mir nachsehen.

Vielleicht haben Ihnen die ersten drei Bände der Reihe ja so gut gefallen, dass Sie sich spätestens jetzt fragen, ob es einen vierten Band geben wird. Was mich betrifft, gibt es noch viele Ideen für neue Abenteuer, in die ich Karre und sein Team stürzen könnte. Bleibt zu hoffen, dass auch Karre eines Tages bereit ist, zu seinem Team zurückzukehren. Aber wie steht es mit Ihnen? Lassen Sie mich wissen, wenn Sie neugierig sind, wie es mit Karre, Viktoria, Karim und allen anderen weitergeht. Senden Sie mir eine E-Mail, besuchen Sie mich auf meiner Facebook- oder meiner Webseite (www.timsvart.de). Auf letzterer können Sie sich auch in meine Mail-Liste eintragen, damit Sie künftig garantiert nichts verpassen.

Ich freue mich auf ein baldiges »Wiederlesen«!

Schön, dass Sie da sind!
Alles Liebe und bis bald!

Ihr

Tim Svart

Verzeichnis wichtiger Personen

»Karre« Karrenberg (Hauptkommissar): Seit dem Ausscheiden Willi Hellmanns Leiter des Kommissariats für Gewalt- und Tötungsdelikte. Seine Exfrau Sandra kam bei einem mysteriösen Autounfall ums Leben, bei dem auch ihre gemeinsame Tochter Hanna lebensgefährlich verletzt wurde und seitdem im Koma liegt. Karre glaubt, dass Sandra ermordet wurde, und versucht alles, die Schuldigen zu finden.

Viktoria von Fürstenfeld (Kommissarin): Karres Kollegin und engste Vertraute. Entgegen ihrem familiären Hintergrund und trotz des erbitterten Widerstandes ihrer Mutter, hat sie sich für den Polizeidienst entschieden. Seit einigen Jahren arbeitet sie im K3. Karre ahnt, dass es in ihrer Vergangenheit ein düsteres Geheimnis gibt, über das sie sich bisher beharrlich ausschweigt. Im Laufe der Zeit entwickelt sich zwischen Karre und Viktoria eine enge Freundschaft.

Karim Gökhan (Kommissar): Ebenfalls ein Kollege und enger Vertrauter von Karre. Sie treffen sich mehr oder weniger regelmäßig in ihrer Freizeit.

Sila Gökhan: Karims Ehefrau. Karim und Sila erwarten zum ersten Mal Nachwuchs.

Götz Bonhoff (Hauptkommissar): Karres Kollege und der zweite Hauptkommissar im Team. Er ist mit Heike Bonhoff verheiratet und hat eine Tochter (17) und zwei Söhne (Zwillinge, 12). Das Verhältnis zwischen ihm und Karre ist angespannt. Insbesondere, seitdem Karre zum

Leiter des Teams ernannt wurde. Götz Bonhoff stirbt bei der Verfolgung eines Verdächtigen.

Heike Bonhoff: Ehefrau von Götz Bonhoff.

Sandra Steinhoff (ehem. Karrenberg): Karres Exfrau und Mutter seiner Tochter Hanna. Sandra starb bei einem Verkehrsunfall. Bis kurz vor ihrem Unfalltod war sie Partnerin der Kanzlei Engelhardt & Partner. Sie hatte mehrere Jahre lang ein Verhältnis mit Stephan Engelhardt.

Hanna Karrenberg: Die sechzehnjährige Tochter von Karre und Sandra. Sie liegt nach dem schweren Unfall im Koma und Karre verbringt viel Zeit an ihrem Bett.

Jo Talkötter (Spitzname »Maulwurf«): Leiter der Kriminaltechnik. Er unterstützt Karre immer wieder mit Aktionen abseits der offiziellen Dienstwege.

Sasha Lavi: Neue Mitarbeiterin und Computerspezialistin im Team von Jo Talkötter.

Dr. Paul Grass (Spitzname »Yoda«): Leiter der Rechtsmedizin.

Viktor Vierstein: Leiter des Erkennungsdienstes.

Willi Hellmann: Karres Chef und Mentor. Er kehrt nach einem Herzanfall vorübergehend ins Team zurück. Er lehnt es allerdings ab, wieder Leiter des Teams zu werden.

Leni Hellmann: Willis Ehefrau.

Maximilian Engelhardt: Viktorias Verlobter. Er arbeitet als Jurist und Steuerberater in der Kanzlei seines Vaters Stephan Engelhardt. Max hat eine Schwester (Sophie). Die Ermittlungen von Karre und seinem Team gegen seinen Vater belasten seine Beziehung zu Viktoria.

Dr. Stephan Engelhardt: Gründer und Senior-Partner der Kanzlei Engelhardt & Partner. Karre verdächtigt ihn, etwas mit dem Tod von Sandra zu tun zu haben.

Torge Barkmann: Seinen richtigen Namen kennt Karre anfangs nicht und nennt ihn »Columbo«. Barkmann liefert Karre mehrfach Informationen zu Sandras Unfalltod, deren Quellen er zunächst nicht offenlegt.

Alexander Notthoff: Neuer Leiter des Dezernats für Organisierte Kriminalität. Er hat alle Freiheiten, die Ziele des Polizeipräsidenten erfolgreich umzusetzen. Dabei geht er recht rücksichtlos vor und gerät immer wieder mit Karre aneinander.

Schumacher (Kriminalrat): Karres direkter Vorgesetzter. Er ist sehr bürokratisch und neigt dazu, sich auf die Seite der vermeintlich Mächtigeren zu schlagen.

Corinna Müller: Die Team-Assistentin und jüngste Mitarbeiterin des K3. Zwischenzeitlich von Schumacher trotz Karres Widerstand in das Dezernat für Organisierte Kriminalität abgestellt. Sie versorgt Karre gelegentlich mit Informationen über die aktuelle Ermittlungsarbeit ihres neuen Chefs, Alexander Notthoff.

Mia Millberg: Die gebürtige Schwedin ist geschieden und die Mutter von Felix, der Karre mit Luftaufnahmen weiterhilft, die er mit seiner Drohne angefertigt hat. Mia spielt Violine im Orchester der Essener Philharmoniker. Karre fühlt sich zu Mia hingezogen, tut sich aber schwer, seine Gefühle ihr gegenüber zuzulassen.

Rudolf Goeßling: Mordopfer

Dr. Christian Goeßling: Sohn des Mordopfers

Viola Schäfer (geb. Goeßling): Tochter des Mordopfers

Gillian Ward: Haushälterin von Rudolf Goeßling

Dennis Rüter: Lebensgefährte von Gillian Ward

Melani Gelovani: Leiterin einer IT-Abteilung und Gründerin der Kryptowährung GE$-Coin.

Jennifer: Eine junge Krankenschwester, die sich sehr liebevoll um Hanna kümmert. Karre geht mit ihr einmal aus. Bei einer Explosion im Krankenhaus wird sie verletzt. In ihrer Freizeit ist sie in einer Tierschutzorganisation tätig.

Oliver Redmann: Ehemaliger Mitarbeiter bei Engelhardt & Partner.

Martin Redmann: Sohn von Oliver Redmann. Hacker.

Stella Uhlig: Tochter von Oliver Redmann und Halbschwester von Martin.

BISHER ERSCHIENENE BÜCHER DER KRIMI-REIHE UM KARRE UND VIKTORIA:

DAMENOPFER – Karres erster Fall
TRAUERSPIEL – Karres zweiter Fall
TODESSCHMERZ – Karres dritter Fall
Der Weihnachtsmann vom Dachboden (Kurzgeschichte)

WEITERE LIEFERBARE TITEL:

Das Schloss (Horror-Thriller)
Otherside – Jenseits der Grenze (Novelle)
Tödliche Nächte (Kurzgeschichtensammlung)
Musik der Finsternis (Kurzgeschichte)

BEITRÄGE ZU FOLGENDEN ANTHOLOGIE-PROJEKTEN:

Mängelexemplare 2: Dystopia
Kingsport – Ein Reiseführer
Horror-Legionen (Band 1)
Bösartiges Frühstück

Printed in Poland
by Amazon Fulfillment
Poland Sp. z o.o., Wrocław

68259268R00251